KB055588

폐기된 이미지

The Discarded Image
by C. S. Lewis

중세 세계관과 문학에 관하여

폐 기 된 이 미 지

C. S. 루이스 지음 · 홍종락 옮김

비아토르

로저 랜슬린 그린에게

해설의 글 | "영원하지 않은 모든 것은 영원히 시대에 뒤떨어진다" – C. S. 루이스

C. S. 루이스의《폐기된 이미지*The Discarded Image*》는 1962년 그가 작고하기 전 집필되었다가 그의 사후 1년 만인 1964년에 출간된 루이스의 유작이자 마지막 작품입니다. 마지막 책이기는 하지만 일찍이 루이스가 옥스퍼드 대학에서 여러 해에 걸쳐 가르치고 발전시킨 강좌의 내용을 종합하고 정리한 것으로, 그가 평생 동안 읽고 쓰고 가르쳤던 주요 개념들이 총망라된 역작이라 할 수 있습니다. 루이스의 교수 경력을 보면 29년간 재직하던 옥스퍼드 대학을 떠나 1954년 케임브리지 대학으로 옮긴 것을 볼 수 있는데, 옥스퍼드 대학의 동료들이 루이스의 대중적 영향력에 질투심을 느껴 그의 학자적 역량을 폄하한 것이 적지 않은 영향을 미쳤다고 볼 수 있습니다. 1차 세계대전에 참전하여 전쟁의 참상

을 가까이서 목도한 루이스는 이후 서구 사회의 약화된 기독교적 영향력을 다시 회복시키고자 개인적으로 노력을 기울였는데, 그의 글쓰기는 기독교인들 외에도 일반 대중 독자들까지 사로잡는 매력을 갖고 있었습니다. 생애 말년에 이르러 출판물의 형태로 모습을 갖추게 된《폐기된 이미지》는 중세 및 르네상스 학자로서 루이스의 위용을 다시 회복케 해 주는 역할을 한 책이라고 말할 수 있을 것입니다.

20세기를 살았던 루이스가 왜 고전 시대, 후기고전 시대, 그리고 중세 및 르네상스 시대의 이미지에 특별한 관심을 기울였는지 독자들은 궁금해 할 것입니다. 이는 과거와 자연에 대한 루이스의 관심과 연결해서 볼 때 제대로 이해할 수 있습니다.《폐기된 이미지》에서 말하는 옛 시절의 '이미지'는 이상·모형·관점 등을 포괄적으로 나타낸다고 볼 수 있습니다. 루이스가 살았던 20세기 사회는 유독 '과학 중심적인' 사회였는데, 어쩌면 루이스는 점점 도시화되고 비인간화되어 가는 현실 속에서 서구 사회가 잃어버린 가치관, 더 깊은 실재를 추구하는 가치를 되찾고자 했던 것은 아닐까 짐작해 봅니다.

루이스는 기독교 작가들 중에 가장 널리 읽히는 작가일 뿐 아니라 대중적 인기도 많은 인물입니다. 1950년대에 출간되어 지금까지도 나이를 초월하여 많은 독자를 거느리고 있는《나니아 연대기*The Chronicles of Narnia*》는 아동문학 및 환상문학의 고전으로 남아 있고, 2차 세계대전 기간 중 쓰여진《우주 3부작*The Space Trilogy*》

과 전후에 집필된 《우리가 얼굴을 찾을 때까지*Till We Have Faces*》는 각각 공상과학소설과 신화 다시 읽기로 분류할 수 있는 작품입니다. 이처럼 루이스는 아동문학뿐 아니라 소설, 논픽션, 위트 넘치는 에세이 등 다양한 장르를 아우르는 많은 작품을 남긴 다작의 작가입니다. 독자들이 《폐기된 이미지》를 읽는다면, 루이스의 다양한 작품들이 공유하고 있는 배경에 대해 더 깊은 이해를 얻을 수 있을 것입니다. 워낙 대중적인 작품을 많이 쓰다 보니, 상대적으로 그의 고전·중세·르네상스적 지식과 학자로서의 경력은 크게 주목받지 못하는 경향이 있는데, 이 책을 통해 독자들은 루이스의 학문적 깊이와 역량을 들여다볼 수 있을뿐더러 중세의 우주 모형 및 그 우주관이 인간에 미치는 영향력과 그와 관련된 소우주 모형들을 이론적으로 이해할 수 있습니다.

그의 절친한 동료이자 《반지의 제왕*The Lord of the Rings*》의 작가인 J. R. R. 톨킨이 루이스에게 많은 글을 쓰기보다는 하나의 글을 오랫동안 다듬고 집중하기를 권했다는 일화가 있습니다. 하지만 이러한 의견의 다름은 루이스의 글의 깊이 때문이라기보다는 두 사람의 성향 차이로 볼 수 있고, 루이스가 지구를 비롯한 우주에 대해 긍정적인 세계관과 인간에 대한 신뢰를 바탕으로 믿음에 대해 글을 썼다는 데에 그 주된 이유가 있다고 할 수 있습니다. 이처럼 루이스의 세계관은 낭만주의적 성격을 띠고 있었고, 그 자신은 진보에 기초한 서구 철학에 동조하기보다는 자연의 모습으로 돌아가기를 원했기에 어쩌면 그는 보수적이라기보다는 인간의 중심을 깊이 파악하기 원했던 인물이었을 것입니다. 그리고 일반적으로 루이스는 기독교인으로 알려져 있지만, 열 살 때 어머니를 잃고 유년 시절 이후로 종교를 떠났다가 서른 살이 넘어 다시 회심했기에 기독교 신앙에 대해 다층적인 세계관을 갖고 있었습니다.《폐기된 이미지》에는 그의 신앙에 영향을 주었고 그의 상상력의 원천이 되었던 요소들이 특히 잘 기술되어 있습니다.

중세는 우리가 아는 것처럼 현대에 이르러서 '암흑 시대The Dark Ages'라고 불립니다. 교과서에서 배운 중세는 어둡고 인간성을 말살하고자 했던 시기이기에 지금 다시 중세의 문헌을 읽는 것이 과연 그럴 만한 가치가 있을까 하는 의문이 듭니다. 하지만 사실 중세는 지금 우리가 생각하는 것보다 훨씬 인간과 자연, 그리고 신과의 조화를 다채롭게 조망할 수 있는 시대였습니다. 오히려 근대성의 발현기라 여겨지는 르네상스 시대로 넘어오면서 조화보다는 일방적인 힘의 독주가 이루어졌다고 볼 수 있습니다. 본문에서 확인할 수 있듯이, "그러나 중세는 교회의 권위만이 아니라 여러 권위가 공존하는 시대였습니다"(본서 30쪽). 중세는 억압과 강요의 시대였다는 왜곡된 이미지로 남겨져 있지만 실은 조화와 균형의 시대였음을 알 수 있습니다.

이 책에서 특히 주목할 만한 점이 있는데, 중세 우주의 여러 유형을 '모형Model'으로 기술하며 다루는 부분에서 왜 지금은 사용되지 않는 '폐기된' 모형을 다시 가져왔을까 하는 것입니다. 여기서 루이스가 말하고자 하는 바는, 현재 우리가 파악한 우주와 인간이라는 존재가 완벽하게 이해되었다고 생각할 수 있겠지만 앞으로 또다시 달라질 수 있음을 예견하고 있다는 것입니다. 그리고 중세 시대의 모형은 그 당시에 이해할 수 있는 수준과 한도에서 최선을 다한 노력의 결과였음을 인정하려는 것이며, 곧 그들의 '우주'에 대한 이해가 현대를 살아가는 우리와는 다른 개념을 가지고 있었음을 인정하려는 것입니다. 현대인의 우주는 인간이 이해하고 더불어 살아가고자 하는 개념이라기보다는 '정복'하기 원하는 대상으로 파악되지만, 루이스가 학자로서 이해하고 연구했던 우주는 인간과 신학의 중심 원리를 파악할 수 있는 개념 이상의 것이라고 할 수 있습니다. 우주가 지금은 무한한 확장의 형태로 이해되지만, 중세 시대의 우주는 하나님이 가장 위에 존재하고 지구라는 별이 우주 모형의 가장 아래에 위치하고 인간이 그 안에 거주하는 구조입니다. 그리고 하늘과 땅 사이에 제3의 존재들이 거주합니다.

중세 시대의 사고 유형 중 흥미로운 예로, 존재를 네 가지 유형으로 구분하는 것이 있습니다. 첫째는 돌과 같이 단순한 물질, 둘째는 식물과 같이 성장하는 물질, 셋째는 동물과 같이 감각을 지니고 존재하고 성장하는 물질, 넷째는 인간과 같이 이성을 가진 동시에 앞의 특성들을 모두 포함하는 존재입니다. 이러한 구분은 동시에 뜨겁고, 차갑고, 축축하고, 건조한 네 가지 요소를 말하기도 하는데, 루이스는 여기서 더 나아가 '에테르'라고 불리는 인간이 경험할 수 없는 다섯 번째 요소까지 확장하여 다루고 있습니다. 지구의 네 가지 요소를 넘어서 다섯째 요소를 언급하는 것은, 근대사회와 과학이 네 가지 기본 요소를 통해 인간사회를 분석하려 했다면, 루이스는 현대사회에서 상대적으로 관심을 기울이지도 않는, 곧 눈에 보이지 않는 영적인 세계까지 이해하려 했으며, 더 세부적으로는 과학적 분석으로는 확인할 수 없는 인간과 하나님을 이어주는 영적인 세계를 이해하고자 했음을 뜻합니다. 이 부분에서 루이스의 상상력의 원천이 되는 중세 모형과 기독교에 대한 이해를 어렴풋이 확인할 수 있습니다. 이성의 능력으로는 이해할 수 없고 물질문명의 기초 위에 형성된 현대의 직선적 시간관으로는 확인하기 어려운 우주와 하나님의 섭리를, 중세 시대 사람들의 가치관을 이해함으로써 그리고 그들의 순환적 사고를 통해 바라봄으로써 우주와 인간의 위치를 되돌아보고자 했던 것입니다.

마지막으로, 루이스가 원했던 것은 버려진 혹은 '폐기된' 이미지를 단순히 설명하거나 기억해 내는 것은 아니었을 것입니다. 루이스는 직선적이고 발전중심적인 서구 역사관이 인간의 사고와 인간과 자연의 조화에 대해 만족할 만한 설명을 제시하지 못한다고 보고, 중세의 세계관에서 전제하듯 원형은 여전히 중요하며 상상력이 중심이 된 설명과 일견 비합리적으로 보일 수 있는 중세의 개념들이 오히려 인간과 자연과 우주와 그 조화를 설명하고 이해할 수 있게 해 주는 단초를 던져 주고 있다고 제안하는 듯합니다.

루이스의 글을 읽으면서 저는 포스트모더니즘을 넘어 포스트휴머니즘을 논하는 시대를 살고 있는 우리가 고전·후기고전·중세·르네상스 시대를 살았던 이들과 그들의 사회·가치관을 이해한다는 것이 어떤 의미일까 생각하게 되었습니다. 시대를 해석하는 다양한 이론적 접근들과 더불어, 20세기 최고의 기독교 변증가라 불리는 루이스가 우리에게 제시해 주는 의미를 살펴봄으로써 우리는 인간 중심의 세계관에서 하나님, 인간, 우주와 자연의 질서를 다시 헤아려 볼 수 있는 기회를 얻게 되는 것 아닐까요. 역사의 동력은 유물론자들이나 현대의 과학 및 이성 중심주의자들이 제시하는 것과 달리, 중세의 인간들이 상상력을 통해 이해하고자 했던 하나님의 계시와 섭리임을 루이스는 기독교적 변증법으로 이 책에서 보여 주고 있는 것은 아닐까요.

모쪼록《폐기된 이미지》를 통해 루이스에 대한 이해와 이야기뿐 아니라 기독교 신앙과 우리 삶의 이야기가 한층 풍성해지고 깊어지기를 소원해 봅니다.

진성은
숭실대학교 영어영문학과 조교수

헤리퍼드 대성당의 세계지도, 마파문디(1300년)

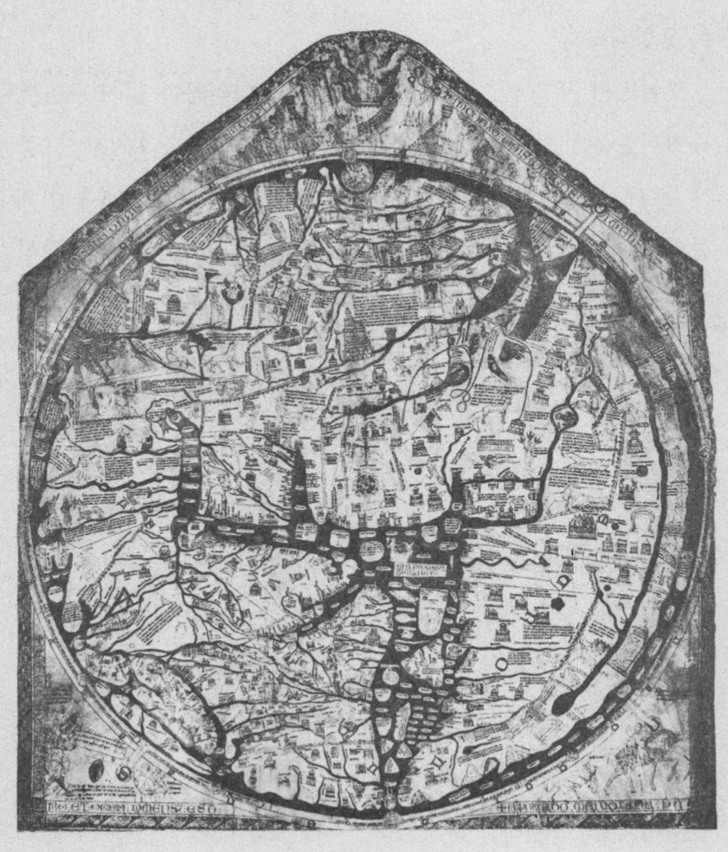

"반구 전체를 그렇듯 작은 축적으로 모두 표시한 지도가 어떤 식으로든 실용적 용도를 가졌을 리는 없습니다… 지상 낙원은 동쪽 가장자리 맨 끝에 표시되어 있고(다른 중세 지도들의 경우처럼 이 지도에도 동쪽이 위에 있습니다) 예루살렘은 대략 중간에 있습니다. 선원들은 그 지도를 보면서 감탄하고 즐거워했을 것입니다. 그러나 그 지도를 참고하여 배를 몰지는 않았습니다."

단테의 《신곡》 지도(1515년)

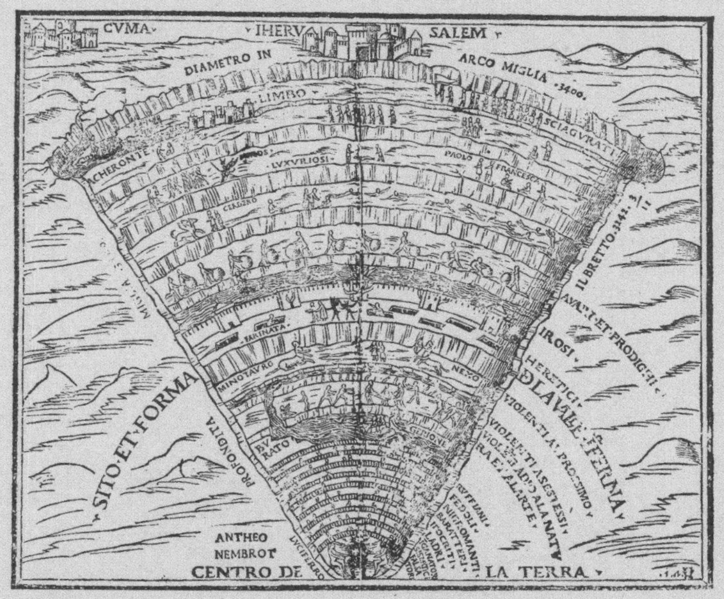

"단테는 마지막 경계를 넘어갈 때 이런 말을 듣습니다. 우리는 '가장 큰 물체에서 순수한 빛만 있는 하늘로 나온 것이니, 사랑으로 가득한 지성의 빛이요.' … 이 경계에서는 공간적 사고방식 전체가 허물어집니다. 보통의 공간적 의미에서는 삼차원 공간에 '끝'이 있을 수 없습니다. 공간의 끝은 공간성의 끝입니다. 물질적 우주 너머의 빛은 지성의 빛입니다."

프톨레마이오스가 생각한 우주 모형(1520년)

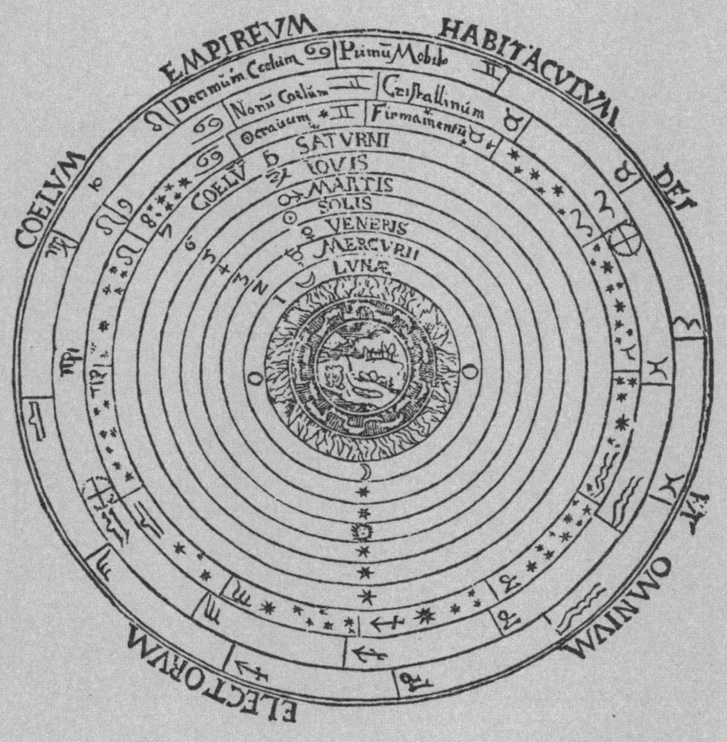

"지구부터 시작해서 달·수성·금성·태양·화성·목성·토성의 순서로 일곱 행성입니다. 토성 천구 너머에 항성천이 있는데… 항성천 너머에는 원동천Primum Mobile이라 불리는 천구가 있습니다… 원동천 너머에는 무엇이 있을까요?"

태양을 중심으로 한 우주 모형(1576년)

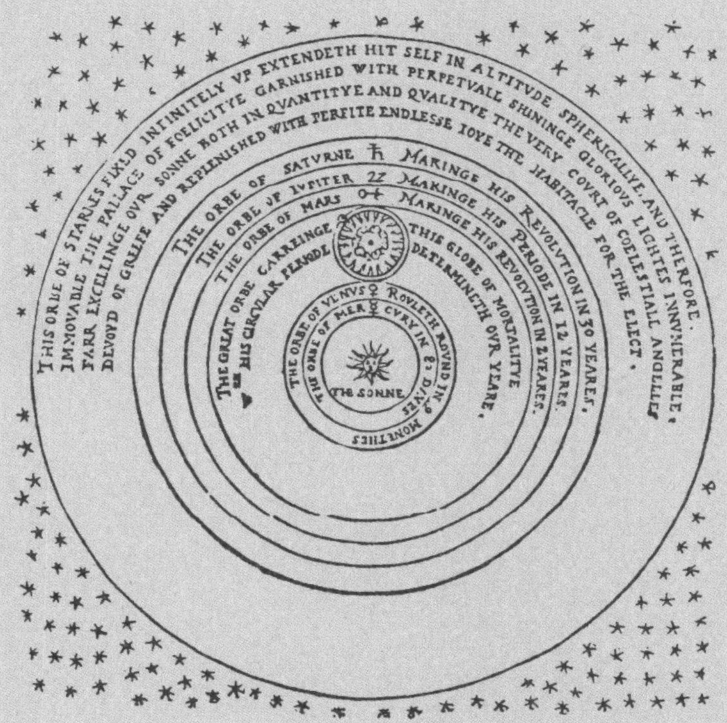

"6세기의 이시도로스는 태양이 지구보다 크고 달은 지구보다 작다는 사실을 알고 있었고, 12세기의 마이모니데스는 모든 별이 지구보다 90배나 크다고 주장했으며, 13세기의 로저 베이컨은 가장 작은 별도 지구보다 더 크다고 말했습니다."

일러두기 이 책에 언급된 주요 저자와 작품들에 대한 간략한 소개는 독자의 이해를 돕기 위해 역자가 붙인 주(†가 붙은 괄호)이다.

서문

이 책은 옥스퍼드 대학에서 여러 차례 진행했던 강좌를 토대로 하고 있습니다. 강좌를 들었던 학생들 중 일부가 수업 내용이 보다 영구적인 형태로 남았으면 좋겠다고 하더군요.

이 책에 담긴 내용 중 상당 부분은 독자가 옛날 책들을 읽다가 어려운 대목들을 만날 때 주석서나 역사책, 백과사전이나 기타 참고서를 찾아 직접 파악할 수 있을 만한 것들입니다. 그런데 제가 이 내용으로 강좌를 진행하고 책을 쓰는 것도 가치가 있겠다고 생각한 이유는, 직접 알아보는 방식이 제게도 여러 다른 사람들에게도 마뜩하지 않기 때문입니다. 우선, 우리는 옛날 책을 볼 때 확연히 어려워 보이는 내용을 만나야만 참고서를 찾아봅니다. 그런데 기만적인 대목들을 만났을 때 주해서를 찾게 되는 일은 없습니다. 그런 대목들은 겉으로는 쉬워 보여도 절대 쉽지 않습니다. 둘째, 즉석에서 참고 자료를 자주 들추어 보는 일은 안타깝게도 수용적 독서에 큰 방해가 됩니다. 그래서 예민한 사람들은 그런 식의 찾아보기를 독자가 툭하면 문학작품에서 **벗어나게** 만드는 몹쓸 행위로 보기도 합니다. 그래서 저는 웬만한 (아주 불완전하겠지만) 장비를 미리 구해서 가지고 다니면 책으로 **들어가도록** 이끌어 주는 역할을 해 줄 수 있으리라고 바라게 되었습니다. 경치를 즐기려면 '지혜로운 수동성'이 있어야 하는데, 눈앞에 펼쳐진 멋진 전망을 두고 지도만 계속 들여다보는 것은 그런 수동성을 완전히 망쳐 놓습니다. 그러나 길을 떠나기 전에 지도를 살펴보는 일에는 그런 부작용이 없습니다. 오히려 지도의 안내를 받으면 더 많은 전망을 볼 수 있을 것입니다. 그중에는 우리의 직관을 따라갔더라면 결코 보지 못했을 풍경도 있을 것입니다.

저도 압니다. 옛날 책을 볼 때 자신의 순전히 근대적인 감수성과 근대적 관념들이 우발적인 인상을 받는 데 그친다 하더라도 그런 상태에서 벗어날 생각이 없는 이들이 있습니다. 유럽 대륙 전역을 다니면서도 영국적 특성만을 단호히 견지하고, 영국인 여행자들과만 어울리고, 눈에 보이는 모든 것을 오로지 그 '진기함' 때문에 즐기고, 낯선 삶의 방식들과 타지의 교회들과 포도원들이 현지인들에게 어떤 의미가 있는지 알아보고자 하는 마음이 전혀 없는 여행자들이 있는 것과 같지요. 물론 그들은 나름의 보상을 받습니다. 저는 그런 정신으로 과거에 접근하는 사람들과 싸울 이유가 전혀 없습니다. 그분들도 제게 싸움을 거는 일이 없기를 바랍니다. 그러나 저는 다른 부류의 사람들을 위해 이 책을 쓰고 있습니다.

1962년 7월

모들린 칼리지에서

C. S. L

i. 중세의 상황

상이한 것들의 유사성

— 멀캐스터[†]

† Richard Mulcaster, 1531-1611, 영국의 교육자 · 교육사상가

중세인은 여러 면에서 야만인들처럼 무지했고, 인류학자가 볼 때 중세인이 믿는 바는 야만인이 믿는 바와 유사하기도 합니다. 그러나 중세인이 야만인들과 비슷한 것을 믿었다 해도, 믿게 된 경위는 달랐습니다.

야만인들의 믿음은 그들 집단이 처한 환경에서 자연스럽게 생겨난 반응, 주로 상상력에 의거해 생겨난 반응인 듯합니다. 그들의 믿음은 일부 저술가들이 말하는 '전前논리적 사고방식'의 전형적인 모습을 보여 줍니다. 그들의 믿음은 공동생활과 긴밀히 이어져 있습니다. 우리가 정치·군사·농업 활동으로 묘사하는 일들과 의식儀式들이 쉽게 구분되지 않습니다. 의식이 믿음을 낳고 믿음이 의식을 낳으며 둘이 서로를 뒷받침해 줍니다. 그런데 중세인의 특징적인 사고방식은 그런 식으로 생겨나지 않았습니다.

공동체가 다른 집단과 잘 섞이지 않고 상대적으로 안정을 유지하는 상태로 오랜 시간이 흐르다 보면, 공동체의 물질문화가 야만의 수준을 훌쩍 넘어선 지 오랜 후에도 원래의 믿음 체계는 발전된 형태이긴 하나 그대로 유지될 수 있습니다. 이후, 그 믿음 체계가 더 윤리적이고 더 철학적이며 심지어 더 과학적인 어떤 것으로 바뀔 수도 있지만, 그것과 야만 생태에서의 그 출발점 사이에는 단절 없는 연속성이 존재할 것입니다. 이와 비슷한 일이 이집트에서 벌어졌던 것 같습니다.[1] 하지만 이것도 중세 사상의 역사와는 다릅니다.

중세의 독특성은 두 가지 사례에서 찾아볼 수 있습니다.

1160년에서 1207년 사이의 어느 시점에 레이어먼Laȝamon이라는 영국의 사제가《브루트 이야기*Roman de Brut*》(여기서 브루트는 브루투스, 즉 로마 건국의 시조 아이네아스의 증손자이며 브리타니아에 와서 그곳의 최초 왕이 되었다는 전설적인 인물)[†]라는 시를 썼습니다.[2] 그는 이 시(총 15,775행에 이릅니다)에서 공중에는 아주 많은 존재들이 사는데, 선한 존재도 악한 존재도 있으며 세상이 끝날 때까지 거기서 살아갈 것이라고 말합니다. 이 믿음의 내용은 야만인들에게서 발견할 법한 믿음과 다르지 않습니다. 자연, 그중에도 좀 더 접근이 어려운 영역에 인간에게 호의적인 영들과 적대적인 영들이 모두 산다는 생각은 야만인들의 전형적인 반응입니다. 그러나 레이어먼이 그렇게 쓴 이유는 그가 속한 사회 집단의 모든 공동체적이고 자연스러운 반응을 공유하기 때문이 아닙니다. 그 구절이 나오게 된 실제 과정은 전혀 다릅니다. 그는 노르만족 시인 웨이스Robert Wace, 1110-1174의 시(1155년경)에서 공중의 다이몬들에 대한 기록을 가져왔습니다. 웨이스는 그 기록을 먼머스의 제프리Geoffrey of Monmouth, 1095?-1155가 쓴《브리튼 왕 열전*Historia Regum Britanniae*》(1139년 이전)에서 가져옵니다. 제프리는 그 기록을 아풀레이우스Apuleius, 125-170(고대 로마의 시인 · 철학자)†가 2세기에 쓴 《소크라테스의 신에 관하여*De Deo Socratis*》에서 가져왔습니다. 아풀레이우스는 플라톤의 영혼론을 참고했고, 플라톤은 선조들로부터 물려받은 신화를 윤리학과 일신론을 위해 변용했습니다. 그 선조들을 여러 세대 거슬러 올라가 추적하다 보면 야만적이라고 할 만한 방식으로 그 신화가 생겨나게 된 시대를 마침내 발견하거나, 최소한 추측하게 될 수 있을 것 같습니다. 그러나 이 영국 시인(레이어먼)†은 그런 것에 대해 전혀 알지 못했습니다. 그는 우리와 그의 시간적 거리보다 더 멀리 그 시대로부터 떨어져 있었으니까요. 그가 다이몬들의 존재를 믿은 것은 책에서 그 내용을 읽었기 때문입니다. 오늘날 우리 대부분이 태양계를 믿거나, 초기 인류에 대한 인류학자들의 설명을 믿는 이유와 다를 바가 없지요. 야만인들의 믿음은 글을 읽게 되거나 다른 문화권과 접촉하면 소멸하는 경향이 있습니다. 하지만 레이어먼의 믿음은 책을 읽고 다른 문화와 접하면서 생겨났습니다.

두 번째 사례가 더 흥미로울 것 같습니다. 14세기에 기욤 드귈러빌Guillaume Deguileville, 1295-1360이 쓴 《인생의 순례*Pèlerinage de l'Homme*》를 보면, (인격화된) 자연이 그라스듀Grâcedieu라는 등장인물에게 그의 영역과 자기의 영역을 나누는 경계가 달의 궤도라고 말하는 대목이 있습니다.[3] 이것이 하늘을 고등한 영들이 사는 고위 영역과 하등 영들이 사는 하위 영역으로 구분하는, 야만인들이 만든 신화에서 나왔다고 생각하기 쉽습니다. 달이 두 영역을 가르는 화려한 경계표지라고 말입니다. 그러나 실제로 이 구절의 기원은 야만 종교는 물론 문명 종교와도 거의 관련이 없습니다. 시인은 우월한 누멘*numen*(정령)을 '그라스듀'(신의 은총)라고 부름으로써 작품에다 기독교적 분위기를 불어넣었습니다. 그러나 이것은 기독교적인 것이 아니라 아리스토텔레스 사상의 캔버스 위에 종교적인 '막'을 한 겹 바른 것뿐입니다.

생물학과 천문학에 모두 관심이 있었던 아리스토텔레스는 이 둘이 분명한 대비를 이루고 있음을 알게 되었습니다. 우리 인간이 사는 세계는 출생, 성장, 생식, 죽음, 부패라는 끊임없는 변화가 특징입니다. 아리스토텔레스 당대에 확립된 여러 가지 실험 방법으로 그 세계 안에서 발견할 수 있었던 것은 불완전한 균일성뿐이었습니다. 모든 일이 완전하고 변함없는 동일한 방식으로 이루어진 것이 아니라 "대체로" "대부분의 경우" 동일하게 이루어졌습니다.[4] 그러나 천문학이 연구한 세계는 전혀 다르게 보였습니다. 그때까지 신성*Nova,* 新星은 발견된 바 없었습니다.[5] 아리스토텔레스가 알아낸 바에 따르면, 천체들은 영구적이었습니다. 천체는 생겨나지도 않았고 사라지지도 않았습니다. 천체들을 연구하면 할수록, 그 움직임이 완벽하게 규칙적으로 보였습니다. 그러니 우주는 두 영역으로 나뉘는 것 같았습니다. 아리스토텔레스는 변화와 불규칙성의 하층 영역을 '자연Nature'(퓌시스φύσις)이라 불렀고, 상층 영역은 '하늘'(우라노스Οὐρανός)이라 불렀습니다. 이렇게 그는 "자연과 하늘"을 두 가지 것으로 말할 수 있었습니다.[6] 그러나 변화무쌍한 현상인 날씨를 볼 때, 변동하는 자연의 영역은 지구의 표면 위로 어느 정도까지 확장되는 것이 분명했습니다. '하늘'은 저 위에서 시작되는 것이 틀림없었습니다. 그리고 관찰 가능한 모든 면에서 다른 두 영역이 있다면 그 구성 재료도 다를 것이라고 생각하는 게 합리적으로 보였습니다. 자연은 흙, 물, 불, 공기의 4원소로 구성되어 있었습니다. 그렇다면 공기는 (그리고 공기와 더불어 자연이, 그리고 자연과 더불어 변동성이) 하늘이 시작되기 전에 사라져야 했습니다. 공기 위, 진짜 하늘에는 다른 물질이 있었고, 아리스토텔레스는 그것을 **에테르***aether*라고 불렀습니다. 다음의 인용문도 같은 맥락에서 이해할 수 있습니다.

> 에테르는 신성한 천체들을 둘러싸고 있다. 그러나 신성한 본질의 에테르 바로 아래에는 고통을 겪고 변화하고 소멸하고 죽을 수 있는 것들이 자리 잡고 있다.[7]

아리스토텔레스는 '신성한'이라는 단어로 종교적 요소를 도입합니다. 달의 궤도에(하늘과 자연 사이, 에테르와 공기 사이에) 중요한 경계를 배치하는 것은 사소한 문제입니다. 그러나 그런 경계 개념은 종교적 필요보다는 무엇보다 과학적 필요에 대한 반응으로 생겨난 것처럼 보입니다. 이것이 자연과 하늘의 경계를 말하는 드굴러빌의 그 구절의 궁극적인 출처입니다.

두 사례 모두 압도적으로 책을 좋아하고 학자연하는 중세 문화의 특성을 잘 보여 줍니다. 우리가 중세를 권위의 시대라고 말할 때는 흔히 교회의 권위를 생각합니다. 그러나 중세는 교회의 권위만이 아니라 여러 권위가 공존하는 시대였습니다. 중세 문화를 환경에 대한 반응이라고 볼 때 중세 문화는 환경을 구성하는 요소 중 필사본들에 가장 적극적으로 반응했습니다. 중세의 모든 저술가는 가능한 한 이전의 한 저술가를 토대로 삼고 한 **고전 저자***auctour*(작품들이 당대 문학적 지형에 지대한 영향을 끼친 작고한 고전의 저자)[†]를 따라갔는데, 라틴어 작가이면 더 선호했습니다. 이는 중세 시대와 야만 상태의 차이점이자 근대 문명과의 차이점이기도 합니다. 야만인 공동체에서 문화를 습득하는 방법이라면 유구한 행동 양식에 참여하는 것과 입에서 나오는 말, 즉 부족의 나이 든 사람의 말을 듣는 것입니다. 우리 사회에서는 대부분의 지식이 결국 관찰에 의존합니다. 그러나 중세에는 주로 책에 의존했습니다. 물론 당시에는 읽을 줄 아는 사람이 지금보다 훨씬 적었습니다. 그러나 어떤 면에서 독서는 전체 문화를 구성하는 가장 중요한 요소였습니다.

이 진술에 유보 조항을 하나 달아야 하겠습니다. 중세의 뿌리는 책을 통해 주로 전해진 그리스-로마 전통뿐 아니라 북부와 서부에 위치한 '바바리안'들이기도 하다는 점입니다. '바바리안'이라는 단어에 작은따옴표를 붙인 것은 오해의 소지를 피하기 위해서입니다. 이 표현은 자칫하면 로마 제국의 국경을 압박했던 이들과 로마 시민들 사이에 인종과 예술과 자연적 역량 면에서 고대에 실제로 존재했던 것보다 훨씬 더 큰 차이가 있었다는 말처럼 들릴 수 있습니다. 로마 제국이 무너지기 오래 전부터 시민권은 이미 인종과는 아무런 연관 관계가 없었습니다. 로마 제국의 역사 내내, 인접해 있던 게르만족과 켈트족은 일단 로마에 정복당하거나 동맹 관계가 되면 로마 문명에 동화되는 데 주저함이 없었고 어려움도 없었던 것 같습니다(켈트족이 그 일에 더 적극적이었던 것 같습니다). 그들은 지체 없이 토가를 입었고 금세 수사학을 배우기 시작했습니다. 중절모까지 다 갖춰 입고 유럽인인 척하는 호텐토트Hottentot(남아프리카공화국 원주민 코이코이족을 가리키는 네덜란드어로 '열등하다'는 뜻을 갖고 있다)[†]와는 전혀 달랐습니다. 동화는 매우 실질적이었고 흔히 영구적이었습니다. 몇 세대 만에 그들은 로마의 시인·법률가·장군들을 배출하게 됩니다. 두개골의 형태와 이목구비와 피부색과 지성 면에서도 그들은 그리스-로마의 기존 구성원들과 별다른 차이가 없었습니다.

(이렇게 이해된 의미에서의) 바바리안들이 중세에 기여한 바는 그들을 연구하는 관점에 따라 다양하게 평가될 것입니다. 법과 관습과 전반적 사회 형태에 관한 한, 바바리안적 요소들이 가장 중요할 것입니다. 어떤 나라들에서는 특정한 예술이 특정한 방식으로 중요성을 가질 수 있습니다. 문학의 그 어떤 것도 문학이 사용하는 언어보다 더 본질적일 수는 없습니다. 언어는 고유의 개성이 있습니다. 다른 어떤 언어와도 다른 시각을 함축하고

정신 활동을 드러내며 울림을 갖습니다. 어휘만이 아니라—영어의 'heaven'이 프랑스어의 'ciel'과 같은 의미일 수는 없습니다—구문의 형태도 독특합니다. 따라서 잉글랜드를 포함한 게르만족 국가들의 중세(와 근대) 문학에는 바바리안들의 언어에서 유래한 것이 만연합니다. 라틴어에 밀려 켈트어들과 게르만 침략자들의 언어들이 거의 사라진 다른 나라들에서는 상황이 상당히 다릅니다. 중세 영문학의 경우, 프랑스어와 라틴어의 영향을 모든 면에서 충분히 감안하고 나면, 모든 문장이 그 어조와 리듬과 '느낌'에서 여전히 바바리안들이 남긴 유산이라고 할 수 있습니다. 영어와 앵글로색슨어의 관계를 문학과 무관한 "언어학적 사실일 뿐"이라고 무시하는 이들은 문학이 존재하는 양식 자체에 대해 충격적인 무신경함을 드러내는 것입니다.

더 좁은 의미에서의 문화—즉, 사상·정서·상상력—를 연구하는 사람에게는 바바리안적 요소들이 덜 중요할 수 있습니다. 하지만 그렇다고 그 요소들을 무시할 수 있는 것은 결코 아닙니다. 그리스-로마와 다른 이교주의의 파편들이 고대 노르드어·앵글로색슨어·아일랜드어·웨일스어에 남아 있습니다. 대부분의 학자들은 그런 파편들이 많은 아서 왕 로망스(모험담)의 기저를 이루고 있다고 생각합니다. 중세의 연애시는 바바리안들의 관습에 영향을 받았을 가능성이 있습니다. 발라드는 아주 최근까지지도 (늘 반복되는 이야기는 아닐 수도 있는) 선사 시대의 전래 이야기를 단편적으로 들려주는 것이었을 수도 있습니다. 고대 노르드어와 켈트어 텍스트들은 오랫동안 아주 제한된 지역 바깥으로는 전혀 알려지지 않다가 근대에 와서야 상황이 달라졌습니다. 언어가 달라지면서 앵글로색슨어는 금세 잉글랜드에서도 이해할 수 없는 언어가 되었습니다. 고대 게르만족과 켈트족 세계의 여러 요소가 이후의 자국어들에 분명히 남아 있습니다. 그러나 그것을 보려면 참으로 힘들여 찾아야 합니다! 웨이드Wade(게르만 신화의 등장인물. 웨일랜드의 아버지)[†]나 웨일랜드Weland(게르만 신화와 북구 신화에 나오는 전설적인 대장장이)[†]가 한 번 등장할 때 헥토르, 아이네이스, 알렉산드로스, 카이사르는 쉰 번이나 등장합니다. 중세의 책에서 켈트족 종교의 유산 후보 하나를 캐낼 때 마르스와 베누스와 디아나는 스무 번씩 등장합니다. 연애시에 담긴 바바리안들의 영향은 희미하고 추측 수준을 벗어나지 못합니다. 하지만 연애시가 그리스-로마 고전이나 심지어 아라비아인들에게 영향을 받은 요소는 훨씬 더 분명합니다.

바바리안들의 유산이 정말 적다기보다는 몸을 숨기고 있을 뿐이라고 생각할 수 있을 것입니다. 심지어 몸을 숨기는 데 아주 능하다고도 생각할 수 있겠지요. 로망스와 발라드에 있어서는 이것이 사실일 수 있습니다. 그러므로 우리는 이 둘이 어떤 의미에서, 어느 정도나 중세 특유의 산물인지 물어야 합니다. 18세기와 19세기 사람들은 중세에서 로망스와 발라드가 차지하는 비중을 실제보다 크게 봤습니다. 그렇게 된 데에는 충분한 이유가 있었습니다. 중세 로망스를 직접 계승한 아리오스토Ludovico Ariosto, 1474-

1533(이탈리아의 시인. 대표작《광란의 오를란도》)[†], 타소Torquato Tasso, 1544-1595(이탈리아의 시인. 대표작《해방된 예루살렘》)[†], 스펜서Edmund Spenser, 1552-1599(영국의 시인. 대표작 미완성 장편시《선녀여왕》)[†]의 작품들은 허드Richard Hurd, 1720-1808(영국의 주교. 대표작《기사도와 로망스에 관한 문학*Letters on Chivalry and Romance*》)[†]와 워턴Thomas Warton, 1728-1790(영국의 계관시인)[†]의 시대에 이르기까지 '순純문학polite literature'으로 자리 잡고 있었습니다. 허구 작품에 대한 그런 취향은 '형이상학파' 시대(17세기)와 문예 전성기Augustan Age(18세기 전반)에도 줄곧 살아 있었습니다. 발라드(이야기를 담은 민요) 또한 종종 다소 격이 떨어진 형태로 등장하기는 해도 여전히 살아 있었습니다. 아이들은 유모에게서 발라드를 들었고, 저명한 평론가들이 가끔씩 발라드에다 찬사를 보냈습니다. 따라서 18세기의 중세 '부활'은 완전히 죽지 않은 것을 살려 낸 것이라고 할 수 있습니다. 이런 경로를 따라 우리는 중세 문학을 다시 만나게 되었습니다. 우리 집 앞에 흐르던 개울을 따라가다 수원水原에 이른 셈입니다. 그 결과, 로망스와 발라드가 중세에 대한 사람들의 생각을 과도하게 채색하게 되었습니다. 학자들을 제외하면 지금도 여전히 그렇습니다. 보는 사람의 머릿속에 중세의 이미지를 떠올리고자 하는 대중적 도상화—포스터, 〈펀치Punch〉(영국에서 발행된 만화 위주의 주간지)[†]의 농담—는 모험을 찾아 떠난 기사를 그려 놓고 성과 도움이 필요한 처녀, 용 같은 것을 배경에 잔뜩 배치합니다.

이런 대중적 인상에 대해서는 흔히 변호가 가능합니다. 어떤 의미에서 로망스와 발라드는 중세 특유의 작품 또는 중세를 대표하는 작품으로 꼽힐 만한 자격이 있습니다. 중세인들이 남긴 문학 작품 중에서 로망스와 발라드가 가장 많은 이들에게 계속해서 즐거움을 주는 것으로 입증되었습니다. 여러모로 정도 차이가 있는 비슷한 장르들을 다른 곳에서 찾아볼 수 있기는 하지만, 로망스와 발라드는 총체적 효과 면에서 독특하고 대체 불가합니다. 그러나 이 둘을 중세 특유의 장르라고 부르면서 그 작품들이 구현하는 상상 활동이 중세인들의 주된 소일거리 또는 많은 시간을 썼던 소일거리라는 뜻으로 해석한다면, 잘못된 판단이 될 것입니다. 일부 발라드의 으스스한 특성과 로망스의 무심하고 간결한 페이소스—최고 로망스들에 담긴 미스터리, 무한의 감각, 규정하기 어려운 과묵함—는 중세 특유의 취향과는 분명히 다릅니다. 가장 위대한 중세 문학 중 일부, 예를 들면 찬송가, 초서Geoffrey Chaucer, 1343-1400(중세 영국 최고의 시인, 근대 영시의 창시자라 불림)[†]의 작품, 비용Francois Villon, 1431-1463(프랑스의 시인)[†]의 작품에는 그런 요소들이 전혀 없습니다. 단테는 《신곡》에서 죽은 자들의 영역을 온통 누비지만 독자는 거기서 《어셔즈 웰의 아낙*The Wife of Usher's Well*》(풍랑에 휩쓸려 죽은 세 아들이 애타게 기다리는 어머니를 찾아가는 내용)[†]이나 〈위험 성당Chapel Perilous〉을 볼 때와 같은 **전율**을 결코 느끼지 못합니다. 그런 식의 로망스와 발라드 작품들은 중세에도 지금과 다르지 않았던 것 같습니다. 그때 이후 줄곧 그랬던 것처럼 오락거리, 소일거리였다는 것이지요. 그 작품들은 정신의 주변부에서만 살 수 있는 것들이요, 그 매력은 그 것들이 (매튜 아널드가 과대평가했을 가능성이 있는 위치인) '중심에' 있지 않다는 데 있는 것입니다.

주된 특징을 놓고 보자면, 중세인은 몽상가도 방랑자도 아니었습니다. 그는 조직가, 편찬가, 체계를 만드는 사람이었습니다. 그는 "모든 것에 자리를 마련하고, 모든 것이 제자리에 놓이기를" 원했습니다. 구분하고 정의하고 도표를 작성하는 것이 그의 기쁨이었습니다. 격동적 활동들을 잔뜩 벌이면서도 그 활동들에 형식을 부여하고 싶은 충동 또한 넘쳤습니다. 문장紋章의 예술과 기사도의 원칙을 발전시켜 전쟁에 (의도적으로) 형식을 부여했습니다. 성욕은 (의도적으로) 정교한 사랑의 법도로 형식화했습니다. 아리스토텔레스를 모방한 엄격한 변증법적 양식의 틀 안에서 고도의 독창적이고 과감한 철학적 사색이 펼쳐졌습니다. 아주 다양한 개별 내용들을 정리해야 하는 법률과 도덕신학 같은 학문들이 특히 번성했습니다. 시인이 쓸 수 있는 모든 방식으로 (때로는 그러지 않는 편이 나았을 방식으로) 수사학의 기술이 분류되어 있었습니다. 분류하고 정리하는 일은 중세 사람들이 가장 좋아하고 가장 잘하는 일이었습니다. 현대의 모든 발명품 중에서 그들이 가장 감탄했을 만한 물건은 카드 색인이 아니었을까 생각합니다.

이 충동은 너무나 터무니없어 보이는 그들의 규칙 집착과, 가장 숭고해 보이는 성취에 똑같이 작용하고 있습니다. 후자를 통해 우리는 열정적이고 체계를 만드는 데 열중하는 정신이 지칠 줄 모르고 진득하면서도 환희에 찬 에너지를 발휘하여 어마어마한 양의 이질적 재료들을 통합시키는 광경을 봅니다. 아퀴나스의 《신학대전》과 단테의 《신곡》이 그 완벽한 사례입니다. 파르테논이나 《오이디푸스 왕》처럼 통일되고 질서 정연하면서도, 공휴일의 런던 기차역처럼 복잡하고 다채롭지요.

그런데 제가 볼 때 이 《신학대전》과 《신곡》 옆에 놓을 수 있는 세 번째 작품이 있습니다. 이것은 중세의 종합 그 자체로서 그들의 신학·과학·역사를 복잡하고 조화롭게 하나로 조직해 낸 머릿속의 '우주 모형Model of the Universe'이지요. 이 모형의 건설에 영향을 미친 것은 제가 앞에서 언급한 두 가지 요소, 즉 그들 문화의 근본이 되는 책 중심의 특성과 열렬한 체계 사랑입니다.

중세인들은 책을 너무나 좋아합니다. 책에 나온 내용이라면 정말 잘 믿습니다. 옛날 고전 작가들이 한 말이라면 거짓이라고 믿지 못합니다. 그리고 중세인들은 대단히 이질적인 책들의 모음을 물려받았습니다. 유대교부터 이교도, 플라톤, 아리스토텔레스, 스토아학파, 초기 기독교, 교부들의 책까지 있었습니다. (다른 분류 방식으로 말해 보자면) 연대기, 서사시, 설교, 환상을 기록한 책, 철학 논문, 풍자가 있었습니다. 이 고전 저자들이 서로 모순되는 말을 하리라는 것은 분명합니다. 장르의 차이를 무시하고 시인과 철학자가 말하는 과학을 똑같은 무게로 받아들인다면, 여러 저자들의 말이 더더욱 서로 모순되게 보일 것입니다. 그런데 중세인들은 장르의 차이를 아주 많이 무시했습니다. 그들은 시인들이 이야기를 지어낸다는 사실을 이론적으로는 충분히 지적할 수 있었음에도 실제로는 시인과 철학자의 말을 똑같이 받아들였습니다. 상황이 이러한 데다가 책에 나오는 내용을 불신하기를 한사코 주저하는 마음마저 강하다면, 여기에는 분류하고 정리하는 작업이 이루어질 절박한 필요와 영광스러운 기회가 분명히 있다고 볼 수 있을 것입니다. 외견상 모순되는 모든 것을 가지고 조화를 이루어 내야 합니다. 모든 것을 충돌 없이 담아낼 모형을 만들어야 합니다. 그리고 이 모형이 모든 것을 충돌 없이 담아내려면 정교해지는 수밖에 없고, 크고 세밀한 질서가 잡힌 다중적 체계를 통해 이 모형의 통일성을 이루어 낼 수밖에 없습니다. 저는 중세인들이 어쨌거나 이 작업에 착수했을 것이라고 봅니다. 그런데 그들에게는 그렇게 할 수밖에 없는 추가적인 유인이 있었습니다. 이 작업이 이미 시작된 데다가 상당히 많이 진척된 상태였다는 사실이지요. 고대의 마지막 시기에 많은 작가들이—그중 일부는 이 책의 뒤편에서 만나게 될 것입니다—아마도 반 정도는 무의식적으로 전혀 다른 출처에서 나온 여러 견해를 모으고 조화시키고 있었습니다. 플라톤, 아리스토텔레스, 스토아학파의 요소뿐 아니라 이교적, 기독교적 요소까지 섞어 혼합 모형을 만들어 낸 것입니다. 중세는 이 모형을 채택하고 완성시켰습니다.

저는 이렇게 완성된 모형이 《신학대전》, 《신곡》과 나란히 할 만한 걸작이라고 말했는데, 이 모형이 두 작품과 어느 정도는 같은 이유로 우리의 정신에 비슷한 만족감을 선사한다는 의미였습니다. 이 모형은 두 문학 작품처럼 규모가 크지만 제한되어 있고 이해 가능합니다. 그 장엄함은 모호하거나 이해하기 어려운 것에 의존하지 않습니다. 뒷부분에서 설명하겠지만, 그것은 고딕적 장엄함이 아니라 고전적 장엄함입니다. 그 내용은 아주 풍부하고 다양하면서도 서로 조화를 이루고 있습니다. 모든 것이 다른 모든 것과 긴밀히 이어져 있되, 평면적인 평등이 아니라 위계적 사다리로 이어져 있습니다. 이 모형의 이런 아름다움은, 더 이상 그것을 참된 것으로 여기지 않기에 예술품 대하듯 자유롭게 바라보는—또는 그렇게 바라볼 수밖에 없게 된—우리에게만 분명히 드러나는 것이라고 생각할 수도 있을 것입니다. 그러나 저는 그렇게 보지 않습니다. 이 모형이 참되다고 믿는 동안에도 사람들은 그로부터 심오한 만족감을 얻었고 그에 관한 풍성한 증거가 있습니다. 저는 이 '우주 모형'이 중세 최고의 예술품일 뿐 아니라 어떤 의미에서는 중세의 중심 작품이라고 독자를 설득하고 싶습니다. 이 우주 모형 안에 대부분의 개별 작품들이 들어 있고, 개별 작품들은 이 모형을 끊임없이 언급했으며 이 모형으로부터 아주 많은 힘을 얻었다고 말입니다.

ii. 짚고 넘어갈 것들

감당하지 못할 놀라운 일을 하려고 힘쓰지 아니하나이다.

— 시편 131편 1절

중세의 문학과 예술이 대체로 전제했던 우주 모형을 묘사하는 일은 중세의 과학과 철학을 전반적으로 다룬 역사를 쓰는 일과는 다릅니다.

중세에는 대부분의 시대가 그랬듯 변화와 논쟁이 가득했습니다. 여러 학파가 생겨났고 서로 주장을 내세우다가 몰락했습니다. 그런데 저는 소위 '중세 우주 모형Medieval Model'을 설명하면서 그런 내용을 모두 무시합니다. 압도적이었던 플라톤적 시각이 아리스토텔레스적[1] 시각에 밀려난 큰 변화와 유명론자들Nominalists과 실념론자들Realists 사이의 노골적인 갈등까지도 무시합니다. 그 이유는 이런 것들이 사상사가들에게는 아주 중요할지 몰라도 문학적 층위에는 별다른 영향을 끼치지 않기 때문입니다. 시인들과 예술가들이 이 모형에서 가져다 쓸 수 있는 요소들을 놓고 보자면, 이 모형은 안정적으로 남아 있었습니다.

이 장에서도 독자는 제가 '중세적' 모형의 여러 특징을 보이기 위해 중세 이후에 활동한 작가들, 즉 스펜서, 던, 밀턴의 글에서 자유롭게 사례를 가져오는 것을 보게 될 것입니다. 제가 그렇게 하는 이유는 여러 지점에서 이 옛 모형이 그들 작품의 바탕에 여전히 깔려 있기 때문입니다. 이 모형은 17세기 말까지 명맥을 유지하고 있었습니다.

모든 시기마다 위대한 사상가들이 받아들인 우주 모형은 소위 예술의 배경막을 제공하는 데 도움을 주었습니다. 그러나 이 배경막은 대단히 선별적입니다. 전체 모형에서 일반인이 이해할 수 있고 상상력과 감정에 호소력을 발휘하는 것만 가져옵니다. 그래서 우리 현대인들의 배경막을 보면 프로이트가 잔뜩 들어 있고 아인슈타인은 조금밖에 안 나옵니다. 중세의 배경막에는 행성들의 질서와 영향력이 들어 있지만 주전원周轉圓, epicycles과 편심원偏心圓, eccentrics에 대한 내용은 많지 않습니다. 배경막이 과학적, 철학적 층위에서 이루어지는 큰 변화에 언제나 발 빠르게 반응하는 것도 아닙니다.

게다가 이 모형의 배경막 버전에서 실제로 누락된 내용 말고도 다른 차이도 흔히 있을 것입니다. 우리는 그것을 지위의 차이라 부를 수 있습니다. 대가들은 우리 보통사람들과 달리 어떤 모형도 아주 진지하게 받아들이지 않습니다. 그들은 그것 역시 결국 다른 것으로 대체될 가능성이 있는 하나의 모형일 뿐임을 압니다.

자연철학자의 업무는 "현상을 구제save appearances"할 이론들을 구성하는 것입니다. 우리 대부분은 이 표현을《실낙원*Paradise Lost*》 8권, 82행에서 처음 만나게 되는데, 대부분의 경우 아마도 처음에는 그 의미를 오해했을 것입니다. 우리가 아는 한, 여기서 밀턴John Milton, 1608-1674(17세기 영문학을 대표하는 작가·시인)[†]은 심플리키우스Simplicius가 아리스토텔레스의《천문학*De Caelo*》주석에서 처음으로 사용한 표현인 σώζειν τὰ φαινόμενα를 번역해서 사용했습니다. 과학 이론은 그것이 다루는 현상을 모두 담아내고 정당하게 인정한다는 의미에서 현상appearances(즉 phenomena)을 '구제' 또는 '보존'해야 한다는 것이지요. 예를 들어, 밤하늘의 빛나는 점들이 지구 표면의 특정한 지점 또는 선택된 여러 지점에서 관측자에 대해서와 서로에 대해 이렇게 저렇게 움직이는 것처럼 보이는 현상이 있다고 합시다. 누군가의 천문학 이론은, 그것이 사실일 경우, 하나 또는 여러 개의 관측 지점에서 보이는 겉보기 운동이 바로 그가 실제로 관측한 운동일 것임을 뒷받침해 주는 가설입니다. 그렇게 되면 그 이론은 현상을 '담아냈'거나 '구제한' 것이 됩니다.

그러나 이론이 갖춰야 할 요구사항이 그것뿐이라면 학문은 불가능할 것입니다. 활기차고 독창적인 정신 능력의 소유자라면 어떤 식으로든 현상을 구제할 여러 다양한 가정을 고안해 낼 수 있을 테니 말이지요. 그러므로 현상 구제의 규범을 또 다른 규범으로 보완해야 했습니다. 이 두 번째 규범을 처음으로 명료하게 공식화한 사람은 오컴William of Occam, 1285-1349(영국의 철학자)†이었습니다. 이 규범에 따르면, 우리는 현상을 구제하는 모든 이론을 (잠정적으로) 다 받아들여서는 안 되고 가능한 한 최소의 가정으로 현상을 구제하는 이론을 선택하여 받아들여야 합니다. 이처럼 (1) 셰익스피어 작품의 시원찮은 대목들은 모두 개작자들이

집어넣었다는 이론과 (2) 셰익스피어가 컨디션이 썩 좋지 않았을 때 그 대목을 썼다는 이론은 똑같이 현상을 '구제'합니다. 그러나 우리는 셰익스피어라는 인물이 실제로 존재했다는 사실과 작가들이 늘 최상의 상태는 아니라는 사실을 압니다. 학문 연구로 과학의 꾸준한 진보가 이루어지기 원한다면, 우리는 당연히 두 번째 이론을 (잠정적으로) 받아들여야 합니다. 개작자라는 가정이 없이도 시원찮은 대목들을 설명할 수 있다면, 그렇게 해야 합니다.

모든 시대마다 엄밀한 사상가들은 제가 묘사한 방식으로 세워진 과학 이론들이 사실의 진술이 아니라는 것을 분명히 알아볼 것입니다. 별들이 이런저런 방식으로 움직이는 것처럼 보인다거나, 실험실에서 물질들이 이렇게 저렇게 행동한다거나, 이런 것은 사실의 진술입니다. 천문학 이론이나 화학 이론은 잠정적인 성격을 결코 벗어날 수 없습니다. 더 독창적인 사람이 더 적은 가정으로 관찰된 현상을 '구제'할 수 있는 가설을 생각해 내거나, 기존의 가설로는 결코 구제할 수 없는 새로운 현상이 발견된다면, 기존 이론은 버려야 할 것입니다.

저는 현대의 모든 사려 깊은 과학자들이 이 부분을 인정할 것이라고 생각합니다. 뉴턴 역시 이것을 인정했습니다. 제가 아는 것처럼 뉴턴이 "인력은 거리의 제곱에 반비례해서 달라진다"고 쓴 것이 아니라 인력이 그렇게 달라지는 것"처럼 모든 일이 이루어진다"고 썼다면, 그 분명한 증거가 되겠지요. 과학 이론의 잠정성은 중세 시대에 인정된 것이 분명합니다. 아퀴나스는 이렇게 말했습니다. "천문학에서 주전원과 편심원에 대한 설명의 근거는, 그것들을 가정할 때*hac positione facta* 천체의 운동에 관한 합리적인 현상이 구제될 수 있다는 것이다. 그러나 이것은 엄밀한 증거*sufficienter probans*가 아니다. 우리가 다 아는 대로*forte* 그것들은 다른 가정들을 통해서도 구제될 수 있기 때문이다."[2] 코페르니쿠스는 잔물결도 일으키지 못했는데 갈릴레오는 폭풍을 불러온 진짜 이유는 코페르니쿠스가 천체 운동에 대한 새로운 가설을 내놓은 반면 갈릴레오는 이 가설을 사실로 다루어야 한다고 주장했다는 데 있을 것입니다. 그렇다면, 진짜 혁명은 하늘에 대한 새로운 이론이 아니라 "이론의 본질에 대한 새로운 이론"이 될 것입니다.[3]

그렇다면 최고 수준의 지식인들은 중세의 우주 모형이 잠정적인 것임을 알아보았습니다. 우리가 알고 싶은 것은 이런 조심스러운 견해가 지적 계층구조에서 얼마나 아래까지 내려갔는가 하는 점입니다. 우리 시대에는 과학 교육을 많이 받지 못한 사람일수록 과학 이론에 사실의 위엄과 엄밀성을 더 쉽게 부여한다고 말해도 될 것 같습니다. 저는 교육 수준이 낮은 청중과 대화를 나누면서 진짜 과학자들이라면 대단히 사변적인 것으로 여길 만한 내용들을 인류의 진짜 지식 체계의 일부로 자리 잡은 많은 것들보다 더 확고하게 믿는 모습을 가끔 발견합니다. 혈거인穴居人의 대중적 이미지*imago*는 대중들에게 확고한 사실로 각인되어 있고, 카이사르나 나폴레옹의 생애는 의심스러운 소문으로 치부됩니다. 하지만 중세에도 사정이 이와 같았을 것이라고 성급하게 생각해서는 안 됩니다. 당시에는 진짜 과학의 캐리커처인 오늘날의 대중적 과학주의를 만들어 낸 언론 매체가 존재하지 않았습니다. 그때의 무지한 사람들은 지금의 무지한 사람들보다 자신의 무지를 더 잘 인식했습니다. 하지만 저는 중세 우주 모형에서 모티프를 가져오는 시인들이 아퀴나스와는 달리 이 모형의 인식론적 지위가 신통치 않음을 알지 못한다는 인상을 받습니다. 그 시인들이 아퀴나스가 제기했던 질문을 제기하고 다른 답을 내놓았다는 뜻이 아닙니다. 그들의 생각 속에서는 그런 질문이 아예 떠오르지 않았을 가능성이 높습니다. 그들은 자신의 우주론적 또는 역사적·종교적 믿음에 대한 책임이 다른 이들에게 있다고 느꼈을 것입니다. 그들에게는 훌륭한 고전 작가, 위대한 학자, "이 옛 현인들"을 따르는 것으로 충분했습니다.

이 모형은 인식론적으로만이 아니라 정서적으로도 위대한 사상가들보다는 시인들에게 더 의미 있게 여겨졌을 것입니다. 저는 어느 시대나 사정이 마찬가지일 것이라고 믿습니다. 실체화된 추상 관념인 '생명Life'에 대한 유사종교적 반응은 쇼George Bernard Shaw나 웰스H. G. Wells의 작품이나 베르그송Henri Bergson 같은 대단히 시적인 철학자에게서 찾아야지, 생물학자들의 논문과 강연에서 찾아서는 안 됩니다. 중세 모형에 대한 기쁨을 표현한 쪽은 단테나 장 드 묑Jean de Meung, 1250-1305(프랑스의 시인)[†]이지 알베르투스Albertus Magnus, 1193-1280(중세의 신학자·철학자·박물학자)[†]와 아퀴나스가 아닙니다. 이런 차이가 왜 생길까요? 감정 표현은 종류에 상관없이 철학자의 업무가 아니기 때문이기도 합니다만, 저는 또 다른 이유가 있다고 생각합니다. 위대한 사상가들이 우주 모형에 많은 관심을 갖지 않는 것은 자연스러운 일입니다. 그들에게는 보다 어렵고 논쟁적인 당면 문제들이 있습니다. 모든 우주 모형은 대답된 질문들로 이루어진 구성물입니다. 전문가들은 새로운 질문을 제기하거나 기존의 질문에 새로운 답변을 내놓는 일에 참여합니다. 그들이 새로운 질문을 제기할 때, 합의된 옛 모형은 더 이상 그들의 관심사가 아닙니다. 그들이 기존의 질문에 새로운 답을 내놓을 때는 마침내 옛 모형을 통째로 무너뜨리게 될 활동을 시작한 것입니다.

하나의 특정한 전문가 군을 이루는 위대한 영적 저술가들은 이 우주 모형을 거의 전적으로 무시합니다. 초서를 읽으려면 이 모형에 대해 어느 정도 알 필요가 있지만, 성 베르나르두스의 글이나 《완덕의 단계*The Scale of Perfection*》, 《그리스도를 본받아》를 읽을 때는 이 모형을 무시할 수 있습니다. 영성 서적은 의학서처럼 철저히 실용적인 책이기 때문입니다. 자기 영혼의 상태에 관심을 갖는 사람은 천구나 원자의 구조에 대해 생각해 봐야 별 도움을 받지 못할 것입니다. 그러나 어쩌면 중세에는 또 다른 요인이 작용하고 있었을지 모릅니다. 그들의 우주론과 종교는 생각만큼 죽이 잘 맞는 사이가 아니었습니다. 처음에는 이 사실이 눈에 잘 들어오지 않을 수도 있습니다. 중세의 우주론은 확고한 유신론적 기반 위에 있고 초자연적인 것을 쉽사리 환영한다는 점에서 현저하게 종교적으로 보이기 때문입니다. 어떤 의미에서는 분명히 그렇습니다. 그러나 현저하게 기독교적이지는 않습니다. 중세의 우주론에 포함된 이교적 요소들 중에는 신神 개념과 우주에서 인간의 위치에 관한 것도 있었는데, 이것들은 기독교와 논리적 모순까지는 아니어도 미묘한 부조화를 이루었습니다. 19세기 유형의 직접적인 '종교와 과학의 갈등'은 없었지만, 성격차가 있었지요. 단테의《신곡》의 경우를 제외하면, 중세 우주 모형의 즐거운 관조와 기독교적 성격의 열렬한 종교적 감정이 융합되는 경우는 드물었습니다.

지난 장에서 이 모형을 묘사하는 일과 사상사를 쓰는 일의 한 가지 차이점의 사례가 무심코 제시되었습니다. 거기서 저는 플라톤과 아리스토텔레스를 모두 언급했지만, 제가 그들에게 부여한 역할은 철학적으로 볼 때 굴욕적인 것이었습니다. 플라톤은 정령학daemonology의 부스러기에 대한 증인으로 소환되었고, 아리스토텔레스는 타파된 물리학의 대표자로 등장했습니다. 물론 서양사상사에서 그들이 실제로 차지하는 영구적 위치가 그 정도라는 의미는 아니었습니다. 그러나 여기서 우리가 그들에게 관심을 갖는 이유는 그들이 위대한 사상가여서가 아니라 이 모형에 기여한 사람들—간접적으로, 무의식적으로, 그리고 거의 우연히 기여한 사람들—이기 때문입니다. 사상사 자체라면 위대한 전문가들이 위대한 전문가들에게 끼친 영향을 주로 다룰 것입니다. 아리스토텔레스의 물리학이 아니라 그의 윤리학과 변증법적 방법이 아퀴나스의 윤리학과 변증법적 방법에 끼친 영향을 다루겠지요. 그러나 이 모형은 이유를 막론하고 어쨌든 구할 수 있는 고대의 모든 저자들—훌륭하든 시원찮든, 철학자이든 시인이든, 이해되었든 오해되었든—의 실질적인 또는 가정된 합의를 가지고 만들어집니다.

이런 설명들은 향후 독자가 이 책의 이곳저곳을 처음 들춰 볼 때 품을 수 있는 한 가지 의심을 가라앉히거나 그 방향을 바꿔 놓을 것입니다. 그런 예비적 정찰을 통해 독자가 이런 질문을 하는 모습이 상상이 됩니다. "하지만 당신이 말하는 이 모형이 지적 계층구조 아래로 얼마나 뚫고 내려갔습니까? 당신이 문학의 배경으로 제시하는 것들은 사실 소수의 전문가들만이 알던 것들 아닙니까?" 저는 이 모형의 진짜 힘이 '얼마나 위로 높이까지' 작용했는가 하는 질문 또한 적어도 그 못지않게 적절하다는 게 이제 드러나게 되기를 바랍니다.

이 모형의 영향이 닿지 않는 아래의 층위가 분명히 있었습니다. '원동천*Primum Mobile*'이라는 말은 들어 본 적도 없는 도랑 파는 일꾼과 술집 안주인이 있었습니다. 그들은 지구가 구형인 줄도 몰랐습니다만, 지구가 평평하다고 생각했기 때문이 아니라 그 문제에 대해 전혀 생각하지 않았기 때문입니다. 그럼에도 불구하고, 이 우주 모형에서 가져온 여러 요소는《영국 남부의 전설 *South English Legendary*》 같은 담백하고 소박한 모음집에도 등장합니다. 반면에, 제가 최고 수준의 과학자들과 영성 작가들의 사례를 통해 보여 주려 했던 것처럼, 지적으로나 영적으로나 이 모형의 힘이 온전히 미치지 않는, 어떤 의미에서 그보다 더 위에 있는 층위들도 있었습니다.

제가 "어떤 의미에서"라고 말한 것은 **위**와 **아래**의 은유가 자칫 하면 잘못된 암시를 줄 수 있기 때문입니다. 마치 제가 과학과 철학이 문학과 예술보다 어떤 식으로든 본질적으로 더 가치 있다고 믿는 것처럼 말입니다. 저는 그런 견해를 갖고 있지 않습니다. '더 높은' 지적 수준은 특정한 한 가지 기준에서 더 높음을 의미합니다. 본질이 다른 탁월성들을 비교 평가하는 것은 제가 볼 때 무의미합니다.[4] 외과의사는 바이올리니스트보다 수술을 잘하고, 바이올리니스트는 외과의사보다 바이올린 연주를 잘합니다. 저는 시인들과 화가들이 자신들의 배경막에서 과학과 철학의 전문가들이 중요하게 여기는 것을 많이 누락하는 것이 잘못이라거나 어리석은 일이라고 말하는 것도 아닙니다. 화가에게도 해부학이 어느 정도 필요합니다만 생리학까지 갈 필요는 없고 생화학으로 들어갈 필요는 더더욱 없습니다. 그리고 만약 생리학과 생화학이 해부학보다 훨씬 많이 달라진다 해도, 화가의 작품에는 생리학과 생화학 분야의 진보가 반영되지 않을 것입니다.

iii. 선별 자료: 고전 시대

오호, 인간 능력의 덧없는 영광이여,

봉우리 위에 푸르름이 어이 그리 잠시만 머무는고!

— 단테, 《신곡》

중세의 우주 모형 자체를 살펴보기 전에, 이 모형의 출처가 된 자료들 중에서 일부라도 설명하는 것이 좋을 것 같습니다. 모든 자료를 다루는 것은 이 책의 범위를 훌쩍 넘어서는 일이 될 테고, 그렇게 하다가는 저보다 더 나은 안내자들을 쉽게 찾을 수 있는 영역들에 이르게 될 것입니다. 중세 문학을 공부하는 사람에게는 성경, 베르길리우스(의《아이네이스》), 오비디우스(의《변신 이야기》)만큼 중요한 자료가 없을 것입니다만, 저는 이 세 권에 대해서는 한마디도 하지 않을 것입니다. 저의 독자들 중 상당수는 이미 이 책들을 알고 있을 테고, 그렇지 못한 분들이라도 적어도 알 필요가 있다는 정도는 인식하고 있을 것입니다. 또 하나, 저는 옛 천문학에 대해 할 말이 많지만, 프톨레마이오스의《알마게스트》는 설명하지 않으려 합니다. 이 책은 프랑스어 번역본[1]이 나와 있고 많은 과학사 서적들도 존재합니다. (역사가가 아닌 현대 과학자들이 코페르니쿠스 이전의 천문학에 대해 무심코 하는 말들은 신뢰할 수 없는 경우가 많습니다.) 저는 식자들이 쉽게 접할 수 없거나 잘 알려지지 않은 문헌들, 또는 중세의 우주 모형이 내용을 흡수하는 흥미로운 과정을 가장 잘 보여 주는 자료들에 집중하겠습니다. 제가 볼 때 기원후 **3, 4, 5**세기의 자료들이 가장 중요한데, 이것은 다음 장의 주제가 될 것입니다. 이번 장에서는 우리 학교들의 '고전' 전통에서 흔히 부각되지 않았던 몇몇 이전 저작들을 살펴보겠습니다.

A. 〈스키피오의 꿈〉[2]

다들 알다시피 플라톤의 《국가》는 내세에 대한 이야기로 끝나는데, 죽은 자들의 세계에서 돌아온 아르메니아 사람 엘Er의 입을 통해 그 이야기를 들려줍니다. 키케로는 뒤질세라 기원전 50년경에 《국가론》을 썼고 비슷한 환상으로 책을 마무리했습니다. 키케로의 대화에 나오는 한 화자인 소小 스키피오 아프리카누스는 이 책의 마지막 6권에서 놀라운 꿈에 대해 들려줍니다. 키케로의 《국가론》은 대부분 단편적인 상태로 남아 있습니다. 그러나 제가 다루려 하는 이 부분 〈스키피오의 꿈Somnium Scipionis〉은 온전한 상태로 전해졌고, 그 이유는 나중에 드러납니다.

스키피오는 꿈 이야기를 시작하면서 그 꿈을 꾸기 전 저녁 시간에 (입양으로 맺어진) 할아버지 대大 스코피오 아프리카누스와 이야기를 나누었다고 말합니다. 그래서 그가 꿈에 나타난 것이 분명하다며, 꿈은 흔히 잠들기 얼마 전에 했던 생각에서 나오기 때문이라는 이유를 댑니다.VI, X 허구적 꿈에 대해 심리적 원인을 제시하여 그럴듯하게 만들려는 이 작은 시도는 중세의 몽시夢詩에서 모방되고 있습니다. 초서는 《공작부인 이야기*Book of the*

Duchesse》에 실은 시에서 죽음으로 갈라진 연인들에 대해 읽고 그들에 대해 꿈을 꿉니다. 《새들의 의회*The Parlement of Foules*》에서는 〈스키피오의 꿈〉을 읽은 것이 그가 스키피오의 꿈을 꾼 이유일 수 있다고 말합니다.106-108

대 아프리카누스는 소 아프리카누스를 높은 곳으로 데려가 "별들이 가득한 밝고 빛나는 높은 곳에서"xi 카르타고를 내려다 봅니다. 그들이 있는 곳은 사실 가장 높은 천구인 항성천*stellatum* 입니다. 이 장면은 단테(《신곡》)와 초서(《명예의 전당》)의 승천 장면 및 트로일루스의 유령과 《왕의 서書 *King's Quair*》에서의 연인의 승천 등 이후 문학 작품들에 나오는 많은 승천 장면의 원형입니다. 돈키호테와 산초2편, 41장도 자신들이 그렇게 승천한다고 확신한 적이 한 번 있습니다.

아프리카누스는 손자의 장래 정치 이력을 예언한 후(《신곡》〈천국편〉 17곡에서 카차구이다가 단테의 정치적 운명을 예언하듯), "조국을 구해 내거나 지켜 내거나, 영토를 확장한 모든 사람은 하늘에 지정된 자리가 있다"고 설명합니다.xiii 이것은 이후의 혼합주의가 직면하게 된 다루기 힘든 자료의 좋은 사례입니다. 키케로는 하늘이 공인公人들을 위한 곳, 정치가와 장군들을 위한 곳이라고 말합니다. 이교도 현인(피타고라스 같은)이나 기독교 성인은 그곳에 들어갈 수 없었습니다. 이것은 일부 이교도 권위자들 및 모든 기독교도 권위자들의 입장과는 부합하지 않았습니다. 그러나 이 경우에는, 나중에 살펴보겠지만, 중세가 시작되기 전에 조화로운 해석이 이미 이루어졌습니다.

젊은 스키피오는 이런 전망에 마음이 달아올라 왜 당장 그 행복한 무리에 합류하면 안 되느냐고 묻습니다. "안 된다"고 할아버지가 대답합니다.xv "네가 보았던 전 우주를 신전으로 소유하신 신께서 너를 몸의 족쇄에서 풀어 주시기 전에는 안 된다. 지금 네게는 그 길이 닫혀 있다. 인간들은 신전 한복판에 보이는 저기 지구라는 구체를 지켜야tuerentur 한다는 법 아래서 태어났기 때문이다.… 그러므로 너 푸블리우스와 모든 선한 사람들은 몸의 족쇄 안에 영혼을 간직해야 하고 네게 영혼을 주신 분의 명령 없이 인생을 떠나서는 안 된다. 그러지 않으면 신께서 네게 맡기신 의무를 저버렸다는 판결이 내려질 수 있다." 이 자살 금지는 플라톤적입니다. 저는 키케로가 여기서 플라톤의 《파이돈》의 한 구절을 따르고 있다고 생각합니다. 그 대목에서 소크라테스는 자살에 대해 이렇게 말합니다. "사람들은 자살이 불법이라고 하지",61c 어떤 상황에서도 불법인 몇 안 되는 행동 중 하나라고 말입니다.62a 그는 설명을 이어갑니다. 밀교密教, Mysteries에서 가르치는 교리(몸은 감옥이고 우리는 거기서 탈옥해서는 안 된다)를 우리가 받아들이든 아니든, 어쨌든 우리 인간들은 신들의 소유물(크테마타κτήματα)이 분명하고 소유물은 스스로를 처분해서는 안 된다는 내용입니다.62b-c 이 금지 명령이 기독교 윤리의 일부라는 사실은 논란의 여지가 없지만, 이 명령이 언제 어떻게 기독교 윤리의 일부가 되었는지 식자들 중에도 모르는 사람들이 많았습니다. 우리가 검토하고 있는 대목이 그 과정에 모종의 영향을 끼쳤을 가능성이 있습니다. 후대 저자들이 자살이나 자신의 목숨을 불법적으로 위태롭게 하는 일을 언급한 대목들은 아프리카누스가 손자에게 한 말을 염두에 두고 있는 것 같습니다. 아프리카누스의 말에 함축된 군사적 은유를 끌어내고 있기 때문이지요. 스펜서의 십자군 기사는 자살하라는 절망의 유혹에 이렇게 대답합니다.

군인은 대장의 명령이 내려질 때까지
경계 장소를 벗어나서도 안 되고 근무지stand[3]를 떠나서도 안 된다.

절망은 기사의 논증을 뒤집어 볼 요량으로 이렇게 답합니다.

보초병에게 숙소를 알려 주시는 분이
아침의 꿈이 내는 소리에 맞춰 떠나도록 허락하신다.

—《선녀여왕》, 1권, 제4칸토, 41행

이와 유사하게 던은 다음과 같이 결투를 비난합니다.

오 지독한 겁쟁이여, 이렇게 굴복하면
적들과 (그대가 그분의 세계에서 수비대로 경계를 서게 하신)
그분 앞에서 그대가 용감해 보이겠는가?

— 〈풍자문 III(Satyre III)〉, 29

그런데 스키피오는 별들이 지구보다 더 큰 구체라는 사실을 알게 되었습니다. 이제 지구는 별들에 비해 너무나 작아 보였고 그 작은 지표면 위의 한 점에 지나지 않는 로마 제국은 그에게 경멸을 불러일으켰습니다.xvi 이 대목은 후대 작가들의 머릿속에 계속 머물렀습니다. 그리고 (우주의 기준으로 볼 때) 지구의 하잘것없음은 중세의 사상가들에게 너무나 진부한 사실이 되었습니다. 이것은 도덕주의자들의 상투적인 문구의 일부가 되어, 키케로에게 그런 용도로 쓰인 것처럼,xix 인간의 야망을 억제하는 데 쓰였습니다.

〈스키피오의 꿈〉에 나오는 다른 세부 내용들도 후대의 문학에서 재차 만나게 됩니다. 물론 그 모든 내용이 그 꿈을 통해서만 후대에 전해진 것은 분명 아닙니다. 18장에는 천구들의 음악이 나오고, 26장에는 땅에 매인 유령의 교리가 나옵니다. 17장(이 대목이 너무 사소하게 여겨지지 않는다면)에서 우리는 태양이 '세계의 정신*mens mundi*'이라는 것을 알아볼 수 있습니다. 오비디우스《변신 이야기》, 4부, 228는 태양을 '세계의 눈*mundi oculus*'으로 만들었습니다. 대大플리니우스Gaius Plinius Secundus, 23-79(로마의 작가 · 박물학자 · 군사령관)[†]는 키케로의 입장을 취하면서 '세계의 영혼*mundi animus*'이라고《박물지(*Histoire Naturalis*)》, II, iv 살짝 바꾸어 표현했습니다. 베르나르두스 실베스트리스Bernardus Silvestris는 두 경칭—세계의 정신… 세계의 눈 *mens mundi… mundanusque oculus*—을 모두 사용했습니다.[4] 베르나르두스의 책은 읽지 않았을지 몰라도 〈스키피오의 꿈〉과 오비디우스의

《변신 이야기》는 분명히 읽었을 밀턴도 그와 똑같이 "그대 태양, 이 거대한 세계의 눈과 영혼이여"《실낙원》, 제5편, 171라고 읊조립니다. 셸리Percy Bysshe Shelly는 눈의 이미지를 더 높은 층위로 끌어올리는데, 그는 밀턴만을 염두에 둔 듯합니다. "우주가 스스로를 바라보고 자신의 신성을 아노라."〈태양신 찬가(Hymn of Apollo)〉, 31

하지만 이런 신기한 얘기보다 훨씬 더 중요한 것은 이 텍스트의 일반적인 특징입니다. 이 특징은 고대로부터 내려온 중세의 많은 자료에서 전형적으로 발견됩니다. 피상적으로 보면 이 특징은 조금만 손질을 가하면 기독교와 조화시킬 수 있을 것처럼 보입니다만, 근본적으로는 완전히 이교적인 윤리와 형이상학을 전제하고 있습니다. 앞서 보았다시피, 하늘은 존재하지만 그곳은 정치인들을 위한 하늘입니다. 스키피오는 위를 바라보고 세상을 경멸하라는 권고를 받습니다.23장 하지만 그가 경멸해야 하는 것은 주로 "어중이떠중이의 말"이고, 그가 위에서 찾아야 하는 것은 "그의 업적*rerum*"에 대한 보상입니다. 그것은 기독교적인 의미와는 아주 다른 데쿠스*decus*, 곧 영예 또는 '영광'일 것입니다. 여기서 가장 기만적인 부분은 24장인데, 스키피오는 죽는 것이 그가 아니라 그의 몸뿐이라는 사실을 기억하라고 권고를 받습니다. 그리스도인이라면 모두 이 말에 어떤 의미에서는 동의할 것입니다. 그런데 이 말에 이어 "그러므로 네가 신이라는 사실을 깨달으라"는 말이 나옵니다. 키케로에게는 그것이 분명한 사실입니다. 폰 휘겔Von Hügel은 "그리스인들 사이에서"—여기서 그는

"모든 고전 사상에서"라고 말할 수도 있었을 것입니다—"**불멸**을 말하는 사람은 **신**을 말하는 것과 같다. 두 개념은 바꿔 쓸 수 있다"고 말합니다.[5] 인간이 하늘로 갈 수 있다면, 그것은 그가 거기서 왔기 때문입니다. 그들의 올라감은 돌아감*revertuntur* 입니다.[xxvi] 그렇기 때문에 몸이 "족쇄"인 것입니다. 우리는 모종의 타락에 의해 몸 안에 갇혔습니다. 몸은 우리의 본성과 무관합니다. "각 사람의 정신이 그 사람이다."[xxiv] 이 모두가 인간의 창조, 타락, 구속, 부활의 기독교 교리와는 전혀 다른 관념들에 속합니다. 여기에 포함된 몸에 대한 태도는 중세 기독교권에 불운한 유산으로 남게 됩니다.

키케로가 남긴 가르침 중에는 몇 세기에 걸쳐 지리적 탐험의 의욕을 꺾는 데 일조했을 교리도 하나 있습니다. 지구는 (물론) 구형입니다. 지구는 다섯 지대로 나뉘어 있는데, 그중 두 곳인 북극과 남극은 너무 추워서 거주가 불가능합니다. 그 둘 사이에 거주 가능한 온대가 둘이 있고, 그 사이에는 열기로 인해 살 수 없는 열대가 펼쳐져 있습니다. 그렇기 때문에 대척지의 주민들Antipodes, 즉 "반대쪽 땅을 딛고 선(*adversa vobis urgent vestigia*)" 탓에 우리와 "걸음이 반대"이고 남쪽의 온대 지역에서 사는 사람들은 우리에게 아무 의미가 없습니다. 우리는 그들을 결코 만날 수 없습니다. 죽음의 열기를 내뿜는 지대가 우리와 그들을 가르고 있으니 말입니다.[xx] 조지 베스트George Best는 바로 이 이론에 맞서서 "지구에 대한 경험과 논리들: 세계의 모든 지역이 거주 가능함을 입증하고 그로써 다섯 지대의 입장[6]을 반박함"이라는 장을 썼습니다(*A True Discourse*, 1578년).

키케로는 그의 모든 후계자들이 충실히 전한 대로 달을 영원한 세계와 소멸하는 세계의 경계로 삼고, 행성들이 인간의 운명에 영향을 끼친다고 주장합니다. 그의 주장이 다소 모호하고 불완전하기는 하지만, 그는 자신의 주장에 대해 중세의 신학자들이 덧붙였을 법한 단서를 붙이지 않습니다.[xvii]

B. 루카누스

루카누스Marcus Annaeus Lucan는 기원후 34년에 태어나 65년까지 살았습니다. 그는 세네카와 갈리오("이런 것들에 전혀 개의치 않았던" 사람)의 조카였습니다. 내전(폼페이우스와 카이사르의 내전)[†]을 다룬 그의 서사시《파르살리아*Pharsalia*》는 그가 더없이 비참한 죽음을 당하면서 미완성으로 남았습니다. 그는 네로에 대한 반란 음모에 가담했다가 체포되었고, 사면 약속을 믿고 공범들에 대해 불리한 증언을 하고 (다른 많은 이들에 더해) 어머니까지 고발했지만 결국 처형되었습니다. 제가 볼 때 지금 그의 시는 저평가되어 있습니다. 그의 시는 물론 유혈과 폭력이 가득합니다만, 웹스터John Webster, 1580?-1634(영국의 극작가. 대표작으로 비극인《백마*White Devil*》,《몰피 공작부인*The Duchess of Malfi*》이 있다)[†]와 투어너Cyril Tourneur, 1575-1626(영국의 극작가. 대표작으로 복수극《복수자의 비극》,《무신론자의 비극》

이 있다)[†]보다 더하지는 않습니다. 문체 면에서 루카누스는 영 Edward Young, 1683-1765(대표작 《밤의 상념 *Night Thoughts*》)[†]처럼 '음울한 풍자시인'이었고, 세네카처럼 '언어적 반전'의 대가였습니다.

루카누스의 문체는 제가 아는 한 중세 작가들이 모방하지 않았지만, 그는 크게 존경을 받았습니다. 단테는 《속어론 *De Vulgari Eloquentia*》에서 4명의 최고 시인 *regulati poetae* 으로 베르길리우스·오비디우스·스타티우스와 함께 루카누스를 언급합니다. II, vi, 7 림보의 고귀한 성에서 그는 호메로스, 호라티우스, 오비디우스, 베르길리우스, 단테와 같은 반열에 있습니다.[7] 초서는 자신의 저서 《트로일루스와 크리세이드 *Troilus and Criseyde*》를 세상에 내보내면서 "베르길리우스, 오비디우스, 호메로스, 루카누스, 스타티우스"의 발자국에 입 맞추라고 명합니다. V, 1791

루카누스가 창조한 인물 중 가장 인기 있는 아미클라스[8]는 가난한 어부이고 카이사르를 팔라이스트라에서 이탈리아로 실어 나르는 역할을 맡았습니다. 루카누스는 그를 귀감으로 삼아 가난에 대한 찬사를 늘어놓습니다. 카이사르가 문을 두드리는데도 아미클라스는 전혀 동요하지 않았습니다. 어떤 신전, 어떤 성벽이 그런 안전을 보장해 줄 수 있겠습니까? V, 527 이하 단테는 이 대목을 《향연 *Convivio*》 IV, xiii, 12에서 열정적으로 번역했고, 《신곡》 〈천국편〉에서 토마스 아퀴나스의 입을 빌려 더욱 아름답게 회고했습니다. 아퀴나스는 성 프란치스코의 신부(가난)[†]가 오랫동안 구혼자 없이 홀로 지냈다면서, 온 세상을 두려움에 떨게 만든 사람

(카이사르)†이 아미클라스의 집을 찾아왔을 때 그녀가 그의 곁에서 태연하게 있었던 이야기도 소용없었다고 말합니다.제11곡, 67 이하 루카누스의 위대한 숙녀 두 사람, 율리아(카이사르의 딸이자 폼페이우스의 아내)†《파르살리아》, I, III와 마르키아(연옥의 문지기 카토의 아내)II, 326도 〈지옥편〉에서 고귀하고 덕스러운 이교도로 등장합니다.제4곡, 128 그들과 함께 나오는 코르넬리아Corniglia는 흔히들 그라쿠스 형제의 어머니로 여기지만, 제가 볼 때 그녀는 루카누스의 《파르살리아》V, 722 이하에서 이상적인 배우자로 등장하는 카이사르의 아내 코넬리아Cornelia일 가능성이 높습니다.

하지만 루카누스의 작품에서 가져온 이런 내용들은 그의 인기를 보여 주는 증거라는 점 외에는 우리에게 큰 관심사가 아닙니다. 단테의 작품에 나오는 다른 두 구절이 훨씬 더 많은 것을 말해 줍니다. 고대의 텍스트에 대한 중세의 독특한 접근방식을 잘 드러내기 때문입니다.

루카누스는《파르살리아》 2권325 이하에서 카토Marcus Porcius Cato, 기원전 95-46(고대 로마 공화정 말기의 정치가. 공화정의 전통 유지의 입장에 서서 폼페이우스를 지지했으나, 카이사르와의 내전에서 폼페이우스 세력이 패하자 자결)†와 결혼했던 마르키아가 남편의 명령에 따라 호르텐시우스와 다시 결혼했다가, 호르텐시우스가 죽자 옛 남편과 로마가 가장 어두운 시기에 있을 때 다시 돌아와 재혼을 요구하고 이루는 과정을 들려줍니다. 수사학적으로 다뤄지고 있지만, 이 부분은 감동적이고 더없이 인간적인 장면입니다. 그러나 단테[9]는 이 모두를 알레고리로 읽습니다. 그가 볼 때 처녀 시절의 마르키아는 사춘기*l'adolescenza*를 상징하고, 카토의 아내로서는 청춘*la gioventute*을 상징합니다. 그녀가 카토에게 낳아 준 아이들은 인생의 그 시기에 적절한 덕입니다. 그녀와 호르텐시우스의 결혼은 노년*senettude*을 의미하고, 그녀가 낳은 호르테시우스의 아이들은 노인들의 덕입니다. 호르텐시우스의 죽음과 과부가 된 그녀는 초고령*senio*으로 가는 전환점을 뜻합니다. 그리고 그녀가 카토에게 돌아온 일은 고귀한 영혼이 하나님께로 돌아오는 모습을 그린 것입니다. 단테는 이렇게 덧붙입니다. "지상의 인간 중에서 하나님을 상징하기*significare*에 카토보다 더 합당한 존재가 있을까? 분명히 없다." 늙은 자살자 카토에 대한 이 놀랄 만한 평가는 《신곡》에서 연옥의 문지기를 맡은 그의 위치를 설명하는 데 도움이 됩니다.

같은 《향연》III, v, 12에서 단테는 대척지 주민들의 존재를 주장하고, 자신의 견해를 뒷받침하기 위해 당시의 유명한 과학적 권위자였던 알베르투스 마그누스Albertus Magnus, 1200-1280(독일의 스콜라 철학자)[†]를 인용하는데, 이것은 아주 자연스러운 일입니다. 그런데 여기서 흥미로운 사실은, 단테가 여기에 만족하지 않고 루카누스까지 인용한다는 점입니다. 《파르살리아》 9권에서 사막 행군을 하던 도중에, 군인 중 한 사람이 자신들은 지구상의 미지의 지역에서 길을 잃었고 "어쩌면 로마가 우리 발 아래쪽에 있는지도 모른다"877며 불평합니다. 루카누스는 순전히 과학적 명제에 대한 권위자로 인정을 받고 과학자와 같은 반열에 오른 것입니다. 종류가 서로 다른 책들을 구분하지 못하거나 구분하지 않는 이런 놀라운 반응—이론적으로는 그렇지 않을 때도 있지만 실제로는 늘 그랬습니다—은 고대의 어떤 텍스트가 중세의 독자들에게 미친 총체적 영향을 측정할 때 늘 염두에 두어야 할 부분입니다. 이런 관습은 중세의 다른 많은 관습들처럼 중세 이후에도 오랫동안 이어졌습니다. 버튼Robert Burton, 1577-1640(영국의 목사)[†]이 그 대표적인 사례입니다. 그는 헬리오도루스Heliodorus의 로망스《에티오피아 이야기*Aethiopica*》가 역사서라도 되는 듯 상상력의 생리적 힘을 보여 주는 사례로 내놓고[10] 짐승들이 음악을 감상할 수 있다는 증거로 오르페우스 신화를 제시합니다.[11] 성도착증性倒錯症을 다룬 긴 라틴어 대목[12]에서는 피그말리온(자신이 만든 조각상과 사랑에 빠진 조각가)[†]과 파시파에(크레타 왕 미노스의 아내. 황소에게 욕정을 느끼고 관계를 맺어 반은 황소이고 반은 인간인 괴물 미노타우로스를 낳는다)[†]를 당대 및 역사의 실제 사례들과 나란히 언급합니다. 그러므로 마녀 에리톤(테살리아의 무녀. 섹트수 폼페이우스의 청으로 폼페이우스와 카이사르 간의 전투의 결과를 알기 위해 죽은 병사의 영혼을 저승에서 불러냈다는 이야기가 루카누스의《파르살리아》에 나온다)[†]이 저지른 혐오스러운 짓들에 대한 루카누스의 긴 기록[13]은 문학적 영향 이상의 처참한 영향력을 발휘했을 가능성이 상당히 높습니다. 마녀재판소 사람들은 그 기록을 염두에 두고 있었을 것입니다. 그러나 마녀사냥이 활발히 진행되었던 시기는 중세 이후이기 때문에, 이 자리에서는 그 가능성을 탐구하지 않겠습니다.

루카누스가 중세 우주 모형에 기여한 가장 중요한 대목은《파르살리아》9권 서두에 나옵니다. 여기서 폼페이우스의 영혼이 장작더미에서 하늘로 올라갑니다. 이 장면은 키케로의 〈스키피오의 꿈〉에서 스키피오가 승천하는 대목을 모방한 것인데 여기에 새로운 내용이 덧붙습니다. 폼페이우스는 "어두운 공기가 별을 실은 수레와 만나는"[14] 영역에 도달합니다(5). 즉, 그는 공기와 에테르가 만나고 아리스토텔레스의 '자연'과 '하늘'이 만나는 거대한 경계에 이른 것입니다. 그는 달의 궤도 안에 있는 것이 분명합니다. 공기의 영역은 "지구의 나라들과 달의 움직임 사이에 놓여 있는 것"[15]이기 때문인데(6), 그곳에는 *semidei Manes*(7), 즉 이제는 반신半神이 된 선량한 사람들의 영혼이 거하고 있습니다. 그들은 공기층 표면, 거의 에테르 안에 거주하는 것 같습니다. 루카누스는 그들이 "가장 낮은 에테르를 감당(아마도 호흡)할 수 있다*patientes aetheris imi*"고(8) 묘사하고 있기 때문이지요. 에테르와 공기가 만나는 장소에서는 둘이 서로 비슷해지기라도 하는 것 같습니다. 이곳에서 폼페이우스는 먼저 "참 빛"으로 자신을 채운 뒤 그것을 들이키고(11, 12)[16] "너무나 거대한 밤 아래로 놓여 있는 우리의 낮"[17]을 봅니다(13). 마지막으로 "그는 머리가 잘려 나간 자기 시체가 조롱당하는 것을 보고 웃었다*risitque sui ludibria trunci*"(14)를 살펴봅시다. 그는 아래를 내려다보고 자신의 시체가 조롱당하는 광경을 목격했습니다. 비참한 장례가 몰래 치러지고 있었던 것입니다. 그 광경을 보자 그는 웃음이 나왔습니다.

우리는 이 장면의 모든 세부 내용을 이런저런 작가들의 작품을 통해 다시 만나게 될 것입니다. 잘 알려져 있다시피, 영국인들에게 이 대목은 또 다른 구체적인 재미를 느끼게 합니다. 첫째, 보카치오Giovanni Boccaccio, 1313-1375(이탈리아의 작가. 단테, 페트라르카와 더불어 이탈리아 최고의 문학가로 꼽힌다. 대표작 《데카메론》)[†]는 이 대목을 《테세우스 이야기*Teseide*》XI, 1 이하에 적용하여 아르키타의 유령을 보여 주는 데 사용했습니다. 그 유령은 (다른) *elementi*의 볼록한 면*conversi*을 떠나 오목한 **8**번째 천구, 즉 항성천*stellatum*으로 날아갔습니다. 여기서의 *elementi*는 원소들이 아니라 천구들을 뜻합니다. 각 천구는 아래에서 다가갈 때는 당연히 오목하고 위에서 그것을 내려다볼 때는 볼록했습니다. 유령은 항성천, 곧 스텔라툼 안에 머물 뿐 거기서 벗어나지 않기 때문에 그의 눈에는 당연히 오목한 상태로 남아 있습니다(그는 이미 폼페이우스보다 더 높이 올라갔습니다). 그는 스키피오처럼 지구가 얼마나 작은지 목격하고, 폼페이우스처럼 웃습니다만, 폼페이우스처럼 자신의 장례식이 비밀리에 이루어져서 웃는 것이 아닙니다. 그가 웃음거리로 삼는 대상은 애곡입니다. 초서는 《캔터베리 이야기*The Canterbury Tales*》 중 〈기사의 이야기〉에서 《테세우스 이야기》를 사용했는데 거기에서는 이 대목을 무시했고, 트로일루스의 유령에 대해 이야기할 때는 이 대목을 썼습니다.《트로일루스와 크루세이드》, 5권,

1807 이하 어떤 이들은 트로일루스의 웃음을 괴로움이 담긴 반어적인 것으로 받아들였습니다. 그러나 저는 한 번도 그렇게 생각한 적이 없고, 우리가 방금 추적해 본 바에 따르면 그런 해석은 더욱 개연성이 떨어진다고 봅니다. 폼페이우스, 아르키타, 트로일루스, 이 세 사람의 유령 모두 자신들이 죽기 전에 그토록 중요해 보였던 모든 것이 실제로는 너무나 하찮음을 보고 웃었습니다. 우리가 잠에서 깨고 나면 꿈속에서 그토록 커 보였던 문제들이 지극히 사소하고 말도 안 되는 것이었음을 깨닫고 웃게 되는 것과 같습니다.

C. 스타티우스, 클라우디우스, '나투라' 부인

1세기의 90년대에 《테바이스*Thebaid*》를 내놓은 스타티우스Publius Papinius Statius, 45-96는 (우리가 이미 봤다시피) 베르길리우스, 호메로스, 루카누스와 같은 수준으로 중세 시대에 인정을 받았습니다. 그는 루카누스처럼 조롱당하는 자기 시체를 보고 웃는 충격적인 구절을 애써 다루었지만 결과는 루카누스만큼 신통치 않았고 그리 오래가지도 못했습니다. 그는 루카누스보다 마음이 넓었고 참으로 진지했고 동정심도 많았으며 다채로운 상상력의 소유자였습니다. 《테바이스》는 《파르살리아》보다 덜 지루하고 좀 더 폭이 넓은 시입니다. 중세인들이 《테바이스》를 괴상한 '역사적' 로망스로 받아들인 것은 정확한 판단이었습니다. 《테바이스》는 여러 면에서 특히 그들에게 잘 맞았습니다. 거기 나오는 유피테르Jupiter는 중세인들이 알던 이교도 시에 등장하는 그 어떤 존재보다 일신론의 하나님과 비슷했습니다. 거기 나오는 악마들(과 일부 신들)은 다른 어떤 이교적 정령들보다 그들이 믿던 종교의 악마들과 더 비슷했습니다. 처녀성에 대한 깊은 존중—아무리 결혼으로 승인되었다 해도 성행위는 여전히 변명이 필요한 죄*culpa*라는 흥미로운 생각II, 233, 256까지—도 그들 신학의 금욕주의적 흐름에 잘 맞았습니다. 끝으로, 《테바이스》에 나오는 여러 의인화(덕*Virtus*, 관용*Clementia*, 경건*Pietas*, 자연*Natura*)가 너무나도 생생하고 중요했기 때문에 《테바이스》는 중세인들이 좋아하던 온전한 알레고리 시와 여러 대목에서 상당히 유사한 면모를 갖추게 되었습니다. 하지만 저는 다른 곳에서 이 문제를 최선을 다해 다룬 바 있고[18] 지금은 '나투라*Natura*'에만 관심을 기울이겠습니다.

르네상스와 중세 문학의 독자는 나투라 부인 또는 여신을 상당히 자주 만나게 될 것입니다. 그리고 베일에 싸이고 누멘적인(신성한 것이 주는 두려움과 매혹의 신비를 동시에 갖춘)† 스펜서의 자연《선녀여왕》, *Mutabilitie*, vii을 떠올릴 것입니다. 좀 더 거슬러 올라가면, 독자는 초서의 《새들의 의회》에서, 보다 상냥하지만 여전히 위엄 있는 자연을 만나게 될 것입니다. 드굴러빌Guillaume de Deguileville, 1295-1360(프랑스의 시토회 수사 · 작가)†의 《인생의 순례*Le Pèlerinage*》에서는 앞의 둘보다 더 단호하고 사나운 자연을 보고 놀라게 될 것입니다. 바스의 여장부(《캔터베리 이야기》의 등장인물.

성과 아름다움을 무기로 결혼생활의 주도권을 차지한다)† 같은 추진력을 갖춘 자연은 허리에 손을 얹고 꼿꼿이 선 채 우월한 힘에 당당히 맞서 자신의 정당한 특권을 보호합니다.[19] 거기서 더 거슬러 올라가면 몇 천 행15893-19438에 걸쳐《장미 이야기*Romance of the Rose*》(중세 말 장 드 묑이 쓴 알레고리 형식의 시)†를 지배하는 자연에 이르게 됩니다. 드굴러빌의 자연처럼 활기차고 초서의 자연처럼 다정하고 스펜서의 자연 못지않게 신성하면서도, 그 모두를 더한 것보다 목적 의식이 더 분명하고 훨씬 바쁩니다. 죽음에 맞서 지칠 줄 모르고 대결합니다. 울고 회개하고 불평하고 고백하고 보속과 사죄를 받습니다. 나투라는 시인이 묘사할 수 없는 아름다움을 갖추었는데, 하나님이 그녀 안에 무궁무진한 아름다움의 샘을 두셨기 때문입니다.16232행 그 아름다움은 때때로 (장 드 묑은 이야기를 하다가 딴 길로 빠질 때가 너무 많습니다만) 보는 이를 숨막히게 만드는 에너지와 풍요로움의 이미지로 펼쳐집니다. 여기서 한 걸음만 더 거슬러 올라가면 알라누스Alanus ab Insulis, 1128-1202(프랑스의 신학자·시인)†가 끌어들인 나투라에 이르게 되는데, 그녀는 수사, 비유, 상징을 빳빳하게 차려입고 플랑투스(《자연의 애도곡*De planctu naturae*》. *planctus*는 중세에 죽음을 애도했던 곡을 말함)†에서 (동성애자들에 반대하여) 생명과 출산의 가치를 옹호합니다. 그리고 독자는 보다 근엄한 작품인 베르나르두스의《세계의 우주에 관하여*De Mundi Universitate*》의 두 여주인공, 퓌시스*Physis*와 나투라*Natura*에 이르게 됩니다. 독자는 이 모든 내용이 고전에서 기원한 것이 아닌지 제대로 의심하게 될 것입니다. 그리고 중세가 알던 고대인들에게 눈을 돌려 자신이 찾던 것을 발견하게 될 것입니다. 그러나 그 내용이 그리 많지는 않을 것입니다. 고대가 암시하고 중세가 발전시킨 내용을 보면 양도 많지만 정도에서는 더욱 지나친 감이 있습니다.

독자는 (기대를 품음직한) 플라톤의 《티마이오스*Timaeus*》(플라톤의 자연학에 대한 대화편)†에서는 아무것도 찾지 못할 것입니다. 마르쿠스 아우렐리우스에서 퓌시스를 신으로 부르는 대목은 중세에 알려지지 않았으니까요. 적절한 자료는 스타티우스와 클라우디우스370-404(로마의 시인)† 정도로 요약됩니다.[20] 스타티우스의 글에서 나투라는 잘 언급되지 않지만, 언급되는 대목들은 인상적입니다. 《테바이스》 11권 465행 이하에서 나투라는 만물의 임금*princeps*이자 창조자*creatrix*인 것 같고, 그녀에게 반역하는 열정(경건*Pietas*)에 대해서는 임금이자 창조자가 분명합니다. 12권 645행에서는 극악무도하고 "부자연스러운unnatural" 행위들에 맞서 성전을 벌이는 이들의 사령관*dux*으로 등장합니다. 클라우디우스의 글에는 좀 더 많은 내용이 있습니다. 자연은 태고의 카오스를 코스모스로 바꿔 놓은 데미우르고스(조화신)로 나옵니다.*De Raptu Proserpinae*, I, 249 그녀는 유피테르를 섬길 신들을 임명했습니다.*De IVo Consulatu Honorii*, 198 이하 보다 기억에 남는 《스틸리코의 집정관직*De Consulatu Stilichonis*》의 한 장면에서 그녀는 나이가 들었지만 아름다운 모습으로 아이움*Aevum*(시간과 영원의 중간 상태)의 동굴 앞에 앉

아 있습니다.2권, 424 이하

고대인들이 자연을 지나치게 경시하고 중세인들은 너무 중시한 이유는 그 역사를 한번 훑어보면 쉽게 이해할 수 있을 것입니다.

자연은 아마도 가장 오래된 사물이겠지만 '나투라'는 가장 어린 신神입니다. 사실 고대 신화는 그녀를 전혀 알지 못합니다. 순수한 신화 창조의 시대에 그런 인물이 생겨나기란 제가 볼 때 불가능합니다. 소위 '자연 숭배'에서는 우리가 말하는 '자연'이 들어설 자리가 없습니다. '어머니' 자연은 의식적인 은유입니다. '어머니' 대지는 사정이 전혀 다릅니다. 모든 하늘과 대비되는 모든 땅은 하나의 통일체로서 직관적으로 다가올 수 있고 그렇게 되어야 마땅합니다. 아버지 하늘(디아우스)과 어머니 대지의 혼인관계는 상상력에 너무나 자연스럽게 다가옵니다. 그는 위에 있고, 그녀는 그 아래에 누워 있습니다. 그는 그녀에게 이런저런 일들을 합니다(빛을 비추고, 더 중요하게는 비를 내리고 스며들게 만듭니다). 그녀는 그에 반응하여 작물을 냅니다. 암소가 송아지를 낳고 아내가 아기를 낳듯 말이지요. 한마디로, 하늘은 아비가 되고, 땅은 낳습니다. 우리는 이런 일을 도처에서 볼 수 있습니다. 이것이 진정한 신화 만들기입니다. 그러나 이 정도 생각의 수준에서, 자연은 도대체 무엇일까요? 자연은 어디 있을까요? 자연을 본 사람이 있습니까? 자연은 무슨 일을 합니까?

그리스의 소크라테스 이전 철학자들이 자연을 발명했습니다.

그들은 우리를 둘러싼 너무나 다양한 현상을 하나의 이름 아래 집어넣어 단일한 대상으로 논의할 수 있다는 생각(태곳적부터 친숙한 경험으로 흔히 깨달을 수 있는 것보다 훨씬 더 이상한 생각입니다)을 맨 처음 했습니다. 후대의 사상가들은 그 이름과 (모든 이름과 마찬가지로) 그것이 함축하는 통일성까지 받아들였습니다. 그러나 그들은 가끔 그 단어를 써서 만물의 일부만 담아냈는데, 예를 들어 아리스토텔레스의 자연은 달 아래 있는 것만을 아우릅니다. 이런 식으로, 자연 개념은 뜻밖에도 명확한 초자연의 관념을 가능하게 만들었습니다(아리스토텔레스의 신은 더할 나위 없이 초자연적입니다). '자연'이라 불리는 대상(그것이 하나의 대상이라면)은 의인화될 수 있었습니다. 그리고 이 의인화는 단순한 수사적 표현으로 볼 수도 있었고, 여신으로 진지하게 받아들일 수도 있었습니다. 그렇기 때문에 이 여신은 아주 늦게, 정신의 진정한 신화 만들기 시기가 지나가고도 한참 후에야 등장합니다. '자연' 개념이 나타나고서야 자연 여신이 존재할 수 있었고, 추상적 사고를 시작하고서야 자연 개념을 가질 수가 있었으니까요.

그러나 자연 개념이 모든 것을 포함하고 있는 한 (이 개념을 의인화하는) 여신은 재미없고 활동이 없는 신일 수밖에 없습니다. 모든 것을 주제로 그리 흥미로운 이야기를 할 수는 없기 때문입니다. 그녀가 어떤 식으로든 종교적·시적 활력을 갖게 하려면 그녀를 '모든 것'보다 작게 만들어야 합니다. 마르쿠스 아우렐리우스의 글에서 그녀가 가끔 진정한 종교적 감정의 대상이 되는 이유는 그가 자연을 유한한 개인—자신의 반역하고 저항하는 자아—과 대조하거나 대립시키기 때문입니다. 스타티우스의 작품에서 자연이 순간순간 시적 생명을 누린다면, 그것은 그녀가 그보다 나은 것(경건*Pietas*) 또는 자연보다 못한 것(근친상간과 형제 살해 같은 부자연스러운 일)과 대립되기 때문입니다. 물론 여신 자연을 자연의 개념이 포함할 수밖에 없는 것들과 대립시키는 데는 철학적 난점이 있습니다. 스토아학파 사람들과 기타 범신론자들이 이 곤경에서 어떻게 빠져나갈지는 그들의 몫으로 맡겨야 합니다. 그런데 중세의 시인들은 그런 곤경에 처하지 않았다는 것이 요점입니다. 처음부터 그들은 자연이 전부가 아니라고 믿었습니다. 자연은 창조된 것이었으니까요. 자연은 하나님의 가장 높은 피조물이 아니고, 그분의 유일한 창조물은 더더욱 아닙니다. 자연에는 '달 아래'라는 적절한 위치가 주어져 있었습니다. 그리고 그 영역에서 하나님의 대리자라는 임무를 맡았습니다. 그녀의 합법적인 신하들이 타락 천사들의 충동질에 넘어가 그녀를 거역하고 '부자연스럽게' 될 수 있습니다. 그녀보다 위의 것들도 있고 아래의 것들도 있습니다. 바로 이런 제약과 종속 때문에 자연은 시에서 위풍당당하게 등장할 수 있습니다. 자연은 모든 것이라는 따분한 주장을 포기함으로써 비로소 자연은 어엿한 존재가 됩니다. 하지만 중세인들에게 자연은 줄곧 의인화된 것이었습니다. 이런 관점에서의 비유적 존재가, 믿음의 대상이지만 모든 것이 됨으로써 거의 아무것도 아닌 여신보다 더 강력해 보입니다.

스타티우스를 마치기 전에 순수한 호기심을 다룬 한 단락을 덧붙이지 않을 수가 없습니다(호기심이 없는 분들은 그냥 넘기라고 말씀드리는 바입니다). 《테바이스》 4권에서 그는 이름을 밝히지 않는 신—"삼중 세계의 주권자"516—에 대해 언급합니다. 루카누스도 《파르살리아》에서 이와 동일한 익명의 힘을 거론하고 있는 듯 보입니다.6권, 744행 여기서 마녀는 꺼려하는 유령을 시체로 다시 불러내고 그 신을 들먹이며 위협을 합니다.

> 그의 이름이 불리자 땅이 어김없이 흔들렸다.
> 그는 베일이 걷힌 고르곤의 얼굴을 감히 들여다보는 유일한 자.[21]

락탄티우스Lactantius Placidus, 350?-400?는 《테바이스》 주해서에서 스타티우스가 말하는 대상이 "데미우르곤δημιουργόν, 즉 그 이름을 아는 것이 불법인 신"이라고 말합니다. 데미우르고스(제작자)는 《티마이오스》에 나오는 창조주입니다. 여기까지는 간단합니다. 그런데 사본에는 두 가지 변이형이 있습니다. 하나는 데모고르고나*demogorgona*, 다른 하나는 데모고르곤*demogorgon*입니다. 후대에 변형된 둘 중 후자가 완전히 새로운 신, 데모고르곤Demogorgon으로 진화했고, 이 신은 보카치오의 《이교의 신들의 계보》와 스펜서, 밀턴, 셸리의 작품들에서 유명한 문학적 경력을 누리게 됩니다. 이것은 필사의 오류가 신격화를 만들어 낸 유일한 사례일 듯합니다.

D. 아풀레이우스의《소크라테스의 신에 관하여》

기원후 125년에 누미디아에서 태어난 아풀레이우스Lucius Apuleius, 125-170(로마의 시인·철학자)†는 지금은 흔히《변신》또는《황금당나귀》라는 흥미로운 로망스의 저자로 기억됩니다(그럴 만하지요). 하지만 중세 연구자에게는 그의 에세이《소크라테스의 신에 관하여*De Deo Socratis*》가 더 중요합니다.

플라톤의 두 구절이 책 내용의 근저에 깔려 있습니다. 하나는《소크라테스의 변명》31c-d에 나오는데, 여기서 소크라테스는 자신이 정치 활동을 하지 않은 이유를 설명합니다. "그 이유는 제가 자주 말씀드린 바 있습니다. 신적이고 다이몬적인 어떤 것θεῖον τι και δαιμόνιον이 제게 다가오기 때문입니다. … 제가 아이 때부터 죽 그런 일이 있었습니다. 어떤 음성이 들려오는데, 매번 제가 하려고 하는 일을 못하게 막는 내용일 뿐 어떤 일을 하라고 명령하는 법은 없습니다."[22]

여기서 '신적'과 '다이몬적'처럼 형용사형으로 나와 있는 '신'과 '다이몬'은 동의어일 가능성이 있는데, 제가 볼 때 다른 그리스어 작가들의 경우 산문과 운문 모두에서 흔히 있는 일입니다. 그러나 두 번째 대목《향연》, 202e-203e에서 플라톤은 이 둘을 명확하게 구분했고 그것이 이후 몇 세기 동안 큰 영향을 끼쳤습니다. 다이몬은 신과 인간의 중간 본성을 가진 피조물입니다. 밀턴이 말한 "천사와 인간 중간에 있는 중위中位의 영체들"[23]과 같습니다. 우리 죽을 존재들은 그런 중재자들을 통해, 그들을 통해서만 신들과 교류할 수 있습니다. 아풀레이우스는 θεός ἀνθρώπῳ οὐ μίγνυται라는 구절을 *nullus deus miscetur hominibus*로 번역했는데, 어떤 신도 인간과 대화를 나누지 않는다는 의미입니다. 소크라테스가 들은 음성은 신이 아니라 다이몬의 것이었습니다.

아풀레이우스는 이 "중위의 영체들" 또는 다이몬들에 대해 많은 말을 합니다. 그들은 자연스럽게 지구와 에테르 사이의 중간 영역, 즉 공기 중에 거주합니다. 공기는 지구 위로 멀리 달 궤도에까지 이릅니다. 사실 "자연의 모든 부분은 그에 적절한 동물들을 가질 수 있도록" 만사가 정해져 있습니다. 아풀레이우스도 인정하듯, 얼핏 생각하면 새들이 공기 중에 살기에 '적절한 동물'일 것 같습니다. 그러나 새들은 사실 공기 중에 살기에 아주 부적절합니다. 산꼭대기보다 더 높이 올라갈 수가 없으니까요. 라티오 *ratio*에 따르면, 신들이 에테르에 살고 인간들이 지구에 사는 것처럼, 공기 중에 딱 맞는 종이 있어야 합니다. 이 문맥에서 '라티오'에 대한 올바른 번역어로 하나의 영어 단어를 선택하기는 어려울 듯합니다. '이성reason', '방법method', '적합함fitness', '균형proportion'이 모두 후보가 될 수 있습니다.

다이몬들은 구름보다 밀도가 낮은 몸을 갖고 있어서 통상 우리 눈에 보이지 않습니다. 아풀레이우스가 다이몬들을 동물이라 부르는 이유는 몸을 갖고 있기 때문이지 야수라는 의미는 전혀 아닙니다. 인간이 이성적 (땅의) 동물이고 신들이 이성적 (에테르의) 동물인 것처럼, 다이몬들도 이성적 (공중의) 동물입니다. 최고의 창조된 영들—하나님과 구별되는 신들—도 나름의 방식으로 육체를 가지고 있고, 모종의 물질적 '매체'를 가지고 있었다는 생각은 플라톤에게서 나왔습니다. 그는 진짜 신들, 신격화된 별들, 조아ζῷα가 동물이라고 말했습니다.[24] 천사들—여러 신들 또는 에테르의 피조물들을 기독교적 용어로 이렇게 불렀습니다—을 순수한 영 또는 벌거벗은 영이라고 본 스콜라주의의 생각은 혁명적이었습니다. 피렌체의 플라톤주의자들은 천사들에 대한 이전 견해로 되돌아갔습니다.

다이몬들은 공간적, 물질적으로뿐 아니라 질적으로도 우리와 신들 '사이에' 있습니다. 그들은 상처를 입을 수 없는 신들처럼, 불멸의 존재입니다. 또 필멸의 인간처럼, 상처를 입을 수 있습니다.xiii 그들 중 일부는 다이몬이 되기 전에 지상의 몸 안에서 살았고, 실제로 인간이었습니다. 그렇기 때문에 폼페이우스가 공기의 영역에서 반신-유령*semidei Manes*을 보았던 것입니다. 그러나 모든 다이몬이 그런 것은 아닙니다. 잠, 사랑 같은 일부 다이몬들은 인간이었던 적이 없습니다. 이런 부류의 개별적 다이몬(또는 게니우스*genius*, 다이몬에 대한 표준적인 라틴어 번역어)은 각 사람의 평생의 "증인이자 수호자"로 할당됩니다.xvi 눈에 보이지 않고 인격적이고 외적인 수행자였던 인간의 게니우스가 참된 자아로 변하고, 다시 기질이 되었다가, 마침내 (낭만주의자들 사이에서) 문학적 혹은 예술적 재능이 된 단계들을 여기서 추적하려면 너무 오래 지체하게 될 것입니다. 이 과정을 온전히 이해하려면 파악해야 할 것이 있는데, 내면화라는 큰 움직임과 그 결과로 따라오는 인간의 지위 확대 및 외부 우주의 고갈입니다. 서양 심리의 역사가 대체로 여기에 해당한다고 보면 되겠습니다.[25]

《소크라테스의 신에 관하여》라는 작은 책은 중세 우주 모형에 직접적으로 기여한 부분 외에도 중세 공부에 나선 이들에게 이중의 가치가 있습니다.

우선, 이 책은 플라톤의 단편들—플라톤의 저작 전체로 보자면 매우 주변적이고 중요하지 않은 단편들인 경우가 많습니다—이 어떤 경로로 중세로 흘러 내려갔는지 잘 보여 줍니다. 플라톤의 저작 전체로 보면 그 단편들은 하나의 대화, 즉《티마이오스》의 불완전한 라틴어 번역본에 지나지 않습니다. 그것 자체만 놓고 보면 '플라톤 전성기' 하나 만들어 내기에도 충분하지 않을 것입니다. 그러나 중세인들은 확산된 플라톤주의도 함께 받았는데, 여기에는 아풀레이우스 및 다음 장에서 살펴보게 될 여러 저자들을 통한 간접적인 신플라톤주의적 요소들이 긴밀하게 엮여 있었습니다. 이 저자들은 성 아우구스티누스가 읽었던 플라톤주의 서적*Platonici*[26](신플라톤주의 저작들의 라틴어 번역본)과 함께 새로운 기독교 문화가 자라날 수 있는 지적 분위기를 제공했습니다. 그러므로 초기 시대의 '플라톤주의'는 르네상스의 플라톤주의는 물론 19세기의 플라톤주의와도 상당히 달랐습니다.

두 번째, 아풀레이우스는 우리에게 앞으로 거듭거듭 만나게 될 두 가지—그 둘이 사실은 같은 원리가 아니라면 말이지요—원리를 소개합니다.

하나는 제가 '삼화음의 원리Principle of the Triad'라고 부르는 것입니다. 플라톤의 글에서 이것에 대한 가장 분명한 진술은《티마이오스》에 나옵니다. "세 번째 것 없이 둘이서만 한데 결합되는 일은 불가능하다. 둘이 맺어지기 위해서는 그 사이에 모종의 접착제가 있어야 한다."31b-c 신은 인간을 만나지 않는다는《향연》의 주장에 이 원리가 암묵적으로 전제되어 있습니다. 둘은 간접적으로만 서로를 만날 수 있습니다. 신과 인간 사이에는 모종의 연결선, 매개체, 소개자, 다리—일종의 제3의 것—가 있어야 합니다. 다이몬들이 그 틈을 메웁니다. 우리는 플라톤 자신과 중세 사람들이 끝없이 이 원리에 따라 행동하는 것을 보게 될 것입니다. 이성과 욕구, 영혼과 몸, 왕과 평민 사이에 다리를, 말하자면 '제3의 것'을 제공하는 것 말입니다.

또 하나는 '충만의 원리Principle of Plenitude'입니다. 만약 에테르와 지구 사이에 공기 지대가 있다면 거기에는 누군가가 살고 있어야 합니다. 아풀레이우스가 볼 때는 이것이 라티오*ratio*의 요구입니다. 우주는 온전히 활용되어야 합니다. 허비되는 것은 없어야 합니다.[27]

iu. 선별 자료: 중세 태동기

사람들 말대로, 오래된 밭에서
이 새로운 곡물이 나옵니다.

— 초서[†]

† Geoffrey Chaucer, 1343-1400, '영시의 아버지'로 일컬어지는 영국의 시인.

이제껏 우리가 살펴본 텍스트들은 모두 분명하게 구세계·이교적 고대에 속합니다. 이제 우리는 과도기에 들어서는데, 이 시기는 대략 205년에 플로티노스의 출생으로 시작되고 533년에 위僞디오니시우스를 언급한 시기 추정이 가능한 최초의 문헌이 나오면서 끝난다고 볼 수 있습니다. 이 시기에 중세 특유의 사고방식이 생겨났습니다. 이 시기에 이교주의가 최후의 저항을 했고 교회는 최종 승리를 거두었습니다. 이 이야기의 주요 연도를 표시해 보면 이렇습니다. 324년에 콘스탄티누스 황제가 신민들에게 기독교를 받아들이도록 촉구했습니다. 361-363년까지는 율리아누스 황제가 다스리면서 이교의 부흥을 시도했습니다. 384년에 심마쿠스Quintus Aurelius Symmachus(기독교의 성인인 보에티우스의 증조부로서 비기독교인이었다)[†]가 원로원에 승리의 여신 제단을 복원해 줄 것을 간청했으나 거절당했습니다. 390년, 테오도시우스 황제가 모든 이교 숭배를 금지했습니다.

전쟁이 길어지면 양측 군대가 서로의 방법을 모방하거나 상대측의 전염병에 걸리기도 합니다. 심지어 가끔은 서로를 친절하게 대하기도 합니다. 바로 이 시기에 그런 일이 있었습니다. 구종교와 신종교의 충돌은 흔히 격렬했고 양측 모두 형편이 될 때는 강압도 행사할 준비가 되어 있었습니다. 그러나 그와 동시에 서로에게 미치는 영향도 아주 컸습니다. 이 몇 세기 동안에 많은 이교 문화가 중세 우주 모형에 단단히 달라붙었습니다. 제가 앞으로 언급할 저작들 중 일부는 저자가 이교도인지 기독교인인지 의심을 불러일으켰는데, 그런 상황은 당시의 시대적 특징이었습니다.

두 종교를 가르는 틈의 정확한 본질과 그 넓이를 정치사와 교회사 자료만 참고해서 생각하다가는 잘못 파악하기 십상입니다. 그렇다고 해서 보다 대중적인 자료를 가지고 판단하는 것은 더욱 위험합니다. 양측의 교양 있는 사람들은 모두 같은 교육을 받았고 같은 시인들의 작품을 읽었으며 같은 수사학을 배웠습니다. 60여 년 전에 잘 드러난 대로,[1] 그들 사이의 사회적 관계는 때로는 우호적이었습니다.

제가 읽은 어떤 소설은 당대의 모든 이교도들을 태평한 감각주의자로, 모든 그리스도인들을 야만적 금욕주의자로 묘사했습니다. 이는 심각한 오류입니다. 그들과 현대인의 차이에 비하면 양측은 어떤 면에서는 서로 훨씬 비슷했습니다. 양측의 지도자들은 일신론자들이었고, 양측 모두 신과 인간 사이에 거의 무한한 수의 초자연적 존재가 있음을 인정했습니다. 양측 모두 대단히 지적이었지만 (우리 기준으로 보자면) 대단히 미신적이기도 했습니다. 이교주의의 마지막 옹호자들은 스윈번Algernon Swinburne, 1837-1909(영국의 시인·평론가)[†] 또는 현대의 '인본주의자'가 기대함직한 모습이 아니었습니다. 그들은 "창백한 갈릴리 사람"의 호흡으로 "잿빛이 되어 버린" 세계에 대한 혐오와 경멸에 사로잡혀 뒷걸음질치는 활기차고 외향적인 사람들이 아니었습니다. 그들이 "월계수, 야자나무, 찬가"로 돌아가고 싶어 했지만, 그것은 가장 진지하고 종교적인 근거에서 나온 생각이었습니다. 그들이 "덤불 속 님프의 젖가슴"을 보고 싶어 했지만, 그 갈망은 사티로스(상반신은 남자, 하반신은 염소의 모습을 한 그리스 신화의 숲의 정령. 디오니소스를 따르며 주색을 밝히고 님프의 꽁무니를 좇아다닌다)†의 갈망이 아니라 심령주의자spiritualist의 갈망에 훨씬 가까웠습니다. 세상을 포기하고 금욕적이고 신비적인 성격은 기독교인들뿐 아니라 가장 저명한 이교도들의 특징이기도 했습니다. 그것은 시대의 정신이었습니다. 양측의 사람들은 모두 어디서나 시민적 덕목과 감각적 쾌락에 등을 돌리고 내면의 정화와 초자연적인 목표를 추구했습니다. 기독교 교부들을 싫어하는 현대인이라면 이교도 철학자들도 비슷한 이유로 똑같이 싫어할 것입니다. 양쪽이 똑같이 늘어놓는 환상, 황홀경, 유령 이야기에 당황스러울 것입니다. 두 종교 모두에서 나타나는 저속하고 폭력적인 현상들 중에서 어느 한쪽을 선택하기는 어려울 것입니다. 현대인의 눈(과 코)에는 손톱이 길고 수염이 빽빽한 율리아누스와 이집트 사막에서 온 더러운 수도사가 아주 비슷해 보일 것입니다.

갈등의 시기에 어느 편인지 의심받던 작가들은 조심하느라 일부러 그렇게 애매한 태도를 취했을지 모른다고 생각할 수 있습니다. 그것은 언제나 가능한 가설입니다만 꼭 필요한 가설은 아닙니다. 기독교와 이교 사이에 너무나 많은 공통점이 있는—적어도 그렇게 보이는—상황에서, 작가는 많은 기독교인 독자와 이교도 독자가 똑같이 수용할 만한 책을 진지하게 내놓을 수 있었습니다. 명시적으로 신학적인 작품만 아니면 되었습니다. 철학적 입장들에 담긴 좀 더 간접적인 종교적 함의는 파악되지 못할 때도 있었으니까요. 따라서 우리가 분명한 기독교적 저작과 이교적 기미가 보이는 저작의 차이라고 여기는 것이 실제로는 철학부에 제출된 논문과 신학부에 제출된 논문의 차이일 수도 있습니다. 제가 볼 때는 이것이 보에티우스의 《철학의 위안*De Consolatione*》과 그의 작품으로 (제가 볼 때는 올바르게) 간주되는 교리적 저작들을 나누는 간격에 대한 최선의 설명입니다.

최고 수준에 이른 이교의 저항이 바로 신플라톤주의학파라 해도 무방할 것 같습니다. 여기서 중요한 이름들은 플로티노스205-270, 포르피리오스233-304?, 이암블리코스?-330, 프로클로스?-485입니다. 플로티노스는 최고 수준의 천재였지만, 서양에 주로 영향을 끼친 사람—흔히 간접적인 영향이었습니다—은 포르피리오스였습니다. 신플라톤주의학파 전체는 그리스의 천재 플로티노스의 사상이 자연스럽게 전개된 부분도 있지만, 제가 볼 때는 기독교의 도전에 의식적으로 대응한 결과물이었고 그런 면에서 기독교에 빚진 바가 있습니다. 신플라톤주의에서 최후의 이교도들은 대중적 다신론과 조심스럽게 관계를 끊고 사실상 이렇게 말하고 있습니다. "우리도 전체 우주에 대한 설명을 갖고 있다. 우리에게도 조직신학이 있다. 우리에게도 당신들 못지않게 삶의 규칙이 있다. 성인들, 기적, 예배가 있고 최고 존재와의 연합이라는 소망이 있다."

하지만 지금 우리의 관심사는 옛 종교에 대한 새 종교의 일시적인 영향이 아니라 새 종교에 대한 옛 종교의 지속적인 영향입니다. 아리스토텔레스주의, 플라톤주의, 스토아학파 등 이전의 물결들을 그러모은 이교주의의 마지막, 신플라톤주의적 물결은 내륙 깊숙이 들어와 염분이 섞인 호수들을 만들어 냈고, 이후 이 호수들은 한 번도 마르지 않았던 것 같습니다. 모든 시대에 모든 그리스도인이 그 호수들을 발견하거나 그 존재를 인정하지는 않았습니다. 그리고 그 호수들을 발견하거나 인정한 사람들 사이에서는 언제나 두 가지 태도가 있었습니다. 그때나 지금이나 기독교 '좌파'가 있습니다. 모든 이교적 요소를 찾아내어 추방하기를 열망하는 이들이지요. 그러나 기독교 '우파'도 있습니다. 이들은 성 아우구스티누스처럼 신플라톤주의 서적에서 삼위일체 교리의 전조를 보거나[2] 순교자 유스티누스처럼 "누구의 말이든 잘한 말은 우리 그리스도인의 것이다"라고 당당하게 주장합니다.[3]

A. 칼키디우스

칼키디우스Chalcidius의 저작[4]은 플라톤의 《티마이오스》를 53b의 끝부분(즉, 책 전체의 중간 부분)까지 옮긴 불완전한 번역본과 그보다 훨씬 긴 주석*commentarius*으로 이루어져 있습니다. 이것은 주해서라 부르기도 곤란합니다. 많은 어려운 부분들을 무시하고 플라톤이 거의 또는 전혀 말하지 않은 문제들에 대해서는 자유롭게 논하기 때문입니다.

이 책은 오시우스 또는 호시우스에게 헌정되었는데, 확실하지는 않지만 그는 코르도바의 주교로서 니케아 공의회(325년)에 참석했다고 알려져 있습니다. 오시우스가 바로 그 사람이라 해도, 이 책의 저작 시기를 정확하게 지목하기는 어렵습니다. 이시도로스의 기록에 따르면 이 주교는 백 세가 넘게 살았기 때문입니다.

칼키디우스의 종교는 의문의 대상이었습니다. 그가 기독교인이라는 증거는 다음과 같습니다.

1. 오시우스에게 헌정(그가 실제로 코르도바의 주교라는 가정 하에서 말입니다).

2. 그는 아담 창조의 기록을 "더 거룩한 종파*sectae sanctioris*의 가르침"이라고 부릅니다.[5]

3. 호메로스의 작품에서 점성술의 교리로 추정되는 대목을 살핀 후, 그는 "더 거룩하고 더 참된 이야기"가 탄생의 별을 보증한다고 언급합니다.[6]

4. 플라톤은 "진리 자체의 충동*instinctus*"이 그를 진리로 이끌었다고 말하는데, 칼키디우스는 자신이 "신의 법"에서 그 진리를 도출한다고 말합니다.[7]

반대의 증거는 다음과 같습니다.

1. 그는 구약성경 본문을 사용할 때 흔히 그것을 '거룩한 문서'라고 부르지 않고 자신이 히브리인들*Hebraei*을 따르는 것일 뿐이라고 말합니다.[8]

2. 그는 우리 필멸의 존재들이 선한 다이몬들로부터 여러 혜택을 받았다는 사실의 증인으로서 "모든 그리스인들, 로마인들, 야만인들*cuncia Graecia, omne Latium, omnisque Barbaria*"을 소환합니다.[9] 이것은 이교의 모든 다이몬daemons이 악하다—이 단어는 이후에 쓰이게 된 의미 그대로 '악마demons'를 뜻합니다—는 성 아우구스티누스의 견해[10]와 현저한 대조를 이룹니다.

3. 한 대목에서 그는 모세오경의 신적 영감이 의심의 여지가 있는 것으로 다룹니다(*ut ferunt*, 그렇게들 말한다).[11]

4. 그는 호메로스, 헤시오도스, 엠페도클레스가 성경 저자들 못지않게 고려해야 할 사람들인 것처럼 그들을 인용합니다.

5. 그는 섭리를 정신*Nous*이라고 묘사하는데, 정신은 최고신*summus deus*에 이어 두 번째 자리를 차지한 존재이고 최고신에 의해 완전해지며, 다른 모든 것을 완전하게 만듭니다.[12] 이는 기독교적 삼위일체보다 신플라톤주의적 삼위일체에 보다 더 가깝습니다.

6. 그는 물질*silva*이 본질적으로 악한지의 여부를 놓고 길게 논의를 전개하면서도[13] 하나님이 만물을 만드시고 아주 선하다고 말씀하셨다는 기독교의 교리는 한 번도 언급하지 않습니다.

7. 그는 천체들이 "땅을 비추게 하려고" 만들어졌다는 창세기

의 인간 중심적 우주론을 완전히 거부합니다. 달 위의 "복되고 영원한" 것들이 아래의 소멸할 것들을 위해 명령을 받았다는 생각이 터무니없다고 여깁니다.[14]

마지막 두 항목은 보기보다는 증거가 분명하지 않습니다. 논리적으로 기독교인들은 물질의 선함을 인정할 수밖에 없는 처지였지만 그 교리가 썩 마음에 들지는 않았습니다. 이후 몇 세기 동안 일부 영성 저자들의 언어는 그 교리와 조화를 이루지 못했습니다. 중세 내내 기독교 안에는 인간 중심적 견해로 기우는 요소들과 중세 우주 모형에서 인간을 주변적—나중에 나오겠지만 거의 교외의—피조물로 만드는 요소들 사이의 불일치가 해결되지 않은 채로 남아 있었던 것 같습니다.

그 밖에 저는 칼키디우스가 철학적으로 글을 쓴 기독교인이라고 생각합니다. 그가 믿음의 사실로 받아들인 것은 믿음의 사실이다 보니 그의 주장에서 배제되었습니다. 그러다 보니 그의 저작에서 성경 저자들은 '하나님의 신탁'이 아니라 여느 저명한 저자들과 동일하게 고려되어야 할 사람들로 보일 수 있습니다. 이것은 그의 저술 규칙에 위배되는 것이었던 듯합니다. 나중에 살펴보겠지만, 그는 방법론적 순수주의자였을 가능성이 있습니다. 그는 자신의 신플라톤주의적 삼위일체론과 온전한 기독교 삼위일체론 사이의 심각한 불일치를 의식하지 못했다는 것이 저의 생각입니다.

칼키디우스는 《티마이오스》의 많은 부분을 번역하고 그것을 플라톤의 다른 작품이 거의 알려져 있지 않았던 시대에 전달함으로써, 중세 내내 플라톤의 이름이 주로 의미했던 바를 결정했습니다. 《티마이오스》에는 《향연》이나 《파이드로스》에서 볼 수 있는 관능적 신비주의가 전혀 없고 정치에 대한 이야기도 거의 나오지 않습니다. 이데아Ideas(또는 형상)가 언급되기는 하지만, 플라톤의 지식론에서 차지하는 그 진정한 위치는 드러나지 않습니다. 칼키디우스에게 이데아는 거의 근대적 의미의 '관념ideas'이요 하나님의 마음에 있는 생각들입니다.[15] 그렇게 해서 중세 시대에는 플라톤이 논리학자도, 사랑의 철학자도, 《국가》의 저자도 아닌 상황이 벌어졌습니다. 그는 모세 다음으로 위대한 일신론적 우주생성론자요 창조의 철학자였습니다. 역설적이게도 중세의 플라톤은 진짜 플라톤이 그토록 자주 폄하했던 자연의 철학자가 된 것입니다. 그런 점에서 칼키디우스는 신플라톤주의와 초기 기독교에 똑같이 담긴 세상 멸시*contemptus mundi*에 대한 교정책을 자신도 모르게 제공했다고 볼 수 있습니다. 이것은 나중에 유익한 것으로 드러납니다.

칼키디우스가 《티마이오스》를 선택한 것도 중요하지만, 그가 그 책을 다룬 방식도 중요했습니다. 그가 인정한 해석의 원칙은 존경받는 저자일수록 왜곡되기 쉽게 만드는 원칙이었습니다. 어려운 대목에서는 언제나 "그토록 위대한 권위자의 지혜에 가장 걸맞게" 보이는 의미를 부여해야 한다는 것이 그의 생각이었습니다.[16] 이것은 당대에 우세했던 생각들을 가지고 플라톤을 해석하는 오류를 피할 수 없었다는 뜻입니다.

플라톤은 악인들의 영혼은 여자로 환생할 수 있고, 그렇게 해서도 치료가 되지 않으면 결국 짐승으로 환생하게 된다고 분명히 말했습니다.42b 그러나 칼키디우스는 플라톤의 그 말을 문자적으로 이해해서는 안 된다고 말합니다. 자신의 열정에 탐닉하다가는 이생에서 점점 더 동물처럼 변하게 된다는 의미라는 것입니다.[17]

《티마이오스》 40d-41a에서 플라톤은 하나님이 신들—신화적 신들이 아니라 그들이 정말 믿었던 신들, 생명 있는 별들—을 어떻게 창조했는지 묘사한 후에 신화적 신들에 대해 어떻게 말해야 할지 묻습니다. 그는 먼저 그들을 신의 지위에서 다이몬으로 강등시킵니다. 그 다음에는 거의 아이러니하게 들리는 말을 하며 추가 논의를 거부하고 나섭니다. 그는 그것이 "내가 감당할 수 없는 과제"라고 말합니다. "우리는 선조들이 그 신들에 대해 한 말을 받아들여야 합니다. 그분들은 자신들이 신의 후손이었다고 말합니다. 그분들은 자신들의 조상에 대해 분명 잘 알았을 것입니다! 그리고 신들의 자녀들을 누가 믿지 않을 수 있겠습니까?" 칼키디우스는 이 모든 말을 문자 그대로*au pied de la lettre* 받아들입니다. 플라톤은 우리에게 선조의 말을 믿으라고 말함으로써 믿겠다는 마음가짐*credulitas*이 모든 교육에 선행해야 한다는 것을 상기시킵니다. 그리고 칼키디우스가 볼 때 플라톤이 다이몬의 본질을 더 논하기를 거부한 것은, 그 주제가 철학자의 소관이 아니라고 생각해서가 아닙니다. 그가 진짜 이유로 제시하는 것을 보면 제가 그의 스타일이라고 여기는 방법론적 현학성이 드러납니다. 그에 따르면, 플라톤은 여기서 자연철학자로서 글을 쓰고 있는 것이며 따라서 다이몬에 대해 더 말하는 것은 맞지 않는*inconveniens* 일이었을 테고 부당한 일이었을 것입니다. 정령학daemonology은 에폽티카*epoptica*[에폽테스*epoptes*(목격자)는 밀교密教, mysteries에 가입한 사람이었다]라는 고차원의 학문에 속한 것이니까요.[18]

《티마이오스》 원문에 아주 간략하게 꿈을 다룬 대목이 있는데
45e 칼키디우스의 주해서에서는 이 부분을 일곱 장章에 걸쳐 다룹니다. 그 내용은 두 가지 이유에서 흥미롭습니다. 첫째, 이 주해서에는 《국가》 571c의 번역이 실려 있습니다.[19] 다시 말하면, 꿈은 감추어진 소망의 표현이라는 플라톤의 원原프로이트적 신조를 프로이트가 나오기 오래전에 이야기하고 있는 것입니다. 이것은 뱅코(맥베스가 왕이 되리라는 마녀들의 예언을 함께 들었다가 그의 손에 살해되는 동료 장군)[†]도 아는 이야기입니다.[20] 둘째, 주해서의 이 대목은 초서의 한 구절을 설명하는 데 도움이 됩니다. 칼키디우스는 꿈의 여러 유형을 나열하는데, 그의 목록은 더 유명한 마크로비우스의 분류와 정확히 일치하지 않습니다. 칼키디우스의 분류에는 히브리 철학*Hebraica philosophia*이 보증하는 유형인 계시몽*revelatio*이 들어 있습니다.[21] 초서는 《명예의 전당*Hous of Fame*》에서 마크로비우스의 분류를 대체로 따르다가 한 가지 유형, *revelacioun*을 덧붙였습니다. 간접적인 방식일 수도 있지만, 어

쨌든 그는 칼키디우스에게서 가져온 것이 분명합니다.

칼키디우스의 책에 나오는 점성술은 중세의 형태로 아직 완전하게 자리 잡지 않았습니다. 다른 모든 사람과 마찬가지로, 그는 지구가 우주의 기준으로 볼 때 무한히 작지만,[22] 행성들의 질서는 아직 논란의 여지가 있다고 주장합니다.[23] 당시에는 행성들의 이름도 확정되지 않았습니다. 그는 (여기서는 아리스토텔레스의《우주에 관하여 *De Mundo*》와 한목소리로) 토성을 파이논 *Phaenon* 으로, 목성은 파이톤 *Phaethon*, 화성은 퓌로이스 *Pyrois*, 수성은 스틸본 *Stilbon*, 금성은 루키페르(루시퍼 *Lucifer*)나 헤스페로스 *Hesperus* 로 부릅니다. 그는 "행성들의 다양하고 다중적인 움직임이 지금 나타나는 모든 결과의 진정한 근원 *auctoritatem dedit*"[24]이라고도 생각합니다. 달 아래, 이 변할 수 있는 세계에서 당하는 모든 일 *cunctae passiones* 은[25] 행성들을 기원으로 합니다. 그러나 그는 행성들이 우리에게 끼치는 영향력이 어떤 의미에서도 행성들의 존재 목적은 아니라고 신중하게 덧붙입니다. 그것은 부산물일 뿐입니다. 행성들은 그 지복至福, beatitude에 적절한 경로로 움직이고, 우리의 우발적인 사태는 자꾸 멈칫거리는 방식으로나마 그 행복을 최대한 모방합니다. 따라서 칼키디우스에게 지구 중심의 우주는 절대 인간 중심을 의미하지 않습니다. 그런데도 왜 지구가 중심이냐고 묻는 우리에게 그는 아주 뜻밖의 대답을 내놓습니다. 지구가 그런 자리에 놓인 것은 지구를 중심으로 돌면서 천상의 춤이 펼쳐지게 하려는 것이라고, 실은 천상의 존재들을 위한 미적 편의시설이라고 말합니다. 그의 우주에는 이미 너무나 충분한 수의 거주민들이 즐겁게 살고 있는 탓인지 칼키디우스는 피타고라스의 교리(달에도 기타 행성들에도 필멸의 존재들이 산다는)를 언급하기는 하지만[26] 그것에 관심을 갖지는 않습니다.

근대인이 볼 때 칼키디우스의 책에서도 그가 "시각과 청각의 효용에 대하여"라는 제목을 붙인 이어진 몇 개의 장만큼 이상한 부분도 없을 것입니다. 그가 생각하는 시각의 주된 가치는 '생존가치'가 아닙니다. 중요한 것은 시각이 철학을 낳는다는 것이지요. "어떤 사람도 하늘과 별들을 먼저 보지 않고는 하나님을 추구하거나 경건을 갈망하지 않을 것이기" 때문입니다.[27] 하나님이 인간에게 눈을 주신 것은 그들이 "하늘 속 지성과 섭리의 회전하는 움직임"을 목격하고, 자기 영혼의 움직임 속에서 그 지혜, 평정, 평화를 최대한 모방하게 하려는 것이었습니다.[28] 이것은 현대의 대학에서 배우는 플라톤과는 다릅니다만 모두 진정한 플라톤의 목소리입니다.《티마이오스》47b 이와 유사하게, 청각은 주로 음악을 위해 존재합니다. 영혼의 타고난 작용은 리듬 및 음계와 관련이 있습니다. 그러나 이 관계는 영혼이 몸과 결합하면서 희미해졌고 따라서 대다수 사람들의 영혼은 가락이 맞지 않게 되었습니다. 이런 상태에 대한 해결책이 음악입니다. "천박한 자들을 기쁘게 하는 음악이 아니라… 오성과 이성에서 결코 떠나지 않는 신적 음악" 말입니다.[29]

칼키디우스는 플라톤이 다이몬이란 주제에 대해 말을 아끼는 이유를 생각해 냈지만 플라톤과 달리 말을 아끼지 않습니다. 다이몬에 관한 칼키디우스의 설명은 몇몇 측면에서 아풀레이우스가 제시한 것과는 다릅니다. 칼키디우스는 죽은 사람들이 다이몬이 된다는 피타고라스나 엠페도클레스기원전 493-433(그리스의 철학자. 만물이 물, 공기, 불, 흙으로 이루어져 있다고 주장했다)[†]의 믿음을 거부합니다.[30] 그는 모든 다이몬이 별개의 종이라고 봅니다. 그는 '다이몬'이라는 이름을 공중의 생물뿐 아니라 에테르의 피조물에도 적용하는데, 에테르의 피조물들은 "히브리인들이 거룩한 천사들이라 부르는"[31] 존재입니다. 그러나 그는 충만의 원리와 삼화음의 원리를 인정하는 데 있어서는 아풀레이우스와 완전히 뜻을 같이합니다. 에테르와 공기 중에는 지구와 마찬가지로 누군가가 살고 있어야 합니다. "어떤 영역도 텅 빈 상태로 남지 않도록",[32] "우주의 완벽함이 어딘가에서 손상되는 일이 없도록"[33] 말입니다. 그리고 신적이고 불멸하며 천상의 별인 피조물들이 있고 일시적이고 죽을 수밖에 없으며 고통을 당할 수 있는 지상의 피조물들이 있으니, "이 둘 사이에 모종의 중간자가 있어서 양 극단을 이어 주어야만 합니다. 화성和聲에서 중간 높이의 내성부가 있는 것처럼 말이지요."[34] 소크라테스에게 금지 명령을 내린 음성이 신으로부터 나왔다는 것을 의심할 필요는 없습니다만, 그것이 신의 음성 그 자체는 아니었다고 똑같이 확신해도 될 것입니다. 지성으로만 알 수 있는 신과 지상에서 몸을 가진 소크라테스 사이에는 중재된 연합*conciliatio*이 있을 것입니다. 신은 모종의 '중간자', 모종의 매개하는 존재를 통해 그에게 말했습니다.[35] 여기서 우리는 기독교적인 것과는 완전히 다른 세계에 있는 것 같은 느낌이 들 수 있습니다. 그러나 기독교 신자라는 점을 한번도 의심받아 본 적이 없는 저자들의 글에서도 칼키디우스의 이런 진술과 같은 내용을 발견하게 될 것입니다.

여기까지는 칼키디우스와 아풀레이우스의 의견이 일치합니다. 그 다음으로 칼키디우스는 삼화음의 원리를 또 다른 곳에 적용하고 나섭니다. 우주적 삼화음은 하모니로서뿐 아니라 정치 조직체로서도 상상할 수 있습니다. 통치자·집행자·피통치자의 삼화음이지요. 천상의 별들이 명령하고 천사들이 집행하고 지구의 생물들은 복종합니다.[36] 그 다음, 칼키디우스는《티마이오스》69c-72d와《국가》441d-442d를 따라 이 삼화음의 패턴이 이상 국가와 인간 개인에게서도 재현되는 것을 봅니다. 플라톤은 명령을 내리는 철학적 통치자들에게 가상의 도시국가의 최고 영역을 할당했습니다. 그들 아래로 그들의 명령을 수행하는 전사 계급이 있습니다. 그리고 복종하는 평민들이 있습니다. 각 사람의 경우도 마찬가지입니다. 이성적 부분은 신체의 성채*capitolium*, 즉 머리에 삽니다. 전사 같은 가슴의 병영 또는 막사*castra*에는 "분노를 닮은 에너지", 사람을 기개 있게 만드는 것이 주둔합니다. 평민들에게 대응하는 욕망은 머리와 가슴 아래, 즉 복부에 있습니다.[37]

이 정신건강 삼화음 개념이 자유인에게 적합한 그리스의 양육 개념과 기사에게 적합한 이후 중세의 양육 개념을 더없이 충실하게 반영하고 있음을 알 수 있을 것입니다. 이성과 욕망이 무인지대에서 서로를 직접 대면하도록 방치해서는 안 됩니다. 훈련된 정서인 명예나 기사도 정신이 이성과 욕망을 연합시키고 문명인을 통합된 존재로 만들어 주는 '중간지'를 제공해야 합니다. 이것은 삼화음 개념의 우주적 함의에도 똑같이 중요합니다. 이 함의는 몇 세기 후에 알라누스 아브 인술리스Alanus ab Insulis, 1128?-1202(프랑스의 신학자 · 시인)[†]가 세상 전부를 도시에 비유하는 장엄한 대목에서 온전히 도출됩니다. 도시 중심에 자리 잡은 성에 해당하는 최고천Empyrean 안에 왕권을 쥔 황제가 좌정하고 있습니다. 그보다 낮은 하늘들에는 기사에 해당하는 천사들이 삽니다. 지구에 있는 우리는 "성벽 바깥에서" 사는 존재입니다.[38] '최고천은 우주 전체의 둘레에 접하고 우주 전체의 바깥에 있는데 어떻게 우주의 중심일 수 있는가?' 이런 질문이 가능합니다. 단테는 이에 대해 어느 누구보다 분명히 말합니다. 공간적 순서는 영적 순서와 정반대이고 물질적 우주는 영적 실재를 거울처럼 비추어 거꾸로 보여 주므로 실제로는 가장자리인 것이 중심으로 보이게 된다고 말입니다.

인류를 그저 교외의 존재로 만듦으로써, 쫓겨난 존재라는 비극적 위엄조차 허락하지 않는 정교한 마무리는 알라누스가 추가한 것이었습니다. 그 외의 부분에서 그는 칼키디우스의 견해를 반복합니다. 우리는 "천상의 춤이 만들어 내는 장관"[39]을 변두리에서 지켜봅니다. 우리가 가진 최고의 특권은, 할 수 있는 방식으로 그 춤을 모방하는 것입니다. 중세 모형은, 이런 단어를 써도 된다면, 인간주변적Anthropo-peripheral입니다. 우리는 주변부의 피조물입니다.

칼키디우스는《티마이오스》외에도 여러 자료를 전해 주었습니다. 그는《크리톤》,《에피노미스》,《법률》,《파르메니데스》,《파이돈》,《파이드로스》,《국가》,《소피스트》,《테아이테토스》(모두 플라톤의 저작)[†]를 인용하는데, 가끔은 꽤 길게 인용합니다. 그는 아리스토텔레스를 알지만 후대 사람들처럼 그를 존경하는 모습은 별로 보여 주지 않습니다. 아리스토텔레스는 "그가 흔히 보여 주는 거만하게 무시하는 태도로*more quodam suo... fastidiosa incuria*" 한 종류의 꿈만 빼고 모든 꿈을 거들떠보지도 않았습니다.[40] 하지만 칼키디우스는 물질이 본질적으로 악하지는 않지만 모든 특정한 신체의 잠재성을 갖고 있기에 형상의 결여(스테레시스στέρησις, *carentia*)로 이어질 운명(논리적으로 둘이 구분되기는 하지만)이라고 주장할 때만큼은 보다 존경하는 태도로 아리스토텔레스를 인용하고 거기다 말을 덧붙입니다.[41] 그렇기 때문에 물질은 여성이 남성을 열망하듯 완전해짐 또는 장식*illustratio*을 갈망합니다.[42]

칼키디우스의 영향력은 샤르트르학파(프랑스 샤르트르 지방의 여러 학교를 기반으로 한 중세 스콜라철학의 한 학파. 학풍은 대개 플라톤주의로서 플라톤의《티마이오스》를 기독교적으로 해석했다. 대표자는 릴의 알라누스)[†]와 연관된 12세기의 라틴어 시인들이라는 풍부한 결과를 낳았고, 그들은 다시 장 드 묑과 초서에게 영감을 주는 데 기여했습니다. 스타티우스와 클라우디우스의 책에 나오는 나투라 부인과 칼키디우스의 우주생성론은 베르나르두스 실베스트리의《우주론*De Mundi Unversitate*》을 낳은 부모라고 말할 수 있을 것입니다. 이 책에서 우리가 기독교의 삼위일체의 제2위를 기대할 법한 대목에 너무나 이상하게 등장하는 여성형 Noys νοῦς, *Providentia*는 이 계보를 분명하게 보여 줍니다. 이 단어의 성별은 융Carl Jung이 내세운 어떤 여성적 원형에서 나왔다기보다는 라틴어 *Providentia*가 여성명사라는 데 기인한 것 같습니다. 칼키디우스에서도 그라누시온*Granusion*[43]이라는 신비로운 정원에 대한 그럴 듯한 설명이 나옵니다. 베르나르두스의 우라니아Urania와 나투라Natura는 지구에 내려와서 바로 그 정원으로 들어가지요. 칼키디우스는 에테르와 공기를 구분했을 뿐 아니라 상층 공기와 하층 공기도 구분했습니다. 인간이 호흡할 수 있는 하층 공기는 축축한 실체*umecta substantia*로서 "그리스인들은 그것을 '휘그란 우시안*hygran usian*'이라 부릅니다."[44] 베르나르두스는 그리스어를 알지 못했고 (그에게는 무의미했던) 휘그라누시안*hygranusian*은 아마도 필사 상태가 안 좋은 사본에서 그라누시온*Granusion*이라는 고유명사가 되었을 것입니다. 베르나르두스의 후계자 알라누스 아브 인술리스의 글에서 우리는 이와 비슷한 연관성을 발견하게 됩니다. 그의《안티클라우디아누스》[45]에는 영혼이 "조그맣고 작은 못들로*gumphis subtilibus*" 몸에 단단히 붙어 있다는 구절이 나옵니다. 독자는 그 이미지의 (거의 '형이상학적') 진기함에 미소를 짓겠지요.

그 진기함이 의도적인 것이라면 그것은 알라누스만의 특징이라고 말할 수 있을 것입니다. 실제로 그는 칼키디우스의 입장을 그대로 따르고 있습니다.[46] 칼키디우스는 플라톤의 생각을 정확히 따르고 있으나[47] 못*gumphus*이 무엇인지 분명하게 알지는 못할 수도 있습니다. 이런 사소한 점들은 샤르트르학파 시인들이 칼키디우스의 충실한 제자가 되었다는 점을 보여 주는 사례로서만 언급할 가치가 있습니다. 그 관계의 중요성은, 덕분에 샤르트르학파 시인들이 활력과 열정, 씩씩함을 발휘하게 되었다는 점과 자국어로 시를 쓴 그들이 특정한 이미지와 태도를 받아들이게 되었다는 점에 있습니다.

B. 마크로비우스

마크로비우스Macrobius Ambrosius Theodosius는 4세 말과 5세기 초 사이의 인물입니다. 그의 종교는 여러모로 의심의 대상이었지만 그가 이교 외의 다른 것을 믿었다고 생각할 확고한 근거는 없어 보입니다. 하지만 그는 기독교인들과 이교도들이 자유롭게 어울릴 수 있었던 무리에 속했습니다. 기독교인 알비누스와 위대한 이교의 옹호자인 대大 심마쿠스가 그의 친구였습니다. 그의 두 저서 중 길고 박식하며 도회적이고 장황한 대화록인《사투르날리아*Saturnalia*》는 우리의 관심사가 아닙니다. 우리는 그의 〈스키피오의 꿈〉 주석[48]을 살펴볼 것입니다. 이 주석서와 그에 따라오는 원문 텍스트 덕분에 키케로의《국가론》에서 지금 남아 있는 부분이 보존되었습니다. 그의 주석서는 거의 50편의 필사본을 남겼는데, 엄청난 명성을 누렸고 후대에 오랫동안 영향을 끼쳤습니다.

지리에 대해서 마크로비우스는 키케로가 가르친 다섯 지대 교리를 되풀이합니다. 우리의 온대와 마찬가지로 남부의 온대에도 누군가 산다고 가정하는 것이 합리적이지만, "누가 사는지 발견할 가능성은 이제껏 없었고 앞으로도 없을 것입니다." 마크로비우스는 소위 중력에 대한 유치한 오해를 없애는 것이 여전히 필요하다고 생각합니다(중세에는 불필요한 일이었을 것입니다). 남반구의 주민들이 아래의 하늘로 떨어질 위험은 없습니다. 지구의 표면은 우리의 경우와 마찬가지로 그들에게도 "아래"에 있으니까요.II, v 대양이 열대의 대부분을 덮고 있습니다. 바다에서 갈라진 거대한 지류들이 동쪽과 서쪽에서 둘씩 북과 남으로 흘러 양쪽 극에서 만납니다. 그 해류가 만나면서 조류가 생겨납니다. 그렇게 해서 마른땅이 크게 네 개로 나누어집니다. 광활한 땅덩어리의 유럽, 아시아, 아프리카가 이 넷 중 하나임이 분명합니다.II, ix 이 지도를 도식적으로 단순화시킨 형태가 나중에 '수레바퀴 지도'로 살아남았습니다. 우리는 대척지의 주민들Antipodes과 공간적으로 분리되어 있고, 과거 대부분과는 시간적으로 거의 분리되어 있습니다. 거의 대부분의 인류가 거대한 지구적 재난으로 자주 파괴되었습니다. '거의'라고 말한 이유는 언제나 남은 자들이 있었기 때문입니다. 이집트는 한 번도 파괴된 적이 없습니다. 그렇기 때문에 이집트는 다른 곳에는 알려진 바 없는 고대의 기록을 보존하고 있습니다.II, x 이 생각은 플라톤의《티마이오스》21e-23b로 거슬러 올라가고,《티마이오스》는 헤로도토스의《역사》II, 143에 실린 다음과 같은 유쾌한 이야기에서 착상을 얻었을 가능성이 있습니다. 역사가 헤카타이오스는 이집트의 테베를 방문한 자리에서 자신이 어떤 신의 16대 후손이라고 뽐냈습니다. 그 정도면 연속성 있는 그리스의 기록이 나타나기 이전의 시기로 너끈히 들어설 수 있었습니다. 그러자 테베의 제사장들은 그를 어떤 홀로 데려갔는데, 그곳에는 대대로 제사장을 맡았던 사람들의 동상들이 서 있었습니다. 제사장들과 헤카타이오스는 함께 아들에서 아버지로, 그 윗대의 아들에서 아버지로 족보를 거슬러 올라갔습니다. 그들이 145번째 선조에 이르렀을 때에도 여전히 신은커녕 반신조차 보이지 않았습니다. 이것은 그리스 역사와 이집트 역사의 진정한 차이점을 반영하고 있습니다.

이와 마찬가지로 지구상 대부분의 문명은 상대적으로 최근의 것이지만, 우주는 언제나 존재해 왔습니다.II, x 마크로비우스는 시간을 암시하는 용어로 우주의 형성을 묘사했는데, 그것은 이야기를 편하게 하기 위한 장치 정도로 받아들여야 합니다. 무엇이든 가장 순수하고 맑은 것*liquidissimum*은 최고의 자리로 올라갔고 에테르라고 불렸습니다. 순수함이 덜하고 약간의 무게가 있는 것은 공기가 되어 두 번째 층위로 내려갔습니다. 어느 정도

유동성이 있지만 촉각에 저항이 느껴지게 할 만큼 실체가 있는 *corpulentum* 것들은 한데 모여 물줄기를 이루었습니다. 끝으로, 물질의 온갖 혼란으로부터 모든 회복할 수 없는 것*vastum*은 (다른) 원소들에서 떨어져 씻겨 나가고*ex defaecatis abrasum elementis* 아래로 가라앉아 가장 낮은 지점에 자리를 잡으며 끝없는 냉기에 갇힌 채 처박힙니다.I, xxii 지구는 사실 "창조세계의 폐기물", 우주의 쓰레기통입니다. 이 구절이 밀턴의 한 구절을 이해하는 데 도움이 될지도 모르겠습니다.《실낙원》 제7편에서 성자聖子가 황금 컴퍼스로 우주에다 동그랗게 영역을 표시하자,225 하나님의 영은

> 검고 차고 음침한 황천의 찌꺼기를
> 아래로 옮겨놓으셨도다.237

베리티Verity는 이것을 하나님의 영이 그들을 원형의 영역에서 쫓아내고 "아래" 혼돈 속으로 몰아낸다는 의미로 받아들입니다. 밀턴의《실낙원》에 나오는 혼돈에는 분명한 목적에 따라 절대적인 위아래가 있습니다. 그러나 "아래"는 우주적 천구의 중심 쪽을 뜻하는 것 같고, 그러면 "찌꺼기"는 마크로비우스의 구상에 정확히 들어맞게 됩니다.

현대의 독자에게는 마크로비우스가 꿈에 대해 말하는 내용I, iii이 그의 주해서에서 그리 중요한 내용으로 보이지 않을 것입니다. 하지만 중세 사람들의 생각은 달랐음이 분명합니다. 일부 필

사본에는 이 대목에서 가져온 것이 분명한 오르니켄시스*Ornicensis* 또는 오노크레시우스*Onocresius*라는 제목이 그의 이름 뒤에 붙어 있고 거기에 "꿈의 심판자처럼*quasi somniorum iudex*" 또는 "꿈의 해석*sonmiorum interpres*"이라고 설명이 되어 있으니까요. 두 단어 모두 오네이로크리테스ὀνειροκρίτης(꿈의 해석)를 잘 알아듣지 못하고 받아 쓴 음역인 듯합니다. 마크로비우스가 내놓은 꿈의 분류는 아르테미도로스(기원후 1세기)의《꿈의 열쇠*Oneirokritica*》에서 가져온 것입니다. 그 책에 따르면 꿈에는 다섯 종류가 있는데, 세 가지는 진실을 말하고 두 가지에는 "예지력이 없습니다*nihil divinationis*." 진실을 말하는 꿈은 다음과 같습니다.

1. 예지몽*somnium*, ὄνειρος. 예지몽은 가려진 진실을 알레고리 형태로 보여 줍니다. 살진 암소와 마른 암소가 나오는 파라오의 꿈(창세기 41:1-4)[†]이 그 사례가 되겠습니다. 중세의 모든 알레고리적 몽시夢詩가 예지몽을 가장하고 있습니다. 현대의 심리학자들은 거의 모든 꿈이 예지몽이라고 생각하며, 초서의《명예의 전당》제1편, 9에 나오는 'dreem'도 예지몽입니다.

2. 선견몽*visio*, ὅραμα. 이것은 말 그대로 미래를 직접적으로 미리 보는 꿈입니다. 던J. W. Dunne, 1875-1949의《시간 실험*Experiment with Time*》이 주로 다룬 것이 선견몽입니다. 이 유형은 초서의 작품(같은 책, 제1편, 7)에 'avisioun'으로 등장합니다.

3. 현몽現夢, *oraculum*, χρηματισμός. 현몽에는 꿈꾸는 사람의 부모 중 하나 또는 "모종의 다른 중요하고 존경할 만한 사람"이 등장해

미래의 일을 공공연히 선포하거나 조언을 합니다. 이 꿈은 초서의 작품에서 'oracles'(같은 책, 제1편, 11)에 해당합니다.

쓸모없는 꿈은 다음과 같습니다.

1. 비非예지몽*insomnium*, ἐνύπνιον. 현재 몰두하고 있는 일이 그대로 나오는 꿈입니다. "짐마차꾼은 짐마차가 가는 꿈을 꾼다"고 초서는 말한 바 있습니다(《새들의 의회》, 102).

2. 비몽사몽*visum*, φάντασμα. 아직 완전히 잠들지는 않았고 자신이 아직 깨어 있다고 믿는 상태에서 어떤 형체들이 밀려오거나 이리저리로 지나가는 것을 보는 것을 말합니다. 에피알테스*Epialtes* 또는 악몽이 이 부류에 속합니다. 초서의 'fantom'은 비몽사몽이 분명하고(《명예의 전당》, 제1편, 11), 그의 'sweven'은 비예지몽인 것 같습니다. (《캔터베리 이야기》 중 수녀원 수사의 이야기에 나오는) 암탉 퍼털로테가 B 4111-4113에서 'swevenes'에 대해 경멸조로 말하는 것을 고려할 때, 이것이 또 다른 등식('dreem'을 비몽사몽으로, 'sweven'을 예지몽으로 보는 입장)보다는 더 가능성이 높습니다. 퍼털로페는 배울 만큼 배운 새이고 의학과 디오니시우스 카토의 《이행련구二行聯句, *Distychs*》를 알고 있었습니다.

하나의 꿈에는 여러 종류의 특징들이 다 들어 있을 수 있습니다. 스키피오의 꿈은 존경받는 사람이 등장하여 예측하거나 경고한다는 점에서 '현몽'이고, 천상의 영역에 대한 문자적 진실을 알려 준다는 면에서 선견몽이며, 그 최고 의미와 비밀*altitudo*을 알려 준다는 점에서 예지몽입니다. 그 '비밀'에 대해서는 이제 살펴볼 것입니다.

우리가 앞서 보았다시피, 키케로는 하늘을 정치인들을 위한 곳으로 구상했습니다. 그는 공공생활과 그 생활이 요구하는 덕보다 더 높은 것을 바라보지 않습니다. 그런데 마크로비우스는 전혀 새로운 관점에서 키케로를 읽습니다. 신플라톤주의가 내세운 신비주의적이고 금욕적이며 세상을 부정하는 신학의 관점이지요. 그의 주된 관심사는 개인 영혼의 정화, "홀로 계신 분께 단독자로" 올라감인데, 키케로의 입장에서 이보다 더 이질적인 것은 있을 수 없었습니다.

영적 분위기의 이런 변화는 마크로비우스의 주해서 아주 앞부분부터 등장합니다. 키케로가 지어낸 예지몽은 플라톤의 엘Er 환상이 공격을 받았던 것처럼 허구의 형식이 철학자에게 적절하지 않다는 근거로 공격을 받을 수 있었습니다. 여기에 대해 마크로비우스는 여러 종류의 허구*figmentum*를 구분함으로써 답변을 했지요. (1) 메난드로스기원전 342-291(그리스의 희극 작가)†의 희극에서처럼 모든 것을 꾸며낸 허구가 있습니다. 철학자라면 누구도 이런 것을 쓰지 않을 것입니다. (2) 독자의 정신이 자극을 받아 어떤 형태(또는 모양)의 효능(또는 능력)을 보게 되는 허구가 있습니다. 이것은 다시 (2A)와 (2B)로 나눌 수 있습니다. (2A)는 이솝 우화의 경우처럼 이야기 전체를 지어낸 경우입니다. (2B)는 "확고한 진실에 근거한 주장이 이루어지지만, 그 진실 자체가 허구에 의해 드러나는 경우입니다." 헤시오도스(기원전 8세기, 고대 그리스의 시인)[†]의 신들의 이야기나 오르페우스의 이야기가 (물론 마크로비우스는 이 이야기들을 알레고리적으로 해석했지만) 본보기입니다. 거룩한 것들에 대한 지식이 '허구의 경건한 베일' 아래 숨겨져 있습니다. 철학이 인정하는 허구는 이 마지막 종류 하나뿐입니다. 그러나 주목할 것이 있습니다. 철학이 마지막 종류의 허구를 모든 주제에 대해 인정하는 것은 아니라는 점입니다. 허구는 영혼이나 공중의 존재들과 에테르의 존재들, 또는 "다른 신들"에 대해서만 다루어야 합니다. 꾸며낼 수 있는 자유는 그 선을 넘어서지 않습니다. 철학이 "그리스인들이 '선善, τἀγαθόν'과 '제1원인πρῶτον αἴτιον'이라 부르는, 만물의 가장 높고 첫째 되는 신"에 대해 말할 때나 "그리스인들이 νοῦς라고 부르는 '지성', 즉 이데아라 불리는 만물의 원형적 형상들이 거하는 가장 높은 것의 자식이자 그로부터 나온 지성"에 대해 말할 때는 허구의 방법을 결코 쓰지 않습니다. 여기서 우리는 신적인 것과 (아무리 고상하다 해도) 피조물에 불과한 모든 존재들 사이의 큰 차이를, 이전의 이교, 특히 로마의 이교는 꿈도 꾸지 못했던 순전한 초월성을 보게 됩니다. 이 체계에서 '신들gods'은 '신God'의 복수형에 그치지 않습니다. 둘 사이에는 종류의 차이가 있고 심지어 공약불가능성incommensurability이 존재합니다. 오르페우스나 헤시오도스가 희미하게 예시한 "거룩한 것들*sacra*"의 "거룩holiness"과 마크로비우스가 그 단어를 쓰지는 않지만 제1원인을 생각할 때 분명히 느끼는 '압도적 거룩Holiness' 사이에 차이가 있는 것과 같습니다. 여기서 이교는 온전한 의미에서 종교적이 됩니다. 신화와 철학이 모두 신학으로 바뀐 것입니다.

바로 위 단락에서 언급된 '신'과 '지성'은 기독교의 삼위일체와 매우 비슷하면서도 매우 다른, 신플라톤주의 삼위일체의 첫 두 멤버(혹은 위격? 또는 순간?)입니다. 신은 '자신으로부터 지성을 창조했습니다*de se Mentem creavit*.' 기독교인이 이 구절에 등장하는 *creavit*를 '낳았다begot'와 반대되는 의미로 해석한다면 경솔한 일일 것입니다. '자신으로부터'라는 표현을 볼 때 여기에는 니케아 신조의 구분("창조한 것이 아니라 낳으신")이 들어설 자리가 없고, 라틴어에서 *creare*는 유성발생을 말할 때도 자유롭게 쓰였습니다. 여기서 *Mens*(지성)는 베르나르두스 실베스트리스의 *Noys*에 해당합니다. 마크로비우스는 *Mens*를 묘사하면서 바로 신플라톤주의와 기독교의 심오한 차이를 드러냅니다. "*Mens*가 그 부모(저자를 말함)[†]를 관조하는 동안에는 그와 똑같은 모습을 보존한다. 그러나 그가 고개를 돌려 뒤의 것들을 바라보게 되면, 자기로부터 *Anima*(혼)를 창조한다."[I, xiv] 기독교 삼위일체의 제2위는 창조주요 행동하시는 성부의 선견지명이 담긴 지혜요 창조적 의지입니다. 그가 창조함으로써 성부보다 못한 자가 되고 그로부터 돌아선다는 생각은 기독교 신학에 맞지 않습니다. 반면, *Mens* 안에서 창조는 일종의 결함에 가깝습니다. *Mens*는 창조함으로써 신보다 못하게 되고, 자신의 근원에서 시선을 거두어 뒤를 돌아보므로 창조로 쇠퇴하게 됩니다. 다음 단계는 동일합니다.

*Anima*는 *Mens*에 시선을 고정하는 동안 *Mens*의 본질을 덧입습니다. 그러나 *Anima*의 관조가 거두어지면, 육체가 없음에도 불구하고 서서히 가라앉아*degenerat* 몸을 만들게 됩니다. 이렇게 해서 자연이 존재하게 됩니다. 그리하여 아주 처음부터 신플라톤주의는 기독교가 창조를 보는 지점에서 타락까지는 아니라 해도 일련의 하강, 축소, 거의 변질을 보게 됩니다. 지성이 신에게, 또는 혼이 지성에게 완전히 "주목하지" 못하는 순간에 (우리는 시간적 언어로 말할 수밖에 없으니) 우주가, 말하자면, 새어 나와 존재하게 됩니다. 하지만 이것을 너무 멀리까지 밀어붙이면 안 됩니다. 이런 조건 하에서도 신의 영광fulgor은 온 세상을 비추니까요. "하나의 얼굴이 적절한 순서로 배치된 많은 거울을 채우듯" 말이지요. 단테는 이 이미지를《신곡》〈천국편〉제29곡 144-145에서 사용합니다.

제가 볼 때 이 모든 이야기는 키케로에게 별 관심거리가 되지 못했을 것입니다. 하지만 이런 생각을 하는 마크로비우스라면 시민생활을 중심으로 하는 윤리학이나 종말론에 만족할 수 없었겠지요. 그래서 여기에 놀라운 수완 하나가 등장하게 됩니다. 모든 고대 문서에서 자기 시대가 지혜로 받아들이는 것을 찾아내려는 결의가 만들어 낸 혼합주의에서 나온 수완입니다. 키케로는 정치인의 하늘을 설명하면서 "우리가 국가라고 부르는, 법으로 한데 묶인 사람들의 회의와 공동체보다 신을 더 기쁘게 하는 것은 없다. 지상에서 벌어지는 일들 중에는 어쨌거나 없다*quod* *quidem in terris fiat*"고 말했습니다*Somnium*.xiii 키케로가 작은 글자로 쓰여진 단서조항으로 의미한 바가 무엇인지 저는 확신하지 못하겠습니다. 어쩌면 그는 지상의 일을, 신이 그보다 더 귀하게 여기는 것이 분명한 천체의 운동과 구분하려 한 것일 수도 있습니다. 그러나 마크로비우스는 이 유보조항을 키케로가 강하게 거부했을 윤리 체계, 즉 세속적이지 않고 종교적인 체계, 사회적이지 않고 개인주의적이며, 바깥 세상이 아니라 내면의 삶에 몰두하는 윤리 체계가 통째로 들어설 자리를 마련해 주는 키케로의 방식이라고 여깁니다.I, viii 마크로비우스는 고전적인 4주덕, 즉 지혜·절제·용기·정의를 받아들입니다. 그러나 그는 그 모두가 네 가지 다른 층위에서 존재하고 각 층위에서 그 이름들은 다른 의미를 갖는다고 덧붙입니다. 가장 낮은 층위인 정치적 층위에서 그것들은 우리가 예상할 만한 의미를 갖습니다. 그 다음 층위는 정화적Purgatorial 층위입니다. 거기서 지혜는 "세상과 그 안에 포함된 모든 것을 멸시하고 신적 문제들을 관조함"을 뜻합니다. 절제는 "자연이 허락하는 한, 몸이 요구하는 모든 것을 포기합니다." 정의는 모든 덕의 실천을 선으로 가는 유일한 길로 받아들입니다. 이 층위에서 용기는 파악하기가 쉽지 않습니다. 용기는 "영혼에게 철학에 이끌려 몸에서 어느 정도 물러날 때 겁먹지 말고 완전한 상승의 절정에서 떨지 말라"고 명합니다. 이 해석은《파이돈》81a-d에 근거합니다. 영혼이 이미 정화된 세 번째 층위에서 지혜는 신적인 것들을 더 좋아하는 것 정도가 아니라 그 외에는 다른

어떤 것도 고려하지 않는 것입니다. 절제는 지상의 욕구들을 거부하는 데서 더 나아가 완전히 잊어버리는 것을 뜻합니다. 용기는 열정을 정복하는 것이 아니라 열정의 존재 자체를 모르는 것을 뜻합니다. 정의는 "더 높은 신적 지성과 긴밀하게 이어진 탓에 그 지성을 모방함으로써 그것과의 깨어질 수 없는 협약을 지키는 것입니다." 이제 네 번째 층위가 남습니다. 멘스*Mens* 또는 누스νοῦς 안에는 네 가지 원형적 덕*virtutes exemplares*, 초월적 형상들이 거하는데, 그보다 낮은 층위에 있는 네 가지 덕들은 이것의 그림자입니다. 이 모든 것이 들어갈 자리를 마련하기 위해 키케로가 *quod quidem in terris fiat*(지상에서 벌어지는 일들 중에는 어쨌거나 없다), 이 다섯 단어를 썼다는 것이 마크로비우스의 생각입니다.

마크로비우스는 또한 키케로처럼 다음과 같이 믿습니다. 영혼은 하늘에서 나왔기 때문에 하늘로 돌아갈 수 있다,[49] 몸은 영혼의 무덤이다,[50] 영혼은 곧 그 사람이다,[51] 별 하나하나는 지구보다 더 크다.[52] 하지만 대부분의 권위자들과 달리, 그는 별들이 지상의 사건들을 일으킨다는 사실을 부인합니다. 그런데 별들이 그 상대적 위치에 의거해 지상의 사건들을 예측할 수 있게 한다는 점은 부인하지 않습니다.

C. 위僞 디오니시우스

중세에는 네 권의 책(《천상의 위계》, 《교회의 위계》, 《신의 이름들》, 《신비신학》)이 사도 바울의 아레오바고 연설을 듣고 회심한 디오니시우스(개역개정 성경에는 '디오누시오'로 나와 있다)[†]의 저작으로 알려져 있었습니다.[53] 이런 작가 추정은 16세기에 들어와 잘못된 것으로 입증되었습니다. 진짜 저자는 시리아에 살았던 것으로 생각되며 533년 이전에 글을 썼음이 분명합니다. 533년의 콘스탄티노플 공의회에서 이 저작들이 인용되었기 때문입니다. 870년에 죽은 존 스코투스 에리우게나John Scotus Eriugena가 이 저작들을 라틴어로 옮겼습니다.

사람들은 흔히 이 저작들을 주요 통로로 삼아 특정한 종류의 신학이 서양 전통 안으로 들어오게 되었다고 여깁니다. 하나님의 불가해성을 보다 엄밀하게 받아들이고 다른 이들보다 더 줄기차게 강조하는 이들의 '부정否定신학'입니다. 플라톤의 《국가》 509b와 〈두 번째 편지〉312e-313a[54]에서 볼 수 있듯, 부정신학은 플라톤 안에 이미 뿌리를 내렸고 플로티노스의 사상의 중심을 차지했습니다. 영어권에서 부정신학의 두드러진 대표작은 《무지의 구름*The Cloud of Unknowing*》입니다. 우리 시대에는 일부 독일 개신교 신학과 일부 유신론적 실존주의가 멀게나마 부정신학과 관련성이 있는 것 같습니다.

그러나 부정신학이 위 디오니시우스의 가장 중요한 특징이기는 해도 우리의 관심사는 아닙니다. 그는 천사론으로 중세 우주 모형에 기여했으니 우리는 그의《천상의 위계*The Celestial Hierarchies*》로 관심을 한정하겠습니다.[55]

위 디오니시우스는 천사들이 몸이 없는 순수 정신*mentes*이라고 선언함으로써 이전의 모든 권위자들 및 이후의 일부 권위자들과 입장을 달리합니다. 미술계에서는 확실히, 천사들이 신체를 가진 모습으로 그려지는데 우리의 능력을 감안하여*pro captu nostro* 그렇게 표현한 것입니다.[i] 그리고 위 디오니시우스는 그런 상징이 격을 떨어뜨리는 일은 아니라고 덧붙입니다. "물질도 그 존재를 참된 미美로부터 가져오기 때문에 그 모든 부분의 방식대로 미와 가치의 일부 흔적을 갖고 있다."[ii] 이 책이 가진 권위를 생각하면 이 진술을 중세의 식자들이 회화와 조각에서 천사를 상징하는 날개 달린 사람들을 보고 상징 이상이라고 믿지 않았다는 증거로 여길 수 있을 것입니다.

위 디오니시우스는 피조된 천사들을 스펜서가 "셋으로 된 3중성"이라 부른, 각각 세 종이 딸린 세 '품계'로 나누었고, 교회는 결국 그 분류를 받아들였습니다.[56]

첫 번째 품계에는 치품천사 세라핌Seraphim(스랍), 지품천사 케루빔Cherubim(그룹), 좌품천사Thrones가 있습니다. 그들은 하나님과 가장 가까운 피조물입니다. 그들은 하나님과의 사이에 아무것도 사이에 두지 않고ἀμέσως, *nullius interiectu* 그분을 대면하고, 쉬지 않고 춤을 추며 그분의 주위를 에워쌉니다. 위 디오니시우스는 치품

천사와 좌품천사의 이름을 열이나 불타는 것의 개념과 연결시키는데, 시인들이 잘 아는 특징입니다. 그래서 초서의 소환리somnour는 "케루빔처럼 불붙듯 새빨간 얼굴"을 하고 있었습니다.[57] 포프Alexander Pope, 1688-1744(영국의 시인)[†]가 "몰입하여 흠모하고 불타는 세라핌"이라고 쓴 것도 운을 맞추기 위해서만은 아니었지요.[58]

둘째 품계에는 주품천사(κυριότητες 퀴리오테테스, Dominations), 능품천사(ἐξουσίαι 엑수시아이, *Potestates*, *Potentates*, Powers), 역품천사(δυνάμεις 두나메이스, Virtues)가 있습니다. 여기서 Virtue는 도덕적 탁월성이 아니라 마법반지나 약초의 '효능virtue'에 대해 말할 때처럼 '효험efficacies'을 뜻합니다.

이 두 품계 천사들의 활동은 모두 하나님을 향하고 있습니다. 그들은 말하자면 우리를 등진 채 하나님을 대면하고 있습니다. 세 번째 가장 낮은 품계에서는 마침내 인간과 관련이 있는 피조물들을 보게 됩니다. 여기에는 권품천사(Princedoms, Principalities, Princes), 대천사Archangels, 천사Angels가 있습니다. 이와 같이 '천사angel'라는 단어는 세 품계에 들어 있는 아홉 종의 천사 전체에 해당하는 속명屬名이자 가장 낮은 종을 가리키는 종명種名입니다. 영어에서 sailor가 모든 뱃사람을 가리키기도 하고 하급선원을 가리키기도 하는 것과 같습니다.

권품천사는 나라를 지키는 수호자이기에 신학에서는 미가엘을 유대인들의 군주Prince라고 부릅니다.[ix] 이 주장의 성경적 출처는 다니엘서 12장 1절입니다. 만약에 드라이든John Dryden, 1631-1700(영국의 시인·극작가·비평가)[†]이 아서 왕 이야기를 썼다면, 이 피조물들은 더 많이 알려졌을 것입니다. 드라이든은 그들을 자신의 "기계"로 쓸 생각이었으니까요.[59] 그들은 밀턴의 "모든 지방마다 주재하는 천사들"이고,[60] 토마스 브라운Thomas Browne, 1605-1682의 "지역의 수호자들"입니다.[61] 남은 두 종, 대천사와 천사는 대중적 전통의 "천사들", 인간 개개인에게 "나타나는" 존재입니다.

이 품계의 천사는 인간에게 나타나는 유일한 초자연적 존재입니다. 위 디오니시우스는 하나님이 "중간자"를 통해서만 인간을 만나신다고 플라톤이나 아풀레이우스 못지않게 확신하고, 칼키디우스가《티마이오스》를 그의 철학대로 해석한 것처럼 성경을 자신의 철학대로 자유롭게 해석합니다. 위 디오니시우스는 하나님이 족장들과 선지자들에게 직접 나타나신 신 현현Theophanies이 구약성경에서 일어난 것처럼 '보인다'는 점은 부인하지 않습니다. 하지만 그는 그런 일이 실제로는 없었다고 확신합니다. 그는 이 환상들이 천상의 창조된 존재들에 의해 중재되었다고 봅니다. "지위가 낮은 피조물이 그보다 높은 피조물에 의해 하나님 쪽으로 움직이도록 신법의 명령이 정해 놓으신 것 같다."[iv] 이것은 그의 핵심 신념 중 하나입니다. 그의 하나님은 중재를 거쳐 할 수 있는 일을 직접 하시지는 않습니다. 어쩌면 가능한 한 긴 매개자들의 사슬을 거쳐서 일을 하시는지도 모릅니다. 권력 이양, 위임, 세분화된 등급에 따라 아래로 전해지는 능력과 선善이 그분의 보편적 원리입니다. 신의 조명*illustratio*은 말하자면 위계질서를 통해

걸러져서 우리에게 옵니다.

이것은 마리아처럼 고귀해진 이에게 전하는 수태고지처럼 우주적 중요성이 있는 메시지도 천사, 그것도 천사 품계에서 끝에서 두 번째로 낮은 대천사가 전달하는 이유를 설명해 줍니다. "천사들은 먼저 하나님의 신비를 누렸고, 그 후에는 그것이 자기들을 통해 우리에게 전해지는 것을 아는 은혜를 누렸다."[iv] 이 점에 대해 몇 세기 후에 아퀴나스는 위 디오니시우스를 인용하여 그의 말을 확증해 줍니다. 그 일이 그렇게 이루어진 것은 (몇 가지 이유가 있겠지만 그중에서도) 하나님의 일들이 천사들의 중개를 통해 우리에게 이르게 하는 이 체계(또는 패턴, *ordinatio*)가 "그렇게 큰 문제에서도*in hoc etiam* 깨어지지 않게 하려는 것"이었습니다.[62]

위 디오니시우스는 마크로비우스가 키케로를 훌륭한 신플라톤주의자로 만들 때 썼던 훌륭한 솜씨를 발휘해 자신의 원리가 이사야서 **6**장 **3**절에서 확증되는 것을 발견합니다. 거기서 세라핌들은 서로에게 "거룩하다, 거룩하다, 거룩하다"고 외칩니다. 왜 주님이 아니라 서로에게 그렇게 외칠까요? 각 천사가 자신이 아는 하나님에 대한 지식을 바로 아래 계급의 천사들에게 끊임없이 전달하고 있기 때문입니다. 물론 그것은 그저 사변적 지식이 아니라 변화시키는 지식입니다. 각 천사는 자기 동료들*collegas*을 "하나님의 형상, 밝은 거울"[iii]로 부지런히 만들고 있습니다.

위 디오니시우스는 전 우주를 삼화음(행위자–중간자–피행위자)이 '주제'인 푸가로 이해합니다. 피조된 천사들 전체가 하나님과 인간 사이의 중간자인데, 두 가지 의미에서 그렇습니다. 그들은 하나님의 집행자들로 역동적인 중간자입니다. 그러나 그들은 렌즈의 역할을 하는 중간자이기도 합니다. 천상의 위계가 우리에게 계시된 이유는 지상 교회의 위계가 "그들의 신적 봉사와 직무"[i]를 최대한 비슷하게 모방하도록 하려는 것이기 때문입니다. 둘째 품계는 첫째와 셋째 품계의 중간자이고, 각 품계에서는 가운데 종이 중간자이며, 개별 천사에게는 개별 인간의 경우처럼 다스리는 기능, 매개하는 기능, 복종하는 기능이 있습니다.

이런 조직의 구조는 모든 세부사항까지는 아니라도 중세 우주 모형에 강하게 드러나 있습니다. 독자가 몇 분만이라도 불신을 접어 두고 상상력을 발휘해 본다면, 옛 시인들의 통찰력 있는 읽기가 얼마나 광범위한 재조정의 산물인지 인식하게 될 것입니다. 독자는 우주에 대한 자신의 생각 전체가 뒤집히는 것을 경험할 것입니다. 근대의 사상, 즉 진화론적 사상에서 인간은 층계 꼭대기에 서 있고 계단 밑바닥은 보이지도 않습니다. 그러나 중세의 모형에서 인간은 층계 바닥에 서 있고 층계 꼭대기는 너무 밝아 보이지 않습니다. 독자는 개인적 천재성(물론 그것도 있겠지만)과 다른 그 무엇이 단테의 천사들을 비길 바 없이 위엄 있게 만드는 데 보탬이 되었다는 사실도 이해하게 될 것입니다. 밀턴은 그것을 노렸지만 표적을 맞추진 못했습니다. 방대한 고전 지식이 방해물로 작용했습니다. 그의 천사들은 구조와 갑옷이 너무 복잡하고, 호메로스와 베르길리우스의 신들과 지나치게 비슷하고, (같은 이유로) 종교 발전의 최고 단계에 있던 이교의 신들과는 전혀 다릅니다. 밀턴 이후로 총체적 쇠퇴가 시작되었고 우리는 결국 19세기 미술 작품에 나오는, 순수한 위로를 전하고 눈가가 촉촉한 여성스러운 천사들을 만나게 됩니다.

D. 보에티우스

보에티우스Anicius Manlius Severinus Boethius, 480-524는 플로티노스205-270 이후 이 중대한 시기의 가장 위대한 저술가이고, 그의 《철학의 위안*De Consolatione Philosophiae*》은 몇 세기에 걸쳐 라틴어로 쓰인 가장 영향력 있는 책 가운데 하나였습니다. 이 책은 고대 고지 독일어, 이탈리아어, 스페인어, 그리스어로 번역되었고, 장 드 묑이 프랑스어로 옮겼으며, 알프레드 대왕, 초서, 엘리자베스 1세 등 여러 사람에 의해 영어로 번역되었습니다. 대략 200년 전까지만 해도 유럽 어느 나라에서든 이 책을 사랑하지 않는 식자를 찾기 어려웠을 것 같습니다. 이 책에 입맛을 들이는 것은 중세에 적응이 되는 것과 비슷합니다.

보에티우스는 학자이자 귀족인 동시에 동고트족 왕인 테오도리쿠스의 장관이었습니다. 테오도리쿠스는 이탈리아 최초의 바바리안 왕이었고 종교적으로는 아리우스파였지만 정통파를 박해하지 않았습니다. 늘 그렇듯, '바바리안'이라는 단어가 오해의 소지가 있습니다. 테오도리쿠스는 읽고 쓸 줄 몰랐지만 수준 높은 비잔틴 사회에서 젊은 시절을 보냈습니다. 어떤 면에서 그는 많은 로마 황제들보다 나은 통치자였습니다. 19세기 영국에 샤카(남아프리카 줄루족 족장이며 줄루 왕국의 시조. 군대를 개편하고 뛰어난 전술을 구사하여 아프리카 남부 전 지역의 씨족을 모두 정복, 초토화시켰다. 1827년 어머니가 죽자 폭정을 일삼고 무리한 전술을 펼쳐 원성을 사다가 살해당했다)[†]나 딩간(이복형 샤카를 암살하고 왕위에 오른, 의심 많고 소심하면서도 교활하고 잔인한 왕)[†] 같은 통치자가 있었다면 끔찍한 일이었겠지만, 테오도리쿠스의 이탈리아 통치는 그 정도는 아니었습니다. (천주쟁이이자 프랑스 치하에서 약간의 세련됨을 갖추고 적포도주 맛을 알게 된) 고지의 족장이 개신교도와 회의주의자가 반반 정도 섞인 존슨 시대와 체스터필드 경 시대의 영국을 다스리는 정도와 비슷했습니다. 하지만 얼마 후 로마 귀족들은 이 이방인의 수중에서 벗어나기를 바라는 마음에 동로마 제국과 음모를 꾸미다가 발각되었습니다. 보에티우스가 정말 반역 음모에 개입했는지 안 했는지는 모르겠습니다만, 그는 파비아에서 투옥되었습니다. 얼마 후 그들은 그의 머리에 밧줄을 감아 두 눈이 다 빠지게 만들었고 곤봉으로 때려 죽였습니다.

보에티우스는 분명 기독교인이었고 심지어 신학자였습니다. 그의 다른 저서로《삼위일체론*De Trinitate*》과《가톨릭 신앙에 관하여*De Fide Catholica*》가 있습니다. 그러나 그가 죽음 앞에서 '위안'을 얻고자 의지한 '철학'은 명시적인 기독교적 요소들을 얼마 담고 있지 않았고 오히려 기독교 교리와의 양립가능성에 의문을 제기할 만한 내용이었습니다.

이런 역설을 해결하고자 많은 가설이 제기되었습니다. 그 내용은 다음과 같습니다.

1. 그의 기독교 신앙은 피상적이었기에 시련이 닥치자 기독교에 실망했고 신플라톤주의가 도움이 되지 않을까 기대하게 되었다.

2. 그의 기독교 신앙은 반석처럼 단단했고 그의 신플라톤주의는 지하감옥에서 바깥으로 시선을 돌리기 위한 놀이에 불과했다. 비슷한 처지의 다른 죄수들이 거미나 쥐를 길들인 것과 같다.

3. 그가 썼다는 신학적 에세이들은 실제로는 그의 작품이 아니었다.

제가 볼 때는 이런 가설들 중 어느 것도 필요하지 않습니다. 《철학의 위안》은 몰락한 보에티우스가 유배당한 채, 어쩌면 체포당한 상태에서 쓴 것이 분명하지만, 저는 그가 지하감옥에서 매일 사형집행인을 기다리며 이 책을 썼다고 생각하지 않습니다. 한 번은 그가 '두려움'을 말하기는 합니다.[63] 자신이 "죽음과 추방"을 당할 운명이라고 밝히기도 합니다.[64] 철학Philosophia이 "곤봉과 도끼를 두려워하는" 그를 나무라는 대목도 있습니다.[65] 그러나 이 책의 전반적인 어조는 일시적으로 감정이 폭발하는 이런 대목들과 어울리지 않습니다. 이 책의 어조는 죽음을 기다리는 죄수가 아니라 자신의 몰락을, 즉 유배되고,[66] 재정적으로 피해를 보고,[67] 멋진 서재에서 떠나오고,[68] 공직의 명예를 빼앗기고, 이름이 수치스럽게 비방당하는[69] 것을 탄식하는 귀족이자 정치가의 어조입니다. 이것은 사형수 감방의 언어가 아닙니다. 그런 상황에 처한 사람에게 철학이 제시하는 몇 가지 "위안"은 웃음밖에 안 나올 잔인한 조롱이 될 것입니다. 그가 유배된 장소가 다른 사람들에게는 고향이라고 철학이 말하는 장면을 생각해 보십시오.[70] 그가 간신히 건질 수 있었던 남은 소유가 많은 이들에게는 부유한 재산이라는 말은 또 어떻습니까.[71] 보에티우스가 추구하는 위안은 죽음에 대한 위안이 아니라 몰락에 대한 위안입니다. 그가 이 책을 쓸 때 자신의 생명이 모종의 위험에 처했음을 알았을 수는 있습니다. 하지만 저는 그가 그것 때문에 절망했다고 생각하지 않습니다. 오히려 그는 죽음이 기꺼이 죽고 싶어 하는 가련한 사람들을 잔인하게 무시한다고 처음부터 불평합니다.[72]

우리가 보에티우스에게 그의 책이 종교적 위안이 아니라 철학적 위안을 담고 있는 이유를 묻는다면, 그는 틀림없이 이렇게 대답할 것 같습니다. "그런데 책 제목도 안 읽었소? 나는 종교적인 글이 아니라 철학적인 글을 썼소이다. 종교의 위안이 아니라 철학의 위안을 주제로 선택했기 때문이오. 차라리 산술을 다룬 책이 왜 기하학적 방법을 쓰지 않느냐고 묻는 게 낫겠소이다." 아리스토텔레스는 자신을 따르는 모든 사람에게 학문의 갈래를 잘 구분하고 각 학문에서는 그에 걸맞은 방법을 따라야 한다고 당부했습니다.[73] 우리는 칼키디우스의 책에서 그런 일이 실제로 이루어지는 것을 보았고, 보에티우스는 자신의 논증에서 그 부분에 우리가 관심을 기울이게 합니다. 그는 "외부에서 가져온 근거들"이 아니라 "내재한 고유의 입증 방식"을 썼다고 철학을 치하합니다.[74] 즉, 순전히 철학적인 전제에서 출발해 기독교가 받아들일 만한 결론에 도달한 것을 자축한 것입니다. 예술의 규칙이 요구하는 바를 지켰다는 것이지요. 그러나 철학이 지옥과 연옥의 교리 근처로 다가가자, 보에티우스는 철학 스스로 자제하게 만듭니다. "하지만 지금은 그런 문제들을 논할 계제가 아니니까."[75]

우리는 이렇게 물을 수 있습니다. 그런데 왜 기독교인 저자가 이런 제한을 스스로 부과했을까요? 그가 자신의 진정한 재능이 무엇인지 알고 있었다는 것이 한 가지 이유인 것은 분명합니다. 그리고 그가 아마도 덜 의식했을 또 다른 동기를 생각해 볼 수 있습니다. 그가 《철학의 위안》을 저술할 시점에는 기독교적인 것과 이교적인 것의 구분이 로마적인 것과 바바리안적인 것의 구분보다 그의 마음에 더 생생하게 다가올 수 없었다는 것입니다. 바바리안 왕이 이단이기도 했기 때문에 특히나 그렇습니다. 그의 시각에서는 범기독교권과 그가 깊은 충성심을 느낀 고귀한 이교의 과거가 하나로 묶여 있었습니다. 이 둘이 함께 테오도리쿠스 왕과 그가 거느린 덩치 크고 하얀 피부에 맥주를 마시며 뽐내는 종사從士들과 대조를 이루고 있었던 것입니다. 그때는 베르길리우스, 세네카, 플라톤, 그리고 옛 공화국의 영웅들과 자신을 나누던 차이점을 강조할 시점이 아니었습니다. 위대한 고대의 거장들이 틀린 부분을 지적할 수밖에 없는 주제를 선택했다면, 그는 스스로 누리던 위로의 절반은 빼앗기고 말았을 것입니다. 그는 그들이 거의 옳았음을 느끼게 해 주고, 그들을 '그들'이 아니라 '우리'로 생각할 수 있게 해 줄 주제를 선호했습니다.

그 결과, 이 책에는 구체적으로 기독교적인 대목들이 많지 않습니다. 순교자들의 이름이 분명히 거론되기는 합니다.[76] 신과 인간은 제3의 것tertium quid을 통해서가 아니면 만날 수 없다는 플라톤적 견해와 정반대로, 기도는 하나님과 인간 사이의 직접적인 교류*commercium*라고 밝힙니다.[77] 철학이 섭리에 대해 말하며 외경 지혜서 8장 1절에서 가져온 "힘차게 훌륭하게"라는 표현을 사용하자, 보에티우스는 이렇게 대답합니다. "당신이 내리시는 추론의 결론도 기쁩니다만, 당신이 사용하시는 말씀 때문에 더욱 기쁩니다."[78] 그러나 보에티우스는 플라톤이나 신플라톤주의자들이 동의했을 만한 내용을 말하는 경우가 훨씬 많습니다. 인간은 이성이 있기에 신성한 동물이다,[79] 영혼은 하늘에서 데려온 것이고,[80] 영혼이 그리로 올라가는 것은 회귀이다.[81] 창조에 대해 설명할 때[82] 보에티우스의 입장은 성경보다는 《티마이오스》에 훨씬 가깝습니다.

《철학의 위안》은 중세 우주 모형에 기여한 것 외에 문학의 형식에도 어느 정도 영향을 끼쳤습니다. 이 책은 메니푸스식 풍자*Satira Menippea*(메니푸스는 기원전 3세기의 그리스 철학자)[†]라는 양식에 속하는데, 여기서는 산문 대목과 (그보다 짧은) 운문 대목이 번

갈아 등장합니다. 이 형식은 보에티우스부터 베르나르두스와 알라누스, 심지어 산나차로Jacopo Sannazaro, 1456-1530(이탈리아의 시인)[†]의 《아르카디아*Arcadia*》까지 이어집니다. [저는 이후 이 형식이 한 번도 부활하지 못했다는 사실이 종종 의아합니다. 란도Landor Walter Savage, 1775-1864(영국의 시인 · 산문가)[†], 뉴먼John Henry Newman, 1801-1890(영국의 성직자 · 저술가)[†], 아널드Matthew Arnold, 1822-1888(영국의 시인 · 비평가)[†]에 필적할 만한 사람들이 나타나 이 형식을 잘 활용했을 법도 한데 말입니다.]

1권에서 철학은 나이가 들었으면서도 젊은 여자로 등장하는데,[83] 이것은 클라우디우스의 《스틸리코의 집정관직》의 '나투라'II, 424 이하에서 빌려 온 설정입니다. 이것은 리드게이트John Lydgate, 1370-1451(영국의 시인)가 〈이성과 감각Reason and Sensuality〉334행이라는 제목으로 번역한 프랑스 시의 〈나투라Natura〉에서 재등장합니다. 철학은 보에티우스에게 여러 이야기를 하면서 우리, 곧 우리 철학자들이 비방을 당할 것을 예상해야 한다고 말합니다. 극악한 자들의 심기를 거스르는 것이 철학자들의 명백한 삶의 방식*maxime propositum*이기 때문이지요.[84] 비방에 무심한 정도가 아니라 오히려 자초하는 이런 호언장담, 철학적 당당함은 견유학파에서 나온 것입니다. 밀턴의 그리스도도 이런 태도에 영향을 받았습니다. 《복낙원*Paradise Regained*》에서 그가 하층민들을 두고 "저들에게 비난을 받는 것은 엄청난 찬사"제3편, 54라고 하는 것을 보면 알 수 있지요. 그러나 가엾은 보에티우스는 그렇듯 벅찬 요구를 감당할 준비가 되지 않았는지, 하프 소리를 못 알아듣는 당나

귀처럼 철학의 요구에 귀를 닫아 버립니다. 초서는《트로일루스와 크리세이드》1권 730행에서 바로 이 당나귀와 하프의 이미지를 가져다 씁니다. 지금은 모두가 보에티우스를 비난합니다만, 공직에 있는 동안 그의 처신은 아무 흠도 없이 깨끗했습니다. 이 책에서 작가 보에티우스는 자연인 보에티우스의 실체를 가차 없이 폭로하는데, 자신의 덕은 존경을 전혀 기대하지 않고 실천했기 때문에 더욱 존경할 만하다고 자화자찬하는 대목은 우스꽝스러울 정도입니다. 사람이 인정받기 위해 덕을 드러낸다면 그 덕은 더럽혀진다고 덧붙이고 있거든요.[85]

이런 소박한 격언은 암흑 시대와 르네상스의 이상들에도 그대로 적용됩니다. 베오울프가 명성*dom*을 원하고 프랑스 비극의 영웅들이 영광*la gloire*을 원하듯, 롤랑Roland(중세 유럽 최대의 서사시인《롤랑의 노래》에 등장하는 비극적 영웅)[†]은 부끄러운 줄도 모르고 칭찬*los*를 원합니다. 이것은 중세 후기에 자주 논의되었습니다. 알라누스는 이 격언에 대해 어느 정도 선까지만 동의합니다. 선한 사람은 명예를 목적으로 삼아서는 안 되지만 명예를 완전히 거절하는 것은 지나치게 엄격한 일이라고 말입니다.《안티클라우디누스(*Anticlaudian*)》, VII, iv, 26 반면 가워John Gower, 1325?-1408(영국의 시인. 제프리 초서의 친구이자 경쟁자)[†]는 이것을 아주 엄밀하게, 기사도적인 행위에까지 적용합니다.

무훈으로 이름을 떨치고

명성을 얻고자 하는 자에게는
무훈을 뽐내는 일이 적절치 않다.[86]

—《사랑의 고백(*Confessio Amantis*)》, I, 2651.

그 다음 보에티우스는 하나님이 자연의 나머지를 다스리실 때의 규칙성과 인간사에 허락하시는 불규칙성의 현격한 대조가 어찌된 일인지 설명해 달라고 열정적으로 요구합니다.[87] 이것은 알라누스의 작품에 나오는 자연의 '불평'과 장 드 묑의 작품에 나오는 자연의 '고백'의 주요 주제가 됩니다. 이후 밀턴은《투사 삼손 *Samson Agonistes*》의 코러스에서667 이하 보에티우스의 이 대목을 상기하는데, 그가 이 대목을 상기한다는 사실을 독자들도 알아볼 것이라 생각하고 있음이 분명합니다. 이것을 인간은 무용한 정열 또는 무익한 수난*passion inutile*(세상에 던져진 존재인 인간은 죽는 순간까지 자신의 존재 근거를 추구함으로써 이유를 알 수 없는 자신의 존재를 정당화시켜야만 한다. 자기의 존재 근거를 대면하고 있지만 그것을 결코 자기 것으로 삼지 못하는 인간의 상황을 사르트르는 이렇게 불렀다)[†]이라는 실존주의의 입장과 연결시키고 비이성적인 세계, 또는 무생물계와 비판적으로 비교해 본다면 현대 독자들에게도 이 개념 전체가 그렇게 멀게만 느껴지지는 않을 것입니다.

2권에서 저자는 운명을 옹호하는 탁월한 변론을 펼치는데, 이 대목은 이후 시대가 상상하는 운명의 모습으로 확고히 자리를 잡았습니다. 행운과 불운이 선행이나 악행에 그대로 따라오지 않는다는 지적은 어느 시대에나 있을 만합니다. 그러나 운명과 그 바퀴에 대한 중세의 언급은 그 빈도와 진지함에 있어 예외적입니다. 《신곡》 〈지옥편〉VII, 73 이하에서 이 이미지가 얼마나 위엄 있게 등장하는지 보면 상투적 표현*locus communis*이 소위 '진부한' 것이 될지 아닐지의 여부가 전적으로 작가 개인의 재능에 달렸음을 떠올리게 됩니다. 그리고 이것은 천 가지 열등한 대목들과 함께 보에티우스가 남긴 유산의 일부입니다. 그가 운명*Fortuna*을 다루는 대목을 읽은 사람이라면 누구라도 그녀를 오랫동안 잊지 못할 것입니다. 이 대목에서 스토아적이자 기독교적이며 욥기 및 그리스도의 몇몇 말씀[88]과 완전히 조화를 이루는 보에티우스의 작품은 통속적 수준의 이교도와 기독교인이 똑같이 공유하는 견해, 즉 다양하게 나타나는 인간의 번영을 신의 보상 또는 처벌로 해석하거나, 적어도 그렇기를 바람으로써 "잔인한 인간들에게 위안을 주는" 견해에 맞서는 매우 강력한 변론입니다. 이 견해는 쓰러뜨리기가 어려운 적입니다. 소위 '휘그당의 역사 해석'에 잠재해 있고 칼라일Thomas Carlyle, 1795-1881(영국의 철학자·역사가)[†]의 역사철학에도 만연합니다.

보에티우스가 펼치는 운명 옹호론의 매 지점에서 우리는 '옛 친구들'을 만납니다. 처음 우리의 친구가 되었을 때 이미 나이가 아주 많았던 이미지와 구절들 말입니다.

2권에는 이런 구절이 나옵니다. "가장 비참한 불행은 한때 행복했다는 사실이다."[89] 이 구절을 보면 단테의 "더 큰 고통은 없다"*nessun maggior dolore*, 〈지옥편〉, 제5곡, 121와 테니슨의 "슬픔 중에서도 꼭대기의 슬픔"이 단박에 떠오릅니다. "본인이 비참하다고 생각하지 않으면 비참한 일은 없다."[90] 이 구절을 보면 초서가 〈운명의 여신Ballade of Fortune〉에서 "자기가 불행하다고 생각하지 않는 한 누구도 불행하지 않다"고 한 것이나 햄릿이 "좋은 일 나쁜 일이 따로 있는 것이 아니라 생각에 달린 것"이라고 한 말도 기억납니다. 우리는 외적 선을 실제로 보유한 적이 없기에 잃어버릴 수도 없다는 말을 듣습니다. 들판이나 보석의 아름다움은 진정한 선이지만 그것은 그것들의 선이지 우리의 선이 아닙니다. 옷의 아름다움은 그것들의 것이거나(옷감의 풍성함) 재단사의 솜씨일 뿐, 어떻게 해도 그것이 우리의 아름다움이 되지는 않습니다.[91] 이런 생각은 《조지프 앤드루스*Joseph Andrews*》(현실적인 인간의 생생한 특징과 성격 묘사를 통해서 인간의 허식과 위선을 비판한 영국 작가 헨리 필딩Henry Fielding, 1707-1754의 대표작)[†]에서 예기치 않게 다시 볼 수 있습니다.III, 6 이어서 보에티우스는 이전 시대*prior aetas*, 즉 스토아학파 사람들이 그렸던 태곳적 순수함에 대한 찬사를 늘어놓습니다.[92] 밀턴을 읽은 분들이라면 그의 시에서 *precious bane*(값진 해독害毒)으로 나오는 *pretiosa pericula*(귀중한 위험)을 이 대목에서 보게 될 것입니다. 이 prior aetas에서 초서의 발라드에 나오는 "이전 시대"와 오르시노가 언급한 "옛 시절"《십이야(*Twelfth Night*)》 2막, 4장, 46이 나왔습니다. 2권에서는 모종의 자연적 탁월성을 가졌지만 덕이 완전하지 않은 사람들을 유혹하는 것으로 명예욕만한 것이 없다는 말이 나옵니다. 이것은 타키투스의 《아그리콜라*Agricola*》에 나오는 격언입니다. 나중에 이 격언은 "고귀한 정신의 마지막 약점"에 대한 밀턴의 시구로 꽃피게 됩니다.

철학은 이 명예욕을 무시하고 나섭니다. 아프리카누스가 〈스키피오의 꿈〉에서 그랬던 것처럼, 지상의 모든 명예가 얼마나 편협한 것인지 지적합니다. 우주를 기준으로 삼으면 이 지구는 수학적 점으로 여길 수 있을 만큼 작기 때문입니다. 점에는 이유가 있습니다(*puncti habere rationem*).[93] 그러나 보에티우스는 이 작은 영역에서도 도덕적 기준이 다양함을 강조함으로써 이 상투적 주장에 깊이를 부여합니다. 한 나라에서 명예인 일이 다른 나라에서는 불명예일 수 있습니다.[94] 그리고 어쨌거나 모든 명성은 얼마나 수명이 짧은지요! 책도 저자와 마찬가지로 죽을 운명입니다. 파브리키우스의 뼈가 어디에 있는지 아무도 모릅니다.[95] (여기서 알프레드 대왕은 자신의 영어권 독자들을 위해 이 구절을 "웨일랜드의 뼈"라고 기꺼이 바꿔서 옮겼습니다.)

역경에는 우리의 진짜 친구가 누구이고 친구 시늉만 하는 사람은 누구인지 보여 주어 우리 눈을 뜨게 해 주는 장점이 있습니다.[96] 이것을 하이에나의 쓸개가 시력을 회복시켜 준다는 뱅상 드 보베Vincent de Beauvais, 1190-1264(프랑스의 스콜라 학자)[†]의 진술《자연의 거울(*Speculum Naturale*)》, XIX, 62과 연결해 보면, "당신은 한낮의 하이에나의 쓸개가 필요하지 않다"〈운명의 여신〉, 35는 초서의 수수께끼 같은 시구를 이해할 열쇠를 갖게 됩니다.

3권으로 가 봅시다. 참된 선이 행복이라는 것은 누구나 알고 있고 모두가 행복을 추구하지만, 대부분은 잘못된 경로로 행복을 추구합니다. 집이 있는 줄 알면서도 집으로 가는 길을 못 찾는 술 취한 사람과 같지요.[97] 초서는《캔터베리 이야기》에 실린〈기사의 이야기〉A 1261 이하에서 같은 비유를 다시 만들어 냅니다.

하지만 부나 영광 같은 잘못된 경로조차도 인간들에게 어느 정도 진리를 암시해 줍니다. 참된 선은 명예처럼 영광스럽고 부처럼 자족적이기 때문이지요. 본성의 성향은 너무나 강력해서 우리는 고향으로 가려고 힘씁니다. 새장에 갇힌 새가 숲속으로 돌아가려고 몸부림치는 것과 같습니다. 초서는 이 이미지를 빌려와〈수습기사의 이야기〉F 621 이하에 씁니다.

선에 대한 잘못된 이미지 중 하나가 귀족 신분입니다. 그러나 귀족 신분은 조상들의 덕으로 인한 명예일 뿐이며(우리는 명예를 이미 깨뜨렸습니다), 그것은 그들의 선이지 우리의 선이 아닙니다.[98] 이 신념은 중세에 이르러 많은 자손을 낳았고 학교에서 벌이는 논쟁의 인기 있는 주제가 되었습니다. 이것은 또한 단테의《향연》제4편 도입에 나오는 칸초네와《제정론*De Monarchia*》의 한 부분II, 3의 근간을 이룹니다.《장미 이야기*Roman de la Rose*》18615행 이하는 보에티우스의 입장을 벗어나 고귀한 태생*gentilesse*과 덕을 동일시합니다.《장미 이야기》의 영어 역본은 이 부분2185-2202에서 프랑스어 원문에다 내용을 덧붙입니다. (초서의《캔터베리 이야기》에 실린)[†]〈바스의 여장부의 이야기〉는 보에티우스의 입장을 보다 정확하게 재현합니다.D 1154 가워는《장미 이야기》와 마찬가지로 귀족 신분을 "마음에 자리 잡은 덕"IV, 2261 이하과 동일시합니다. (다른 면에서는 그리 무지하지 않은) 저자(본서의 저자 루이스)[†]가 이 대목에서 가워가 당대에 "점점 새로운 중요성을 차지하고 있던" 중산층의 정서를 표현한다는 증거를 찾는 모습에 독자는 미소를 지을 수도 있겠습니다.

이제 철학은, 우리가 보통 온전하고 완전한 선의 조각이나 그림자만 좇지만 온전하고 완전한 선은 하나님이라고 주장하는 데 이릅니다. 이 입장을 증명하는 과정에서—플라톤주의자들에게도 기독교인들에게도 새로운 증거가 필요하지는 않았지만—보에티우스는 모든 완전한 것들이 모든 불완전한 것들에 선행한다는 진술을 공리로서 끌어들입니다.[99] 이것은 에피쿠로스학파를 제외한 고대와 중세의 거의 모든 사상가들의 공통된 견해였습니다.[100] 이로 인해 따라오는 그들의 생각과 우리 시대의 발전 개념 또는 진화 개념 사이의 과격한 차이점—의식의 전 영역과 층위에 영향을 끼쳤을 차이점—은 제가 이미[101] 강조한 바 있습니다.

"신적 단순성의 놀라운 순환"[102]을 숙고해 본 사람들이라면 다시 세속적 대상들을 뒤돌아보지 않도록 주의해야 합니다. 이 교훈은 오르페우스가 에우리디케를 뒤돌아보다가 모든 것을 망친 이야기로 더욱 강화되었고, 보에티우스가 들려주는 이 이야기는 베르길리우스가 들려준 오르페우스 이야기만큼이나 널리 영향을 끼쳤습니다. 이 이야기는《철학의 위안》에서 구조적으로도 대단히 중요한데, 보에티우스가 이 책 1권에서 철학의 방문을 받았을 당시 꼭 그런 회상에 빠져 있었기 때문입니다. 이 대목에서도 그는 다음의 유명한 시구로 시인으로서 정점을 찍습니다.

한 번 뒤돌아보는 것으로 충분했네,
에우리디케를 보고 잃고 죽이기에.[103]
Orpheus Eurydicen suam
Vidit, perdidit, occidit.

이제 4권으로 가 봅시다. 보에티우스는 하나님의 섭리를 말하는 교리가 진짜 문제를 오히려 악화시킨다고 불평합니다. 세상사가 돌아가는 과정에서 정의—'시적 정의'를 말합니다—가 왜 그렇게 분명하지 않을까? 철학은 두 가지 대답을 합니다.

1. 모든 것이 정의다. 선한 사람들은 언제나 보상을 받고 악한 자들은 언제나 벌을 받습니다. 그들의 모습 자체가 상이고 벌이라는 의미에서 그렇습니다. 악한 힘과 악한 수행은 악한 의지에 대한 형벌이고,[104] 영혼이 불멸하니 그것은 무한히 지속될 것입니다(이는 철학이 신학 못지않게 주장하는 사실입니다). 이 대목은 베르길리우스의 지옥을 되돌아보게 하는데, 그곳의 거주자들은 "모두 끔찍한 일 들을 의도했고 뜻대로 되었습니다"(*ausi omnes immane nefas ausoque potiti*).《아이네이스(*Aeneid*)》, VI, 624 또한 이 대목은 더 지혜로운 이교도들에 대해 이렇게 말한 밀턴을 내다보게 합

니다. "그들은 지옥의 한 지역으로 영원히 추방하는 것보다는… 죄로 죄를 벌하시는 것이 하나님께서 내리시기에 더 합당하고 적절한 형벌이라고 생각했다."《이혼론(*The Doctrine and Discipline of Divorce*)》, II, 3 하지만 보에티우스는 악인들이 번창하고 선한 사람들이 고통 받는 것이 아주 이상하다고 대답합니다. 철학은 그래, 그렇다고 대답합니다. 모든 일은 원인을 알기 전까지는 이상해 보입니다.[105] 초서의 〈수습 기사의 이야기〉F 258와 비교해 보십시오.

2. "신의 단일성이라는 성채 안에" 있는 것이 섭리Providence이고, 섭리를 시간과 공간의 복잡함에 비추어 아래에서 바라본 것이 운명Destiny입니다.[106] 바퀴 안에서 중심축으로 다가갈수록 움직임이 적어지는 것처럼, 모든 유한한 존재는 신적 (움직이지 않는) 자연에 가까이 다가가 거기에 참여할수록 운명에 덜 휘둘리게 됩니다. 운명은 영원한 섭리의 움직이는 이미지일 뿐입니다. 섭리는 온전히 선합니다. 우리는 악인들이 번성하고 죄 없는 사람들이 고통을 겪는다고 말합니다. 그러나 우리는 누가 악인이고 누가 죄 없는 사람인지 모릅니다. 양측에 필요한 것이 무엇인지는 더더욱 모르지요. 중심에서 바라볼 때, 모든 운運은 선하고 약이 됩니다. 우리가 말하는 '나쁜' 일은 선한 사람들에게는 훈련이 되고 악한 사람들은 억제합니다. 그들이 그 일을 그렇게 받아들인다면 말이지요. 따라서 중심에 가까워져 섭리에 더 많이 참여하고 운명의 영향을 덜 받게 된다면, "너의 운명을 네가 원하는 대로 만드는 것은 너의 손에 달려 있다"[107]고 말할 수 있게 됩니다.

스펜서가 이 대목을 달리 표현한 구절을 소개하자면, "자신의 삶을 운 좋게 만드는 것은 각자에게 달린 일"《선녀여왕》VI, ix, 30입니다.

하지만 이 구절이 남긴 가장 고귀한 후손은 글로 되어 있지 않습니다. 로마의 키지 예배당이 있는 산타 마리아 델 포폴로 대성당 쿠폴라(돔)는 바퀴와 축, 운명과 섭리라는 보에티우스의 이미지를 우리의 눈앞에 펼쳐 놓습니다. 가장 바깥의 원주에는 운명을 정해 주는 행성들이 그려져 있습니다. 행성들 안쪽이자 그보다 위에 있고 더 작은 원에는 행성들을 움직이는 지성체Intellegences들이 있습니다. 중심에는 두 손을 들어 만물을 인도하는 '부동不動의 동자動者 Unmoved Mover'가 앉아 있습니다.[108]

이 책의 마지막 5권은 논증이 보다 면밀하고, 이후의 세대들이 그로부터 개별적으로 요긴한 것들을 많이 뽑아내지 못했습니다. 그러나 이 부분의 영향력이 다른 부분보다 못했다는 뜻은 아닙니다. 이 부분은 이후에 등장하는 자유의 문제에 대한 모든 논의의 근간이 됩니다.

4권의 결론은 우리에게 새로운 난점을 안겨 주었습니다. 섭리의 교리가 암시하는 대로 하나님이 *uno mentis in ictu*,[109] 즉 정신의 단일한 행위로 만물의 현재, 과거, 미래를 다 보시고 그리하여 나의 행위들을 예지하신다면, 하나님이 예견하신 것과 달리 행동할 자유가 어떻게 내게 있겠습니까? 밀턴은《실낙원》제3편, 117에서 하나님은 예지하시지만 그분의 예지가 나의 행위의 원인이 되는 것은 아니라고 말합니다. 하지만 철학은 보에티우스가 그런 식으로 임시변통으로 발뺌하도록 내버려 두지 않을 것입니다. 애초의 질문은 하나님의 예지가 인간의 행위를 필연적인 것으로 만드는지의 여부가 아니라, 하나님의 예지가 인간 행위의 필연성을 보여 주는 증거인지의 여부였기 때문입니다.

그렇다면 확정되지 않은 일에 대한 예지가 가능할까요? 어떤 의미에서는 그렇습니다. 지식의 성격은 알려지는 대상의 본질이 아니라 아는 능력의 본질에 달려 있으니까요. 따라서 우리의 감각, 상상력, 이성*ratio*은 모두 다른 방식으로 사람을 '압니다.' 감각은 사람을 신체적인 형태로 알고, 상상력은 질료 없는 형태로 알며, 이성은 개념으로, 종種으로 사람을 압니다. 이 세 정신 능력 중 어느 것도 우리보다 더 우월한 존재가 누리는 앎의 방식을 암시해 주지 못합니다.[110] 그러나 이성*ratio* 위에는 더 높은 정신 능력인 지성*intelligentia*이 있습니다.[111] (오랜 시간이 지난 후 콜리지는 이것을 뒤집어 이성이 더 높고 지성이 더 낮게 만들었습니다. 중세의 전문 용어에 대한 추가 논의는 뒤쪽으로 미루겠습니다.) 이성의 수준에서 생각할 때 알 수 있을 만한 미래는 결정된 미래뿐입니다. 그러나 우리조차도 지성의 수준으로 올라가 결정되지 않은 일에 대한 지식을 힐끔 엿보는 것이 가능합니다.

영원eternity은 영속성이나 시간이 끝없이 이어지는 상황과 분명히 구분됩니다. 영속성perpetuity은 순간들이 연속적으로 끝없이 구현되고 곧장 상실되는 상황입니다. 그러나 영원은 무한의 삶이 시간을 초월하여 실제로 실현되는 것입니다.[112] 이에 비하면 시간은 설령 끝없이 이어진다 해도 영원이 간직한 풍요로움의 이미지이자 패러디 정도에 불과합니다. 시간의 '현재들'을 무한히 증가시켜 그 일시성을 벌충하기 위한 가망 없는 시도일 뿐이지요. 그래서 셰익스피어의 루크레티아가 시간을 향해 "너 영원의 쉬지 못하는 종"이라고 부르는 것입니다.《루크레티아의 능욕(*The Rape of Lucrece*)》, 967 그리고 하나님은 영속적이지 않고 영원하십니다. 엄격히 말해, 그분은 결코 **미리 보시지** 않습니다. 그분은 그저 보십니다. 당신의 '미래'는 그분의 무한한 '지금'의 한 영역일 뿐이고, 우리에게만 특별한 영역입니다. 하나님은 당신이 어제 한 행동을 보십니다(기억하시는 것이 아닙니다). 그분에게 어제는 여전히 '거기' 있기 때문입니다. 그분은 당신이 내일 할 행위를 보십니다(미리 보시는 것이 아닙니다). 그분은 이미 내일에 계시기 때문입니다. 내 현재 행위를 지켜보는 인간 구경꾼이 내 행위의 자유를 전혀 침해하지 않는 것처럼, 미래의 나는 선택하는 대로 행동할 자유가 여전히 있습니다. 하나님은 그 미래에서(그분의 현재 가운데) 내가 행동하는 것을 지켜보시기 때문입니다.[113]

저는 여기서 역사적으로 그리고 본질적으로 너무나 중요한 논증을 가차 없이 압축하여 전달했기 때문에 지혜로운 독자라면 그 내용을 직접 원문에서 찾아보는 것이 좋을 것입니다. 저는 보에티우스가 여기서 플라톤의 생각을 플라톤 자신보다 더 빛나게 해설했다고 생각하지 않을 수 없습니다.

《철학의 위안》은 철학이 그렇게 말하는 것으로 끝납니다. 이

제 독자는 자신의 처지에 불평하는 보에티우스에게 돌아갈 수 없습니다. 《말괄량이 길들이기 *The Taming of the Shrew*》의 끝부분에서 독자가 크리스토퍼 슬라이(이 연극의 서극에 등장하는 땜쟁이. 술에 취해 길거리에서 잠든 그는 영주의 지시로 성으로 실려 온다. 그리고 자신이 원래 영주였는데 오랫동안 실성하여 거렁뱅이로 사는 꿈을 꾸다가 마침내 제정신이 들었다는 거짓말을 듣고 결국 그것을 믿게 된다. 그리고 영주를 찾아온 순회극단의 배우들이 공연하는 연극을 보게 되는데, 그 연극이 〈말괄량이 길들이기〉다. 슬라이는 서극 이후 등장하지 않는다)[†]에게로 돌아갈 수 없는 것과 같지요. 저는 이것이 계산된 장치이며 완전히 성공한 문학적 솜씨라고 믿습니다. 우리는 여기서 잔뜩 쌓인 공통의 물자가 완전히 타 버려 재도 연기도 불꽃도 없고 보이지 않는 연기의 떨림만 남는 광경을 지켜본 것 같은 느낌을 받게 됩니다.

기번Edward Gibbon(《로마제국 쇠망사》의 저자)[†]은 그런 '철학'이 사람 마음의 감정들을 진정시키는 데 무력하다며 특유의 아름다운 어투로 경멸감을 표현했습니다. 그러나 그것이 기번의 마음을 진정시켜 줄 거라고 말한 사람은 없었습니다. 《철학의 위안》은 철학이 보에티우스에게 모종의 역할을 한 것처럼 말하고 있을 뿐입니다. 천 년이 넘는 시간 동안 결코 무시할 수 없는 많은 지성인들이 그 철학에서 힘을 얻었다는 것이 역사적으로 분명합니다.

이번 장을 마무리하기 전에 시대적으로 뒤지고 수준 면에서도 많이 떨어지는 두 명의 저자를 언급하는 것이 알맞을 것 같습니다. 그들은 제가 이제껏 소개한 이들처럼 우주 모형에 기여한 사람들이 아닙니다. 그저 그것이 무엇이었는지 보여 주는 매우 유용한 증거를 간간이 제공했을 뿐입니다. 둘 다 백과사전 편찬자입니다.

600년부터 636년까지 세비아의 주교를 맡았던 이시도로스는 《어원론*Etymologiae*》을 썼습니다. 책 제목만 보면 언어를 다루는 책일 것 같지만, 단어의 의미 설명과 사물의 본질 묘사의 경계는 그리 확고하지 않습니다. 그는 단어의 언어학적 측면만 다루려는 노력을 별다르게 하지 않았고, 따라서 그의 책은 백과사전이 되었습니다. 이 책은 지적으로 그리 뛰어나지는 않지만 더 나은 저자들에게서 쉽게 찾을 수 없는 단편적 정보들을 종종 제공해 줍니다. 훌륭한 현대 판본으로 쉽게 구할 수 있는 엄청난 이점도 있습니다.[114]

안타깝지만 뱅상 드 보베1184-1264의 경우도 마찬가지입니다. 그의 방대한 책 《커다란 거울*Speculum Majus*》은 '자연의 거울*Speculum Naturale*', '교리의 거울*Speculum Doctrinale*', '역사의 거울*Speculum Historiale*'로 나뉘어 있습니다. '교리의 거울'이라고 하니까 교리를 다룬 부분이라고 생각하게 됩니다만, 실은 도덕, 예술, 무역을 다룹니다.

11. 하늘

인간이여, 감옥에서 나와 자유롭게 거닐라.

— 호클리브[†]

† Thomas Hoccleve, 1370-1450, 영국의 시인

A. 우주의 여러 부분

근대 과학의 근본 개념은 지금도 또는 아주 최근까지만 해도 자연 '법칙' 개념이었고, 모든 사건은 그에 '순종'하여 벌어지는 것으로 묘사되었습니다. 중세 과학의 근본 개념은 물질 그 자체에 내재하는 특정한 공감, 반감, 추구의 개념이었습니다. 모든 것에는 적절한 장소, 고향, 맞는 지역이 있고, 강제로 붙잡아두지 않는 한 모종의 귀소본능에 의해 그리로 움직입니다.[1]

> 존재하는 자연의 모든 것은
> 거기 있는 것이 딱 맞고 가장 나은
> 자연적 위치가 있다.
> 그 장소를 향해 모든 것이
> 자연적 경향을 통해
> 그리로 움직여 간다.
>
> — 초서, 《명예의 전당》, II, 730 이하

따라서 낙하하는 모든 물체는 우리에게 중력의 '법칙'을 보여 주지만, 그들에게는 지상의 물체들이 그 '자연적 위치'인 지구, 즉 우주의 중심을 향해 가는 '자연적 경향'을 확인시켜 줍니다. 왜냐하면

> 세상의 모든 것,
>
> 그 중심으로 이끌리고 그것을 원하기에.
>
> — 가워, 《사랑의 고백》, VII, 234

중세와 그 이후의 통상적 언어가 이러했습니다. "바다는" 달을 "좇아가기를 자연적으로 갈망한다"고 초서는 말합니다(《캔터베리 이야기》 중 〈시골 유지의 이야기〉, F 1052). 베이컨은 이렇게 말합니다. "철은 특별히 공감하여 자석 쪽으로 움직인다"(《학문의 진보 *The Advancement of Learning*》).[2]

당장 이런 질문이 떠오릅니다. 중세의 사상가들은 우리가 지금 무생물이라 부르는 것들이 지각이 있고 목적을 추구한다고 정말 믿었을까요? 일반적인 대답은 분명히 아니라는 것입니다. 제가 '일반적'이라는 단서를 달고 말하는 것은, 그들이 지금 우리가 무생물이라고 여기는 하나의 특권적 부류의 물체(별들)에 생명을 심지어 지성까지 부여했기 때문입니다. 그러나 우주 만물에 지각이 있다는 입장인 범심론汎心論, Panpsychism을 온전히 받아들인 사람은 (제가 아는 한) 캄파넬라Tommaso Campanella, 1568-1639(이탈리아의 도미니크회 수도사)[†]가 처음이고 이 입장은 많은 이들의 마음

을 언지는 못했습니다. 중세의 공통적 견해에 따르면 지상에는 다음의 네 가지 등급의 실재가 있었습니다. 단순한 존재(돌처럼), 성장하는 존재(식물의 경우처럼), 성장하고 감각이 있는 존재(동물처럼), 그리고 이 모든 것에 이성까지 갖춘 존재(인간의 경우).[3] 돌은 정의상 말 그대로 무엇을 추구하거나 원할 수가 없었습니다.

우리는 중세의 과학자에게 이렇게 물어볼 수 있을 것입니다. "글쎄요, 그러면 왜 그럴 수 있는 것처럼 말하는 겁니까?" 그는 아마 이런 역질문으로 응수할 것입니다(중세의 학자는 언제나 변증술 전문가였으니까요). "하지만 당신들은 **법칙**과 법칙을 **따름**에 대해 말하지 않소? 그렇게 말할 때 당신들은 내가 **자연적 경향**에 대해 말할 때 의도하는 것과 달리 문자적으로 말하는 것이오? 떨어지는 돌이 어떤 입법자가 내린 지시를 의식하고 그 지시를 따라야 한다는 도덕적 의무 또는 분별 있는 의무를 느낀다고 정말 믿는 것이오?" 그렇다면 사실을 표현하는 양쪽 방식 모두 은유적이라는 것을 인정해야 할 것입니다. 이상한 일은 우리의 표현방식이 중세인의 경우보다 더 의인화에 가깝다는 것입니다. 무생물체가 귀소본능을 갖고 있는 것처럼 말하는 것은 그것들이 우리보다는 비둘기에 더 가깝다고 말하는 것과 같습니다. 그것들이 '법칙을 따를' 수 있는 것처럼 말하는 것은 그것들을 사람처럼, 심지어 시민처럼 대하는 것입니다.

그러나 두 진술 중 어느 것도 문자적으로 받아들일 수는 없다해도, 어떤 진술을 채택하더라도 다를 바 없다는 결론이 따라오지는 않습니다. 상상력과 정서의 층위에서 볼 때, 중세인들처럼 우주에다 우리의 추구와 욕구를 투사하느냐, 아니면 근대인들처럼 우리의 경찰제도와 교통법규를 투사하느냐에 따라 많은 것이 달라집니다. 중세의 언어는 단순한 물리적 사건들과 인류의 가장 영적인 갈망들 사이에 모종의 연속성이 있음을 끊임없이 암시합니다. (어떤 의미에서든) 영혼이 하늘에서 온다면, 하늘의 지복을 향한 우리의 욕구는 그 자체가 '자연적 위치'로 향하는 '자연적 경향'의 사례가 됩니다. 그래서 (영국 왕 제임스 1세의 우화인)[†] 《왕의 서書 *The King's Quair*》173연에 이런 대목이 나옵니다.

> 오 지친 유령은 이리저리 다니며 깜빡이느라
> 고요히 머물지도 쉬지도 못하는구나.
> 그대 떠나온 장소이자 그대에게 가장 잘 맞는 최고의 보금자리인
> 그곳으로 돌아가기 전에는.[4]

물질의 근본에 해당하는 공감적·반감적인 특성들은 네 가지 반대 성질의 조합입니다. 초서는 한 곳에서 여섯 개의 성질을 나열합니다. "뜨거운, 차가운, 무거운, 가벼운, 축축한, 메마른."《새들의 의회》, 379 그러나 통상의 목록에는 네 가지가 나옵니다. "열기, 한기, 습기, 건조"(예를 들면,《실낙원》 제2편 898). 우리는 이것들을 밀턴의 혼돈Chaos에서 다듬어지지 않은 채로 만납니다. 혼돈은 우주가 아니라 그 원재료이기 때문입니다. 하나님이 그 원재료로

만드신 세상(문두스Mundus)에서 우리는 그것들이 조합된 형태만을 봅니다. 그것들은 서로 결합하여 네 가지 원소를 형성합니다. 뜨거움과 메마름이 결합하여 불이 됩니다. 뜨거움과 축축함이 결합하여 공기가 되고, 차가움과 축축함은 물을 이루며, 차가움과 건조함이 합쳐져서 흙이 됩니다. (인체에서 그것들이 결합하여 어떤 다양한 결과를 만들어 내는지는 뒷부분에서 살펴볼 것입니다.)[5] 그 외에 제5원소(또는 Quintessence)인 에테르도 있습니다만, 그것은 달 위에서만 발견할 수 있으며 우리 죽을 존재들은 그것을 경험할 수 없습니다.

달 아래의 세계—엄격한 의미에서의 자연—에서 네 원소는 모두 그 "자연적 위치"를 제대로 찾아갔습니다. 가장 무거운 지구는 중심에서 한데 모였습니다. 그 위에 그보다 가벼운 물이 있고, 그 위로는 더 가벼운 공기가 있습니다. 가장 가벼운 불은 언제든 자유롭게 자유로울 때는 자연의 둘레로 날아올라 달의 궤도 바로 아래의 천구를 형성합니다. 그래서 스펜서의 티탄은 하늘로 올라가면서 먼저 "공기의 영역"을, 그 다음에는 "불"의 영역을 지난 다음에 "달의 궤도"에 이릅니다.《선녀여왕》, 제7곡, 칸토6, 7, 8 던의 작품에 나오는 엘리자베스 드루리Elizabeth Drury의 영혼은 공기에서 달로 너무 빠르게 이동한 나머지 자신이 불의 천구를 통과했는지 여부를 알지 못합니다.*Second Anniversary*, 191-194 돈키호테와 산초가 가상의 승천 가운데 이 단계에 이르렀다고 생각했을 때, 기사 돈키호테는 자신들이 불타 버릴까 봐 크게 두려워했습니다.2권, 제40장 불꽃

이 늘 위로 올라가는 이유는 그 안에 있는 불이 그 '자연적 위치'를 추구하고 있기 때문입니다. 그러나 불꽃은 불순물이 섞인 불이고 그래서 우리의 눈에 보입니다. 달 바로 아래 영역을 형성하는 '원소적 불'은 순수하고 불순물이 섞이지 않았기에 인간의 눈에 보이지 않고 완전히 투명합니다. '새로운 철학'이 '거의 꺼트린' 것이 바로 이 '불의 원소'입니다. 상황이 이렇다 보니 던은 엘리자벳 드루리의 영혼이 그 영역을 아주 빠르게 지나가게 만들어 이 곤란한 문제를 그냥 건너뛰었던 것입니다.

프톨레마이오스의 우주 구조는 이제 너무 잘 알려져 있으니 최대한 간략히 다루도록 하겠습니다. 중심(이자 구형)의 지구는 비어 있고 투명한 천구들로 둘러싸여 있고, 그 천구를 또 다른 천구가 에워싸고 있으며 당연히 바깥쪽 천구가 아래 천구보다 더 큽니다. 이것들이 '천구', '하늘', (때로는) '원소'들입니다. 이 첫 일곱 천구에는 각각 발광체가 고정되어 있습니다. 지구부터 시작해서 달·수성·금성·태양·화성·목성·토성의 순서로 '일곱 행성'입니다. 토성 천구 너머에 항성천*Stellatum*이 있는데 여기에 우리가 '항'성이라 부르는 모든 별이 다 있습니다. 항성이라는 이름은 행성들의 위치와 달리 항성들 상호 간의 위치는 변하지 않은 데서 나왔습니다. 항성천 너머에는 원동천原動天(First Movable 또는 프리뭄 모빌레*Primum Mobile*)이라 불리는 천구가 있습니다. 그곳에는 발광체가 없기 때문에 우리의 감각으로는 그것이 존재한다는 증거를 찾을 수 없습니다. 원동천의 존재는 다른 모든 천구의 운동을 설명하기 위해 추론한 것입니다.

그러면 원동천 너머에는 무엇이 있을까요? 이 불가피한 질문에 대한 답을 처음으로 내놓은 사람은 아리스토텔레스였습니다. "원동천 너머에는 공간도 없고 시간도 없다. 따라서 무엇이든 그곳에 있는 것은 공간도 차지하지 않고 시간도 영향을 미치지 않는 종류의 것이다."[6] 소심함, 나지막한 목소리는 최고의 이교의 특징입니다. 기독교로 들어오면 이 교리의 목소리는 크고 의기양양해집니다. 어떤 의미에서 "하늘 바깥에" 있는 것이 지금은 또 다른 의미에서 "하늘 자체*caelum ipsum*"이며 베르나르두스의 표현대로라면 하나님으로 충만합니다.[7] 그래서 단테는 마지막 경계를 넘어갈 때 이런 말을 듣습니다. 우리는 "가장 큰 물체*del maggior corpo*에서 순수한 빛만 있는 하늘로 나온 것이니, 사랑으로 가득한 지성의 빛이요."〈천국편〉, 제30곡, 38 다시 말해, 나중에 보다 분명하게 살펴보겠지만, 이 경계에서는 공간적 사고방식 전체가 허물어집니다. 보통의 공간적 의미에서는 삼차원 공간에 '끝'이 있을 수 없습니다. 공간의 끝은 공간성의 끝입니다. 물질적 우주 너머의 빛은 지성의 빛입니다.

중세 우주의 차원들은 그 구조에 비하면 지금까지도 제대로 파악되지 못하고 있습니다. 저와 같은 시대를 살아가는 한 저명한 과학자가 오류를 퍼뜨리는 데 도움을 주었지요.[8] 이 책의 독자는 우주의 기준으로 볼 때 지구가 점에 불과하다는 사실을 이미 알고 있을 것입니다. 주목할 만한 크기가 아니라는 것이지요.

〈스키피오의 꿈〉이 가르쳐 준 대로, 별들은 지구보다 더 큽니다. 6세기의 이시도로스는 태양이 지구보다 크고 달은 지구보다 작다는 사실을 알고 있었고《어원론(*Etymologies*)》, III, 47-48, 12세기의 마이모니데스(중세 유대교 최고의 철학자)[†]는 모든 별이 지구보다 90배나 크다고 주장했으며, 13세기의 로저 베이컨은 가장 작은 별도 지구보다 "더 크다"고 말했습니다.[9] 거리의 근사치에 대해서는 다행히도 철저한 대중서인《영국 남부의 전설*South English Legendary*》의 증언이 있습니다. 이 책은 보통 사람들의 상상 속에서 존재했던 중세 우주 모형을 보여 준다는 점에서 어떤 학자의 저서보다 나은 증언입니다. 이 책에는 사람이 하루에 "40마일 이상의 거리로 위로 올라간다면" 8천 년이 지난 후에도 여전히 항성천("이제껏 목격된 가장 높은 하늘")에 이르지 못할 것이라는 말이 나옵니다.[10]

이런 사실들 자체는 큰 관심을 기울일 만한 것이 못 됩니다. 하지만 이 사실들에는 특별한 가치가 있습니다. 이런 우주는 그것을 믿었던 사람들에게 어떤 영향을 미쳤을지 생각해 보게 하고 우리가 선조들의 의식 속으로 보다 온전히 들어가 볼 수 있게 한다는 것이지요. 그런 깨달음은 책을 연구하여 얻을 수 있는 것이 아닙니다. 별이 빛나는 밤에 밖으로 나가 30분 정도 거닐면서 옛 우주론의 관점에서 우주를 보려고 노력해 보십시오. 그 관점에 따라 이제 절대적인 '위'와 '아래'가 있음을 기억해야 합니다. 지구는 우주의 중심이며 가장 낮은 자리에 있습니다. 지구로 가는 운동은 어떤 방향에서 출발하든 아래를 향합니다. 현대인인 당신은 별이 아주 먼 거리에 있다고 생각했습니다. 그런데 이제는 '거리' 대신에 아주 특별하고 추상성이 훨씬 덜한 '높이'를 써야 합니다. 높이는 우리의 근육과 신경에 즉각적으로 다가옵니다. 중세의 모형은 현기증을 유발합니다. 중세 천문학에서 말하는 별들의 높이가 현대 천문학에서 말하는 별들의 거리에 비해 아주 작다는 사실은 생각보다 중요하지 않습니다. 생각과 상상의 대상으로 보자면 1천만 마일과 10억 마일은 다를 바 없습니다. 둘 다 생각의 대상이 될 수 있지만(즉, 둘 다 셈이 가능합니다) 어느 것도 머릿속에 그려지지는 않습니다. 상상력이 뛰어난 사람일수록 이 사실을 더 잘 이해할 것입니다. 정말 중요한 차이점은 중세의 우주는 상상도 못할 만큼 크면서도 분명하게 유한한 곳이라는 점입니다. 여기에 따라오는 한 가지 뜻밖의 결과는 지구의 작은 크기가 더욱 생생하게 느껴진다는 점입니다. 우리 우주에서 지구가 작다는 것은 분명한 사실입니다. 그러나 지구뿐 아니라 은하계도 작고 모든 것이 다 작습니다. 그래서 어떻다는 말입니까? 중세인들의 우주에서는 절대적인 비교의 기준이 있었습니다. 가장 멀리 있는 천구, 단테의 가장 큰 물체*maggior corpo*는 최종적으로 존재하는 가장 큰 물체입니다. 따라서 지구에 적용되는 '작은'이라는 단어는 훨씬 더 절대적인 의미를 띠게 됩니다. 중세의 우주는 유한하기 때문에 모양이 있는데 완전한 구형이고 그 안에 질서정연한 다양성이 담겨 있습니다. 현대인의 눈으로 밤하늘을 내다보는 것은 안개 속으로 사라지는 바다를 내다보는 것과 같고, 길 없는 숲에서 주위를 둘러보는 것과 같아서 나무만 끝없이 보이고 지평선은 보이지 않습니다. 그러나 높이 치솟은 중세의 우주를 올려다보는 것은 거대한 건물을 바라보는 것과 비슷합니다. 현대 천문학의 '공간'은 공포나 당혹감, 또는 막연한 몽상을 불러일으킬 수 있습니다. 그러나 옛 천문학의 천구들은 우리의 정신이 그 안에서 쉴 수 있는 대상, 압도적으로 거대하지만 그 조화로움으로 인해 만족감을 주는 대상이 됩니다. 그런 의미에서 우리의 우주는 낭만적이고, 중세의 우주는 고전적입니다.

중세의 시에서 하늘로 독자를 데려가는 대목을 보면, 길이 보이지 않고 당황스럽고 철저히 생경하다는 느낌, 즉 광장공포증을 도통 찾아볼 수 없는데 그 이유가 바로 이것입니다. 단테가 다루는 주제로 보아 그런 느낌을 불러일으킬 법도 한데, 결코 그렇지 않습니다. 가장 수준이 떨어지는 현대의 공상과학소설 작가라도 이 부분에서는 단테보다 훨씬 낫습니다. 이 무한한 공간의 영원한 침묵*le silence éternel de ces espaces infinis*을 보고 파스칼이 느낀 두려움은 단테의 머릿속에 전혀 떠오르지 않았습니다. 그는 안내를 받으며 거대한 대성당을 돌아다니는 사람과 비슷합니다. 해변이 보이지 않는 망망대해에서 길을 잃은 사람 같지는 않습니다. 우주를 향한 근대적 느낌은 브루노Giordano Bruno, 1548-1600(이탈리아의 철학자·수학자·천문학자·신비주의자)[†]와 함께 처음 등장합니다. 이 느낌을 영국 시에 들여놓은 사람은 밀턴인데, 그는 달이 "달려가는" 모습을 이렇게 노래합니다.

안내를 잘못 받아 길을 잃고

길 없는 넓은 하늘을 헤매는 사람 같다.

— 〈사색하는 사람(Il Penseroso)〉 중에서

나중에 《실낙원》에서 밀턴은 쌓아올려진 유한한 우주의 옛 영광을 보존하면서도 공간에 대한 새로운 의식을 표현하는 아주 기발한 장치를 만들어 냈습니다. 그는 자신의 우주를 구 모양의 봉투에 넣고 그 안의 모든 것이 빛과 질서가 되게 한 다음에 그것을 하늘의 바닥에 매달았습니다. 그 바깥에는 혼돈, "무한한 심연",제2편, 405 "실체 없는 밤"438을 두었는데, "거기엔 길이도 폭도 높이도 없고 시간도 장소도 없"습니다.891-892 그는 '공간'이라는 명사를 다음과 같이 온전히 근대적 의미에서 사용한 첫 번째 작가일 것입니다. "공간이 신세계를 만들어 낼 수도 있다."제1편, 650

그러나 우주의 여러 차원이 지닌 도덕적·정서적 결과가 강조된 반면, 그 시각적 결과가 무시되기도 한다는 점을 인정해야 합니다. 《신곡》의 〈천국편〉제27곡, 81-83에서 단테는 항성천에서 내려다보면서 북반구가 카디즈(스페인 남서쪽 지브롤터 해협 근처의 도시)[†]에서 아시아로 뻗어가는 것을 봅니다. 그러나 중세의 우주 모형에 따르면 그 높이에서 지구 전체가 보일 리 없고, 지구 표면의 어떤 표시를 본다는 생각은 터무니없습니다. 《명예의 전당》에서 초서는 단테보다 상상도 못할 만큼 낮은 곳에 있습니다. 그는 여전히 달 아래 공기 중에 있기 때문입니다. 그러나 그가 배를 알아

본다거나, 심지어 어렵게나마*unethes* "짐승들"을 알아본다는 것은 II, 846-903 전혀 그럴 법하지 않은 일입니다.

위의 조건에서 그런 시각적 경험이 불가능하다는 것은 우리에게는 너무나 뻔한 사실입니다. 우리는 어릴 때부터 환영幻影, illusion(표현상의 조작을 통해 사람의 눈을 속여 자연에 있는 입체감, 원근감, 실재감을 살려내는 것)[†]의 극대화를 목표로 하여 원근법을 엄격히 지킨 그림들의 영향을 받으면서 자랐기 때문입니다. 그런 훈련이 전혀 없이 사람들이 상식만 갖고 이 가상의 장면을 볼 수 있다거나 오늘날 우리가 보는 방식으로 자신이 사는 세계를 볼 수 있을 것이라고 생각한다면 오산입니다.[11] 중세 예술에는 원근법이 결여되어 있었고 시도 마찬가지였습니다. 초서에게 자연은 모두 전경입니다. 그의 글에서 배경은 볼 수 없습니다. 시인도 화가도 후대에 나타난 엄격한 환영주의illusionism(2차원인 평면에 3차원적인 착각을 불러일으켜, 현실을 직접 보는 것과 같은 시각적 효과를 낳게 하는 회화적 기법)[†]에는 별로 흥미가 없었습니다. 시각 예술에서 대상들의 상대적 크기는 현실에서의 실제 크기나 거리보다는 그것들을 강조하고 싶어 하는 예술가의 의도에 따라 결정되었습니다. 중세의 예술가는 독자나 관람자가 봤으면 하는 세부 내용이 있으면 그것이 실제로 눈에 보일 만한 것이든 아니든 모두 표시했을 것입니다. 저는 단테가 항성천에서는 아시아와 카디즈를 볼 수 없음을 알면서도 그것들을 눈에 보이는 광경으로 표현했다고 생각합니다. 몇 세기 후에 밀턴은 라파엘이 천국의

문에서, 즉 항성천 전체 바깥의 한 점에서 지구를 내려다보고—"이름 있는 숫자로는 표현 못할 거리"제8편, 113—지구뿐 아니라, 지구의 대륙들뿐 아니라, 에덴 동산뿐 아니라 삼나무들까지 보는 것으로 묘사합니다.제5편, 257-261

중세와 심지어 엘리자베스 시대의 상상력 일반에 대해서도(단테의 경우는 공교롭게도 다르지만) 우리는 그것이 색상과 움직임은 생생하게 포착하지만 물체들 간의 상대적 크기는 담아내지 못한다고 말할 수 있습니다. 그 상상력으로 전경의 물체들을 다룰 때조차도 말입니다. 우리는 거인들과 난쟁이들을 만나지만 그들의 정확한 크기는 결코 알 수 없습니다. 그런 면에서 《걸리버 여행기》는 대단히 참신한 작품이었습니다.[12]

B. 우주의 여러 부분의 작용들

지금까지 우리의 우주 그림은 정적이었습니다. 이제는 우주를 움직이게 해야 합니다.

모든 힘과 움직임과 효력은 하나님에게서 흘러나와 원동천을 회전하게 만듭니다. 여기에 개입되는 정확한 인과성은 나중에 살펴볼 것입니다. 원동천이 회전하면 항성천이 회전하고, 항성천이 회전하면 토성천이 회전하는 식으로 이어져, 결국 마지막으로 움직이는 천구인 월천까지 회전하게 됩니다. 그러나 훨씬 더한 복잡성이 있습니다. 원동천은 동쪽에서 서쪽으로 회전하여

24시간마다 한 바퀴를 돕니다. 그보다 낮은 천구들은 (그 '자연적 경향'에 따라) 서쪽에서 동쪽으로 훨씬 느리게 회전하며, 모든 주기를 도는 데 36,000년이 걸립니다. 그러나 원동천이 매일 가하는 충격은 그 여파와 흐름을 통해 낮은 천구들을 매일 되밀기 때문에, 낮은 천구들은 반대 방향으로 움직이려고 저항하느라 느려진 속도로 서쪽으로 움직입니다. 초서의 돈호법도 그래서 등장합니다.

> 아 잔인한 하늘 원동천이여,
> 너는 날마다 힘을 써서
> 본디대로라면 반대로 가야 할 모든 것들을 짓눌러
> 동쪽에서 서쪽으로 가게 하는구나.
>
> —《캔터베리 이야기》중 〈번호사의 이야기〉, B 295 이하

독자는 이것이 자의적인 상상이 아니라 코페르니쿠스의 가설이며 또 다른 '도구'였음을 분명하게 이해할 것입니다. 관찰된 현상을 수용하기 위해 고안해 낸 지적 구조물인 것입니다. 최근에 우리는 중세의 우주 모형을 만드는 데 수학이 얼마나 많이 들어갔으며 얼마나 큰 성과를 내었는지 상기하게 되었습니다.[13]

천구들은 움직이는 것 외에도 (지구에) 소위 '영향Influences'을 미칩니다. 점성술의 주제이지요. 점성술은 특별히 중세적인 것은 아닙니다. 중세는 그것을 고대로부터 물려받았고 르네상스 시대

로 물려주었습니다. 중세 교회가 점성술을 못마땅하게 여겼다는 진술은 흔히 잘못된 의미로 해석됩니다. 정통 신학자들은 행성들이 지상의 사건들과 사람들의 심리에 영향을 미치며 식물과 광물에는 더더욱 그렇다는 것을 받아들일 수 있었습니다. 교회는 이것에 맞서 싸운 것이 아니었습니다. 교회는 점성술의 세 가지 파생물에 맞서 싸웠습니다.

1. 점성술에 근거한 예언. 이것은 돈벌이로 쓰이고 정치적으로 바람직하지 않은 관행이었습니다.

2. 점성술적 결정론. 행성의 영향에 대한 믿음은 자유 의지를 배제할 정도로 극단적으로 받아들여질 수 있었습니다. 그래서 신학은 후대의 다른 여러 형태의 결정론에 반대한 것처럼, 점성술적 결정론에 반대하는 주장을 펼쳤습니다. 아퀴나스는 이 문제를 아주 분명하게 다룹니다.[14] 천구들의 영향이 가진 물리적 측면에 대해서는 의문의 여지가 없습니다. 천체들은 인체를 포함한 지상의 물체들에 영향을 끼칩니다. 그리고 천체들은 인간의 몸에 영향을 끼침으로써 인간의 이성과 의지에도 영향을 끼칠 수 있습니다만, 그 영향이 불가피한 것은 아닙니다. 천체들이 인간에게 영향을 끼칠 수 있는 것은 우리의 고차적 능력들이 그보다 낮은 능력들로부터 무엇인가를 분명히 받기*accipiunt* 때문입니다. 그 영향이 불가피하지 않은 이유는, 천체의 영향을 받은 몸의 변화로 우리의 상상력이 조금이라도 바뀌면[15] 이렇게 저렇게 행동할 필연성이 아니라 성향만이 만들어지기 때문입니다. 성향

에 대해서는 저항이 가능합니다. 따라서 지혜로운 사람은 별들의 영향력을 뒤집을 수 있을 것입니다. 그러나 별들의 영향에 저항하지 않는 사람들이 더 많을 것입니다. 대부분의 사람들은 지혜롭지 않기 때문이지요. 따라서 보험 계리사의 예측처럼, 많은 사람들의 행동에 대한 점성술적 예측이 종종 옳은 것으로 확인될 것입니다.

3. 행성 숭배를 암시하거나 조장하는 것으로 보일 수 있는 관행들. 결국 행성들이야말로 이교의 여러 신들 중에서 가장 강력한 존재였습니다. 알베르투스 마그누스는 농업에서 행성의 여러 이미지에 대한 적법한 용도와 적법하지 않은 용도에 대해 판정을 내립니다. 특정한 행성을 나타내는 글자나 상형문자가 새겨진 패를 밭에 묻는 것은 허용되지만, 그것을 사용하여 주문을 외운다거나 (마법 의식의 일환으로) 태워서 "연기를 내는 것"은 허용되지 않습니다.《천문학의 거울(*Speculum Astronomiae*)》, X

행성 숭배에 대한 이런 신중한 경계에도 불구하고 행성들은 여전히 신들의 이름으로 불렸고, 미술과 시에서 행성들을 신들로 표현한 것의 출처는 모두 이교도 시인들입니다. 이교도 조각가들이 출처로 등장한 것은 더 후대의 일입니다. 행성을 신으로 표현한 결과는 때로 재미있습니다. 고대인들은 마르스Mars(화성)를 완전 무장하고 전차에 탄 모습으로 묘사했는데, 중세의 예술가들은 이 이미지를 당대의 관점으로 번역해 네 바퀴 마차에 앉아 있는 판금갑옷 차림의 기사로 묘사합니다.[16] 이것이 크레티앵Chrétien de Troyes, 1130-1191(중세 프랑스의 시인)[†]의 《랑슬로 혹은 차상車上의 기사騎士 *Lancelot ou le Chevalier à la Charrette*》 이야기에 착상을 제공했을 수 있습니다. 현대 독자들은 중세의 시인이 유피테르Jupiter(목성)나 베누스Venus(금성)를 언급할 때 행성을 뜻하는지 신을 뜻하는지 논하기도 합니다. 하지만 이것이 과연 답할 수 있는 문제인지 의심스럽습니다. 가워나 초서의 작품에 나오는 그런 인물들이 셸리나 키츠의 시에 나오는 인물처럼 단순한 신화적 존재일 것이라고 무조건 단정해서는 안 됩니다. 그들은 신이자 행성입니다. 기독교 시인들이 행성을 믿었기에 같은 이름의 신을 믿었다는 말이 아닙니다. 중세인들은 세 가지 모두—하늘에 보이는 행성, 영향의 근원, 신—를 대개 하나의 통일체로 인식했습니다. 신학자들이 이런 상황을 불편하게 여겼다는 증거는 찾아볼 수 없습니다.

일곱 행성의 특성을 이미 아는 독자들은 다음 목록을 건너뛰셔도 좋습니다.

토성Saturn. 지구에서 토성의 영향은 납을 만들어 내는 것입니다. 사람들 안에서는 우울질을 낳습니다. 역사 속에서는 재난을 낳습니다. 단테의 《신곡》에 나오는 토성천은 관조하는 영혼들의 하늘입니다. 질병 및 노년과 관련이 있습니다. 큰 낫을 든 시간 할아버지의 전통적 이미지는 사투르누스Saturn(로마 신화의 농경신)[†]를 그린 이른 시기의 그림에서 나온 것입니다. 치명적 사건들, 전염병, 배신, 불운 일반을 퍼뜨리는 그의 활동에 대한 기록은《캔터베리 이야기》중〈기사의 이야기〉A 2463 이하에 자세히 나옵니다. 그는 일곱 행성 중 가장 끔찍하고 때로는 대흉성The Greater Infortune, *Infortuna Major*이라 불립니다.

목성Jupiter, 왕별이 지구에 만드는 것은 다소 실망스럽게도 주석입니다. 통조림 산업이 시작되기 전까지 이 빛나는 금속이 상상력에 불러일으킨 이미지는 지금과는 달랐습니다. 목성이 사람들 안에서 만들어 내는 성격은 이제 'jovial'(유피테르 같은, 유쾌한)이라는 단어로는 대단히 불완전하게 표현될 수밖에 없고 파악하기가 쉽지 않습니다. 이것은 'saturnine character'(음침한 성격)라는 표현과 마찬가지로 더 이상 인간의 원형적 성격 범주에 들어가지 않습니다. 이 특성을 '왕 같은'이라고 표현할 수 있겠지만, 여기서 왕이라 할 때는 평화 시에 왕좌에 앉아 평온하게 휴식을 취하는 왕의 모습을 생각해야 합니다. 유피테르 같은 성격은 유쾌하고 흥겨우면서도 절제하고 잔잔하고 관대합니다. 이 행성이 지배할 때 우리는 평온한 나날과 번영을 기대할 수 있습니다. 단테의《신곡》에 따르면, 지혜롭고 정의로운 왕들은 사후에 목성천으로 갑니다. 목성은 최고의 행성이고 대길성大吉星, The Greater Fortune, *Fortuna Major*이라 불립니다.

화성Mars은 철을 만듭니다. 화성은 사람에게 호전적 기질을 줍니다. 바스의 여장부는 그것을 "굳건한 힘sturdy hardiness"이라고 부릅니다.D 612 그러나 화성은 나쁜 행성, 소흉성*Infortuna Minor*입니다. 전쟁을 일으킵니다. 단테의《신곡》에서 화성천은 순교자들의 하늘입니다. 그 이유는 분명하기도 하지만, 한편으로는 *martyr*(순교자)와 *Martem*(Mars의 단수 대격)을 문헌학적으로 잘못 연관지었기 때문이 아닌가 합니다.

태양Sol은 신화적인 것과 점성술적인 것의 협약이 깨어지는 지점입니다. 신화적으로 보자면 목성이 왕별이지만, 태양은 가장 귀한 금속인 금을 만들어 내고 온 우주의 눈이자 정신입니다. 태양은 사람들을 지혜롭고 진보적으로 만들고, 태양천은 신학자와 철학자의 하늘입니다. 태양이 금을 만드는 능력을 다른 행성보다 더 많이 갖고 있는 것도 아닌데 그 야금작용은 다른 행성의 경우보다 더 자주 언급됩니다. 던John Donne, 1572-1631(영국의 시인 · 성직자)[†]의 〈앨러페인스와 이디오스Allophanes and Idios〉에는 태양이 금으로 만들 수 있는 흙이 너무 깊이 묻혀 있어서 태양빛의 영향을 받지 못할 수 있다고 나와 있습니다.61 스펜서의《선녀여왕》에 나오는 맘몬은 저장해 놓은 물건들에 "햇볕을 쬐이"려고 밖으로 꺼냅니다. 그 물건이 이미 금이었다면 그런 일을 할 이유가 없었을 것입니다. 그것은 여전히 회색hore입니다. 맘몬은 그것으로 금을 만들려고 햇볕을 쬐입니다.[17] 태양은 행운의 사건들을 만들어 냅니다.

선행에 있어서 금성Venus은 목성 다음입니다. 소길성*Fortuna Minor*이지요. 금성의 금속은 구리입니다. 금성과 구리가 무슨 관련이 있나 싶지만 키프로스가 한때 구리 광산으로 유명했고, 구리는 키프륨*cyprium*, 즉 키프로스의 금속이며, 특히 그 섬에서 숭배되던

베누스Venus 또는 아프로디테가 퀴프리스κύπρις, 즉 키프로스의 여인이었다는 사실을 알면 생각이 달라집니다. 금성은 인간들에게 아름다움과 매력을 만들어 줍니다. 역사에서는 행운의 사건들을 만들어 냅니다. 단테는 금성천을 사랑이 많은 사람들의 하늘로 보지 않습니다. 그것은 뻔한 시인들에게서나 기대할 법한 생각이겠지요. 단테는 금성천이 이생에서 많이 사랑하되 부당하게 사랑했다가 이제 참회한 사람들의 하늘이라고 봅니다. 단테는 금성천에서 네 번 결혼하고 두 번 정부를 뒀던 여인인 쿠니차와 창녀 라합을 만납니다.〈천국편〉, 제9곡 그들은 빠른 속도로 끊임없이 날고 있습니다.제8곡, 19-27 그들의 모습은 폭풍에 휩쓸려 다니는 〈지옥편〉 제5곡의 참회하지 않은 연인과 다르면서도 비슷합니다.

수성Mercury은 수은을 만듭니다. 단테는 수성천을 행동하는 선한 사람들의 하늘로 배당합니다. 반면, 이시도로스는 이 행성이 이익의 수호신*mercibus praeest*이기 때문에 메르쿠리우스Mercurius로 불린다고 말합니다.[18] 가워에 따르면, 수성 아래에서 태어난 사람은 "학구적"이고 "글에 관심이 많지만"

> 그러면서도 모종의 사업으로
> 온 마음이 부에 쏠려 있다.
>
> —《사랑의 고백》, VII, 765.

바스의 여장부는 수성을 특히 학자와 연결시킵니다.D 706 마르티아누스 카펠라Martianus Capella(5세기의 신플라톤주의자)†의《필롤로기아와 수성의 결혼》[19]에서 수성은 필롤로기아Philologia의 신랑인데, 여기서 필롤로기아는 우리가 말하는 '문헌학philology'이 아니라 배움 또는 학문을 가리킵니다.《사랑의 헛수고*Love's Labour's Lost*》의 끝부분에서 '아폴론의 노래들'과 대조해서 나오는 '수성의 말'은 '고르고 고른' 또는 수사적 산문이라고 저는 확신합니다. 이 모든 특징들 안에서 통일성을 파악하기는 어렵습니다. '숙련된 열망' 또는 '똑똑한 민첩함' 정도가 제가 내놓을 수 있는 최고의 정의입니다. 진짜 수은을 접시에 덜어놓고 몇 분간 가지고 노는 편이 더 낫겠다는 생각도 듭니다. 그것이 'Mercurial'(수성다운, 변덕스러운)이 뜻하는 바이니까요.

하늘을 죽 훑어 내려오다가 달Luna에 이르면 지금까지 제가 여러 번 언급해야 했던 큰 경계를 넘어서게 됩니다. 에테르에서 공기로, '하늘'에서 '자연'으로, 신들(또는 천사들)의 영역에서 다이몬들의 영역으로, 필연성의 영역에서 우연성의 영역으로, 썩지 않는 것들에서 썩는 것들로 말이죠. 이 "거대한 구분"이 머릿속에 확고하게 박히지 않으면, 던이나 드레이턴Michael Drayton, 1563-1631(영국의 시인)†이나 그 외 작품들에서 '달 너머translunary' 또는 '달 아래sublunary'를 언급하는 모든 대목은 그 의도된 힘을 잃어버릴 것입니다. 우리는 '달 아래'를 우리가 말하는 '해 아래'와 비슷하게 '모든 곳'의 모호한 동의어로 받아들이게 될 것입니다. 그러나 '달 아래'는 실제로는 정교하게 쓰이는 표현입니다. 가워의 다음

말을 들어보십시오.

> 달 아래 거하는 우리는
> 이 세상에서 weer 위에 서 있다.
>
> —《사랑의 고백》, 서문, 142.

이 대목의 의미는 나와 있는 그대로입니다. 우리가 달 위쪽에 산다면 *weer*(의심, 불확실함)를 겪지 않을 것입니다. 또 초서의 자연은 다음과 같이 말합니다.

> 달이 차든 기울든,
> 그 달 아래 있는 모든 만물은 내 손에 달려 있는 거야.
>
> —《캔터베리 이야기》, C 22

초서의 자연은 자신의 변화무쌍한 영역을 어떤 것도 성장하거나 감소하지 않는 달 너머의 세계와 구분합니다. 초서가 (《캔터베리 이야기》 중)[†] 〈수사의 이야기〉B 3191에서 "운명의 여신은 천사를 해칠 수 없다"고 말하는데, 이때 그는 천사들이, 우연성이 존재하지 않기에 행운이든 불운이든 운이 있을 수 없는 에테르의 영역에서 산다는 사실을 기억하고 있는 것입니다.

달의 금속은 은입니다. 달은 사람 안에 방랑벽을 만들어 내는데, 두 가지 의미로 그렇습니다. 달은 사람을 방랑자로 만들기에 가워의 말대로, 달 아래서 태어난 사람은 "많은 낯선 땅을 찾아다니게" VII, 747 될 수 있습니다. 이런 면에서 영국인들과 독일인들은 달의 영향을 많이 받고 있습니다. 같은 책, 751-754 그런데 달은 제정신의 "방랑", 특히 *lunacy*가 원래 의미했던 주기적 정신이상도 만들어 낼 수 있습니다. 이 상태의 환자는 랭글런드 William Langland, 1332-1386 (《농부 피어스의 환상》의 저자)[†]의 표현대로, C X, 107 "달이 차고 기우는 데 따라 다른 여자들보다 더 미쳐 갑니다." 이것은 《겨울 이야기 *Winter's Tale*》 2막, 2장, 30의 "위험하고 안전하지 않은 광기"입니다. 그런 이유로 (다른 여러 근거에서) 《햄릿》 3막, 3장, 7의 사절판 Quarto에 나오는 무의미한 *browes*(이마)와 2절판 Folio에 실린 운율이 안 맞는 *lunacies*(정신이상)를 교정한 바른 단어가 lunes(광기)인 것이 거의 확실합니다. 단테는 월천月天을 수도생활에 들어섰다가 뭔가 선한 이유, 어쩔 수 없는 이유로 포기한 사람들의 몫으로 할당했습니다.

토성이나 금성의 특성을 파악하는 데는 아무런 어려움이 없지만, 목성과 수성은 짐작하기가 매우 어려움을 알 수 있을 것입니다. 여기서 드러나는 진실은 행성의 특성들은 개념들을 쌓아서 파악할 수 있는 것이 아니라 직관에 의거해 포착해야 한다는 것입니다. 그것들에 '대해' 아는 것이 아니라 그것들'을' 알아야 합니다. 프랑스어로 말하면 *savoir*가 아니라 *connaître*의 앎이 필요합니다. 때로 우리는 옛 직관을 발휘합니다만, 그렇지 못한 경우에는 머뭇거리게 됩니다. 세계관의 변화에도 금성의 특성은 거의 그대로 보존되었지만 세계관의 변화로 목성의 특성은 거의 하나도 남아 있지 않습니다.

권력 이양이나 매개의 원리에 따라, 행성들은 우리에게 직접 영향을 미치지 않고 먼저 공기를 바꾸는 방식으로 우리에게 작용합니다. 그래서 던은 〈황홀경The Extasie〉에서 "하늘의 영향도 먼저 공기에 자국을 남기지 않으면 인간에게 작용하지 못합니다"라고 말했습니다. 또 원래는 역병도 재앙을 가져오는 행성들의 합으로 생겨난다고 보았습니다. 다음을 보십시오.

> 자연이 양심의 소리를 듣고 행성들에서 나와
> 약탈자, 열병, 쇠망을 보냈다.
>
> —《농부 피어스의 환상(*Piers Plowman*)》, C. XXIII, 80.

그러나 나쁜 영향은 말 그대로 "공기 중에" 있음으로써 작용합니다. 중세의 의사가 환자의 상태에 대해 구체적인 원인을 제시할 수 없을 때는 "공기 중에 존재하는 이 영향" 때문이라고 말했습니다. 이탈리아 의사라면 틀림없이 *questa influenza*(이 영향)이라고 말할 것입니다. 의사들은 이 유용한 단어를 죽 간직해 왔습니다.

중세 언어에서 **별자리**constellation는 오늘날 우리의 용례처럼 별들의 영구적 패턴을 뜻하는 경우가 거의 없다는 사실을 늘 기억할 필요가 있습니다. 흔히 별자리는 상대적 위치라는 일시적 상태를 뜻했습니다.《캔터베리 이야기》의 〈수습기사의 이야기〉에서 (칭기즈칸을 위해)[†] 황동의 말을 만든 장인은 "많은 별자리를 기다렸"습니다.F 129 우리는 이 말을 (칸에게 유리한 별자리가 될 때까지)[†] "많은 별자리를 찾아보았다"는 뜻으로 해석해야 합니다.

현대적 의미—이 연구서에서는 너무나 자주 이런 의미로 쓸 수밖에 없었습니다—에서의 **영향**influence은 우리 언어가 허락하는 모호함의 최대치에 있는 추상적 단어입니다. 우리는 이 단어의 시들어 버린 노쇠함을, 옛 시인들이 점성술에서 가져온 의식적 은유로서 생생하게 살아 있던 용례에다 집어넣어 읽지 않도록 대단히 주의해야 합니다. 밀턴의《쾌활한 사람*L'Allegro*》에 나오는, "밝은 눈에서 영향을 비처럼 쏟아 붓는" 여인들121은 행성들에 비유되고 있습니다. 아담이 하와에게

> 나는 그대 용모의 영향을 받아
> 모든 덕에 접근함을 얻나니.
>
> —《실낙원》, 제9편, 309

라고 말하는데, 여기에는 현대의 독자가 생각하는 것보다 훨씬 많은 내용이 담겨 있습니다. 그는 자신을 지구로, 하와를 목성이나 금성으로 만들고 있습니다.

지금까지 그려 본 중세 우주의 그림에는 두 가지 특성을 덧붙여야 합니다.

우선, 우주에 대한 근대인의 생각에 무엇보다 깊은 인상을 남긴 것은 천체들이 칠흑같이 검고 얼음장같이 차가운 허공을 움직인다는 생각입니다. 중세 모형에서는 그렇지 않았습니다. 우리는 이미 루카누스의 글에 나오는 한 대목[20]에서 하늘로 올라가는 영혼이 들어가는 영역에 비하면 우리 지상의 낮은 일종의 밤에 지나지 않는다는 것(가장 그럴 듯한 해석에 의거할 때)을 보았습니다. 저는 중세 문학 어디에서도 우리가 달 너머의 세계로 들어가면 암흑의 심연을 보게 될 것이라고 암시하는 대목을 찾을 수 없었습니다. 중세인들의 우주 체계는 어떤 의미에서 우리의 체계보다 더 태양 중심적이기 때문입니다. 태양은 온 우주를 밝힙니다. 이시도로스에 따르면,III, 61 모든 별은 달처럼 자기 자신의 빛이 없고 태양의 비춤을 받습니다. 단테는《향연》에서 이 말에 동의합니다.II, xiii, 15 그들은 물리적 빛을 우리가 낮이라 부르는 주위의 색깔 영역으로 바꾸는 데 공기가 어떤 역할을 하는지 몰랐기 때문에, 우리가 그들의 우주를 이해하려면 오목한 하늘 안에 있는 헤아릴 수 없는 용적 전부가 빛을 받는 모습으로 머릿속에 그려야 합니다. 밤은 우리 지구가 드리우는 원뿔형의 그림자일 뿐입니다. 단테에 따르면〈천국편〉, 제9곡, 118 지구의 그림자는 금성천에까지 이릅니다. 태양이 움직이고 지구는 멈춰 있기 때문에, 우리는 이 길고 검은 손가락이 시곗바늘처럼 영원히 돌아가는 광경을 상상해야 합니다. 그래서 밀턴은 그것을 "빙빙 돌아가는 천개天蓋 같은, 넓게 퍼진 밤의 그늘"《실낙원》, 제3편, 556이라고 부릅니다.

그 너머에는 밤이 없습니다. "낮이 결코 눈을 감지 않는 행복한 지역"《코머스(*Comus*)》, 978이 있을 뿐입니다. 우리가 밤하늘을 올려다볼 때는 어둠을 보는 것이 아니라 어둠을 통해서 보는 것입니다.

두 번째로, 방대한 (하지만 유한한) 공간은 어둡지 않을 뿐 아니라 고요하지도 않습니다. 우리의 귀가 열린다면 헨리슨Robert Henryson, 1425-1500(영국의 우화시인)[†]이 말한 대로

> 모든 행성은 고유한 천구에서
> 움직이면서 화음과 소리를 낸다.
>
> —《이솝의 도덕적 우화(*The Moral Fables of Aesop*)》, 1659

는 것을 감지할 수 있을 것입니다. 단테〈천국편〉, 제1곡, 78와 트로일루스V. 1812가 들었던 것처럼 말이지요.

독자가 제가 앞에서 말한 중세 천문학을 염두에 두고 한밤 산책에 나서는 실험을 한다면, 이 마지막 두 세부 내용의 효과를 쉽게 느낄 수 있을 것입니다. 파스칼에게 두려움을 안겨 주었던 '침묵'은, 중세 우주 모형에 따르면 그야말로 환상에 불과합니다. 그리고 하늘이 검게 보이는 이유는 우리가 지구의 그림자라는 어두운 유리를 통해 하늘을 보고 있기 때문입니다. 우리는 지금 올려다보고 있는 하늘이 빛을 받고, 그 열기로 데워지고, 음악소리가 낭랑한 곳이라고 상상해야 합니다.

이 외에도 덧붙일 것이 많지만 별자리Signs, 주전원周轉圓,

Epicycles(프톨레마이오스가 천구상에서 행성들의 역행과 순행을 설명하기 위해 제창한 행성의 운동 궤도)[†], 황도黃道, Ecliptic(천구에서 태양이 지나는 경로)[†]는 생략하려 합니다. 그것들은 정서적 효과(저의 주된 관심사입니다)에 기여하는 바가 크지 않고 도표를 그려가며 설명하지 않고는 이해하기 어렵기 때문입니다.

C. 우주의 여러 부분의 거주자들

우리는 하나님이 원동천을 회전하게 하신다고 말했습니다. 현대의 유신론자라면 "어떻게?"라고 묻지 않을 것입니다. 그러나 이 질문은 중세가 시작되기 오래 전에 제기되었고 답이 주어졌으며, 그 답변은 중세 우주 모형에 포함되었습니다. 움직이는 대부분의 물체들이 다른 움직이는 물체 때문에 움직인다는 것을 아리스토텔레스는 당연하게 여겼습니다. 손이 움직임으로써 칼을 움직이고, 바람이 움직임으로써 배를 움직입니다. 그러나 무한한 연속은 실재할 수 없다는 것이 그의 근본적인 생각이기도 했습니다. 그러므로 우리는 하나의 운동으로 다른 운동을 설명하는 과정을 무한히*ad infinitum* 이어갈 수는 없습니다. 결국 스스로는 움직이지 않으면서 다른 모든 것의 운동을 시작하게 만드는 어떤 것이 있어야 합니다. 아리스토텔레스는 "공간을 차지하지 않고 시간의 영향을 받지 않는"[21] 전적으로 초월적이고 비물질적인 하나님 안에서 그런 원동자Prime Mover를 발견합니다. 하지만 우리는 그분이 어떤 적극적 행위로 사물을 움직인다고 상상해서는 안 됩니다. 그렇게 된다면 그분에게 모종의 운동을 부여하는 것이 될 테고, 그러면 우리는 완전한 부동의 동자unmoving Mover에 이르지 못한 것이 될 테니까요. 그러면 그분은 어떻게 세상을 움직입니까? 아리스토텔레스는 κινεῖ ὡς ἐρώμενον, 곧 "그는 사랑받는 자처럼 움직이게 한다"고 대답합니다.[22] 그분은 욕망의 대상이 그것을 욕망하는 자들을 움직이듯이 다른 것들을 움직이십니다. 하나님을 향한 원동천의 사랑이 원동천을 움직이게 하고, 움직이는 원동천은 우주의 나머지에 움직임을 전달합니다.

이 신학과 유대교(최선의 모습일 때의) 및 기독교 특유의 신학이 어떻게 대조되는지 상술하는 것은 쉬운 일입니다. 둘 다 '하나님 사랑love of God'에 대해 말할 수 있습니다. 이 신학에서 하나님 사랑은 하나님을 향한 피조물들의 갈증과 갈망하는 사랑을 뜻합니다. 기독교 신학에서 하나님 사랑은 하나님이 피조물들에게 세심하게 내려 주시는 사랑을 뜻합니다. 하지만 이런 대조를 모순으로 여겨서는 안 됩니다. 진정한 우주는 두 가지 의미의 '하나님 사랑'을 모두 수용할 수 있습니다. 아리스토텔레스는 자연적 질서를 묘사하는데, 이 질서는 썩지 않는 달 너머의 세계에서 영구적으로 드러나 있습니다. 사도 요한("사랑은 여기 있으니 우리가 하나님을 사랑한 것이 아니요 하나님이 우리를 사랑하사")[23]은 인간들이 타락했기 때문에 여기 지구상에서 작동하게 된 은혜의 질서를 묘사합니다. 단테가 "태양과 별들을 움직이는 사랑"으로

《신곡》을 끝맺으면서 아리스토텔레스적인 의미에서의 사랑을 말하고 있다는 데 주목해야 할 것입니다.

그러나 서로 모순되지는 않아도 이 대조는 영성 작가들 사이에서 중세의 우주 모형을 찾아보기 어려운 이유와 그들 저작의 전체 분위기가 장 드 묑이나 단테의 저작과 너무나 다른 이유를 온전히 설명해 줍니다. 영성 저작들은 지침을 구하는 이들을 대상으로 하는 온전히 실용적인 목적의 책입니다. 여기에는 은혜의 질서만이 적절합니다.

천구들이 하나님을 향한 사랑에 의해 움직인다고 해도, 여전히 현대인은 이 움직임이 왜 회전의 형태로 이루어져야 하느냐고 물을 수 있습니다. 제가 볼 때 고대나 중세의 사람들에게 이 질문의 답은 뻔했을 듯합니다. 사랑은 사랑의 대상에 참여하고 가능한 한 그 대상과 같아지려 합니다. 그러나 유한하고 창조된 존재들은 하나님의 부동不動의 편재를 온전히 공유할 수가 없습니다. 시간이 일시적 현재들을 아무리 증가시킨다 해도 영원의 동시적 총체성*totum simul*을 달성할 수 없는 것과 같습니다. 천구들이 신의 완벽한 편재성에 가장 근접할 수 있는 상태는 바로 가장 완전한 형태인 원을 이루며 최대한 빠르고 규칙적으로 움직이는 것입니다. 각 천구는 바로 위의 천구보다 그 움직임이 덜하고, 그래서 회전 속도가 느립니다.

이 모두가 암시하는 바는 각 천구, 또는 각 천구에 거주하는 존재가 하나님을 향한 "지적 사랑"에 의해 움직이는 의식 있고 지적인 존재라는 것입니다. 과연 그렇습니다. 이 고귀한 피조물들은 '지성체Intelligences'라고 불립니다. 한 천구의 지성체와 물리적 대상인 그 천구가 어떤 관계인지에 대해서는 다양한 생각이 있었습니다. 옛 견해는 영혼이 몸 "안에" 있듯 지성체가 천구 "안에" 있으며, 그리하여 행성들은 '조아ζῷα'—천상의 동물들, 생기를 얻은 신체들 또는 육신을 입은 정신들—라는 것이었는데, 플라톤도 이에 동의했을 것입니다. 그래서 던은 인간의 몸을 두고 "우리가 지성체라면, 우리의 육체는 천구들입니다"[24]라고 말할 수 있었습니다. 그러나 후대의 스콜라학파 사람들은 다르게 생각했습니다. 알베르투스 마그누스는 이렇게 말했습니다. "성경 저자들과 더불어, 영혼을 엄격한 의미로 해석하면 하늘은 영혼을 갖고 있지 않고 동물이라고 할 수 없음을 고백한다. 그러나 과학자들*philosophos*이 성경 저자들과 같은 의견을 갖게 하고 싶다면 이렇게 말할 수 있다. 천구들에는 특정한 지성체가 있고… 그들은 천구의 영혼이라 불리지만… 그들과 천구의 관계는 (인간의) 영혼이 몸의 생명력entelechy이라고 할 때의 영혼과 몸의 관계는 아니라고. 이것은 과학자들의 입장을 좇아서 한 말이지만, 그들과 성경 저자들의 차이는 명목상의 것에 불과하다."[25] 아퀴나스는 알베르투스의 생각을 따릅니다. "그들이 동물이라고 생각하는 이들과 그렇게 생각하지 않는 이들 사이에는 본질적으로 차이가 거의 없거나 전혀 없다. 그저 용어상*in voce tantum* 차이가 있을 뿐이다."[26]

하지만 행성의 지성체들은 달과 원동천 사이의 광대한 에테르 영역을 "자연적 위치" 삼아 거주하는 천사군의 아주 작은 일부입니다. 위계를 이룬 그들의 종에 대해서는 이미 소개한 바 있습니다.

지금까지 우리는 우주가 공간적으로 뻗어가는 모습을 줄곧 살펴보았습니다. 그런데 우주의 원주에서 중심인 지구로 내려감에 따라 위엄과 힘과 속도가 점차 줄어들었습니다. 그러나 저는 지성으로 알 수 있는 우주에서는 그 모두가 뒤집어진다고 암시한 바 있습니다. 거기에서는 지구가 가장자리에 해당하고, 그 바깥에서는 존재가 희미하게 사라져 비존재에 가까워집니다. 〈천국편〉의 몇몇 놀라운 시구들제28곡, 25 이하은 이것을 영원히 잊지 않도록 마음에 새겨 줍니다. 거기서 단테는 하나님을 빛을 발하는 하나의 점으로 봅니다. 그 점을 중심으로 일곱 개의 빛의 동심환이 돌아가는데, 가장 작고 점에서 가장 가까운 고리가 가장 빠르게 움직입니다. 이것은 다른 천구들의 지성체보다 사랑과 지식 면에서 우월한 원동천의 지성체입니다. 우리의 정신이 감각에서 충분히 자유롭게 되면 우주는 이렇듯 완전히 뒤집힙니다. 그러나 비할 바 없이 강한 표현력을 가진 단테이지만 그가 말하는 내용은 알라누스가 우리와 우리 지구는 "성벽 바깥에" 있다고 할 때 말하는 내용을 벗어나지 않습니다.

그런데 타락하지 않은 달 너머의 세계에서 어떻게 '나쁜' 또는 '흉한' 행성 같은 것이 존재하게 되었는가 하는 의문이 생길 수 있습니다. 그러나 그 행성들은 우리와 관계해서 생각할 때 나쁠 뿐입니다. 심리적 측면에서 볼 때 이 질문의 답은 단테가 복된 영혼들을 사후에 다양한 행성에 할당해 놓은 것에 함축되어 있습니다. 각 행성에서 도출된 기질은 좋게 쓰일 수도 있고 나쁘게 쓰일 수도 있습니다. 토성의 작용 아래서 태어난 사람은 우울한 사람과 불평꾼이 될 수도 있지만 위대한 명상가가 될 수도 있습니다. 화성의 작용 아래 태어난 사람은 아틸라(훈족의 왕, 434-453년 재위. 여러 해 동안 동로마 제국의 발칸 지방을 공포로 몰아넣었고 서로마 제국도 침략했다)[†]나 순교자 중 하나가 될 수 있습니다. 별들이 사람에게 끼치는 안 좋은 작용마저도 회개를 통해 적절한 종류의 지복을 낳을 수 있습니다. 단테의 쿠니차가 그런 경우입니다. '불운'—전염병과 재앙들—의 다른 악영향들도 분명히 같은 방식으로 다룰 수 있습니다. 잘못은 별의 영향이 아니라 그것을 받아들이는 땅의 본성에 있습니다. 타락한 지구에서는 인간과 지구와 공기가 그 자체로는 좋은 영향들에 잘못 반응하여 처참한 결과를 낳는 것을 신적 정의가 허용하고 있습니다. '나쁜' 영향은 우리의 타락한 세계가 더 이상 좋게 사용할 수 없는 영향을 말합니다. 상태가 나쁜 환자는 같은 약을 써도 효과가 좋지 않습니다. 여기에 대한 가장 충실한 설명은 후대에 비난을 받은 책 프란키스쿠스 게오르기우스 베네투스Franciscus Georgius Venetus, ?-1540의 《세 곡의 노래*Cantica Tria*》에 나옵니다만,[27] 저는 그 책이 그 내용 때문에 비난받은 것은 아니라고 봅니다. 여기 달 아래의 만물이 하늘에 대해 올바른 마음을 갖고 있다면, 모든 영향은 트리스메기스투스Hermes Trismegistus가 가르친 대로 극도로 좋을*optimos* 것입니다. 그들에게 해로운 결과가 나타난다면, 그것은 하늘에 대해 안 좋은 마음을 먹은 주체*indisposito subjecto* 탓으로 여겨야 합니다.[28]

그러나 이제 달 아래로, 에테르에서 공기 중으로 내려갈 때가 되었습니다. 독자들이 이미 아는 대로, 이곳이 공기의 존재들인 다이몬들의 "자연적 위치"입니다. 아풀레이우스의 입장을 따랐던 레이어먼의 글에는 이 피조물들이 선할 수도 악할 수도 있는 존재로 나옵니다. 베르나르두스의 입장도 이와 같습니다. 그는 공기층을 두 영역으로 나누고 선한 다이몬들은 보다 평온한 상층 부분에, 악한 다이몬들은 보다 요동치는 하층 부분에 있다고 봅니다.[29] 그러나 중세가 흘러감에 따라 모든 다이몬이 똑같이 악하다는 견해가 힘을 얻었습니다. 그들을 타락한 천사 또는 '악마demons'로 여긴 것입니다. 알라누스는 《안티클라우디누스》 IV, V에서 공기층이 바로 감옥인 "공중의 시민들"에 대해 말하며 이 견해를 취하고 있고, 초서도 이 구절을 기억했습니다.[30] 아퀴나스는 다이몬과 악마들을 분명히 동일시합니다.[31] "공중의 권세를 잡은 통치자"에 대한 바울의 에베소서2:2 구절은 아마도 이것과 많은 관련이 있을 것이고, 마술과 나쁜 날씨를 연결 지어 생각하던 대중적 연상과도 많은 관련이 있을 듯합니다. 그래서 밀턴의 사탄은 《복낙원》에서 공중을 "우리의 옛 점령지"제1편, 46라고 부릅니다. 그러나 앞으로 살펴보겠지만, 다이몬에 관해서는 여전히 많은 의심이 있었고 르네상스기의 신플라톤주의는 옛 다이몬 관념을 살려냈지만, 르네상스기의 마녀사냥꾼들은 새로운 다이몬 관념에 점점 더 확신을 갖게 되었습니다. 밀턴의《코머스 *Comus*》에 등장하는 '시중드는 영'은 트리니티 사본에는 다이몬이라고 나와 있습니다.

이 정도만 해도 다이몬에 대한 내용은 충분할 것입니다. 단, 몇 가지 단서가 필요합니다. 다이몬들이 공중에만 머문다는 것을 믿어야 하고, 다른 이름으로 등장하는 피조물들과 그들을 동일시하는 일이 절대 없어야 합니다. 다른 이름의 피조물들에 대해서는 다음 장에서 다루도록 하겠습니다.

독자가 제 말을 듣고 별이 빛나는 밤에 세 번째 실험 산책을 나가기를 바라기는 어려울 듯합니다. 하지만 어쩌면 실제로 산책을 나가지 않고도, 이번 장이 제안한 마지막 손질을 더함으로써 옛 우주에 대한 그림을 향상시킬 수 있을지도 모르겠습니다. 현대인이 밤하늘을 바라볼 때 여러 가지를 느낄 수 있지만, 자신이 **밖을** 내다본다는 느낌은 분명히 듭니다. 여객선 휴게실 입구에서 깜깜한 대서양을 내다보거나, 불 켜진 현관에서 깜깜하고 인적 없는 황야를 내다보고 있는 것 같은 느낌이 듭니다. 그러나 중세 우주 모형을 받아들이면 밖이 아니라 **안을** 들여다보는 것 같은 느낌이 들 것입니다. 지구는 "성벽 바깥에" 있습니다. 해가 뜨면 눈이 부시고 우리는 우주의 내부를 볼 수 없게 됩니다. 어둠, 우리 자신의 어둠이 베일을 치는 순간에 우리는 안에서 벌어지는 장관을 살짝 엿볼 수 있는데, 그 안에는 음악과 생기가 넘치고 불이 켜진 오목한 영역이 광대하게 펼쳐져 있습니다. 그렇게 안을 들여다볼 때 우리 눈에 들어오는 것은 메러디스George Meredith, 1828-1909(영국의 소설가·시인)†의 루시퍼(메러디스의 시 〈별빛 속의 루시퍼Lucifer in Starlight〉에서)†가 보았던 "불변의 법칙을 따르는 군대"가 아니라 끝없는 사랑의 흥겨운 잔치입니다. 우리가 보고 있는 것은 피조물들이 벌이는 활동인데, 그들의 활동은 목이 말라 기분 좋게 물을 마시지만 아직 갈증이 해소되지 않은 사람의 상태에 빈약하나마 비유할 수 있습니다. 그들 안에서는 최고의 정신 기능이 언제나 발휘되지만 가장 고귀한 대상을 방해하지는 못하니까요. 그렇다고 그들이 만족하는 일은 없습니다. 고귀한 그분의 완전함을 온전히 자신들의 것으로 만들 수 없기 때문입니다. 그들은 좌절하는 일도 결코 없습니다. 매 순간마다 본성이 허락하는 한 최대한 그분에게 가까이 가기 때문입니다. 어떤 옛날 그림[32]에는 원동천의 지성체가 공을 가지고 놀 듯 자기 천구를 가지고 춤추며 노는 소녀로 그려지는데, 이것을 이상하게 여길 필요는 없습니다. 이제, 이전에 당신이 품었던 일체의 신학이나 무신학을 옆으로 치워 놓고, 당신의 지성을 하늘 위로 한 천구씩 끌어올려 만물의 진정한 중심이신 그분, 당신의 오감에는 만물의 원주로 다가올 그분에게로 나아가 보십시오. 지칠 줄 모르는 모든 사냥꾼들이 추적하는 사냥감이신 분, 모든 나방들이 그리로 다가가지만 타 버리지 않는 촛불이신 그분께로 말입니다.

이 그림이 종교적인 것이 아니라면 과연 무엇일까요? 그러나 문제의 종교가 정확히 기독교일까요? 하나님이 사랑하는 주체이기보다 사랑받는 대상으로, 인간은 주변적 피조물로 각각 등장하는 이 모형과, 인간의 타락과 그들의 구원을 위해 하나님이 인간으로 성육하신 사건이 중심이 되는 기독교의 그림 간에는 현저한 차이가 있습니다. 제가 앞에서 암시한 대로, 어쩌면 이 둘 사이에는 절대적인 논리적 모순이 없을지도 모릅니다. 선한 목자가 잃은 양을 찾으러 간 것은 그놈을 잃어버렸기 때문이지 그놈이 가장 좋은 양이라서가 아니라고 말할 수 있습니다. 그놈은 가장 작은 양이었을 수도 있습니다. 그러나 적어도 분위기의 심오한 부조화는 여전히 남습니다. 그렇기 때문에 이 우주론이 영성 작가들에게 별다른 역할을 하지 못하고, 단테를 제외한 제가 아는 어떤 작가의 작품에서도 뜨거운 종교적 열정과 섞이지 않는 것입니다. 분열의 또 다른 표지는 빛나는 초인적 피조물들로 가득한 우주가 일신교를 위협하게 될 거라는 예상입니다. 하지만 중세 시대의 일신교를 위협한 것은 천사 숭배가 아니라 성인 숭배였습니다. 사람들이 기도할 때는 흔히 품계와 지성체들을 생각하지 않았습니다. 그들의 종교 생활과 중세 우주론 사이에는 (제 생각에는) 대립이 아니라 분리가 있었습니다. 그런데 우리가 모순을 예상할 법한 지점이 하나 있습니다. 이 모든 감탄스러운 우주, 달 너머로는 죄가 존재하지 않고 모든 것이 완전한 이 우주가 마지막 날에 소멸한단 말입니까? 그럴 것 같지 않습니다. 성경은 별들이 떨어질 것이라고 말하는데, 마 24:29 우리는 그것을 '비유적으로' 받아들일 수 있습니다. 그것은 독재자들과 거물들이 낮아질 것이라는 뜻일 수 있습니다. 떨어질 별들이 운석에 불과할 수도 있습니다. 사도 베드로 벧전 3:3 이하는 세상이 한 번 물로 파괴된 것처럼 불로 파괴될 것이라고 말합니다. 그러나 홍수가 달 너머의 영역에까지 차올랐다고 생각하는 사람은 없습니다. 그렇다면 불도 그렇게 생각할 필요가 없습니다.[33] 단테는 더 높은 하늘이 최후의 참사를 당하지 않는다고 봅니다. 〈천국편〉 제7곡 67에서 우리는 하나님으로부터 직접 흘러나오는 모든 것(*senza mezzo distilla*)은 결코 끝나지 않을 것임을 알게 됩니다. 달 아래의 세계는 하나님이 직접 창조하신 것이 아닙니다. 그 원소들은 2차적 주체에 의해 창조되었습니다. 그러나 인간은 하나님이 직접 만드셨기에 불멸성을 갖게 되었습니다. 천사들도 마찬가지이고 그들뿐 아니라 "그대가 지금 있는 이 순수한 영역"(*paese sincero nel qual tu sei*)130도 하나님이 직접 만드셨습니다. 이것을 문자적으로 이해한다면, 달 너머의 세계는 파괴되지 않을 것이라고 생각할 수 있습니다. 달 아래의 (네) 원소들만 "뜨거운 불"에 녹아 버릴 것입니다.

인간의 상상력은 중세의 우주만큼 장엄할 정도로 질서정연한 물체를 일찍이 본 적이 없었습니다. 여기에 어떤 미적 결함이 있다면, 아마도 낭만주의를 이미 알아 버린 우리에게는 너무나 질서정연한 그늘일 것입니다. 그 광대한 공간에도 불구하고 중세의 우주는 결국 일종의 폐소공포증으로 우리를 괴롭힐 수 있습니다. 이 우주에 모호한 부분은 전혀 없을까요? 발견되지 않은 우회로는? 중간 지대는? 정말 문 밖으로 결코 나갈 수 없는 것일까요? 어쩌면 다음 장이 우리에게 모종의 안도감을 안겨 줄 수 있을 것입니다.

vi. 오래 사는 존재들

레프라혼[†]을 구빈원workhouse에 집어넣는 것은 어딘가 불길하다.

그나마 위안이 되는 점이 있다면

녀석은 거기서 일하지work 않을 거라는 사실이다.

— 체스터턴[†]

† leprechaun, 아일랜드의 요정. 요정을 위한 신발을 만든다.

† G. K. Chesterton, 영국의 작가.

제가 '오래 사는 존재들*Longaevi*'을 별개의 장으로 다루는 이유는 공기와 에테르 사이에 있는 그들의 거주지가 모호하기 때문입니다. 그들이 이렇게 따로 다룰 만큼 중요한 존재인지 여부는 또 다른 문제입니다. 모순어법을 구사해도 된다면, 어떤 의미에서 그들은 중요하지 않다는 면에서 중요합니다. 그들은 주변적이고 도망을 다니는 피조물입니다. 그들은 중세의 우주 모형이 공식적 지위를 부여하지 않는 유일한 피조물일 것입니다. 여기에 그들의 상상적 가치가 놓여 있습니다. 그들은 거대한 설계의 고전적 엄격함을 누그러뜨립니다. 조금은 뻔하고 환한 곳이 될 위험에 처한 우주에 야성과 불확실성이라는 반가운 기운을 불어넣습니다.

제가 그들에게 붙인 '오래 사는 존재'라는 이름은 마르티아누스 카펠라Martianus Capella의 글에서 가져왔는데, 그는 "숲, 숲속 빈터, 수풀, 호수와 샘과 개울에 나타나 춤을 추는 '오래 사는 존재들'의 무리"를 언급합니다. "그들의 이름은 목신牧神(판), 파우누스,… 사티로스, 실바누스(고대 로마 숲과 들판의 신)[†], 님프…"입니다.[1] 베르나르두스 셀베스트리스는 '오래 사는 존재'라는 단어를 쓰지 않습니다만, 불멸의 존재는 아니어도 비슷한 피조물들—

"실바누스, 판, 인어Nerei"—이 (우리보다) "수명이 길다"고 말합니다. 그들은 무고한 존재이고 그들의 몸은 순수한 원소로 되어 있습니다.[2]

그들을 요정Fairies이라는 다른 이름으로 부를 수도 있었을 것입니다. 그러나 팬터마임의 소재가 된 데다 본문도 시원찮고 삽화는 더 엉망인 어린이 책들에 등장해 더럽혀진 그 단어를 한 장의 제목으로 삼는 것은 위험천만한 일이었을 것입니다. 자칫하다간 이 주제에다 요정에 대한 기존의 근대적 개념을 덧입히고 그에 비추어 옛 텍스트들을 읽도록 부추기는 형국이 될 테니까요. 당연히 그 반대로 가는 것이 적절한 방법입니다. 우리는 열린 마음으로 본문에 다가가야 하고 우리 선조들이 텍스트에 나오는 '요정'이라는 단어를 어떻게 이해했는지 텍스트로부터 배워야 합니다.

밀턴의 세 구절이 논의의 좋은 출발점이 되어 줍니다.

1.

밤에 안개나 불빛에 휩싸여 다니거나
호수나 황야의 늪지를 다니는 어떤 악한 존재도,
말라빠지고 푸르스름한 하그Hag(노파 모습의 마녀 비슷한 정령)[†]도…
어떤 고블린도, 광산의 검은 요정Faery도 [진짜 처녀를 해치지 못한다.]

—《코머스》, 438 이하

2.

저 인도의 산 너머 산다는
소인족인가, 아니면 한밤중에
숲가나 샘터에서 잔치 벌이는 것을
밤늦게 귀가하는 농부가 보기도 한다는 그 꼬마 요정Faery Elves인가….

— 《실낙원》, 제1편, 780 이하

3.

로그레스(아서 왕의 왕국 이름)[†]나 리오네스(아서 왕 전설에 나오는 지역)[†]의 기사들이
넓은 숲속에서 만났다는,
선녀들Fairy Damsels보다 더 아름다워 보이는
헤스페리데스의 여인들(세계의 서쪽 끝 정원에서 황금사과를 지키고 있다는 세 여인)[†].

— 《복낙원》, 제2편, 357 이하

밀턴은 시기적으로 너무 늦기 때문에 중세인들의 믿음에 대한 직접적 증거가 될 수는 없습니다. 우리에게 이 구절들의 가치는 밀턴과 당대의 사람들이 중세로부터 물려받은 전통이 복잡하다는 점을 알게 한다는 데 있습니다. 아마 밀턴의 머릿속에서는 이 세 발췌문이 연결되어 있지 않았을 것입니다. 각 구절은 서로 다른 시적 목적을 달성합니다. 밀턴은 각 구절을 읽는 독자들

이 fairy라는 단어에 대해 상이한 반응을 보이기를 자신 있게 기대합니다. 독자들은 세 가지 반응 모두가 똑같이 몸에 익어 있었고 밀턴은 그들이 각 자리에서 올바른 반응을 보여 줄 것으로 기대할 수 있었습니다. 중세가 남겨 준 전통의 복잡성을 보여 주는, 시기적으로 이르고 어쩌면 더 인상적일 또 다른 증거가 있습니다. 스펜서는 엘리자베스 1세를 선녀여왕Faerie Queene과 동일시함으로써 여왕에게 찬사를 보낸 반면, 1576년에 에든버러의 한 여인은 요정들 및 "요정나라 여왕Queen of Elfame"과 "어울린다"는 죄목으로 화형을 당했다는 사실입니다.[3] 같은 세기에 같은 섬 안에서 벌어진 일이지요.

《코머스》의 '검은 요정'은 무서운 존재로 분류됩니다. 이것이 요정 전통의 한 가지 가닥입니다. 《베오울프*Beowulf*》111는 요정*ylfe*을 하나님의 원수로서 에틴(머리 둘 달린 거인)†, 거인 등과 나란히 거론합니다. 발라드 〈이사벨과 요정기사Isabel and the Elf-Knight〉에 나오는 요정기사는 일종의 '푸른 수염'입니다. 가워의 글에서 콘스탄스를 비방하는 사람들은 그녀가 괴물을 낳았기 때문에 "요정"이라고 말합니다.《사랑의 고백》, II, 964 이하 1483년의 《카톨리콘 앙글리쿰*Catholicon Anglicum*》은 elf에 해당하는 라틴어 단어로 '라미아*lamia*'와 '에우메니스*eumenis*'(복수의 신fury)를 제시합니다. 호먼William Horman(이튼 칼리지, 윈체스터 칼리지의 교장 역임)†의 《불가리아*Vulgaria*》1519는 요정을 뜻하는 말로 '스트릭스strix'와 '라미아'를 사용합니다. 우리는 "왜 님프는 안 되나?" 하고 묻고 싶어집니다.

그러나 '님프nymph'가 등장했다고 해도 문제가 해결되지는 않았을 것입니다. 우리 선조들에게 님프는 공포의 이름일 수도 있었으니까요. 릴리John Lyly, 1554-1606(영국의 소설가·극작가)[†]의 《엔디미온*Endymion*》에서 코르시테스는 이렇게 외칩니다.IV, iii "내 머리털이 곤두서게 만드는 이 요정 악마들은 뭐지? 하그! 제발 좀 꺼져! 님프야!" 드레이턴은 〈모티머가 이사벨 왕비에게Mortimer to Queen Isabel〉에서 "부스스하고 으스스한 바다-님프"77에 대해 말합니다. 아타나시우스 키르허Athanasius Kircher, 1602-1680(독일의 과학자·수학자·고고학자·예수회 신부)[†]는 유령을 보고 "으악! 너는 고대인들이 님프라고 불렀던 다이몬 중 하나가 아니냐?"라고 묻고 "나는 릴리스Lilith(남자의 정기를 빨아먹는다고 알려진 몽마夢魔)[†]도 라미아(아이를 잡아먹는 요마)[†]도 아니다"라는 안심되는 대답을 듣습니다.[4] 레지널드 스콧Reginald Scot은 어른들이 아이들에게 겁을 줄 요량으로 들먹이던 도깨비bugbears[이 단어는 웨일스어 Bwg(귀신, 괴물, 고블린)와 Bar(악의가 있는, 사악한, 사람을 비웃는 목소리)의 합성어에서 파생되었다][†] 중에 요정(과 님프)도 언급합니다. "보모들은 불베거Bullbeggars,[5] 악령, 마녀, 부랑자, 엘프, 하그, 요정, 사티로스(상반신은 머리에 작은 뿔난 사람, 하반신은 염소의 반인반수)[†], 판, 파우누스, 실레노스(늙은 사티로스), 트리톤(인어), 켄타우로스, 난쟁이, 거인, 님프, 인큐버스(남성 몽마), 로빈 굿펠로Robin Goodfellow(집안 수호령), 스푼spoorn, 아이 속 남자the man in the oke, 불 뿜는 용, 퍼클puckle(짓궂은 악령), 엄지 톰Tom Thombe, 날뛰는 톰Tom tumbler, 무골족

Boneles, 그리고 비슷한 다른 버그bug(유령, 괴물)들을 들먹이며 우리에게 잔뜩 겁을 주었다."[6]

제가 생각할 때 요정들에 대한 이런 어두운 견해는 16세기와 17세기 초반에 인기를 끌었는데, 당시는 사람들이 유난히 악몽에 시달리던 시기였습니다. 홀린셰드Raphael Holinshed, 1529-1580(영국의 연대기 작가)[†]는 보이스Hector Boece, 1465-1536(스코틀랜드의 철학자·역사가)[†]의 책(《스코틀랜드인의 역사*Historia Gentis Scotorum*》에서 맥베스를 다룬 부분)[†]에는 없는 내용이지만 맥베스의 세 마녀가 "모종의 님프나 요정"일 수도 있다는 생각을 덧붙였습니다. 이런 두려움은 이후에도 완전히 없어지지 않았는데, 요정에 대한 믿음이 완전히 사라진 곳에서만 이 두려움도 사라졌습니다. 저는 유령과 "착한 사람들"(완곡하게 부르는 명칭이었습니다)이 나타난다는 아일랜드의 인적이 드문 장소에서 지낸 적이 있습니다. 그러나 이웃 사람들이 밤에 그곳을 가까이하지 않는 이유가 유령 때문이 아니라 요정 때문이라는 사실을 알게 되었습니다.

레지널드 스콧의 도깨비 목록은 잠시 주제를 벗어나서 거론해 볼 만한 다른 논점을 제기합니다. 일부 민속학 연구는 거의 전적으로 믿음의 계보, 즉 신이 요정으로 퇴화하는 과정을 다룹니다. 대단히 적법하고 아주 흥미로운 연구이지요. 그러나 스콧의 목록은 우리 조상들의 머릿속에 어떤 내용이 들어 있었고 그들이 그것에 대해 어떻게 느꼈는지를 물을 때—그 질문은 그들이 기록한 내용을 더 잘 이해하기 위한 것입니다—기원의 문제는 별로 적절하지 않다는 사실을 보여 줍니다. 그들은 자신의 상상 속에 출몰하는 형체들의 기원을 알았을 수도 있고 몰랐을 수도 있습니다. 물론 분명히 알았던 경우도 있지요. 기랄두스 캄브렌시스Giraldus Cambrensis, 1146-1223(영국 웨일스 지방의 성직자 · 역사가)[†]가《교회의 거울*Speculum Ecclesiae*》에서 밝힌 바에 따르면,II, ix 그는 모건Morgan le Fay(아서 왕의 이부 누이. 마법사 멀린에게 마법을 배워 강력한 마법사가 되었고 아서 왕의 원수로 등장한다)[†]이 한때 켈트 신화의 여신, 환상의 여신*dea quaedam phantastica*이었음을 알았고,《가윈 경과 녹색기사》의 저자도 아마 그를 통해 그 사실을 알게 되었을 것입니다.2452 스콧 당대의 책깨나 읽은 사람이라면 누구나 그의 사티로스, 판, 파우누스가 그리스-로마의 고전에서 온 반면 '엄지 톰'과 '퍼클'은 그렇지 않음을 알았을 것입니다. 하지만 기원을 안다고 해도 달라지는 것은 없습니다. 기원을 알든 모르든, 사람의 정신에 영향을 끼치는 방식은 모두 같았으니까요. 그리고 그 모두가 정말 '우리 보모들'을 통해 전해진 것이라면 그렇게 되는 것이 자연스럽습니다. 그렇다면 진짜 물어야 할 질문은 따로 있습니다. 그것들이 우리에게는 왜 그토록 다른 영향을 끼치는가 하는 것입니다. 제가 볼 때 오늘날에도 우리 대부분은 마녀나 '악령'을 무섭게 여기지만, 님프나 트리톤의 경우에는 만날 수만 있다면 즐거울 것이라고 생각하기 때문입니다. 지금도 토박이 요정들은 그리스-로마의 고전적 요정들보다 더 해롭게 보입니다. 제 생각에 그 이유는 고전적 요정들이 우리의 반쪽짜리 믿음과 상상

속 두려움에서 더 멀리 떨어져 있기—시간적으로는 분명히, 어쩌면 여러 다른 방식으로도—때문입니다. 워즈워스가 바다에서 올라오는 프로테우스(포세이돈의 아들 또는 신하. 바다의 노인이라 불린다. 예언 능력과 변신 능력이 있다)[†]의 모습을 본다는 생각을 매력적으로 여겼다면, 그것은 절대 그럴 일이 없을 것이라고 확신했기 때문일 것입니다. 유령에 대해서는 그만큼의 확신이 없었을 것이고, 유령을 보고 싶은 마음도 그 정도까지는 아니었을 것입니다.

밀턴의 두 번째 발췌문은 우리에게 전혀 다른 요정 개념을 소개합니다. 그리고 우리에게는 이 개념이 더 친숙합니다. 셰익스피어, 드레이턴, 윌리엄 브라운이 문학 작품에서 같은 요정 개념을 썼기 때문입니다. 그들의 용례에서 더듬이와 얇은 날개가 달린 작고 거의 곤충 같은 모습의 요정을 그리는 현대의 실추된 관습이 나왔습니다. 밀턴의 "꼬마 요정Faery Elves"은 "소인족"에 비교됩니다. 발라드 〈작디작은 사람The Wee Wee Man〉에서도 마찬가지입니다.

우리가 계단 밑에 가 보니
마르고 작은 아가씨들이 춤추고 있었네.

리처드 보벳Richard Bovet은 그의 책 《만마전萬魔殿 *Pandaemonium*》(1684년)에서 "일반적으로 몸집이 작은 남자 크기의 남녀" 요정들에 대해 말합니다. 버튼은 "흔히 키가 60센티미터 정도인 그들이 작은 외투 차림으로 다니는 독일의 여러 지역"을 언급합니다.[7] 제가 어릴 때 집에 있던 하녀 한 사람은 북아일랜드 다운 주의 던드럼 근처에서 요정들을 봤다며 그들이 "아이들만 한 크기"였다고 설명했습니다(연령을 명시하지는 않았습니다).

그러나 요정들이 "사람들보다 작다"고 말했지만 이들의 크기를 더 자세히 특정할 수는 없습니다. 그들의 크기가 난쟁이 정도인지,《걸리버 여행기》에 나오는 소인국 사람들 정도(걸리버 키의 12분의 1)[†]인지, 아니면 곤충만 한 크기인지에 대한 진지한 논의는 적절하지 않습니다. 그 이유는 앞에서 이미 살펴본 바 있습니다.[8] 거기서 제가 말한 대로, 중세나 그 이전 저자들의 시각적 상상력은 정확한 크기를 재는 작업을 제대로 벌이지 않았습니다. 참으로 저는《걸리버 여행기》 이전에 그런 진지한 시도를 한 책이 떠오르지 않습니다.《산문 에다》(고대 북유럽 신화·시가집)[†]에서 토르와 거인들의 상대적 크기는 어떻게 될까요? 답은 없습니다.《산문 에다》 45장에서 거인의 장갑은 세 신들에게 거대한 홀처럼 보이고 장갑의 엄지손가락은 그 중 두 신이 침실로 쓰는 옆방만 합니다. 이렇게 되면 여기 나오는 신과 거인의 크기는 작은 파리와 사람의 크기 정도에 해당할 것입니다. 그러나 다음 장에서 토르가 거인들과 같이 식사를 하면서 그들이 건네는 뿔로 된 잔을 들어 올립니다. 이런 식으로 글을 쓰는 것이 가능했다면, 요정의 키에 대한 일관성 있는 기록은 기대할 수가 없습니다. 그리고 이런 상황이 몇 세기 동안 이어졌습니다. 크기를 줄이는 것을 핵심 내용으로 하는 구절에서도 지독한 혼란이 보입니다. 드레이턴은《님프의 궁전*Nimphidia*》**201**행에서 오베론(영국 전승에 나오는 요정들의 왕)†을 말벌을 품에 안을 수 있을 만큼 큰 존재로 그리는데, **242**행에서는 개미에 올라탈 수 있을 만큼 작게 만듭니다. 코끼리를 들어올리면서 폭스테리어(어깨높이 40cm의 작은 개)†를 탈 수 있게 만드는 형국이지요. 이런 식의 인위적 작품이 당대의 대중적 믿음에 대해 신뢰할 만한 증거를 제공할 수 있을까요? 요는, 이런 비일관성이 받아들여지던 시기에 나온 작품들에서는 그런 증거를 기대할 수 없을 테고, 당시의 대중적 믿음도 아마 그런 작품들 못지않게 구제불능으로 모호하고 일관성이 떨어질 것이라는 점입니다.

두 번째 종류의 요정에서 (특정되지 않은) 작은 크기는 일부 다른 특징들에 비해 덜 중요합니다. 밀턴의 "꼬마 요정"은 "환락과 춤에 도취된" 상태입니다.제1편, 786 농부는 우연히 그들을 발견했습니다. 그들과 농부는 서로 아무 관련이 없습니다. 첫 번째 종류, "광산의 검은 요정"은 의도적으로 사람을 만날 수 있고, 그럴 경우 그의 의도는 사악할 것임이 분명합니다. 두 번째 종류의 요정은 다릅니다. 그들—흔히 그들이 인간들보다 작다는 암시가 전혀 없는 상태로—은 어떤 인간도 마주치지 않을 만한 곳에 나타납니다.

여러 비밀한deorne[9] 길에서 흔히 여자의 모습을 한

많은 무리가 춤추며 노는 광경을 사람에게 들킨다Me sicth[10].[11]

바스의 여장부 이야기에서 다시 요정들의 춤이 나오는데, 인간 구경꾼이 다가가자 요정들은 홀연히 사라집니다.D 991 이하 스펜서는 이 모티프를 넘겨받아 컬리도어가 요정들의 놀이판을 침범하자 춤추던 미의 세 여신들이 사라져 버리게 만듭니다.《선녀여왕》, 6권, 칸토 10 톰슨James Thomson은 《나태의 성城 *The Castle of Indolence*》에서 그런 사라짐에 대해 알고 있음을 밝힙니다.I, xxx

이런 요정들과 《코머스》와 레지널드 스콧의 《마법의 발견》에 언급된 요정들과의 차이는 강조할 필요가 없습니다. 두 번째 종류의 요정이 다소 두려움을 줄 수 있는 것은 사실입니다. 그들을 본 밀턴의 농부는 "환희와 두려움으로" 심장이 고동칩니다. 그들의 모습은 그 타자성 때문에 놀라움을 안겨 줍니다. 그러나 인간 측에서는 공포나 혐오감이 전혀 없습니다. 이 피조물들이 사람에게서 달아날 뿐, 사람이 그들을 피해 달아나지는 않습니다. 그들을 지켜보는 인간은 (본인이 들키지 않는 동안만) 자신이 일종의 무단침입을 했다는 느낌을 받습니다. 그의 기쁨은 자신의 고된 삶에 어울리지 않은 흥겨움과 우아함을 우연히 목격했다—잠시 엿본 것이지요—는 사실에서 우러납니다.

드레이턴은 이런 종류의 요정을 아주 시원찮게, 셰익스피어는 아주 멋지게 작품 속에 도입해 희극적 장치로 발전시켰는데, 처

음부터 대중적 믿음이 가진 모든 특징을 거의 잃어버린 상태였습니다. 셰익스피어의 작품에 나온 이 요정들은 (제 생각에는) 포프Alexander Pope, 1688-1744(영국의 시인 · 평론가)†의 (모방 서사시《머리타래의 겁탈*The Rape of the Lock*》에 등장하는)† 공기 요정 실프sylphs를 거쳐 수정되면서 점점 더 예뻐지고 시시해지다가 마침내 아이들이라면 으레 좋아하겠거니 싶은 (제 경험만 놓고 보자면 그렇지도 않습니다) 지금의 요정들에 이르렀습니다.

밀턴의 세 번째 인용문에는 "선녀들Fairy Damsels"이 등장하는데, 우리는 이것을 통해 중세 문학의 독자에게는 더 중요하고 현대인의 심상에는 보다 낯선 종류의 요정을 만나게 됩니다. 이 부류의 요정은 가장 까다로운 반응을 요구합니다.

기사들은 선녀들을 "넓은 숲속에서 만났"습니다. '만났다'가 중요한 단어입니다. 그들과의 조우는 우연이 아니었습니다. 그들은 사람을 찾으러 왔고 그들의 의도는 흔히 (늘 그런 것은 아니지만) 호색적인 것이었습니다. 그들은 프랑스 로망스의 *fées*, 영국 로망스의 *fays*, 이탈리아인들의 *fate*입니다. 이 부류에 속하는 존재로는 론펄Launfal(원탁의 기사 중 한 사람)†의 귀부인, 시 짓는 토마스Thomas the Rhymer(13세기 스코틀랜드의 시인)†를 데려간 여인(토마스는 그곳에서 3년을 머문 후 시와 예언의 재능을 얻어 세상 밖으로 나왔다)†,《오르페오*Orfeo*》(저자 미상의 중세 이야기시. 오르페우스 이야기를 바꾸어 오르페우스가 요정 왕에게 잡힌 아내를 구해 내는 인간 왕으로 등장한다)†에 나오는 요정들,《가윈 경과 녹색기사》의

(녹색기사)† 베르실락(681행에서 '요정 인간alvish man'이라고 불리는)이 있습니다. 맬러리Thomas Malory, 1405-1474의 《아서 왕의 죽음》에 등장하는 모건 르 페이는 인간화된 요정이지만, 이탈리아에서 그녀는 파타 모르가나*Fata Morgana*라는 온전한 요정으로 나옵니다. 마법사 멀린—혈통상 절반만 인간이고 하나의 기술로 마법을 부리는 모습은 보여 준 적이 없지만—도 거의 이 부류에 속하는 듯합니다. 이들의 크기는 보통 사람과 비슷합니다. 예외가 있다면 《기사 후온*Huon of Bordeaux*》에 나오는 난쟁이처럼 작은 오베론입니다. 하지만 그는 아름다움과 엄숙함, 그리고 특유의 누멘적 특성을 갖고 있기 때문에 '고귀한 요정High Faries'(세 번째 부류를 이렇게 부르기로 합시다) 중 하나로 분류해야 합니다.

이 고귀한 요정들은 우리가 쉽게 소화할 수 없는 특성들의 조합을 보여 줍니다.

우선, 그들이 묘사될 때마다 우리는 그들의 단단함과 밝음과 생생한 물질적 화려함에 깊은 인상을 받습니다. 진짜 요정이 아니라 겉모습만은 "요정 혈통"이라도 되는 것처럼, 마치 요정 왕국에서 온 것처럼 보였던 사람에서부터 출발해 볼까요? 가워의 《사랑의 고백》V. 7073에는 한 바람둥이 젊은이가 등장합니다. 그는 잘 빗질한 곱슬머리에 푸른 나뭇잎 화관을 쓰고 있습니다. 한마디로, "아주 잘 차려입은" 모습입니다. 그러나 고귀한 요정들은 그보다 훨씬 근사해 보입니다. 현대인이라면 신비롭고 잘 보이지 않는 형체들을 기대할 만한 대목에서, 중세인은 휘황찬란한 부와 호화로움을 만납니다. 《오르페오 경*Sir Orfeo*》의 요정 왕은 흰 말을 탄 백 명이 넘는 기사와 백 명의 숙녀를 대동하고 나타납니다. 그의 왕관은 태양만큼 밝은 거대한 하나의 보석으로 이루어져 있습니다.142-152 그를 따라 들어간 요정 나라에는 실체가 없거나 희미한 것이 없습니다. 그곳에는 수정처럼 빛나는 성, 백 개의 탑, 훌륭한 해자, 황금 버팀목, 화려한 조각이 가득합니다.355 이하 《시 짓는 토마스》에 나오는 요정은 녹색 비단옷 차림에 벨벳 망토를 걸치고 있고, 그녀가 탄 말의 갈기에서는 아흔다섯 개의 은종이 딸랑딸랑 울립니다. 《가윈 경과 녹색기사》에는 베르실락의 값비싼 옷과 장비가 지나치다 싶을 만큼 자세히 묘사되어 있습니다.151-220 《론펄 경*Sir Launfal*》(14세기 후반 토마스 체스터Thomas Chestre가 쓴 중세 영어 로망스)[†]에 나오는 요정은 시녀들에게 "남색 샌들"을 신기고 금으로 수놓은 녹색 벨벳 옷을 입히고, 각기 60개가 넘는 보석으로 장식된 관을 씌웠습니다.232-239 그녀의 천막은 사라센식 작품이고, 천막 기둥의 손잡이는 수정으로 만들어져 있습니다. 천막 위에 얹힌 황금독수리는 에나멜과 석류석으로 화려하게 장식했으며 알렉산드로스 대왕과 아서 왕도 그렇게 귀한 것을 갖고 있지는 못했습니다.266-276

이 모든 것이 저급한 상상력의 결과라고 생각할 수도 있습니다. 고귀한 요정과 백만장자를 동일시하는 생각 말이지요. 천국과 성인들이 종종 아주 비슷한 용어로 묘사된다는 사실을 상기한다 해도 이 문제가 해결되는 것 같지는 않습니다. 이 부분에서 어리숙한 생각이 보이는 것은 사실입니다만, 저속하다는 비난은 오해에서 나온 것인 듯합니다. 현대 세계에서 호화로움과 물질적 광채는 오로지 돈과 연결되고 대개는 아주 추합니다. 그러나 중세인이 왕궁이나 봉건 영주의 집무실에서 보았던 것들은 그렇지 않았습니다. 그리고 그들은 "요정"이 그보다 더 뛰어나고 천국은 훨씬 뛰어날 거라고 상상했습니다. 중세의 건축, 무기, 면류관, 옷, 말, 음악은 거의 다 아름다웠습니다. 그것들은 모두 신성함, 권위, 용맹, 고귀한 혈통을 상징했고, 못해도 권력을 의미했습니다. 그것들은 현대의 호화로움과 달리 우아함 및 예법과 관련이 있었습니다. 그러므로 그것들을 보고 천진만만하게 감탄한다해도 사람의 격이 떨어지지는 않았습니다.

그것이 고귀한 요정들의 한 가지 특징입니다. 그러나 대낮에 사진으로 찍은 것처럼 자세하게 보여 준 이런 물질적 광채에도 불구하고, 그것들은 "숲가나 샘터에서" 춤추던 모습을 살짝 들킨 "꼬마 요정들"처럼 언제라도 우리의 시야에서 빠져나갈 수 있습니다. 오르페오는 천 명의 기사와 함께 요정의 왕을 기다렸지만 아무 소용이 없었습니다. 결국 그의 아내는 납치되었고 그 과정을 목격한 사람은 아무도 없었습니다. "요정에게 잡혀갔으나 / 사람들은 그녀가 어떻게 되었는지 알지 못했다."193-194 그 요정들은 희미해져서 숲속 저 멀리서 들려오는 "먼 외침과 바람소리"만 남았고, 그들의 영역에 들어가서야 다시 모습을 드러냈습니다. 론펄은 귀부인을 아무도 모르게 "은밀한 장소"에서만 만날 수 있

었습니다. 그녀는 그곳에서 그에게 오는데, 누구도 그녀가 오는 모습을 보지 못했습니다.353 이하

그러나 론펄의 눈앞에 선 그녀는 분명히 육체를 갖고 있습니다. 고귀한 요정들은 활력이 넘치고 활동적이고 의지가 강하며 열정적입니다. 론펄의 요정은 백합처럼 희고 장미처럼 붉은 모습으로 상반신에 아무것도 걸치지 않은 채 화려한 천막에 누워 있습니다. 그녀의 첫 번째 말은 그의 사랑을 요구하는 것입니다. 이후 근사한 점심식사가 나오고 잠자리가 이어집니다.289-348 시인 토마스의 요정은 발라드의 간결함이 허락하는 수준에서 더없이 활발하고 장난기 있는 모습을 보여 줍니다. "유쾌한 여인이 나와서 마음껏 노닌다." 베르실락은 흉포함과 친절, 모든 상황의 완전 장악, 무모한 웃음이 뒤섞였다는 면에서 최고입니다. 요정에 대한 두 가지 묘사가 있는데 하나는 후대에, 또 하나는 그보다 이른 시기에 등장했습니다. 이 두 모습은 현대인들이 떠올리는 그 어떤 것보다 중세의 고귀한 요정들의 모습에 가깝습니다. 바로 '난폭하고' 고귀함이지요. 한 요정이라면 우리에게 일종의 모순어법처럼 느껴질 것입니다. 그러나 로버트 커크Robert Kirk는 그의 책《엘프와 파우누스와 요정들의 비밀연방*Secret Commonwealth*》1691에서 이들 중 일부를 "완고하고 격분한 사람들 같은 요정wights"이라고 부릅니다. 그리고 한 옛 아일랜드 시인은 요정을 일컬어 공격하는 모든 땅을 황폐하게 만들고 적을 궤멸시키는 부대, 맥주집에서 시끄럽게 떠드는 대단한 살인자들, 노래를 짓는 자들이

라고 말합니다.[12] 《오르페오 경》의 요정 왕이나 베르실락이 이런 표현들을 편안해하는 모습이 상상이 됩니다.

어떤 의미에서든 고귀한 요정들을 "영靈, spirits"이라고 부르려면 블레이크William Blake의 다음 경고를 명심해야 합니다. "영Spirit과 환영Vision은 근대철학이 가정하는 것처럼 희뿌연 증기나 무無가 아니다. 그것들은 소멸해 가는 필멸의 자연이 내놓는 그 어떤 것도 따라갈 수 없을 만큼 조직화되고 긴밀히 연결되어 있다."[13] 그리고 그것들이 "초자연적"이라고 말하려면, 그 말의 의미를 분명히 해야 합니다. 그들의 생명은 어떤 의미에서 우리의 생명보다 더 "자연적"입니다—더 강하고, 더 무모하고, 더 거리낌 없고, 더 의기양양하고, 당당한 모습으로 열정을 드러냅니다. 그들은 먹는 일, 자기보호, 생식에 영구적으로 매인 짐승의 노예상태에서 벗어나 있고, 인간의 책임과 수치와 가책과 우울함에서도 벗어나 있습니다. 어쩌면 죽음에서도 벗어나 있는지 모르지만, 거기에 대해서는 나중에 다루도록 하겠습니다.

지금까지 옛 문헌에서 볼 수 있는 세 종류의 요정 또는 오래 사는 존재에 대해 아주 간략히 살펴보았습니다. 얼마나 많은 사람이 어느 정도까지 얼마나 일관되게 그들을 믿었는지 저는 모릅니다. 그러나 그들의 본성에 대한 경쟁 이론들을 내놓기에 충분한 믿음은 있었습니다. 최종적인 결론에 도달하지는 못했지만, 이 무법 상태의 떠돌이들까지도 중세의 우주 모형에 끼워 넣으려는 여러 시도가 있었습니다.

저는 그 중 네 가지만 언급할까 합니다.

1. 그들이 천사, 인간과 구별되는 세 번째 이성적 종種이라는 이론입니다. 이 세 번째 종은 다양한 방식으로 생각해 볼 수 있습니다. 베르나르두스의 "실바누스, 판, 인어"는 우리보다 오래 살지만 영원히 사는 것은 아닌, 우리와 분명히 구별되는 이성적 (그리고 지상의) 종입니다. 그리고 고전적인 이름에도 불구하고 요정과 동일시되었습니다. 그래서 더글러스Gavin Douglas, 1474-1522(영국의 시인·성직자)†는《에네아도스*Eneados*》(베르길리우스의《아이네아스》의 중세 스코틀랜드어 번역서)†에서 베르길리우스의《파우누스들과 님프들*Fauni nymphaeque*》VIII, 314에다 "우리를 부르는 저 요정들, 작은 요정들Quhilk fair folkis or than elvis cleping we"이라는 해설을 붙였습니다. 보이아르도Matteo Maria Boiardo, 1434-1494(이탈리아의 시인)†의 책에 자신과 같은 종류의 모든 요정이 그렇듯 자신도 최후 심판의 날까지는 죽을 수 없다는 요정*fata*의 말이 나오는데,[14] 여기에도 같은 생각이 들어 있습니다. 또 다른 견해는 꼭 있어야 할 세 번째 종이 충만의 원리에 따라 모든 원소에 존재했던 영들[15]—"모든 원소의 영들",《파우스투스 박사》, 151 "불, 공기, 물의 통치자들과 또 땅 위의"《복낙원》, IV, 201—사이에 있다고 보았습니다. 셰익스피어의《한여름 밤의 꿈》에 나오는 어떤 존재보다 진지한 에어리얼Ariel(셰익스피어의 희극《태풍》에 등장하는 요정)†은 공기air의 분봉왕 중 하나였을 것입니다. 하지만 모든 원소에 대한 가장 정확한 기록에 따르면, 엄격한 의미에서 요정과 동일시할 수 있는 것은 그 종류들 중에

서 하나뿐입니다. 파라켈수스Paracelsus, 1493-1541(스위스의 의사, 연금술사)[†]는 이렇게 열거합니다.[16] (1) 님프*Nymphae* 또는 운디네*Undinae*. 물의 정령, 사람만 한 크기이며 말을 합니다. (2) 쉴펜*Sylphi* 또는 실베스트레스*Silvestres*. 공기의 정령, 사람보다 크고 말을 하지 못합니다. (3) 그노미*Gnomi* 또는 피그마이*Pygmaei*. 땅의 정령, 두 뼘 되는 키에 극도로 과묵합니다. (4) 살라만드라*Salamandrae* 또는 불카니*Vulcani*. 불의 정령, 님프나 운디네는 요정이 분명하고 그노미는 동화*märchen*에 나오는 난쟁이에 더 가깝습니다. 파라켈수스가 훨씬 이전의 민간 전승을 일부나마 사용한다고 생각할 만한 근거가 있다면 몰라도 그렇지 않다면 그는 제 목적상 참고하기에 시기적으로 다소 너무 늦은 작가일 것입니다. 14세기에 (프랑스의 명문 귀족 가문인)[†] 뤼지냥Lusignan 가문은 여자 조상 중에 물의 정령이 있다고 자랑했습니다.[17] 더 후대에 우리는 세 번째 이성적 종에 대한 이론을 접하게 되는데, 그 정체를 정확히 알아보려는 시도는 찾아볼 수 없습니다. 1665년에 나온 스콧의 《마법의 발견》에 《악마와 영들에 대하여*A Discourse concerning Devils and Spirits*》가 덧붙었고, 그 안에는 이런 구절이 있습니다. "그들의 본성은 하늘과 지옥 사이에 있다.… 그들은 세 번째 왕국에서 다스리는데, 다른 어떤 영원한 심판이나 파멸을 기다리는 처지가 아니다." 끝으로, 커크는 그의 《엘프와 파우누스와 요정들의 비밀연방》에서 그들을 제가 이제껏 아주 여러 번 언급할 수밖에 없었던 공중의 사람들과 동일시합니다. "인간과 천사 사이의 중간 본성을 가졌는데,

예부터 다이몬이 그런 존재로 여겨졌다."

2. 오래 사는 존재들은 천사이지만 우리의 전문 용어로 말하면 "강등된" 특별한 부류의 천사라는 이론입니다. 이 견해는《남부 영국의 성인전》에서 꽤 길게 전개됩니다.[18] 루시퍼가 반역했을 때, 그자와 추종자들은 함께 지옥으로 던져졌습니다. 그러나 "어느 정도만 그에게 동조했던" 다른 천사들도 있었습니다. 실제로 반란에 합류하지는 않았던 동료 여행자들이었습니다. 이들은 공중 영역에서도 더 낮고 혼란스러운 층위로 추방되었습니다. 그리고 최후 심판의 날까지 그곳에 머물러 있다가 지옥으로 갑니다. 또 제가 볼 때 중심의 무리라고 부를 법한 이들이 있습니다. "잠깐 잘못된 생각에 빠졌던" 천사들입니다. 거의 그럴 뻔했지만 반란죄를 짓지는 않았습니다. 이들 중 몇몇은 공중에서도 더 높고 잔잔한 층으로, 몇몇은 지상 낙원을 포함한 땅 위의 다양한 곳으로 추방되었습니다. 이 두 번째 세 번째 무리는 모두 때때로 꿈속에서 인간들과 대화를 합니다. 춤추는 모습을 보고 인간들이 '엘루에네*eluene*'라고 부른 존재 중 많은 수가 최후 심판의 날에 천국으로 돌아갈 것입니다.

3. 그들은 죽은 자들, 또는 특별한 부류의 죽은 자들이라는 이론입니다. 12세기 말에 월터 맵Walter Map은《왕실의 우매함*De Nugis Curialium*》에서 이런 이야기를 두 번[19] 들려주었습니다. 당시에 '죽은 여인의 아들들*filii mortuae*'이라 불리던 가족이 있었습니다. 브르타뉴 지방의 한 기사가 아내를 매장했는데, 그녀는 진짜로 죽었

습니다*re vera mortuam*. 그런데 그는 밤에 어느 외딴 마을을 지나가던 중 많은 여인들 사이에서 살아 있는 아내를 보았습니다. 그는 기겁을 했고 "요정들이*a fatis*" 무슨 일을 벌인 것인지 의아했지만, 그는 그녀를 그들에게서 잡아채어 데려갔습니다. 그녀는 여러 해 동안 그와 함께 행복하게 살았고 자녀도 여럿 낳았습니다. 가워의 로시펠레Rosiphelee 이야기에서도[20] 이와 비슷하게, 고귀한 요정들과 모든 면에서 정확히 똑같은 여인들의 무리가 죽은 여인들인 것으로 밝혀집니다. 보카치오는 똑같은 이야기를 들려주었고, 드라이든Dryden, 1631-1700(영국의 시인 · 비평가)[†]은 그 내용을 가져와 〈테오도르와 호노리아Theodore and Honoria〉에 담았습니다. 기억하시겠지만, 《시 짓는 토마스》에서 요정은 토마스를 길이 세 갈래로 나뉘는 곳으로 데려가는데, 길은 각각 천국, 지옥, 아름다운 요정 나라로 이어집니다. 요정 나라에 이른 사람들 중 일부는 결국 지옥으로 갈 것입니다. 마귀는 7년마다 한 번씩 그들 중 10퍼센트를 지옥으로 데려갈 권리를 갖고 있기 때문입니다. 《오르페오 경》에서 시인은 요정들이 마님 휴로디스Dame Heurodis를 데려간 곳이 죽은 자들의 땅인지 아닌지 마음을 정하지 못하는 것 같습니다. 처음에는 아무 문제가 없는 것 같습니다. 바깥에서는 죽은 줄 알고 있지만 사실은 죽지 않았던 사람들이 그곳에 가득합니다.380-390 충분히 상상할 수 있는 일입니다. 우리가 죽었다고 생각하는 사람들 중 일부는 "요정들과 함께" 있을 뿐인 것이지요. 그러나 다음 순간, 그곳은 실제로 죽은 사람들로 가득해집니다.

목 베인 사람들, 목 졸려 죽은 사람들, 익사한 사람들, 분만 시에 죽은 사람들까지 나옵니다.391-400 그리고 잠든 사이에 요정들에 의해 그리로 납치된 이들이 다시 등장합니다.401-404

요정들과 죽은 자들이 같은 존재라거나 둘 사이에 긴밀한 연관이 있다는 믿음은 분명히 존재했습니다. 마녀들이 요정들 사이에서 죽은 자들을 보았다고 자백했기 때문입니다.[21] 피고인들이 고문을 받으면서 유도 심문에 답한 내용은 당연히 그들의 믿음에 대해 아무것도 말해 주지 않지만, 고소인들의 믿음을 보여주는 좋은 증거는 됩니다.

4. 오래 사는 존재들은 타락한 천사들, 다시 말해 악마들이라는 이론입니다. 이것은 제임스 1세의 즉위 이후 거의 공식 견해가 됩니다. 그는 이렇게 말했습니다. "지상에서 대화를 나누는 악마들은 네 종류로 나눌 수 있고… 그 중 네 번째가 평민들이 요정이라 부르는 영들이다."*Daemonologie*, III, i 버튼은 지상의 악마들의 목록에 "라레스(가정 수호령)†, 게니우스(로마 신화의 남성의 수호신. 출생과 죽음, 성격과 운명을 관장한다)†, 파우누스, 사티로스, 숲의 님프, 폴리옷Foliots(이탈리아 민담에 나오는 존재)†, 요정, 로빈 굿펠로, 트룰리Trulli 등등"을 넣습니다.[22]

르네상스 후기의 마녀 공포증과 긴밀히 연결된 이 견해는 활력 있는 모습을 보여 준 중세의 요정들이 드레이턴이나 윌리엄 브라운이 그려 낸 시시한 모습으로 쇠퇴한 이유를 상당 부분 설명해 줍니다. 요정들을 다루는 대목에서는 교회의 부속묘지가 등장하거나 황 냄새가 풍기는 등 유쾌함을 찾아볼 수 없게 되었습니다. 셰익스피어가 오베론이 자기와 자기 동료들은 동이 트면 사라져야 하는 이들과 "다른 부류의 영"《한여름 밤의 꿈》, 3막, 2장, 388이라고 분명히 말하게 한 데는 시적 이유뿐 아니라 실제적인 이유도 있었을 수 있습니다. 과학이 고귀한 요정들을 쫓아냈다고 생각할 수도 있겠습니다만, 저는 미신이 사악한 것으로 치부되면서 그들도 함께 쫓겨났다고 생각합니다.

지금까지 요정들이 들어갈 수 있는 자리를 마련해 주려는 여러 시도를 살펴보았습니다. 그 시도들 사이에서 의견일치가 이루어지지는 않았습니다. 요정들이 남아 있는 동안, 인간에게 그들은 계속 종잡을 수 없는 존재였습니다.

vii. 지구와 그 안의 거주자들

나의 노고는 작은 영역에서 이루어진다In tenui labor.

— 베르길리우스

A. 지구

달 아래의 모든 것은 변하고 우연적이라는 사실을 우리는 이미 보았습니다. 각 천구가 하나의 지성체의 인도를 받는다는 것도 보았습니다. 지구는 움직이지 않기 때문에 인도를 받을 필요가 없고 그래서 지구에 지성체를 할당해야 한다는 생각은 일반적이지 않았습니다. 그러나 제가 아는 한, 지구에도 결국 지성체가 있으며 이 지구의 지성체가 다름 아닌 포르투나(운명)라는 멋진 제안을 한 사람은 단테였습니다. 운명은 지구를 궤도에 따라 돌아가게 하지 않으며, 정지된 구체인 지구에 적절한 방식으로 지성체의 직무를 감당합니다. 단테는 하나님이 각 천구들을 위해 인도자들을 주셨다고 말합니다. 그래서 "각 부분이 다른 부분에 영광을 비추어 골고루 빛을 나누게 하셨고, 세상의 영광에도 다스리고 인도하는 자를 배치하셨다. 그는 때때로 이 헛된 재화를 인간의 지혜가 막을 수 없는 방식으로 이 민족에서 저 민족으로, 이 겨레에서 저 겨레로 옮긴다. 그래서 한 민족이 지배하면 다른 민족은 약해진다." 이 때문에 인간은 운명을 욕하지만 "운명의 귀에는 행복하게도 그 말이 들리지 않는다. 운명은 다른 첫 피조물들과 함께 자신의 천구를 돌리며 지복을 즐긴다."[1] 보통 운명은 바퀴를 갖고 있습니다. 단테는 바퀴를 천구로 만듦으로써 그가 운명에게 부여한 새로운 지위를 강조합니다.

이것은 보에티우스의 교리가 맺은 잘 익은 열매입니다. 우연성이 달 아래 타락한 세계에서 통치해야 한다는 것 자체는 우연히 벌어진 일이 아닙니다. 세상의 영화들은 헛되기 때문에, 순환하는 것이 합당합니다. 연못은 끊임없이 저어 주지 않으면 전염병의 근원이 됩니다. 연못을 휘저어 주는 천사는 그 일을 기쁘게 여깁니다. 천구들이 각자의 역할을 기뻐하듯 말입니다.

제국들의 흥망을 좌우하는 것은 공과功過도 인류 진화의 '흐름'도 아니며, 모두에게 차례를 주는 운명의 저항할 수 없는 거친 정의라는 생각은 중세가 지나고도 사라지지 않았습니다. 토마스 브라운Thosmas Bronwne은 이렇게 말합니다. "모두가 동시에 행복할 수는 없다. 한 상태의 영광은 다른 상태의 폐허에 달려 있고, 그들의 위대함에는 회전과 부침이 있는 까닭이다."[2] 중세의 역사관을 다룰 때는 이 점을 다시 살펴봐야 할 것입니다.

물리적으로 보자면, 지구는 구체입니다. 중세 전성기(11-13세기)의 모든 작가들은 이 부분에서 뜻을 같이합니다. '암흑' 시대 초기에는, 19세기에도 그랬듯, 지구가 평평하다고 믿는 사람들이 있었습니다. 나름의 목적에 따라 과거를 폄하해야 했던 렉키William Lecky, 1838-1903(아일랜드의 수필가·역사가)[†]는 6세기의 인물들을 뒤져 지구가 평평한 평행사변형이라고 믿었던 인도 항해자

코스마Cosmas Indicopleustes(지리학자·수도사)†를 기분 좋게 찾아냈습니다. 그러나 렉키[3]가 직접 보여 주었다시피, 코스마가 글을 쓴 이유 중에는 대척지 주민들의 존재를 믿었던 반대 입장의 주류 견해를 반박하여 신앙의 유익을 도모하려는 뜻도 있었습니다. 이시도로스는 지구가 바퀴 모양이라고 보았습니다.XIV, ii, I 스노리 스툴루손Snorri Sturluson, 1179-1241(아이슬란드의 시인·역사가·정치가. 《산문 에다》의 저자. 영어식 표기는 Snorre Sturlason)†은 지구를 "세계 원반", 즉 헤임스크링글라Heimskringla로 생각했는데, 헤임스크링글라는 그가 쓴 위대한 영웅 전설saga의 첫 단어이자 제목입니다. 그러나 스노리는 거의 별도의 문화권을 이루는 북구의 고립된 영토에서 글을 썼기에, 그곳 특유의 천재성을 발휘하기는 하지만 유럽의 다른 지역이 향유했던 지중해의 유산과는 거반 분리되어 있었습니다.

구형 지구가 함의하는 바는 충분히 드러났습니다. 우리가 중력이라 부르는 것—중세인들에게는 '타고난 성향kindly enclyning'에 해당하는 것—은 다들 아는 내용이었습니다. 뱅상 드 보베Vincent de Beauvais는 그것을 설명하면서 이렇게 묻습니다. 구형의 지구 중심에 구멍이 하나 뻥 뚫려서 한쪽 하늘에서 반대쪽 하늘로 통하는데, 누군가 그 구멍으로 돌을 하나 떨어뜨리면 어떤 일이 벌어지겠는가? 그는 돌이 지구 중심에서 멈출 것이라고 대답합니다.[4] 온도와 운동량에 따라 실제로는 다른 결과가 나올 것이라고 생각합니다만, 뱅상의 말은 원칙적으로 분명히 옳습니다. 맨더빌Sir John Mandeville, 14세기은 《맨더빌 여행기*The Voiage and Travaile*》에서 이 원리를 보다 재치 있게 가르칩니다. "지구의 어느 쪽에 살든, 그곳이 위든 아래든, 사람들은 똑바로 걸을 수 있다. 우리가 볼 때는 그들이 우리 아래 있듯, 그들이 볼 때는 우리가 그들 아래 있다."xx 이것을 가장 생생하게 표현해 낸 사람이 단테입니다. 그는 강력한 구현력을 가진 중세의 상상력이 묘하게도 사물 간 상대적 크기를 파악하는 데에는 취약함을 보여 줍니다. 《신곡》〈지옥편〉 제34곡에 등장하는 두 여행자는 지구의 절대적 중심에서 추하고 거대한 루시퍼를 보는데, 그자는 허리까지 얼음에 박혀 있었습니다. 그들이 여행을 계속할 수 있는 유일한 방법은 루시퍼의 측면을 타고 내려간 다음—놈에겐 붙잡을 만한 털이 많습니다—얼음판에 난 구멍을 통해 그자의 다리가 있는 쪽으로 나오는 것입니다. 그러나 그자의 허리 **아래로** 내려갔다고 생각한 그들은 사실은 그자의 다리 쪽으로 **올라왔다**는 것을 알게 됩니다. 베르길리우스가 단테에게 말한 대로, 그들은 사방에서 무게를 끌어당기는 지점을 통과했던 것이지요.70-111 이것은 문학에서 나타난 최초의 '공상과학소설 효과'입니다.

중세인들이 지구가 평평하다고 믿었다는 잘못된 생각은 최근까지도 상당히 흔했습니다. 이 오류에는 두 가지 출처가 가능합니다. 하나는 헤리퍼드 대성당에 있는 13세기의 대형 세계지도(*mappemounde*, 이하 마파문디Mappa Mundi)처럼 지구를 원형으로 표현하는 중세 지도들입니다. 사람들이 지구가 원반이라고 믿었다면 그렇게 표현하는 것이 당연하겠지요. 그러나 지구가 구형이라는 것을 알고 그것을 이차원으로 표현하고 싶은데 이후에 나온 까다로운 지도 투영의 기술을 아직 충분히 익히지 못했다면, 그들은 어떻게 하게 될까요? 다행히 우리는 이 질문에 답할 필요가 없습니다. 헤리퍼드 세계지도가 지구의 전체 표면을 나타낸다고 생각할 이유가 없습니다. 네 지대 이론에 따르면,[5] 적도 지역은 너무 뜨거워서 생명체가 살 수 없었고, 지구의 나머지 반구는 인간이 접근할 수 없었습니다. 그곳에 대해 공상과학소설을 쓸 수는 있었지만 그곳의 지리를 거론할 수는 없었던 것이지요. 나머지 반구를 지도에 넣는 일은 불가능했습니다. 헤리퍼드의 마파문디는 인간이 살고 있는 반구만을 묘사합니다.

평평한 지구라는 오류의 두 번째 근거는 중세 문학에서 세계의 끝을 말하는 대목들입니다. 종종 그 대목들은 우리 시대의 비슷한 대목들만큼이나 모호합니다. 그러나 지리를 말하는 부분에서는 가워의 경우처럼 좀 더 정확할 수도 있습니다.

> 거기에서 동쪽으로 세계의 끝에 들어서면
>
> 아시아다.
>
> —《사랑의 고백》, VII, 568-569

그러나 이 대목과 헤리퍼드 지도는 같은 논리로 설명할 수 있습니다. 인간의 "세계", 인간과 관련이 있는 유일한 세계는 우리의 반구가 끝나는 지점까지라는 것입니다.

헤리퍼드 마파문디를 한번 살펴보면, 13세기 영국인들이 지리에 거의 무지했음을 알 수 있습니다. 그러나 그 지도가 지도 제작자에 대해 말해 주는 정도만큼 그들이 무지했을 리는 없습니다. 우선 그 지도에서는 영국제도 자체가 터무니없이 잘못되었습니다. 그 지도가 처음 나왔을 때 그것을 본 사람들 중 수십 명, 어쩌면 수백 명은 스코틀랜드와 잉글랜드가 별도의 섬이 아니라는 사실을 분명히 알았을 것입니다. 스코틀랜드 사람들blue bonnets은 국경을 수시로 넘나들었기 때문에 그런 환상을 가질 이유가 없었습니다. 그리고 중세인은 절대 정적인 사람들이 아니었습니다. 왕, 군대, 고위 성직자, 외교관, 상인, 방랑 학자들은 끊임없이 움직였지요. 순례가 인기를 끈 덕분에, 중산계급의 여자들까지 먼 지역으로 나갔습니다. 바스의 여장부(초서의 책《캔터베리 이야기》에서 성지순례에 나선 등장인물 중 하나)[†]와 마저리 켐프Margery Kempe, 1373-1438(성지 순례 여행기와 신비 체험을 적은 *Book of Margery Kempe*의 저자)[†]를 보십시오. 지리에 대한 실용적 지식은 상당히 널리 퍼져 있었던 것이 분명합니다. 그러나 그 지식이 지도의 형태나 지도 비슷한 시각 이미지의 형태로 존재하지는 않았던 것 같습니다. 그것은 특정한 바람이 불기를 기다리고, 지형지물을 알아보고, 곶을 돌고, 갈림길에서 어떤 길로 들어서야 하는가와 같은 종류의 지식이었을 것입니다. 헤리퍼드 마파문디의 제작자는 많은 일자무식의 선장들이 그의 지도에서 십여 군데나 오류를 지적할 수 있을 만큼 경험이 많다는 사실에 전혀 동요하지 않았을 것입니다. 선장들도 자신의 우월한 지식을 그런 용도로 쓰려고 했을 것 같지 않습니다. 반구 전체를 그렇듯 작은 축척으로 모두 표시한 지도가 어떤 식으로든 실용적 용도를 가졌을 리는 없습니다. 지도 제작자는 우주구조론이라는 고귀한 기술을 구현한 값비싼 보물을 만들고 싶어 했는데, 지상 낙원은 동쪽 가장자리 맨 끝에 표시되어 있고(다른 중세 지도들의 경우처럼 이 지도에도 동쪽이 위에 있습니다) 예루살렘은 대략 중간에 있습니다. 선원들도 그 지도를 보면서 감탄하고 즐거워했을 것입니다. 그러나 그들은 그 지도를 참고하여 배를 몰지는 않았습니다.

그렇지만 중세의 지리는 많은 부분이 로망스적인 것에 그칩니다. 맨더빌은 극단적인 사례에 해당하지만, 좀 더 균형 잡힌 작가들도 낙원의 위치를 정하는 데 관심이 있었습니다. 동쪽 외딴 곳에 낙원이 있다고 보는 전통은 500년 전 알렉산드로스에 대한 유대인들의 로망스에 처음 나타났다가 12세기 《낙원 여행*Iter ad Paradisum*》에 라틴어로 소개되었습니다.[6] 이것이 헤리퍼드 마파문디, 가워,VII, 570 그리고 맨더빌이 지리에 대해 생각한 바의 바탕입니다. 맨더빌은 낙원이 사제왕 요한Prester John(중세 서양에서, 아시아와 아프리카에 강대한 기독교국을 건설하였다는 전설상의 왕)[†]의 나라 너머, 타프로바네 섬Taprobane(실론Ceylon. 지금의 스리랑카)[†] 너머, 암흑 지역Dark Country 너머에 있다고 보았습니다.xxxiii 후대에 이르러 낙원이 아비시니아Abyssinia(에티오피아의 옛 이름)[†]에 있다고 보는 견해도 등장했습니다. 리처드 에덴Richard Eden, 1520-1576(연금술사·번역자. 그가 번역한 지리학 서적들은 튜더 왕조 잉글랜드의 해외탐험 정신을 북돋우는 데 일조했다)[†]은 이렇게 밝혔습니다. "아프리카 동쪽 홍해 아래에 위대하고 강력한 황제이자 기독교도 왕인 사제왕 요한이 살았다.… 이 지역에는 대단히 높은 산들이 많은데, 그 위에 지상 낙원이 있다고 한다."[7] 때로는 그 산에 은밀한 기쁨의 장소가 있다는 소문이 또 다른 형태로 나타나기도 했습니다. 피터 헤일린Peter Heylin, 1599-1662(영국의 성직자·저술가)[†]은 그의 책《우주구조론*Cosmography*》(1652년)에 이렇게 썼습니다. "아마라 산은 하룻길을 꼬박 올라야 할 높이인데, 그 꼭대기에 서른네 개의 궁전이 있고 그 안에는 황태자를 제외한 황제의 다른 아들들이 갇혀 지낸다." 모든 것을 스펀지처럼 빨아들이는 상상력을 소유한 밀턴은 "아마라 산"에 대한 두 전승을 결합하여 거기에서 "아비시니아 왕들이 그 후손들을 지켰고… 이곳을 진정한 낙원으로 여기는 자도 있다"《실낙원》, 제4편, 280 이하고 썼습니다. 존슨Samuel Johnson, 1709-1784은《라셀라스*Rasselas*》에서 아마라 산을 "행복의 골짜기"로 설정합니다. 제가 짐작하는 대로, 콜리지의 (시 〈쿠블라 칸〉에 나오는)[†] "아보라 산"도 여기서 나온 것이라면, 이 외딴 산은 영국의 독자들에게 이상할 만큼 좋은 평판을 받았다고 할 수 있습니다.

중세인들의 지리적 지식은 이런 이야기들과 더불어, 우리가 기억하는 정도보다 동쪽으로 더 멀리 뻗어 갔습니다. 십자군들,

상업적 항해, 순례—몇몇 시기에 순례는 대단히 조직화된 산업이었습니다—가 레반트 지역(역사적으로 근동의 팔레스타인과 시리아, 요르단, 레바논 등이 있는 지역을 가리키는 말)†을 열었습니다. 프란체스코 수도회 선교사들은 1246년과 1254년에 카라코룸(몽골 제국의 수도)†를 방문하여 대大 칸을 알현했습니다. 니콜로 폴로와 마페오 폴로는 1266년에 북경에 있는 쿠빌라이 칸의 궁정을 방문했습니다. 둘 중에서 더 유명한 조카 마르코는 그곳에서 오래 머물다가 1291년에 고향으로 돌아갔습니다. 그러나 1368년에 명나라가 건국되면서 그런 교류는 대체로 끝이 났습니다.

마르코 폴로의《동방견문록》(1295년)은 쉽게 읽을 수 있고 누구나 갖추고 있어야 할 필독서입니다.《동방견문록》의 한 부분은 우리가 다루는 내용과 흥미로운 관련성이 있습니다. 마르코는 고비 사막을 악령들이 출몰하는 장소로 묘사합니다. "대상隊商 행렬이 더 이상 보이지 않을 정도로" 뒤처진 여행자들은 잘 아는 사람의 목소리가 자신을 부르는 것을 듣게 됩니다. 그러나 그 소리를 듣고 따라가면 길을 잃고 죽고 맙니다.I, xxxvi 이 내용도 밀턴에게 흘러들어 이런 그림이 나왔습니다.

모래와 해변과 사막 광야에서
사람의 이름을 부르는 공중의 혀.

—《코머스》, 208-209

최근에는 대서양의 섬들과 아메리카에 대한 실제 지식이 성 브렌던St. Brendan, 484-577(아일랜드 태생의 수도사. 10세기에 나온《성 브렌던 항해기*Navigatio Sancti Brendani*》가 인기를 끌면서 유명해졌다)[†]의 전설 배후에 놓여 있었음을 보이려는 흥미로운 시도가 이루어졌습니다.[8] 그러나 우리는 이 이론을 뒷받침하는 근거를 논할 필요가 없습니다. 그런 지식이 존재했다 해도 중세인들의 마음에 큰 영향은 끼치지 못했기 때문입니다. 탐험가들은 부유한 중국을 찾아 서쪽으로 배를 몰았습니다. 그들과 중국 사이에 문명화되지 않은 거대한 대륙이 놓여 있다는 사실을 알았다면, 애초에 항해에 나서지 않았을 가능성이 높습니다.

B. 짐승들

중세의 신학, 철학, 천문학, 건축에 비하면 중세의 동물학은 유치하다는 인상을 받기 쉽습니다. 적어도 책에 흔히 등장하는 동물학은 그렇습니다. 마파문디와 아무 관련이 없는 실용적 지리학이 있었던 것처럼, 실용적 동물학은 동물우화집Bestiaries과 아무 관련이 없었기 때문입니다. 특정 동물들에 대해 많은 것을 알았던 인구의 비율은 현대보다 중세의 영국에서 훨씬 높았을 것이 분명합니다. 형편이 되는 사람은 모두 말을 타고 사냥을 하고 매를 부리고, 그렇지 않은 사람도 짐승을 잡기 위해 덫을 놓고 물고기를 잡고 소, 양, 돼지, 거위, 닭을 치거나 양봉을 했던 사회였으니 그럴 수밖에 없었을 것입니다. 뛰어난 중세 전문가(칼라일A. J. Carlyle)가 제가 듣는 자리에서 이렇게 말한 적이 있습니다. “중세의 전형적인 기사는 마상馬上 시합보다 돼지들에게 훨씬 관심이 많았다.” 그러나 이 모든 직접적인 지식이 텍스트에 등장하는 경우는 아주 드뭅니다. 이런 지식이 텍스트에 등장하는 대목, 가령 《가윈 경과 녹색기사》의 저자가 청중이 사슴의 해부학적 구조를 잘 안다고 가정하는 대목1325 이하에서 우습게 되는 쪽은 중세가 아니라 우리 자신입니다. 하지만 그런 대목은 드뭅니다. 중세에 기록된 동물학의 내용은 주로 저자들이 한 번도 본적이 없는 동물들, 종종 존재한 적도 없는 동물들에 대한 엉터리 이야기들로 가득합니다.

이런 상상 속 동물들을 만들어 낸 공로도, 그런 것들을 처음 믿은 불명예도 중세인들의 몫이 아닙니다. 그들은 흔히 고대인들에게 받은 것을 전달했을 뿐입니다. 아리스토텔레스기원전 422-384는 진정 과학적 동물학의 토대를 놓은 인물입니다. 중세인들이 이 문제에서 그의 주장을 먼저 알고 그의 방법론만을 따랐다면 우리는 동물우화집을 절대 얻을 수 없었을 것입니다. 그러나 그런 일은 벌어지지 않았습니다. 헤로도토스기원전 484-425 이래로, 고전들 속에는 이상한 들짐승과 날짐승에 대한 여행자들의 이야기가 가득합니다. 너무나 흥미진진하여 쉽게 거부할 수 없는 이야기들이지요. 아일리아누스기원전 2세기(의 《동물들의 본성에 대하여》)와 대大 플리니우스(의 《박물지》)는 그런 자료들의 창고입니다. 종류가 전혀 다른 저자들을 구분하지 못하는 중세의 특징도 여기서 한몫을 했습니다. 파이드루스Gaius Julius Phaedrus, 1세기(로마의 우화 작가)†의 의도는 그저 이솝 우화를 쓰는 것이었습니다. 그러나 그의 용—악한 별 아래서 태어나, 신들이 노했을 때 태어나(*dis iratis natus*), 자기는 쓰지도 못하는 보물을 지키는 운명의—은 우리가 앵글로색슨이나 옛 북구의 전설에서 만날 때 너무나 게르만적 용이라 생각하는 온갖 용들의 조상으로 보입니다. 그런 용의 이미지가 너무나 강력하고 원형적이었기 때문에 그에 대한 믿음을 낳았고, 믿음이 퇴색했을 때조차도 사람들은 그것을 놓아 보내기를 꺼렸습니다. 2천 년 동안 서양 사람들은 그것에 싫증을 내지도 그것을 향상시키지도 않았습니다. 베오울프의 용과 바그너의 용은 파이드루스의 용인 것이 너무나 분명합니다. (제가 알기로 중국의 용은 다릅니다.)

지금 다 찾아낼 수는 없지만, 이런 고대의 지식이 중세로 전해지는 데 많은 사람이 도움을 준 것이 분명합니다. 이시도로스는 그 중 가장 접근하기 쉬운 인물에 속합니다. 더욱이, 그를 통해 우리는 의사擬似동물학이 생겨난 과정이 어떻게 이루어졌는지 알 수 있습니다. 말을 다룬 부분이 특히 유익합니다.

"말은 전쟁의 냄새를 맡을 수 있다. 말은 나팔소리에 흥분해 전투에 나설 준비가 된다."XII, I, 43 욥기에 나오는 대단히 시적인 대목39:19-25이 이 부분에서 자연사의 명제로 바뀌고 있습니다. 그러나 관찰 내용과 완전히 동떨어져서는 안 됩니다. 숙련된 기마, 특히 종마들은 아마도 어느 정도 이것과 비슷한 방식으로 행동할 것입니다. 살무사*aspis*는 뱀 부리는 술객으로부터 자신을 보호하기 위해 누워서 한쪽 귀를 바닥에 붙이고 꼬리를 돌돌 말아서 반대쪽 귀를 틀어막는다고 말하는 대목XII, iv, 12에서 이시도로스는 (의사동물학 생성에서) 그 다음 단계로 넘어간 것입니다. 시편 **58**편 **4-5**절의 제 "귀를 틀어막은" 살무사에 대한 은유를 의사과학으로 분명히 바꿔놓은 것이니까요.

"말은 주인이 죽으면 눈물을 흘린다."XII, I, 43 저는 이 내용의 궁극적 출처가《일리아스》제**17**권 **426** 이하이며, 그 내용이《아이네이스》제**11**권 **90**을 거쳐서 이시도로스에게 스며들었다고 봅니다.

"그러므로" (즉, 말에게 있는 이 인간적 특성으로부터) "켄타우로스 안에는 말과 인간의 본성이 뒤섞여 있다"(같은 책). 여기서 우리는 소심한 합리화의 시도를 볼 수 있습니다.

그 다음XII, I, 44-60에서는 전혀 다른 종류의 문제로 들어갑니다. 이 긴 대목은 체격과 색깔이 좋은 말의 표지에 대해, 그리고 품종과 사육 등에 대해 다룹니다. 제가 볼 때 그 중 일부는 마구간 사정을 정말 잘 아는 사람의 말처럼 들립니다. 마치 마부와 말 중개인들이 문학 작가로 나선 것처럼 보일 정도입니다.

이시도로스는 작가들을 활용할 때 어떤 식으로도 그들을 구분하지 않습니다. 성경, 키케로, 호라티우스, 오비디우스, 마르티알리스Marcus Valerius Martialis, 40-104(로마의 시인)[†], 플리니우스, 유베날리스Decimus Junius Juvenalis, 55-140(고대 로마의 시인)[†]와 루카누스(이 사람은 주로 뱀을 다룹니다), 그에게는 이 모든 인물들이 정확히 동일한 권위를 갖고 있습니다. 하지만 이렇게 쉽사리 믿는 그에게도 한계는 있습니다. 족제비가 입으로 새끼를 배고 귀로 낳는다는 이야기XII, iii, 3나 머리가 여럿 달린 히드라는 꾸며낸 말이라고 거부합니다.같은 책, iv, 23

이시도로스의 가장 주목할 만한 점 하나는 그가 다루는 짐승들에게서 어떠한 교훈도 끌어내지 않고 그것들을 알레고리적으로 해석하지 않는다는 것입니다. 그는 펠리컨이 제 피로 새끼를 소생시킨다고 말하면서도XII, vii, 26 그것과 생명을 주는 그리스도의 죽음 사이에서 어떤 유사점도 끌어내지 않습니다. 이 유사성은 후대에 가서 엄청난 '피에 펠리카네*Pie Pelicane*'[펠리컨을 그리스도의 상징으로 여긴 대목이 중세의 성체 찬미가에 나온다. "피에 펠리카네 예수 도미네Pie Pelicane Jesu Domine"(자비로운 펠리컨 주 예수)][†]를 낳게 되지요. 이시도로스는 이름을 밝히지 않은 "동물들의 본성을 다룬 저자들"XII, ii, 13을 근거로, 유니콘은 너무나 강한 짐승이어서 어떤 사냥꾼도 잡을 수 없지만 처녀를 그 앞에 데려다 놓으면 모든 흉포함을 잃고 처녀의 무릎에 머리를 기대고 잠이 든다고 말합니다. 그러면 우리가 놈을 죽일 수 있습니다. 그리스도인이 이 정교한 신화에 대해 조금만 생각해 본다면 누구라도 그 안에서 성육신과 십자가 처형의 알레고리를 볼 수 있을 것입니다. 하지만 이시도로스는 그런 언급을 전혀 하지 않습니다.

이시도로스가 빠뜨리고 있는 이 부분은 중세 의사동물학자들의 주된 관심사가 되었습니다. 사람들이 가장 많이 기억하는 의사동물학자는 초서가 〈수녀원 신부의 이야기〉B 4459에서 피시올로구스Physiologus('자연 연구가'라는 뜻)† 라고 부른 작가입니다. 실제로 그는 1022년부터 1035년까지 몬테카시노 수도원장이었고 《피시올로구스가 말하는 12 동물의 본성*Physiologus de Naturis XII Animalium*》을 쓴 테오발드Theobald였습니다. 그러나 그는 그런 류의 책을 쓴 첫 번째 작가도, 최고의 작가도 아닙니다. 《엑시터 서*Exeter Book*》(11세기에 엑시터 주교였던 레오프릭Leofric이 엑시터 성당에 기증한 앵글로색슨어 시선집)† 의 동물 시들은 더 오래되었습니다. 예를 들면, 〈불사조Phoenix〉에서 시기적으로 앞선 부분은 락탄티우스240-320(초기 기독교 신학자이자 저술가)† 의 글을 다른 말로 바꿔 표현한 것이고, 앵글로색슨어 시인이 덧붙인 〈교훈〉은 성 암브로시우스340-397와 비드Bede, 672-735(앵글로색슨 시대의 수도사·신학자·역사가)† 의 글에 근거했으리라 생각됩니다. 〈검은 표범Panther〉과 〈고래Whale〉는 라틴어로 된 더 오래된 《피시올로구스》에 근거했으리라 짐작됩니다.[9] 문학적으로 보자면 이 작품들이 테오발드의 작품보다 훨씬 낫습니다. 《엑시터 서》를 쓴 앵글로색슨 시인과 테오발드 모두 고래를 악마의 한 유형으로 여기고 있습니다. 테오발드에 따르면 선원들은 고래를 곶으로 착각하여 그 위에 상륙해 불을 피웁니다. 그러면 당연히 고래는 물속으로 뛰어들고 선원들은 물에 빠져 죽습니다. 앵글로색슨 시인은 좀 더 설득력이 있습니다. 선원들이 고래를 섬인 줄 잘못 알고 불을 피운다는 내용입니다. 그리고 여기서 고래는 불이 뜨거워서가 아니라 악의로 물속에 뛰어듭니다. 폭풍에 시달리던 사람들이 고래 위에 상륙하여 느끼는 안도감이 생생한 상상력으로 그려집니다. "술수에 익숙한 그 짐승은 항해자들이 완전히 자리를 잡고 천막을 치고 화창한 날씨를 기뻐하자 그 사실을 인식하고 갑자기 짠 바닷물 속으로 저돌적으로 들어갔다."19-27

종종 인어와 같은 존재로 오인 받는 세이렌이 테오발드의 짐승들 사이에 있는 것은 다소 놀랍습니다. 다른 경우라면 오래 사는 존재들로 주장할 법한 피조물들을 그런 식으로 분류하는 것은 중세에 흔하지 않았다고 봅니다. 저는 훨씬 후대에 나온 아타나시우스 키르허의 책에서 같은 방식의 분류를 발견했습니다. 아타나시우스 키르허는 인간과 흡사하거나 부분적으로 닮은 존재는 짐승일 뿐이고(*rationis expertia*, 이성을 빼앗긴), 그들과 인간의 유사함은 인간과 맨드레이크(인간 모양의 식물. 지면에서 뽑을 때 비명을 지른다)[†]의 유사함 이상의 의미가 없다고 말합니다. 그는 후대의 생물학을 전혀 모른 채 마음 놓고 이렇게 덧붙입니다. "또는 원숭이와의 유사함 이상의 의미 역시 없습니다.[10]

더 이상한 점은 테오발드가 우리 같으면 그의 목적에 가장 적합하다고 생각했을 법한 두 피조물을 무시했다는 사실입니다. 펠리컨과 불사조 말이지요. 그러나 그의 태도는 그의 저작 전체의 분위기와 일치합니다. 그는 상상력이 없거나 상상력의 주파

수가 우리와 맞지 않는 것이 분명합니다. 저는 그가 다룬 항목을 하나씩 살펴보는 지루한 일을 도저히 감당할 수 없습니다."[11] 그가 하는 모든 말은 자국어로 나온 온갖 동물우화집에 더 잘 나와 있습니다.

이런 동물 이야기들을 듣다 보면, 요정 이야기가 그렇듯 당시 사람들이 그것을 얼마나 믿었을지 의아해집니다. 비과학적 시대에 고향에서만 살았던 사람이라면 외국의 지역들에 대한 어떤 이야기라도 거의 다 믿을 것입니다. 그러나 동물우화집에 실린 독수리, 여우, 사슴 이야기들을 과연 믿을 수 있었을까요? 우리로서는 답변을 추측해 볼 따름입니다. 저 개인적으로는 그 이야기를 분명하고 투철하게 확신하는 경우보다는 절대로 안 믿는다고 대놓고 말하지 않는 정도가 더 흔했다고 생각하게 됩니다. 의사동물학이 계속 퍼지도록 말이나 글로 도왔던 대부분의 사람들은 어느 쪽이든 사실의 문제에는 큰 관심이 없었습니다. 오늘날 제게 타조처럼 머리를 모래 속에 숨기지 말라고 경고하는 강사가 정말 타조에 대해 진지하게 생각하는 것은 아니고 제게 타조에 관한 생각을 하라는 의미도 아닌 것과 같습니다. 중요한 것은 '교훈*moralitas*'이지요. 그 시인들의 의도를 읽어 내고 정중한 대화에 참여하기 위해서는 이 '사실들'을 '알' 필요가 있습니다. 베이컨도 이렇게 말한 바 있습니다. "자연의 실상과는 다른 이야기가 비유와 화려한 표현을 빌려 견해를 전달하는 데 쓰인다.… 그러다 일단 퍼지고 나면, 결코 비난을 받지 않는다."[12] 브라운이 《통속적 오류*Vulgar Errors*》에서 말한 대로, 대부분의 사람들에게 "한 조각의 웅변은 논리적 주장이 되기에 충분하다. 이솝의 교훈적 우화가 정언삼단논법보다 힘이 있다. 비유가 명제를 뛰어넘고, 격언이 증명보다 더욱 강력하다."[I, iii] 중세인들, 특히 중세 후반의 사람들을 선불리 잘 믿는 사람들이 되게 만든 또 다른 출처를 덧붙여야 합니다. 만약 플라톤주의가 가르친 것처럼—브라운도 여기에 반대하진 않을 것입니다—보이는 세계가 보이지 않는 패턴을 따라 만들어졌다면, 달 아래 사물들이 모두 달 위의 사물들로부터 도출되었다면, 신비적 의미나 도덕적 의미가 피조물들의 본성과 행동에 미리 들어 있었을 것이라고 기대하는 것이 선험적으로 불합리한 일은 아닐 것입니다. 동물의 행동에 대한 설명이 너무 뻔한 도덕을 제시할 경우, 우리에겐 그 설명이 오히려 더 그럴듯하지 않게 보일 것입니다. 그러나 중세인들에게는 그렇지 않았습니다. 그들의 전제는 달랐습니다.

C. 인간 영혼

인간은 이성적 동물이고 복합적인 존재입니다. 이성적이지만—후대의 스콜라주의적 견해에 따르면—동물적이지 않은 천사들과 유사한 면이 있고, 동물적이지만 이성적이지 않은 짐승들과 유사한 면도 있습니다. 이것을 보면 인간을 '작은 세계' 또는 소우주라고 부르는 이유를 부분적으로 알 수 있습니다. 전 우주의 모든 존재방식이 인간의 존재방식에 기여한다는 것이지요. 인간은 존재의 횡단면입니다. 교황 그레고리우스 1세Gregory the Great, 540-604는 이렇게 말한 바 있습니다. "인간은 돌과 존재방식을 공유하고, 나무와 생명을 공유하고, 천사들과 이해력*discernere*을 공유하므로 세계라는 이름으로 불리는 것이 옳다."[13] 알라누스,[14] 장 드 묑,[15]과 가워[16]도 이 말을 거의 그대로 되풀이합니다.

영혼soul에는 인간에게 특유의 위치를 부여하는 합리적 영혼만 있는 것이 아닙니다. 감각의 영혼과 생장의 영혼도 있습니다. 생장의 영혼의 능력은 영양섭취, 성장, 증식입니다. 식물은 생장의 영혼만 갖고 있습니다. 동물 안에 있는 감각의 영혼은 생장의 능력에다 추가로 감각도 갖고 있습니다. 감각의 영혼은 생장의 영혼을 포함하고 넘어서기에, 짐승은 감각적 층위와 생장의 층위, 이렇게 두 층위의 영혼을 갖고 있다거나 이중의 영혼, 심지어—오해의 소지는 있지만—두 영혼을 갖고 있다고까지 말할 수 있습니다. 합리적 영혼은 생장의 층위와 감각적 층위를 아우르고 거기에 이성을 더합니다. 트레비사John Trevisa, 1326-1412는 13세기 바르톨로마이우스 앙글리쿠스Bartholomaeus Anglicus의 책 《사물의 특성에 관하여*De Proprietatibus Rerum*》를 번역하면서 이렇게 밝힌 바 있습니다. "영혼에는 세 종류가 있다.… 생명을 주되 느끼지는 못하는 생장의*vegetabilis* 영혼, 생명을 주고 느끼지만 이성은 없는 감각의*sensibilis* 영혼, 생명을 주고 느끼고 이성도 있는 합리적*racionalis* 영혼이다." 때때로 시인들은 인간이 삼층의 영혼이 아니라 세 개의 영혼을 가진 것처럼 말하기도 합니다. 던은 자신을 자라게 하는 생장의 영혼, 세상을 볼 수 있게 하는 감각의 영혼, 이해력을 주는 합리적 영혼이 모두 똑같이 연인을 기뻐한다고 말하며 이렇게 노래합니다.

> 나의 모든 영혼들은
> 당신이라는 낙원 안에 있습니다(나는 오직 당신 안에서
> 이해하고, 성장하고, 보니까요).
>
> — 〈이별가, 유리창에 새긴 내 이름에 대해(A Valediction of My Name)〉, 25

그러나 이것은 비유일 뿐입니다. 던은 자신이 가진 하나의 합리적 영혼이 감각의 기능과 생장의 기능을 발휘한다는 것을 압니다.

합리적 영혼은 때로는 그냥 '이성'이라 불리고, 감각의 영혼은 '육감肉感'이라 불립니다. 초서의 (《캔터베리 이야기》에 나오는) 교구 사제는 "하나님이 이성을 다스리셔야 하고, 이성은 육감을, 육감은 인간의 몸을 다스려야 합니다" I. 262라고 말했는데, 여기에 나온 단어들이 바로 이런 의미입니다.

세 종류의 영혼 모두 비물질적입니다. 나무나 허브의 영혼—요즘 식으로 말하면 '생명'—은 나무나 허브를 해부해서 볼 수 있는 부분이 아닙니다. 이런 의미에서 보면 인간의 합리적 영혼도 인간의 '일부'가 아닙니다. 그리고 모든 영혼은 다른 모든 실체와 마찬가지로 하나님이 창조했습니다. 합리적 영혼의 특이한 점은

각 경우마다 하나님의 직접적 행위로 창조되었다는 것입니다. 반면 다른 것들은 대체로 창조된 전체 질서 안에서 발달과 변이에 의해 생겨납니다.[17] 창세기 2장 7절이 이 내용의 출전임이 분명합니다만, 플라톤도 인간의 창조를 창조 일반과 분리해서 말했습니다.[18]

시인들은 영혼이 하나님께 향하는 것을 종종 돌아감으로 그립니다. 따라서 시인들은 그것을 '타고난 경향'의 또 다른 사례로 다룹니다. 초서의 시구 "세속적 허영에서 벗어나 본향으로 돌아오라"《트로일루스와 크리세이드》 5권 1837행 또는 드굴러빌의 다음 대목을 보십시오.

> 그대는 참으로 옳으신 분께
> 돌아가고 그분께로 다시 향해야 한다.
> 그것이 자연스러운 움직임인 것처럼.
>
> —《인간 생명의 순례(*Pilgrimage of the Life of Man*)》, Lydgate 역, 12262 이하

이런 대목들은 어쩌면 하나님이 인간을 특별하게 직접 창조하셨다는 교리를 반영한 것에 불과할 수도 있습니다. 스콜라주의 시대에는 (인간이 이 세상보다 더 나은 어떤 세상에서 이미 존재했다는) 선재先在 교리를 확고하게 거부했습니다. 몸이 존재하기 시작한 순간에 비로소 합리적 영혼도 생겨났다고 보는 입장과 합리적 영혼이 몸의 죽음 이후에도 존재한다는 주장을 동시에 견지

하는 데 따르는 '거북함'은 원래의 창조세계에서는 죽음—"결코 만들어지지 않았던 두 가지"[19] 중 하나—이 들어설 자리가 없었다는 사실을 상기하면 다소 줄어듭니다. 몸을 떠나는 것은 영혼의 본성이 아닙니다. 그보다는 몸(타락으로 부자연스럽게 된)이 영혼을 버리고 떠난다고 보아야 합니다.[20] 그러나 우리가 지상에서 몸을 입기 전에 이미 살아 있었다는 플라톤주의적 믿음은 중세 태동기 및 중세 초기까지도 여전히 남아 있었습니다. 칼키디우스는 플라톤이《파이드로스》245a에서 말한 내용을 그대로 전했습니다. 그는《티마이오스》35a와 41d의 내용도 그대로 전했습니다. 아주 까다로운 이 대목들이 실제로는 개별 영혼의 선재를 암시하는 것이 아닐 수도 있지만, 쉽사리 그런 의미로 받아들여질 수 있었습니다. 오리게네스는 인간들의 몸에 생명을 불어넣은 모든 영혼들이 천사들과 동시에 창조되었고 지상에 태어나기 오래 전부터 존재했다고 생각했습니다. 성 아우구스티누스조차도 아퀴나스가 인용한 한 대목에서[21] 아담의 영혼은 그의 몸이 아직 "그 원인들 안에 잠자는" 동안 이미 존재했다는 견해를 피력했고, 이후 자신의 입장이 수정의 여지가 있음을 밝혔습니다. 하늘에 있는 수많은 영혼이 그 **훌륭한 곳**에서 저 우울한 곳으로 곧 내려가야 한다는 사실 때문에 우는 것을 정신*Noys*이 지켜본다는 베르나르두스 실베스트리스의 말은 온전한 플라톤주의적 교리를 함축하고 있는 것 같습니다. 여기서 그가 철학적으로 얼마나 진지했는지 저는 모릅니다.[22]

이 교리는 르네상스 시대에 이르러 플라톤의 저작들이 재발견되고 플라톤주의가 부흥하면서 다시 깨어났습니다. 피치노Marsilio Ficino, 1433-1499(이탈리아 신플라톤학파의 인문주의자)[†]와 이후 헨리 모어Henry More, 1614-1687(영국의 철학자. 플라톤, 플로티노스 등의 영향을 받아 기독교를 기조로 한 플라톤주의를 주장했다)[†]는 이 교리를 더없이 진지하게 받아들였습니다. 스펜서가 〈미의 찬가Hynme of Beautie〉197 이하나 아도니스의 정원《선녀여왕》 3권, 칸토 6, 33에서 이 교리에 대해 말한 내용이 시적인 반쪽 믿음 이상의 것인지는 분명하지 않습니다. 토마스 브라운은 이 교리를 덥석 받아들이지는 않았지만 그 특색은 기꺼이 보존하려 했습니다. "우리가 이곳에 있기 전에도 존재했었다니 그저 가상의 존재처럼 보일 수밖에 없지만" 하나님의 선지식 안에 영원토록 선재했다는 것은 "비존재 이상의 무엇"입니다.〈기독교의 도덕(Christian Morals)〉 본Henry Vaughan, 1622-1695(영국 '형이상학파 시인'의 한 사람)[†]의 〈퇴행Retreate〉과 심지어 워즈워스의 〈송가Ode〉까지도 다양한 의미로 해석되었습니다. 19세기가 되고 신지학자들Theosophists이 등장하고서야 선재先在 교리가—'동양의 지혜'로 여겨지면서—유럽에서의 발판을 회복하게 됩니다.

D. 합리적 영혼

앞에서 우리는 '천사'라는 용어가 때로는 에테르에 거하는 모든 존재를 포함하기도 하고, 때로는 9종의 천사 중에서 가장 낮은 존재만 가리키기도 한다는 것을 살펴보았습니다. '이성理性, reason' 이라는 단어도 마찬가지입니다. 때로는 합리적 영혼을 뜻하고, 때로는 합리적 영혼이 행사하는 두 가지 기능 중 하위 기능을 뜻합니다. 이 둘은 '인텔렉투스*Intellectus*'와 '라티오*Ratio*'입니다.

인텔렉투스가 더 높은 기능이기에 우리가 그것을 '지성understanding'이라고 부르면, '이성'을 '지성'보다 위에 두는 콜리지의 구분은 전통적 질서를 뒤집어 놓은 것이 됩니다. 기억하실 겁니다. 보에티우스는 오성*intelligentia*과 이성ratio을 구분하고, 오성은 천사들이 온전히 향유한다고 주장했습니다. 인텔렉투스는 인간 안에서 천사의 오성에 가장 근접하는 그 무엇입니다. 이것은 사실 흐릿한 오성 또는 오성의 그림자obumbrata intelligentia입니다. 아퀴나스는 이성과 지성의 관계를 이렇게 묘사합니다. "지성intellect, *intelligere*은 이해할 수 있는 진리에 대한 단순한(즉, 나눌 수 없는, 합성하지 않은) 파악이다. 반면 추론reasoning, *ratiocinari*은 한 가지 이해된*intellecto* 논점에서 다음 논점으로 넘어감으로써 이해 가능한 진리를 향해 점차 나아가는 것이다. 따라서 둘의 차이는 정지와 운동, 또는 보유와 획득의 차이와 같다."Ia, LXXIX, art. 8 우리가 자명한 진리를 "그냥 보는" 것은 '지성'을 향유하는 일이고, 한 단계씩 밟아나가며 자명하지 않은 진리를 증명하는 것은 '이성'을 행사하는 일입니다. 모든 진리가 그냥 "보이는" 인지적 삶은 오성의 삶, 천사의 삶일 것입니다. 어떤 것도 그냥 "보이지" 않고 모두 증명해 내야 하는 완전한 이성의 삶은 아마 불가능할 것입니다. 어떤 것도 자명하지 않다면 어떤 것도 입증될 수 없을 것이기 때문입니다. 인간의 정신생활은 지성을 이루는, 빈번하게 나타나지만 일시적인 오성의 번뜩임들을 열심히 연결시키는 작업입니다.

라티오가 인텔렉투스와 분리되어 이런 정교한 의미로 쓰일 때는 우리가 오늘날 말하는 '이성'의 의미, 즉 존슨이 정의한 이성과 거의 비슷하다고 봅니다. "인간이 하나의 명제로부터 다른 명제를 연역하는 힘, 또는 전제로부터 결론을 도출하는 힘"이지요. 하지만 존슨은 이성을 이렇게 정의해 놓고 이 단어의 첫 번째 예문으로 후커의 다음 문장을 제시합니다. "이성은 인간 의지의 책임자로서 실행을 통해 선한 것을 발견한다." 단어의 예문과 정의 사이에 놀라운 불일치가 있는 것 같습니다. 물론, 만약 A가 그 자체로 선하다면, 우리는 B가 A로 가는 수단이기 때문에 B를 하는 것 또한 선한 일이라는 점을 추론을 통해 발견하게 될 것입니다. 그런데 어떤 식의 연역을 통해, 어떤 종류의 전제에 의해 "A는 그 자체로 선하다"는 명제에 도달할 수 있을까요? 이 명제는 다른 근거를 가지고 처음부터 그냥 받아들여야 합니다. 그렇지 않으면 추론이 시작될 수가 없습니다. 이런 근거가 될 만한 사례로 많은 것이 지목된 바 있습니다. '양심'('하나님의 음성'이라고 생각되었습니다), 모종의 도덕 '감각' 또는 도덕적 '취향', 감정('선한 마음'), 사회 집단의 기준, 초자아 등이 그것입니다.

하지만 18세기 이전의 거의 모든 도덕가들은 이성Reason을 도덕의 기관으로 여겼습니다. 도덕적 갈등은 열정과 '양심', '의무'나

'선량함' 사이의 갈등이 아니라, 열정과 이성 간의 갈등으로 묘사되었습니다. 프로스페로는 원수들을 용서하면서 자신은 사랑이나 자비가 아니라 "나의 더 고결한 이성"을 편드는 것이라고 선언합니다.《태풍》, 6막, 1장, 26 무슨 뜻일까요? 당대의 도덕가들 거의 모두가 근본적인 도덕적 금언들을 지적으로 파악했다는 것이겠지요. 그들이 엄격한 중세의 구분을 사용했다면, 도덕을 라티오의 문제가 아니라 인텔렉투스의 문제로 만들었을 것입니다. 하지만 중세의 구분은 중세에서도 철학자들만 썼을 뿐, 대중적 언어나 시적 언어에는 영향을 끼치지 못했습니다. 그 수준에서 이성은 합리적 영혼을 뜻했습니다. 그래서 도덕적 명령을 이성이 내린 것으로 이해했습니다. 물론 엄격한 용어를 구사하자면 도덕적 질문들에 대한 추론은 분명히 그 모든 전제가 이성으로부터 온 것입니다. 기하학은 이성의 일이지만 추론으로 도달할 수 없는 공리에 의지하는 것과 같습니다.

존슨은 그의《영어사전》에서 이성을 다룬 인용된 구절에서만큼은 혼동을 했습니다. 그는 이전의 윤리관이 급속히 쇠퇴하고 결과적으로 '이성'이라는 단어의 의미가 빠르게 바뀌는 시기에 글을 썼습니다. 18세기에는 도덕적 판단이 전적으로, 또는 주로, 또는 어느 정도는 이성적이라는 입장에 대한 저항이 있었습니다. 버틀러Joseph Butler(영국 국교회 성직자)[†]조차도《인간본성에 대한 15강*Fifteen Sermons*》(1726년)에서 한때 이성의 몫이었던 역할을 '반성 또는 양심'에 넘겨주었습니다. 규범적 기능을 도덕 '감정'이나 '취향'에 넘겨준 이들도 있었습니다. 필딩Henry Fielding, 1707-1754(영국의 소설가·극작가)[†]는 (그의 책《톰 존스의 모험》에서)[†] 선한 행동의 근원을 선량한 감정으로 제시하고, 이성이 선행의 근원이라는 주장을 스퀘어 씨라는 등장인물을 통해 조롱합니다. 매켄지Henry Mackenzie의《감정의 인간*Man of Feeling*》은 이 과정을 더욱 밀어붙였습니다. 워즈워스의 시에서 '가슴heart'은 '머리head'와 적절한 대조를 이룹니다. 19세기의 일부 소설에서는 특정한 감정 체계, 즉 가족애가 도덕에 영감을 제공할 뿐 아니라 도덕을 구성하는 것처럼 보입니다. 이 과정이 낳은 언어학적 결과는 '이성'이라는 단어의 의미가 축소된 것이었습니다. 합리적 영혼 전체, 즉 인텔렉투스와 라티오 모두를 의미하던 것(가장 철학적인 맥락에서만 말고)에서 "인간이 하나의 명제로부터 다른 명제를 연역하는 힘"이라는 의미로 쪼그라들었습니다. 이 변화는 존슨 시대에 이미 시작되었습니다. 그는 이성을 새롭고 더 좁은 의미로 무심코 정의하고는 그 단어가 오래되고 넓은 의미로 쓰인 예문을 바로 제시하고 있습니다.

의무를 파악하는 것이 진리를 인식하는 것이라는—마음이 착해서가 아니라 지적 존재이기 때문이라는—믿음은 고대에 뿌리를 둔 것입니다. 플라톤은 도덕이 지식의 문제라는 소크라테스의 생각을 그대로 이어받았습니다. 나쁜 사람들이 나쁜 이유는 선한 것이 무엇인지 모르기 때문이라는 것이지요. 아리스토텔레스는 이 견해를 공격하고 양육과 습관 형성에 중요한 의미를 부여했지만 여전히 "올바른 이성ὀρθὸς λόγος"을 선한 행동에 필수적인 것으로 만들었습니다. 스토아학파 사람들은 자연법이 존재하며 이성적 인간이라면 누구나 합리성에 의해 그 자연법이 자신에게 구속력이 있음을 알아본다고 믿었습니다. 사도 바울은 이 논의에서 흥미로운 기능을 맡고 있습니다. "법"을 모르는 이방인들에게도 "마음에 새겨진" 법이 있다는 그의 로마서2장 14절 이하 진술은 스토아학파의 관념과 온전히 일치하고 수 세기 동안 그렇게 이해되었습니다. 그 수 세기 동안 마음hearts이라는 단어가 감정과만 관련된 단어였던 것도 아닙니다. 사도 바울이 그리스어 카르디아καρδια(심장)로 옮긴 히브리어 단어는 '정신Mind'으로 번역될 수 있고, 라틴어에서 *cordatus*한 사람은 감정적인 사람이 아니라 지각 있는 사람을 뜻합니다. 그러나 이후, 라틴어로 생각하는 사람이 더 줄어들고 감정의 윤리가 새롭게 유행하게 되었을 때, '마음hearts'에 대한 바울의 이 용례는 새로 나온 감정의 윤리를 지지하는 것처럼 보였을 것입니다.

이 모든 것이 지금 우리의 논의에 대해 갖는 중요성은, 옛 시인들의 글에서 이성이 언급된 대목을 "인간이 하나의 명제로부터 다른 명제를 연역하는 힘"으로서의 의미만을 염두에 두고 읽는다면 오독의 가능성이 있다는 데 있습니다. 기욤 드 로리스Guillaume de Lorris(13세기 프랑스의 시인. 《장미 이야기》 전편의 작자. 그의 죽음으로 미완성으로 남았던 책을 장 드 묑이 속편을 써서 완성한 것으로 여겨진다)[†]가 쓴 《장미 이야기》5813 이하에는 아름답고 우아한 귀부인이자 겸비해진 여신인 이성이 천상의 귀부인, 지상의 사랑의 경쟁자의 자격으로, 사랑에 빠진 주인공에게 호소하는 감동적인 대목이 있습니다. 존슨이 정의한 내용이 이성의 전부라면 이성은 이런 감정을 소유할 수 없습니다. 계산 기계를 여신으로 바꿀 수는 없습니다. 그러나 미인 이성*Raison la bele*은 "그런 차가운 존재가 아닙니다." 이성은 워즈워스의 인격화된 의무도 아니고, 아리스토텔레스의 송가에 나오는 "그녀의 순결한 아름다움을 위해 사람들이 목숨을 바칠σᾶς πέρι, παρθένε, μορπᾶς" 인격화된 덕—이쪽이 더 가깝기는 하지만—도 아닙니다. 그녀는 흐릿한 오성*intelligentia obumbrata*, 즉 인간에게 있는 천사적 본성의 그림자입니다. 셰익스피어의 《루크레티아의 능욕》에서도 우리는 "얼룩진 공주"719-728가 누구인지 온전히 알 필요가 있습니다. "얼룩진 공주"는 타르퀴니우스 영혼의 정당한 주권자인 그의 이성이 더럽혀졌다는 의미입니다. 《실낙원》에 많이 등장하는 이성에도 이와 동일한 주석이 필요합니다. 'reasonable'의 현대적 용례에는 reason의 옛 의미가 남아 있습니다. 우리가 이기적인 사람을 가리켜 부당하다unreasonable고 불평할 때는 그가 불합리한 추론non sequitur을 저지른다거나 매개념 부주연의 오류(삼단논법을 잘못 구사하여 나타나는 오류의 하나)†를 저지른다는 뜻이 아닙니다. 그러나 이 단어의 옛 의미를 많이 떠올리는 것은 너무 따분하고 재미없는 일입니다.

E. 감각과 생장의 영혼

감각의 영혼은 열 가지 감각 또는 기능을 갖고 있는데, 그 중 다섯은 '외적'이고 다섯은 '내적'입니다. 현대인은 외적 감각이나 기능을 오감五感이라 부릅니다. 시각, 청각, 후각, 미각, 촉각이지요. 때로 내적 다섯 감각은 그저 기능Wits으로, 외적 다섯 감각은 그냥 감각Senses으로 칭하기도 합니다. 셰익스피어의 다음 시구를 보십시오.

> 그러나 나의 다섯 기능이나 다섯 감각도
> 그대를 사랑하는 어리석은 마음 하나 설득하지 못하네.
>
> — 〈소네트〉, CXLI

감각의 영혼의 내적 기능은 기억력 · 평가력 · 상상력 · 공상력 · 공통 기능common wit(또는 공통 감각common sense)입니다. 이 중 기억력에 대해서는 따로 언급할 필요가 없습니다.

평가력 또는 (*vis*) *aestimativa*는 현대의 '본능instinct'이라는 단어와 의미가 상당 부분 겹칩니다. 제가 이 대목에서 줄곧 참고하고 있는 알베르투스 마그누스는 그의 책《영혼론*De Anima*》에서 암소가 수많은 송아지 중에서 제 새끼를 골라 내게 하고 동물이 천적을 피해 달아나도록 가르치는 것이 평가력이라고 말합니다. 평가력은 사물의 실용적, 생물학적 중요성과 그 지향*intentiones*을 탐지합니다.II, iv 초서의 다음 글을 보면 평가력이라는 단어를 쓰지는 않지만 그것에 대해 말하고 있습니다.

> 동물은 적을 보면
> 그것을 난생 처음 본 경우라 해도
> 본능적으로 도망치려고 하니까요.
>
> — 〈수녀원 신부의 이야기〉, B 4469.

공상력과 상상력—(vis) *phantastica*와 (vis) *imaginativa*—의 구분은 그렇게 간단하지 않습니다. 공상력은 둘 중에서 더 높은 기능입니다. 이 부분에서 콜리지는 다시 한 번 전문 용어들을 뒤집어 놓았습니다. 제가 아는 한, 중세의 어떤 작가도 공상력과 상상력을 시인들 특유의 정신 능력으로 언급하지 않았습니다. 만약 그들이 그런 식으로 시인들에 대해 말했다면—그들은 흔히 시인들의 언어나 학문에 대해서만 말했습니다—우리가 '상상력'이라고 말하는 대목에서 '창의력invention'이라는 단어를 썼을 것입니다. 알베르투스에 따르면, 상상력은 지각된 것을 보존하기만 하고 공상력은 그것을 가지고 하는 결합과 분리*componendo et dividendo*에 관여합니다. 그는 좋은 상상력*boni imaginativi*이 수학에 능한 경향이 있다고 말하는데, 저는 잘 이해가 되지 않습니다. 종이가 너무 귀했던 시절이라 어설픈 도형을 그리는 데 허비할 수 없었고 그래서 도형들을 최대한 머릿속에 떠올리며 기하학을 연구했다는 뜻일까요? 하지만 이것은 미심쩍은 설명입니다. 사람들 주위에는 언제나 모래가 있었으니까요.

공상력과 상상력에 대한 심리학적 해석은 어쨌든 각 나라 말의 대중적 용례를 다 설명하지 못합니다. 알베르투스는 평민들이 공상력을 *cogitativa*라고 말하는 것을 비판합니다. 그들은 실제로는 어떤 것에 대한 심상을 가지고 노는 것*componendo et dividendo*(결합과 분리)뿐이면서 자신들이 그것에 대해 "생각한다"고 말한다는 것이지요. 그러나 그가 영어를 잘 알았다면 영어에서 imagination(혹은 *vis imaginativa*와 같은 뜻의 생략형인 *imaginatyf*)이라는 단어가 이것과 거의 정반대의 경우에 처했다는 사실을 알고 흥미롭게 여겼을 것입니다. 영어에서 imagination은 지각된 대상들을 보존하는 것뿐 아니라 가장 크고 느슨한 의미에서 그것들을 '염두에 두는 것', '그에 대해 생각하는 것', '고려하는 것'까지 뜻했습니다. 랭글런드의 Ymaginatyf는 자신의 정체가 상상력*vis imaginativa*이라고 설명한 다음 계속해서 이렇게 말합니다.

> 나는 결코 게으르지 않았고
>
> 여러 번 그대 마음을 움직여 그대가 머지않은 끝에 대해 생각하게 했다.
>
> —《농부 피어스의 환상》, B XII, 1

여기 나오는 꿈꾸는 사람의 끝이 죽음이든 내세에서 맞이할 운명이든, 그는 그것에 대해 지각할 수 없고 그 지각의 결과를 간직할 수도 없습니다. Ymaginatyf가 한 말의 의미는 "그대가 죽어야 한다는 사실을 나는 그대에게 자주 상기시켰다"는 것입니다. 버너스 남작Lord Berners, John Bourchier이 번역한《프루아사르의 연대기*Froissart*》(프랑스의 시인이자 연대기 작가 프루아사르의《연대기》는 14세기 최고의 문학작품으로 꼽히며 백년전쟁 당시 유럽 시대사를 기록했다)†에는 이런 구절이 나옵니다. "페드로 왕1334-1369(스페인 중부의 옛 왕국 카스티야의 왕)†은 자신이 적들에게 포위당한 것을 보고 상상력을 많이 발휘했다."I, 242 이 말은 그의 머릿속에 생각이 많았다는 뜻이지요. 초서는 아내가 있는 집으로 돌아가는 아르베라구스에 대해 이렇게 말합니다.

> 그는 자기가 없는 사이, 어떤 남자가
> 자기 아내에게 사랑을 속삭였으리라고는
> 상상조차 하지 못했습니다.
>
> — 〈시골 유지의 이야기〉, F 1094

아르베라구스가 하지 않았던 활동이자 페드로 왕이 할 수밖에 없었던 활동에는 우리가 말하는 상상력, 그것도 많은 상상력이 동반될 가능성이 분명히 있습니다. 그러나 저는 두 작품의 작가들이 그것을 특별히 염두에 두고 있었다고 생각하지는 않습니다. 초서의 말은 아르베라구스가 "머릿속에 이런저런 생각을 집어넣는" 사람이 아니었다는 뜻입니다.

중세 심리학의 용어인 공통 감각(또는 공통 기능)은 코무니스 센수스*communis sensus*(인류의 공통 의견)나 훨씬 후대의 용례인 상황대처 능력, 기초적 합리성과 혼동해서는 안 됩니다. 알베르투스는 이 용어에 두 가지 기능을 부여합니다. (1) "그것은 감각의 작용을 판단해 우리가 무언가를 볼 때 보고 있음을 알게 해줍니다." (2) 그것은 오감, 또는 외적 기능이 제공하는 자료를 취합하여 오렌지는 달고 이 오렌지가 저 오렌지보다 더 달다고 말할 수 있게 해줍니다. 버튼은 몇 세기 후에 이렇게 말합니다. "이 공통 감각은 나머지 감각의 재판관이자 중재자이고, 이것에 의해 우리는 대상들의 차이점을 분별하게 된다. 나는 내가 본다는 사실을 내 눈으로 알 수 없고 내가 듣는다는 사실을 내 귀로 알 수 없으며 둘 다 나의 공통 감각으로 알 수 있기 때문이다."[23] 공통 감각은 단순한 감각들을 대상들의 세계에 있는 주체로 자신을 바라보는 일관성 있는 의식으로 바꿉니다. 이것은 어떤 이들이 통각統覺, Appreception(경험이나 의식을 자기의 의식으로 종합하고 통일하는 작용)[†]이라 부르고 콜리지가 '1차 상상력Primary Imagination'이라 부른 것과 아주 유사합니다. 이것을 인식하기가 어려운 데는 까닭이 있습니다. 우리는 늘 이것과 함께 있고 그렇지 못할 때는 바로 그 이유로 인해 온전히 기억할 수 없는 상태가 되기 때문입니다. 온전한 의식 없이 감각만 살아 있는 부분마취 상태가 그런 상태 중

하나입니다. 시드니Philip Sidney, 1554-1586(영국의 군인 · 정치가 · 시인 · 평론가)[†]는《아르카디아*Arcadia*》(1590년)에서 이런 상태의 다른 사례를 제시합니다. 격렬한 전투를 벌이는 두 기사는 자신들의 깊은 상처를 인식하지 못할 수 있다는 것입니다. "분노와 용맹함이 공통 감각을 가로막아 몸의 형편을 정신에 전달하지 못하게 방해할 수 있다."III, 18

생장의 영혼에 대해 별도의 항목을 할애할 필요는 없습니다. 이것은 우리의 신체 안에서 무의식적, 불수의적으로 일어나는 작용들을 담당합니다. 성장, 분비, 영양섭취, 생식 같은 것들 말입니다. 마지막 두 가지에 대해 설명하자면, 먹는 일과 성교가 무의식적 또는 자기도 모르는 사이에 이루어진다는 뜻은 아닙니다. 그런 행위들로 생겨나는 무의식적이고 불수의적 작용들이 생장의 영혼의 몫이라는 의미지요.

F. 영혼과 몸

이제껏 고안된 어떤 우주 모형도 우리가 실제로 경험하는 감각, 생각, 감정과 거기에 관여한다고 여겨지는 물질적 작용에 대한 기존의 설명을 만족스럽게 통합해 내지 못했습니다. 우리가 경험하는 것은 일련의 추론입니다. 자신이 아닌 다른 어떤 것에 '대한' 생각들, 다른 것을 '가리키는' 생각들이 근거와 결론이라는 논리적 관계에 의해 서로 이어집니다. 생리학은 이것을 뇌에서 벌어지는 연속적 사건들로 분해합니다. 그러나 물리적 사건들 자체는 이해할 수 있는 그 어떤 의미에서도 무엇에 '대한' 것이라거나 어떤 것을 '가리킨다'고 말할 수가 없습니다. 물리적 사건들은 근거와 결론이 아니라 원인과 결과로 이어져 있음이 분명합니다. 이 관계는 논리적 관계와 더없이 무관해 보입니다. 미친 사람의 생각도 이성적인 사람의 생각 못지않게 인과관계의 완벽한 사례가 될 수 있을 정도이지요. 두 관점의 간격이 너무나 큰 나머지 과격한 해결책들이 등장했습니다. 버클리파 관념론자들은 물리적 작용을 부인했고, 극단적 행동주의자들은 정신적 작용을 부인했습니다.

중세 사상가 알베르투스는 이 오래된 문제를 두 가지 형태로 파악했습니다.

1. 비물질적 실체로 생각되는 영혼이 어떻게 물질에 영향을 끼칠 수 있을까? 하나의 몸이 다른 몸에 영향을 주는 방식으로 영혼이 물질에 작용할 수는 없습니다. 이 질문과 바로 앞 단락의 질문이 근본적으로 다른지 여부는 논란의 여지가 있을 수 있겠습니다.

2. "매개자를 거치지 않고 하나의 극단에서 다른 극단으로 넘어가는 일은 불가능하다."[24] 《티마이오스》 31b-c에 나오는 이 오래된 격언은 아풀레이우스, 칼키디우스, 위 디오니시우스, 알라누스를 거치며 다양한 삼화음의 원리를 드러냈습니다. 모든 시기마다 제가 말한 심신 문제의 난해함이 드러나지는 않았다 해

도, 이 뿌리 깊은 삼화음의 원리 때문에 아마도 중세인들은 영혼과 몸 사이에 뭔가를 끼워 넣었을 것 같습니다. 이 원리를 생각할 때 중세인들이 영혼과 몸을 연결시키는 방법으로 제3의 것*tertium quid*을 내놓을 것이라는 점은 처음부터 분명했습니다.

이 제3의 것, 몸과 영혼 사이의 허깨비 같은 중재자는 '정기Spirit'(더 많은 경우 spirits)라고 불렀습니다. 이 정기의 이 의미는 천사나 악마나 유령을 말하는 'spirits'와 전혀 의미가 겹치지 않음을 이해해야 합니다. 두 의미를 넘나들며 이 단어를 쓰면 그저 말장난이 되고 말 것입니다.

정기spirits가 몸에 영향을 주려면 충분히 물질적이어야 하겠지만, 완전히 비물질적인 영혼의 영향을 받을 수 있으려면 아주 섬세하고 옅은 존재여야 했습니다. 단도직입적으로 말하면 19세기 물리학의 에테르와 같은 존재여야 했습니다. 제가 아는 바로, 그것은 물질인 동시에 물질이 아니어야 했습니다. 이 정기 교리는 제가 볼 때 중세 우주 모형에서 평판이 가장 안 좋은 특성입니다. 만약 이 제3의 것이 물질이라면(밀도 및 희귀성과 관계가 있겠습니까?) 그렇다면 다리가 심연의 이쪽에만 걸치는 꼴이 되고, 만약 물질이 아니라면 다리가 심연 저쪽에만 걸치는 꼴이 됩니다.

정기는 몸과 영혼을 한데 묶어 두기 위해 플라톤과 알라누스가 고안해 낸 "아주 작은 못gumphus",[25] 또는 던이 말한 "우리를 사람으로 만드는 데 필요한 가느다란 끈"[26]에 해당합니다. 피에서 정기가 올라오는—지금도 우리는 '정기가 올라온다spirits rising'(기운이 난다)고 말합니다—것은 숨을 내쉴 때의 모습 같고, 밀턴의 용어로 말하면 "맑은 강물에서 연한 수증기가 오르는"《실낙원》, 제 4편, 804 것과 같습니다. 바르톨로마이우스 앙글리쿠스Bartholomaeus Anglicus는 트레비스가 영어로 번역한 《사물의 특징*De proprietatibus rerum*》(13세기)에서 이 과정을 다음과 같이 설명합니다. 간에서 부글대던 피에서 "연기"가 피어오릅니다. "정화된" 연기는 '자연의 정기Natural Spirit'가 됩니다. 자연의 정기는 피를 움직여 "온 사지로 이리저리 보냅니다." 이 자연의 정기는 머리로 들어가서 더욱 정제되고—"더 정화됩니다"—'생기의 정기Vital Spirit'로 바뀌는데, 생기의 정기는 "혈관에 생명의 맥박을 불어넣습니다." 그 중 일부는 뇌로 들어가 다시 한 번 "정제되어" 동물의 정기가 됩니다. 이 중에서 일부는 "느낌의 사지"(감각기관들)로 분배되고, 일부는 뇌의 "동굴들"에 남아 내적 기능들의 매체 역할을 합니다. 두개골 뒤쪽에서 흘러나와 척수로 들어간 동물의 정기는 수의운동을 가능하게 합니다.III, xxii 이 동물의 정기는 합리적 영혼의 직접 기관으로, 동물의 정기를 통해서만 합리적 영혼은 몸을 입고 행동합니다. 바르톨로마이우스는 이렇게 덧붙입니다. "우리는 동물의 정기가 인간의 합리적 영혼은 아니라도 오스틴Austin이 말한 대로 그 매개물이자 적절한 도구라고 생각할 수 있다. 합리적 영혼이 동물의 정기의 도움으로 몸과 연결될 수 있기 때문이다." 어떤 이들은 바르톨로마이우스가 제안한 '자연의 정기, 생기의 정기, 동물의 정기'의 삼화음 자리에 "생기의 정기, 동물의 정기, 지성의 정기"를 넣습니다.[27] 그러나 어떻게 분류하든 간에, 이 정기들은 언제나 같은 기능을 수행합니다. 티머시 브라이트Timothy Bright는 《멜랑콜리론*Treatise of Melancholy*》에서[28] 이 정기들을 두고 이렇게 말합니다. "하늘과 땅을 한데 묶어 주는 진정한 사랑의 끈이다. 참으로, 저속한 흙덩어리를 가진 하늘보다 더 많은 신적 본성을 갖고 있기에" 영혼은 "일부 철학자들의 생각처럼 몸에 매여 있는 것이 아니라 정기의 황금걸쇠로 몸과 단단히 물려 있다."

정기는 합리적 영혼 자체가 합리성을 잃을 수 있다고 말하지—그렇게 말하면 용어상의 모순으로 느껴졌을 것입니다—않고도 정신이상을 설명할 수 있게 해줍니다. 바르톨로마이우스가 같은 대목에서 말한 대로, 정기가 손상되면 몸과 영혼의 "일치"가 분해되고 합리적 영혼은 "몸 안의 모든 작용"이 "방출당합니다"(방해받습니다). "깜짝 놀란 사람, 미친 사람, 제정신이 아닌 사람에게서 이런 모습을 볼 수 있습니다." 적절한 정기에 문제가 생기면, 합리적 영혼은 물질적 몸에 영향을 끼칠 작용점을 잃게 됩니다.

'지성의 정기*Intellectuales spiritus*'는 용어의 생략 과정에서 '지력intellectuals'이 되고, 아마도 혼동 때문이겠지만 '지성intellects'이 되기도 합니다. 그래서 존슨은 〈램블러Rambler〉 **95**호에서 사람의 '지성intellects'이 "동요되었다"고 말하고, 램Charles Lamb은 "하틀리의 지력intellectuals에 대한 당신의 우려는 정당하다"고 썼습니다.[29]

우리는 바르톨로마이우스의 글을 통해 정기들이 몸의 다양한 부위에 배치될 수 있음을 보았습니다. 그러므로 정기들에 의해 영혼이 수행하는 기능 중 일부도 몸의 특정 부위에 대응시킬 수 있다는 생각이 불합리한 것은 아닙니다. 앞서 인용한 대목에서 바르톨로마이우스는 공통 기능과 "상상의 힘"을 머리 "맨 앞의 동굴" 또는 정면 구멍에, 이해력을 "가운데 동굴"에, 기억은 맨 뒤의 동굴에 할당합니다. 《선녀여왕》의 독자라면 스펜서가 공통 기능을 빠뜨리긴 하지만 이와 비슷하게 상상력Phantastes은 머리 앞부분에, 이성은 중간에, 기억력은 뒷면에 배치한다는 점을 기억하실 것입니다.II, ix, 44 이하 맥베스 부인이 말한 "이성을 담은 그릇(저장소)"은 바로 이 중간 "동굴"을 가리킨 것입니다.1막, 7장, 66행

G. 인간의 몸

인체는 인간을 소우주라 부르는 또 다른 근거가 됩니다. 인체는 세계와 마찬가지로 네 가지 반대 성질들로 만들어지기 때문입니다. 큰 세계에서는 이 네 가지 대립물이 결합하여 불, 공기, 물, 흙의 원소들을 형성한다는 것을 기억하실 것입니다. 우리 몸에서는 반대 성질들이 결합하여 체액을 형성합니다. 뜨거움과 축축함이 혈액Blood을 만들고, 뜨거움과 메마름은 담즙Choler을 만듭니다. 차가움과 축축함은 점액Phlegm을, 차가움과 메마름은 흑담즙Melancholy을 만듭니다. 하지만 대중적 언어가 우리 안의 반대 성질들로 만들어진 여러 체액과 우리 바깥의 대립 성질들로 만들어진

원소들의 구분을 늘 따르는 것은 아닙니다. 말로Christopher Marlowe, 1564-1593(영국의 극작가 · 시인)[†]는《탬벌린 대왕*Tamburlaine the Great*》(869년)에서 "우리를 네 원소로 만든 자연"이라고 말했고, 셰익스피어가 브루투스를 두고 "원소들"이 완벽하게 조합된 존재라고 말할 때,《율리우스 카이사르》, 5막, 5장, 73행 그들은 '원소'라는 단어를 체액이나 반대 성질의 의미로 사용한 것입니다.

체액들의 혼합 비율은 사람마다 다르고 각자의 체질*complexio* 또는 기질*temperamentum*을 구성합니다. 이것은 현대 영어에서 'lose one's temper'와 'show one's temper'가 화를 낸다는 뜻의 동의적 표현이라는 묘한 사실을 설명해 줍니다. 좋은 기질*temperamentum*을 가진 사람이라면 화가 났을 때 일시적으로 그것을 잃어버릴 수 있습니다. 나쁜 기질의 소유자라면 갑자기 화가 난 순간에 '그것을 드러낼' 수 있습니다. 같은 이유로, 자주 화를 내는 사람은 나쁜 기질*temperamentum*의 소유자, 또는 '성질이 나쁜ill-tempered' 사람입니다. 이런 표현들을 접한 부주의한 화자들은 '기질temper'이 화를 뜻한다고 생각하게 되었고, 이것이 결국 temper의 가장 흔한 의미가 되었습니다. 그러나 이 단어의 옛 용례들도 많이 남아 있기에 flying *into* a temper(기질 '속으로' 뛰어든다)와 being put *out of* temper(기질 '밖으로' 나온다)가 발끈 화를 낸다는 뜻의 동의적 표현으로 여전히 쓰이고 있습니다.

체액의 비율이 동일한 경우는 절대 없지만 각 사람의 주도적인 체액이 무엇인가에 따라 기질을 크게 네 유형으로 구분할 수 있습니다. 사람의 체질complexion이 보여 주는 증상 중 하나는 그의 색깔입니다. 현대적 의미로 '혈색complexion'을 말합니다. 그러나 이 단어가 중세 영어에서 혈색의 의미로 쓰인 적은 없는 것 같습니다. 현대의 '혈색complexion'에 해당하는 중세 영어 단어는 rode였습니다. 〈방앗간 주인의 이야기〉에는 "그의 혈색rode은 붉고, 그의 눈은 거위 같은 회색이었다"A 3317는 표현이 나옵니다.

혈액이 지배적인 체액인 경우에는 다혈질Sanguine Complexion이 나옵니다. 이것은 네 가지 기질 중 최고인데, 혈액은 특히 "자연의 친구"〈수습기사의 이야기〉, F 353이기 때문입니다. 토마스 엘리엇 경Sir Thomas Elyot, 1490-1546(영국의 외교가·르네상스 시대의 대표적 인문학자·교육자)[†]은 《건강의 성*Castle of Health*》(1534년)에서 다혈질인 사람의 징후를 나열합니다. "안색이 희고 불그레하며… 많이 자고… 핏빛의 것이나 유쾌한 것들이 나오는 꿈을 꾸고… 화가 오래 가지 않는다." 제가 볼 때 여기서의 꿈은 싸우고 상처가 나는 꿈이 아니라 피처럼 붉은 깃발이 나오는 꿈인 것 같습니다. "유쾌한" 것들은 "즐거운" 상황을 뜻합니다. 다혈질의 사람은 쉽게 화를 내지만 오래가지는 않습니다. 성마른 데가 있지만 꿍하고 있거나 앙심을 품지는 않습니다. 초서의 시골 유지는 이런 기질의 교과서적인 사례입니다. 자기 요리사에게 날벼락을 내리는 경우도 있었지만[30] 그는 분명 마음씨 좋은 사람입니다. 셰익스피어의 베아트리체(《헛소동》의 여주인공)[†]—그녀는 "화를 내도 금방 풀렸"습니다—도 다혈질이었던 것 같습니다. 다혈질의 사람은 통통

하고 유쾌하고 낙관적입니다. 15세기의 한 사본[31]은 이 체질을 화려한 옷을 입고 꽃밭에서 현악기를 연주하는 모습으로 그렸습니다.

담즙질Choleric의 사람은 키가 크고 호리호리합니다. 초서의 장원 청지기는 "비쩍 마르고 성질이 고약한 사람"이었고 그의 다리는 "막대기처럼 길고 가늘었습니다."A 587 이하 담즙질도 다혈질처럼 쉽게 화를 냅니다. 챈티클리어의 경우, "붉은 담즙이 너무 많아서"B 5117-5118 설사약하고도 싸우려 들었습니다. "설사약 따위는 믿지 않아. 그런 건 아주 질색이라고!"B 4348 그러나 담즙질은 다혈질과 달리 앙심을 품습니다. 장원 청지기는 이야기에서 자기를 놀린 방앗간 주인에게 그대로 앙갚음을 했고, 그의 정원에서 일하던 일꾼들은 그를 죽음만큼이나 두려워했습니다.A 605 페르텔로트가 알고 있던 대로, 담즙질은 우레와 화살과 불처럼 밝고 위험한 것들을 꿈꿉니다.B 4120 제가 위에서 언급한 그 필사본은 담즙질의 상징으로 여자의 머리채를 잡고 몽둥이로 두들겨 패는 남자의 모습을 보여 줍니다. 오늘날 담즙질의 아이들은 (그 어머니들의 입으로) "아주 예민하다"는 말을 듣습니다.

우울질Melancholy Complexion을 알려 주는 엘리엇의 징후는 다음과 같습니다. "마르고… 잠을 잘 못자고moch watch… 무서운 꿈을 꾸고… 자기 의견을 굽히지 않고… 화를 오래 품고 조바심을 낸다." 햄릿은 자신이 우울질이라고 진단하고2막, 2장, 640행 나쁜 꿈들[32]을 거론했습니다.2막, 2장, 264행 그는 "화를 오래 품고 조바심을 내는" 우울질의 극단적 사례입니다. 그는 마르기도 했을 것 같습니다. 5막 2장 298행에 나오는 'fat'은 아마도 '땀에 흠뻑 젖어 있다'는 뜻일 것입니다. 요즘의 우리 같으면 우울질의 사람을 신경증 환자로 묘사할 것 같습니다. 그러니까 중세의 우울질의 사람 말입니다. 우울질이라는 단어의 의미는 16세기에 달라지기 시작했고 단순한 '슬픔'이나 '사색적이고 생각에 잠기고 내성적인'이라는 뜻으로 쓰였습니다. 따라서 버턴의 《우울증의 해부》 서두에 붙은 시에서 "우울증melancholy"은 그저 몽상이고, 고독에 끝없이 잠겨 그 괴로움과 즐거움을 탐닉하며 두려워하는 것에 시달리고 원하는 것을 얻는 백일몽에 빠지는 상태를 말합니다. 뒤러Dürer의 그림에서 우울Malencolia은 학구적이고 내성적이고 사색적인 삶이 분명합니다.

점액질Phlegmatic은 모든 기질 중에서 최악일 것입니다. 엘리엇은 그 징후를 이렇게 거론합니다. "뚱뚱함… 하얀 색깔… 수면 과잉(즉, 지나치게 많이 자고)… 물에 있는 것이나 물고기의 꿈… 느림… 배움에 둔함… 용기의 부족." 뚱뚱하고 창백하고 게으르고 둔한 점액질 소년이나 소녀는 부모와 교사들에게 절망을 안겨 줍니다. 사람들은 그들을 무시하거나 아예 거기 있는 줄도 모릅니다. 밀턴의 첫 부인이 점액질의 교과서적 사례였던 듯합니다. 우리가 추측하는 대로 그녀의 남편이 《이혼론*The Doctrine and Discipline of Divorce*》에서 그녀를 염두에 두고 "흙과 점액의 화신에게… 꼼짝없이 붙들려 있어야 하는 처지의" 사람에게 위로를 전한 것이라면 말입니다.[I, 5] 《오만과 편견*Pride and Prejudice*》에 나오는 메리 베넷도 점액질이었을 것입니다.

여러 행성처럼, 기질도 단순한 개념으로 받아들일 것이 아니라 상상력을 발휘하여 체험해야 합니다. 기질은 우리가 배운 어떤 심리학적 분류법에도 정확히 대응하지 않습니다. 그러나 (자기 자신을 빼면) 우리가 아는 대부분의 사람들은 네 기질에 꽤 잘 들어맞을 것입니다.

보통은 각 개인 안에서 어느 한 체액이 영구적 지배권을 갖습니다만, 하루의 일정한 때에 네 체액 중 하나가 일시적 지배권을 갖는 매일의 규칙적 변이도 있습니다. 혈액은 자정부터 오전 **6**시까지 지배적입니다. 담즙은 그때부터 정오까지, 흑담즙은 정오부터 저녁 **6**시까지, 그 다음 점액은 자정까지. (이 모두는 우리보다 훨씬 일찍 일어나고 일찍 잠자리에 들던 사람들의 경우임을 기억해야 합니다.) 〈수습기사의 이야기〉에서 잠은 "혈액이 몸을 지배하는" 시간이니 제때 잠자리에 들어야 한다고 사람들에게 말합니다.[F]

347 전문용어인 지배domination는 체액 이외의 것들에 대한 농담에도 쓰일 수 있습니다. 식료품 조달인이 (몸도 못 가눌 만큼 술에 취한)[†] 요리사에 대해 "술이 이 사람을 완전히 지배해 버렸군요"[H 57] 라고 말한 것이 그런 경우였습니다. 현대의 독자들은 종종 이런 사소한 재담을 놓치곤 합니다.

H. 인간의 과거

기독교는 유대교에서 새로운 역사 관념을 물려받아 서구 세계에 전했다는 말이 가끔 나옵니다. 그리스인들에게는 역사적 과정이 무의미한 흐름이나 순환적 반복이었다는 말도 들려옵니다. 의미는 변화의 세계가 아니라 존재의 세계에서, 역사가 아니라 형이상학, 수학, 신학에서 찾아야 한다고 말합니다. 그래서 그리스 역사가들은 그 자체로 통일성이 있는 과거의 사건들—페르시아 전쟁, 펠로폰네소스 전쟁, 위인들의 생애—에 대해 썼고 한 민족이나 국가의 발전을 그 출발점에서부터 추적해 보려는 호기심은 잘 보여 주지 않았습니다. 한마디로, 그들에게 역사는 줄거리가 있는 이야기가 아니었습니다. 반면, 히브리인들은 자신들의 과거 전체가 야웨의 목적을 알려 주는 계시라고 보았습니다. 기독교는 거기에서 더 나아가 세계 역사 전체를 창조, 타락, 구속, 심판을 축으로 잘 정의된 줄거리를 가진, 단일하고 초월적 의미가 있는 이야기로 만들었습니다.

이 견해에 따르면 기독교 역사 서술의 다른 점*differentia*은 소위 말하는 '역사주의Historicism'입니다. 과거를 연구함으로써 역사적 진실뿐 아니라 메타역사적이거나 초월적인 진리를 배울 수 있다는 믿음이지요. 노발리스Novalis, 1772-1801(본명 프리드리히 폰 하르덴베르크, 독일 초기 낭만주의 대표 시인)[†]는 역사를 "하나의 복음an evangel"이라 불렀고, 헤겔은 역사 안에서 절대정신의 점진적 자기실현을 보았으며, 칼라일은 역사를 "계시의 책"이라 불렀는데, 이때 이들은 모두 역사주의자들이었습니다. 키츠John Keats, 1795-1821(영국의 시인)[†]의 (시 〈히페리온〉에 등장하는 대양의 신)[†] 오케아노스는 자신이 역사주의자로서

> 가장 아름다운 자가 가장 강한 자여야 한다는
> 영원한 법칙

을 분별한다고 주장합니다. 그러나 실제로 중세 최고의 역사가들 중에는 역사주의자들이 드뭅니다. 다른 시대 최고의 역사가들과 다를 바가 없는 것이지요.

이교적 역사관과 기독교적 역사관의 이런 식의 대조는 분명 과장된 것입니다. 이교도들이 다 그리스인은 아니었고, 북구의 신들은 올림포스의 신들과 달리 비극과 비극적 의미가 있는 시간적 과정에 끊임없이 참여했습니다. 에다(고대 북유럽의 서사시집)[†] 신학은 히브리 신학 못지않게 우주의 역사를 줄거리가 있는 이야기, 징조와 예언의 북소리에 맞추어 죽음을 향해 전진하는 돌이킬 수 없는 이야기로 봅니다. 로마인이 유대인보다 역사주의자적 면모가 한참 모자란 것도 아니었습니다. 로마가 어떻게 해서 생겨났고 위대하게 되었는가는 대부분의 역사가들과 베르길리우스(《아이네아스》) 이전에 나온 모든 서사시의 주제였습니다. 베르길리우스가 신화의 형태로 내놓은 것은 정확히 메타역

사입니다. 일상적인 과정 전체, 즉 유피테르의 뜻*fata Jovis*이 무한하고 열정적인 로마 제국을 낳기 위한 산통을 겪고 있다는 것이지요.

기독교적 역사주의도 존재합니다. 성 아우구스티누스의《하나님의 도성*De Civitate Dei*》, 오로시우스(스페인 출신의 역사가)†의《이교도를 반대하여 쓴 역사*Historia Adversus paganos*》, 단테의《제정론*De Monarchia*》이 여기에 해당합니다. 그러나 앞의 두 작품은 이미 존재하고 있던 이교도 역사주의에 대답하기 위해 만들어졌고, 세 번째 책은 그것에 세례를 주기 위해 쓴 것입니다. 모든 재난을 신의 심판으로 보는 초보적 역사주의—얻어맞은 쪽은 언제나 맞을 만했다—와 모든 것은 쇠퇴할 것이고 늘 쇠퇴해 왔다는 더욱 초보적인 형태의 역사주의도 드물지 않습니다. 울프스탄Wulfstan, ?-1023(영국의 주교·설교자·법학자)†의《영국인들에게 전하는 설교*sermo ad Anglos*》는 이 두 가지를 잘 보여 줍니다. 12세기 일부 독일의 역사가들은 보다 철저한 역사주의자들입니다. 그 중 극단적 사례는 플로라의 요아킴Joachim of Flora, 1135-1202(이탈리아의 수도사)†입니다만, 그는 역사가가 아니었고, "취미 삼아 미래를 살피는 사람"이었습니다.[33] 미래는 과격한 역사주의자들이 종종 가장 편안하게 느끼는 시기입니다. 그러나 중세의 역사에 대한 우리의 지식에 가장 크게 기여했거나 두고두고 매력을 입증해 낸 연대기 편찬자들은 이런 부류의 사람들이 아니었습니다.

물론 그리스도인들은 결국 모든 역사를 신적 플롯이 있는 이야기로 봐야 합니다. 그러나 모든 기독교 역사편찬자들이 그 부분에 주목하는 것을 자기 일로 여기는 것은 아닙니다. 사람들에게 알려져 있는 역사는 전반적인 플롯일 뿐이기 때문입니다. 맬러리의 (《아서 왕의 죽음》에서) 아서의 성공과 몰락, 아리오스토Lodovico Ariost, 1474-1533(이탈리아 르네상스 시대의 대표적 시인)†의 (《미친 오를란도》에서) 루제로와 브라다만테의 사랑(오를란도는 프랑크 왕국의 샤를마뉴 대제의 조카이자 최고의 기사. 그의 사촌 여동생 브라다만테는 이슬람 군대의 기사 루제로와 종교의 벽을 넘어 사랑을 이루어낸다)†처럼 말이지요. 그들의 이야기에도 그렇듯, 역사에는 부차적 이야기들이 엄청나게 많이 따라붙고, 부차적 이야기 하나하나에 시작과 중간과 끝이 있지만 그 안에서 묘사된 세계의 단일한 흐름을 종합적인 모습으로 보여 주지 않습니다. 부차적 이야기들을 그 자체로 이야기할 수는 있습니다만, 그 이야기들을 인류의 중심된 신학적 이야기와 연관 지을 필요는 없고 어쩌면 그럴 수도 없는 것 같습니다. 참으로, 중세의 운명 개념은 '역사 철학'을 발전시키려는 시도들을 저해하는 경향이 있습니다. 대부분의 사건이 벌어지는 이유가 운명이 제 바퀴를 돌리면서 '지복을 즐기고' 각 사람에게 차례대로 각자의 몫을 나누어 주는 것이라면 헤겔, 칼라일, 슈펭글러Oswald Spengler, 1827-1901(독일의 역사가·문화철학자. 《서구의 몰락》에서 문명은 생명체로서 발생·성장·노쇠·사멸의 과정을 밟는다며 서양문명의 몰락을 예언했다)†, 마르크스주의자, 맥콜리Macaulay 같은 이들의 주장은 설 자리를 완전히 잃게 됩니다. 커W. P. Ker, 1855-1923(스코틀랜드의 영문학자·에세이 작가)† 도 같은 맥락에서 이렇게 말했습니다. "역사의 관심사는 너무나 크고 다양하기 때문에 (모든 재난은 하나님의 심판이라는)† 오로시우스의 공식으로 규정될 수 없었다. 연대기 편찬자들은 그들만의 관점을 발견했는데, 많은 경우에 다행히 그 관점들은 많은 경우 설교자의 관점이 아니었다."[34]

중세의 역사가들은 과격한 역사주의자들을 배제하더라도 입장이 단일하지 않았습니다. 그 중 일부—매튜 패리스Matthew Paris, 1200-1259(중세 영국의 연대기 작가)†가 대표적이고 어쩌면 스노리Snorri Sturluson도—는 과학적 접근법을 택했고 자신이 접하는 사료에 비판적이었습니다. 그러나 그렇다고 해서 지금 그들을 특별히 다루어야 하는 것은 아닙니다. 우리의 관심사는 중세의 문학 작가들과 청중의 머릿속에 있었던 과거상과 과거에 대한 태도입니다. 우주 모형의 일부로 중세인들이 상상한 과거가 바로 우리가 추적하는 사냥감입니다.

존 바버John Barbour, 1320-1395는《브루스*Bruce*》(존 바버의 장편 서사시. 브루스Robert the Bruce, 1274-1329는 스코틀랜드의 왕 로버트 1세를 말한다. 노르만계인 브루스 가문 출신의 그는 1314년 잉글랜드를 격파하고 스코틀랜드의 독립을 쟁취했다)† 서두에서 자신이 생각하는 역사 연구의 진정한 이유를 밝힙니다. 우선, 이야기는 사실이 아닌 경우에도 즐거움을 줍니다. 둘째, 지어낸 이야기도 즐거움을 준다면, 제대로 들려주는 ("적절한 방식으로 말한") 참된 이야기들은 이중의 즐거움을 안겨 주어야 마땅합니다. "말하는" 즐거움, 이야기 자체의 즐거움과 실제로 벌어진 일("있었던 그대로의 사실")을 알게 되는 즐거움 말입니다. 셋째, 위인들의 행적을 기록하는 것은 오롯이 합당한 일입니다. 그들은 명예를 누릴 자격이 있기 때문입니다. "그들은 명성을 얻어야 마땅하다."I, 1-36 그렇다면 역사 서술은 세 가지 기능을 하게 됩니다. 우리의 상상력에 즐거움을 더해 주고, 호기심을 만족시키며, 선조들에게 진 빚을 갚는 것입니다. 주앵빌Jean de Joinville, 1225-1317(프랑스의 연대기 작가)†의 《루이 성왕전*Chronicle of St Louis*》은 성왕의 생애를 다루기 때문에 세 번째 기능—그 책은 이 진정한 성왕을 기리고자 쓴 것입니다—에 집중하지만 다른 두 기능도 수행합니다. 프루아사르I, Prol.는 바버의 경우와 거의 비슷한 집필에 임합니다. 그는 "무훈이 빛나는 명예롭고 고귀한 모험이… 뚜렷이 기록되고 영구히 기억되게 하려고" 책을 씁니다. 그리고 그런 기록은 "소일거리"와 "즐거움"을 안겨 줄 것입니다. 그러나 그는 바버의 경우와 달리, 그 책이 "본보기"의 역할도 할 것이라고 덧붙입니다. 이 말은 과거의 정치적 수완이나 전략의 성공 및 실패로부터 끌어낼 수 있는 "역사의 교훈"을 뜻하는 것이 아닙니다. 그의 의도는 용맹한 행위들에 대해 읽음으로써 "용감하고 강한 이들이 격려를 받도록 본보기를 제시하는 것입니다."

이런 역사가들에게서 볼 수 있는 접근법과 우리가 완전히 전설이라고 여기는 소재를 다룬 작가들의 접근법이 전혀 다르지 않다는 데 주목해야 합니다. 트로이아 전쟁을 다룬 14세기의 《역사 이야기*Geste Hystoriale*》의 저자는 바버와 거의 비슷한 방식으로 책을 시작합니다. 그는 이제 "거의 잊힌" 고귀한 선조들의 "모험"을 보존하고자 책을 쓴다고 밝힙니다. 그는 "지위가 높았던 용감한 사람들의 옛 이야기들"이 그 이야기들을 직접 들었던(그것을 참으로 알았던) 작가들을 통해 전해지며 사람들에게 "위안을 주기를" 바랍니다. 그는 자신이 참고한 사료들을 열거하고 호메로스의 책들을 신뢰할 수 없는 이유를 설명합니다. 리드게이트John Lydgate, 1370-1451(영국의 시인)[†]는 그의 책 《트로이의 서書 *The Troy Book*》에서 자신이 참고하고 있는 신뢰할 만한 고전 저자들이 우리를 위해 허구의 겉껍질에서 사실의 "참된 알곡"을 분리하고 보존하지 않았다면, 위대한 정복자들*conquerouris*은 지금쯤 그들 몫의 명예를 잃어버렸을 것이라고 말합니다.

그 손에서 그들이 기대할 거라곤
오직 진리뿐.

— Prologue, 152

이들이 아첨꾼이었을 리는 없습니다. 이들은 자신이 찬사를 보낸 영웅이 죽은 후에 글을 썼는데, 죽은 사람에게 아첨하는 이는 없기 때문입니다.184 이하 기억하시겠지만, 캑스턴William Caxton, 1422-1491(영국 최초의 인쇄업자. 100종 이상의 책을 출판했고 번역에도 힘썼다)[†]조차 우리가 산문《아서 왕의 죽음*Le Morte d'Arthur*》의 몇 부분에 대해 의심을 품게 내버려 두면서도 자신은 아서 왕의 역사성을 내세우는 논증에 설득이 되었다고 주장합니다. 캑스턴이 이 책의 "본보기적" 가치를 강조하는 대목은 앞에서 살펴본 것처럼 모든 연대기의 첫 쪽에 등장합니다.

우리는 더욱 세련된 시대를 사는 터라, 다들 허구인 줄 아는 이야기에 일부 저자들이 박진감을 불어넣으려고 사용하는 진지한 의사-사실적 장치들에 친숙합니다. 디포Daniel Defoe, 1660-1731(영국의 소설가,《로빈슨 크루소》의 저자)[†]나 스위프트1667-1745(《걸리버 여행기》의 저자)[†]의 진지한 허위나《그녀*She*》 서두에 등장하는 여러 언어로 된 문서들도 그런 장치입니다. 그러나 중세의 저자들이 그런 식으로 글을 썼다고 저는 믿을 수가 없습니다. 당시만 해도 이야기story와 역사history라는 두 단어는 동의어였고 의미가 구별되지 않았습니다. 엘리자베스 여왕 시대의 연대기 작가들은 여전히 브리튼 섬의 역사를 브루트와 트로이아인들의 이야기로 시작하고 있었습니다. (웨이스의《브루트 이야기》에 따르면, 브루트 곧 아이네아스의 증손자 브루투스가 트로이아인들 중 일부를 데리고 브리타니아[브리튼섬]에 와서 그곳에 나라를 세웠다고 한다.)[†]

그러니 중세의 책들과 그 책들을 읽는 독자들의 머릿속에서는 역사와 허구가 현대처럼 그렇게 명료하게 구분되지 않았을 것입니다. 초서와 동시대 사람들이 우리가 나폴레옹 전쟁을 믿는 것처럼 트로이 이야기와 테베 이야기를 믿었다고 생각할 필요는 없지만, 우리가 소설을 대하는 것처럼 그 이야기들을 대했던 것도 아니었습니다.

역사의 아버지(헤로도토스의 별명)†에게서 인용한 한 대목과 최후의 구식 역사가라 할 수 있는 밀턴에게서 인용한 대목, 이렇게 두 대목이 이 문제를 이해할 실마리를 제공해 주는 것 같습니다. 헤로도토스는 이렇게 말합니다. "들은 말을 기록하되 늘 믿지는 않는 것이 나의 의무다. 이 원칙은 내 책 전체에 해당한다." VII, 152 또, 밀턴은 그의 책 《영국사*History of Britain*》에서[35] 이렇게 적었습니다. "수많은 이들에게 인정을 받은 내용은 빠뜨리지 않기로 했다. 그것이 확실한지 아닌지는 내가 따라가야 할 사람들의 판단에 맡긴다. 불가능하고 터무니없는 일과는 거리를 유지하되, 고대의 작가들이 오래된 책들로 입증한 경우라면 **합당하고 적절한 이야기 주제**로 받아들이기를 거부하지 않겠다."

헤로도토스와 밀턴, 두 사람 다 자신에게는 근본적인 책임이 없다고 봅니다. 이전의 고전 저자들이 거짓말을 했다면 그것은 그들의 책임이라는 것입니다. 우리는 "불가능하고 터무니없는" 이야기들을 삭제할 수 있습니다. 그러나 여기서 '터무니없다'는 것은 우리가 첫 번째 탐험자이고 아직 어떤 '이야기'도 확립되어 있지 않은 것처럼 모든 증거를 새롭게 검토한 후에 터무니없는 것으로 밝혀지는 내용을 말하는 것이 아닙니다. 이것은 각 시대의 기준에 비추어 첫눈에 터무니없게 보였다는 뜻입니다. 초서는 니콜라스 트리벳Nicholas Trivet, 1257-1334(영국의 연대기 작가)†이 전하는 콘스탄스 이야기 속의 모든 기적을 믿었을 수도 있습니다. (초서의 《캔터베리 이야기》 중 〈변호사의 이야기〉는 트리벳의 《앵글로-노르만 연대기》에 나오는 콘스탄스 이야기를 근거로 하고 있다.)[†] 그에게 터무니없게 느껴진 것은 알라처럼 분별 있는 사람이 아이를 황제에게 보내는 사자로 삼는 실책*faux pas*을 범한다는 설정이었습니다. 따라서 그는 그 부분을 수정합니다.B 1086-1092 그러나 "이야기의 합당하고 적절한 주제"라는 말이 중요한 부분을 밝혀 줍니다. 역사가는 새롭고 더 나은 근거의 자기 '이야기'를 내놓는 대신에 기존의 '이야기'를 (약간의 수정을 거쳐) 전달함으로써 본연의 일을 수행했다는 것입니다. 정확히 그것이야말로 "이야기의 합당하고 적절한 주제"이기 때문입니다. 이것이 역사의 존재 이유입니다. 중세의 어떤 이가 영국 이야기나 트로이아 이야기가 담겨 있다는 필사본을 구입할 때 원했던 것은 "많은 이들로부터 승인받은" 내용을 주제넘게 반대하고 나서는 개별 학자의 견해가 아니었습니다. 그런 식이었다면 얼마 안 가서 연대기 작가의 수만큼 이야기의 판본이 많아졌을 것입니다. 필사본 구매자는 과거에 대한 확립된 모형을 원했습니다(밀턴도 자신이 그런 것을 가질 자격이 있다고 생각했습니다). 여기저기 조금씩 손을 보기는 했겠지만 본질적으로 같은 과거 이야기를 말이지요. 대화의 주제로도, 시인들의 글감으로도, '본보기'로 삼기에도 이것이 유용했습니다.

제 생각에 트로이아, 알렉산드로스, 아서 왕, 샤를마뉴 대제에 대한 '역사적' 저작들을 읽었던 대부분의 사람들은 자신이 읽는 내용이 대체로 참되다고 믿었을 것 같습니다. 그들은 그 내용이 거짓이라고 생각하지 않았다는 점은 더 확실해 보입니다. 무엇보다, 믿느냐 믿지 않느냐의 문제는 그들에게 중요하지 않았을 것입니다. 그것이 누군가의 임무일 수는 있겠지만, 자신의 임무는 아니라고 생각했습니다. 그들이 할 일은 이야기를 배우는 것이었습니다. 이야기의 진실성에 의문이 제기된다면 그들은 반증 책임이 전적으로 의문을 제기하는 측에 있다고 생각했을 것입니다. 그 순간이 올 때까지(그런 순간은 자주 오지 않았습니다) 그 이야기는 사람들의 상상 속에서 사실과 구분할 수 없는—적어도 구분되지는 않았던—지위를 갖고 있었습니다. 타조가 모래 속에 머리를 숨긴다는 것을 지금 우리 모두가 '아는' 것처럼, 중세인들은 과거에 아홉 명의 위인이 있었다는 것을 누구나 '알았습니다.' 세 명의 이교도(헥토르·알렉산드로스·율리우스 카이사르), 세 명의 유대인(여호수아·다윗·유다 마카베오), 세 명의 기독교인[아서·샤를마뉴·고드프르와 드 부용Godefroy de Bouillon, 1061?-1100(제1차 십자군의 지도자)[†]]이지요. 알프레드 대왕이 케이크를 홀라당 태워먹고 넬슨 제독이 안 보이는 쪽 눈에 망원경을 갖다 댔다고 현대의 영국인들이 '아는' 것처럼, 모든 중세인들은 영국인들이 트로이아인의 후예라는 것을 다 '알았습니다.' 우리 위쪽의 공간에 다이몬과 천사, 영향과 지성체들이 가득했던 것처럼, 우리 이전의 수 세기에는 빛나고 절도 있는 위인들이 가득했습니다. 헥토르와 롤랑의 무훈, 샤를마뉴 대제, 아서 왕, 프리아모스(트로이아 최후의 왕)[†], 솔로몬의 영광이 그 사례입니다.

우리가 반드시 기억해야 할 내용이 있습니다. 지금 같으면 역사서라고 불러야 할 중세의 텍스트들과 허구 작품이라 불러야 할 텍스트들이 시각과 이야기 구조 면에서 보여 주는 차이는 현대의 '역사서'와 소설 간의 차이보다 훨씬 적다는 것입니다. 중세의 역사가들은 특정 개인과 관계없는 내용은 거의 다루지 않았습니다. 사회적·경제적 조건들이나 국민적 특성 같은 것들은 우연히 언급되거나 이야기에서 뭔가를 설명하기 위해 필요한 장치로서만 등장했습니다. 연대기는 전설과 마찬가지로 개인에 대한 이야기였습니다. 개인의 용맹이나 악행, 기억에 남을 만한 말, 행운이나 불운을 다루었지요. 따라서 현대의 독자가 볼 때 암흑 시대의 연대기들은 의심스러울 만큼 서사시적이고 중세 전성기의 연대기들은 의심스러울 만큼 로망스적일 것입니다. 우리의 의심이 늘 정당한 것은 아니겠지요. 서사시와 로망스의 요소들은 경제적·사회적 역사서의 요소들처럼 현실 세계에 늘 존재하니 말입니다. 역사가들은 당대의 사건들을 다룰 때조차도 자신에게 익숙한 상상력의 습관적 경향에 따라 둘 중에서 특정한 요소들에 주목하고 그 요소들을 골라낼 것입니다. 아마도 과거나 미래 세대의 사람들은 현대의 일부 역사책에서 비인격적인 요소가 우세한 것을 보고 의아하게 여길 것입니다. 어쩌면 이렇게 물을지도 모릅니다. "그 시절에는 **사람들**이 없었던 거야?" 심지어 연대기나 로망스에서 자주 사용되는 표현이 똑같은 경우까지도 있을 수 있습니다. "이제 이야기를 시작해 보자Or dit le conte"는 표현은 프루아사르Jean Froissart(프랑스의 시인·연대기 작가)†의 《연대기》(백년전쟁 당시의 유럽 시대사)† I, iv에서도 볼 수 있습니다.

과거를 다룬 모든 중세 이야기에는 하나같이 시대 감각이 없습니다. 우리에게 과거는 무엇보다도 '시대극costume play'입니다. 우리는 어린 시절에 본 그림책을 통해 복장, 무기, 가구와 건축물의 차이점들을 배웁니다. 이것은 우리가 기억하는 가장 이른 역사적 지식입니다. 다양한 시대에 대한 이 피상적인 (그리고 종종 부정확한) 특징 규정은 우리가 이후 더 정교하게 각 시대를 구분하는 데 있어서 생각보다 훨씬 더 큰 도움을 줍니다. 시대 감각을 갖고 있지 않던 사람들의 생각을 우리가 짐작하기는 어렵습니다. 중세와 이후 오랜 시간이 지난 후에도 시대 감각은 존재하지 않았습니다. 아담이 타락하기 전까지 벗고 있었다는 것은 잘 알려진 사실입니다. 중세인들은 그 이후의 과거 전체를 자기 시대의 관점에서 상상했습니다. 엘리자베스 여왕 시대의 사람들도 그랬고 밀턴도 그랬습니다. 그는 "거세한 수탉과 흰죽"이 자기 못지않게 그리스도와 제자들에게도 친숙했을 것이라고 믿어 의심치 않았습니다.[36] 시대 감각이 웨이벌리 소설들(영국의 소설가 월터 스콧Walter Scott, 1771-1832이 쓴 역사소설 시리즈. 1814년에 첫 권이 출간되었다)†보다 그리 많이 오래된 것 같지는 않습니다. 기번의 책에서는 시대 감각을 찾아보기 어렵습니다. 월폴Horatio Walpole, 1717-

1797(영국의 소설가)† 은 지금 같아선 초등학생도 속이지 못할《오트란토 성 *Otranto*》으로 1765년의 대중을 속이려 했으며 꽤 성공을 거두었습니다. 그들은 한 세기(혹은 천 년)와 다른 세기(혹은 천 년)를 나누는 가장 뻔하고 피상적인 구분조차도 무시했고, 그보다 더 심오한 기질이나 정신적 풍조의 차이는 당연히 생각조차 하지 못했습니다. 저자들이 아서 왕의 시대나 헥토르 시대의 상황과 자신들의 시대가 다르다는 것을 안다고 공언하는 경우에도, 그들이 실제로 그려 내는 그림은 그 공언이 거짓임을 보여 줍니다. 초서는 번뜩이는 놀라운 통찰력을 발휘해 옛 트로이아에서는 사랑을 얻기 위한 언어와 절차가 그의 시대와 다를 수 있음을 인정했습니다.《트루일루스와 크리세이드》, 제2권, 22 이하 그러나 그것은 말 그대로 번뜩임이요 일시적인 통찰에 불과합니다.《트루일루스와 크리세이드》에 나오는 트로이아 사람들의 예절, 싸움, 종교 예배, 교통법규는 14세기의 그것들이었으니까요. 이 행복한 무지 덕분에 중세의 조각가나 시인은 자신이 다루는 모든 '역사적' 문제를 생생하게 살려 내는 힘을 발휘할 수 있었습니다. 이것은 역사주의를 배제하는 데도 도움이 되었습니다. 현대의 우리는 과거의 여러 영역을 질적으로 구분합니다. 그렇기 때문에 시대착오를 오류로 여길 뿐 아니라, 불협화음을 듣거나 음식에서 부적절한 향을 맡을 때처럼 시대착오에서 불쾌감을 느낍니다. 그런데 이시도로스가 중세의 문턱에서 모든 역사를 여섯 개의 시대 *aetates*로 나누었을 때, V, xxxix 거기에는 어떤 질적인 구분도 없었습

니다. 그 시대들은 진화의 단계도, 드라마의 막도 아닙니다. 그저 과거를 편리하게 시간 순으로 몇 덩어리로 나눈 것에 불과합니다. 그 구분은 미래에 대한 억측을 부추기지도 않습니다. 이시도로스는 여섯 번째 시대에 자기 당대까지 포함시킨 후, 이 시대의 나머지는 하나님만이 아신다는 진술로 논의를 끝맺습니다.

중세에 널리 퍼졌던 '역사철학'에 가장 근접하는 입장은 앞에서 말한 것처럼 지금보다 옛날이 더 나았다는 빈번한 주장입니다. 울프스탄의 설교에서 그런 주장을 볼 수 있습니다. "세계는 서둘러 나아간다*is on ofste*… 그 끝까지 달려간다… 인간의 죄 때문에 상황은 그렇게 나날이 악화된다." 가워는 오래 전의 세계가 "가장 풍요로웠다"고 말했습니다.Prologue, 95 크레티앵Chrétien de Troyes, 1130-1191(중세 프랑스의 시인)[†]은 아서 왕 때의 사랑과 지금의 사랑은 다르다고 《이뱅*Yvain*》의 도입부에서 말했습니다. 맬러리도 그 말에 동의했습니다.《아서 왕의 죽음》, XVIII, 25 하지만 이런 대목이 연대기나 로망스에서 등장해도 우울함의 인상은 전혀 없습니다. 강조점은 흔히 과거의 영광에 있지 이후의 쇠퇴에 있지 않으니까요. 중세인들과 19세기 사람들은 자신들의 현재가 그리 감탄할 만한 시기는 아니라는 데 동의했습니다. 과거의 영광과 비교할 수 없고(중세인들이 말했습니다) 앞으로 다가올 영광과도 비교할 수 없었습니다(19세기 사람들이 말했습니다). 이상하게도, 현재가 과거만 못하다는 견해는 통째로 더 유쾌한 기분을 낳았던 것 같습니다. 중세인은 우주적으로도 역사적으로도 계단 바닥에 서 있었습니다. 그는 위를 올려다보며 기쁨을 느꼈습니다. 위를 쳐다볼 때처럼 뒤를 돌아볼 때도 그 장엄한 광경에 기분이 좋아졌고, 이런 겸손한 태도에는 감탄의 즐거움이라는 보상이 뒤따랐습니다. 그리고 시대 감각이 없다 보니, 그 풍요롭고 화려한 과거와 그들 사이의 거리는 어둡고 야만적 시대와 렉키William E.H. Lecky, 1838-1903(아일랜드의 역사학자 · 평론가)[†]나 웰스 같은 19세기 사람들과의 거리보다 훨씬 짧게 느껴졌습니다. 과거가 현재와 다른 점은 더 낫다는 것뿐이었습니다. 헥토르는 다른 여느 기사와 다를 것이 없습니다. 더 용감할 뿐이었지요. 성인聖人들은 중세인의 영적 생활을, 왕들과 현인들과 전사들은 중세인의 세속적 생활을, 옛날의 위대한 연인들은 우리의 사랑을 내려다보고 북돋아 주고 격려하고 가르침을 주었습니다. 모든 시대에 그들의 친구와 조상과 스승들이 있었습니다. 모든 사람은 과거에서 이어지는 큰 흐름 가운데 수수하나마 자기의 역할이 있었습니다. 뽐낼 필요도 외로워할 필요도 없었습니다.

I. 7자유학예

교육과정이 중세 우주 모형의 한 자리를 차지하게 한다는 것이 터무니없게 느껴질 수 있습니다. 중세인들이 교육과정에 대해 생각했던 것이 오늘날 교수요목에 들어가는 '학과목'에 대한 현대인의 느낌과 같았다면, 그것은 분명 터무니없는 일일 것입니다. 그러나 중세에는 교수요목이 불변하는 것으로 여겨졌고[37] 7은 누멘적인 숫자였습니다. 그래서 7자유학예The Seven Liberal Arts는 결국 자연 자체와 다르지 않은 지위를 획득했지요. 학예Arts는 덕과 악덕 못지않게 인격화되었습니다. 문법(의 동상)은 지금도 회초리를 들고 앉아서 (옥스퍼드 대학) 모들린 칼리지의 회랑을 내려다보고 있습니다. 단테는《향연》에서 너무나 주의 깊게 7학예를 우주적 틀에 끼워 맞춥니다. 예를 들면, 수사학은 금성에 대응합니다. 그 한 가지 이유는 수사학이 "다른 모든 학문 중에서 가장 아름답기*soavissima di tutte le altre scienze*" 때문입니다. 산술은 태양과 같습니다. 태양이 다른 모든 별들에 빛을 비추듯이 산술은 다른 모든 학문을 비춥니다. 태양빛이 우리의 눈을 부시게 하듯 산술은 그 무한한 수로 우리의 지성을 당황하게 합니다. 나머지 행성들도 각각 하나의 학예에 대응됩니다.II, xiii

다들 알다시피 7학예는 문법, 변증, 수사학, 산술, 음악, 기하학, 천문학입니다. 7학예의 암기를 돕기 위한 다음의 이행련구二行聯句도 대부분 만나보셨을 것입니다.

> 문법은 말하고, 변증은 말을 가르치고, 수사는 말에 색깔을 입히고
> 음악은 노래하고, 산술은 셈하고, 기하는 측정하고, 천문은 별을 본다.
> Gram loquitur, Dia verba docet, Rhet verba colorat,
> Mus canit, Ar numerat, Geo ponderat, Ast colit astra.

첫 번째 세 가지는 삼학三學, *Trivium* 또는 삼중의 길을 이루고, 마지막 네 가지는 4과*Quadrivium*를 구성합니다.

이행련구의 문구대로 "문법은 말합니다." 이시도로스의 정의에 따르면 "문법은 말하기의 기술"입니다. 즉, 문법은 라틴어를 가르칩니다. 그러나 중세에 문법을 배운다는 것은 지금 우리가 '고전' 교육을 받는다고 하는 것, 또는 르네상스적 의미에서 '휴머니스트'(인문주의자)가 되는 것과 일치하지 않습니다. 당시 라틴어는 여전히 서구 세계의 살아 있는 에스페란토어였고 위대한 저작들은 여전히 라틴어로 집필되고 있었습니다. 라틴어는 탁월한 언어였기에 Latin—앵글로색슨어에서 *læden*, 중세 영어에서는 *leden*—이라는 단어가 **언어**를 뜻하게 되었습니다. 〈수습기사의 이야기〉에 나오는 카나에 공주는 마법반지를 끼고 있었기에

> 무슨 새든지 제 언어ledene로 말하는 내용을
> 다 알아들을 수 있었습니다.F 435

페트라르카Francesco Petrarca, 1304-1374(이탈리아의 시인·인문주의자)[†]도 이탈리아어 *Latino*를 언어의 의미로 씁니다. 통역사는 *Latiner*이고, 여기서 Latimer라는 이름이 나왔습니다. 문법은 이렇게 하나의 언어에 한정되지만, 다른 방식으로는 오늘날 문법이 차지하는 영역을 훌쩍 넘어가기도 했습니다. 그런 경우가 여러 세기에 걸쳐 나타났지요. 퀸틸리아누스Marcus Fabius Quintilianus(고

대 로마 제정 초기의 웅변가이자 수사학자)[†]는 *literatura*가 그리스어 *grammatike*의 적절한 번역어라고 말했습니다.II, i *literatura*는 '문학literature'을 뜻하지는 않았지만 읽고 쓰는 능력 이상의 많은 것을 포함하는 단어였습니다. "필독 교재"를 "구성하는 데" 필요한 전부가 그 안에 포함되었지요. 구문론, 어원론, 운율학, 그리고 인유에 대한 설명 말입니다. 이시도로스는 역사까지도 문법의 한 부분으로 만들었습니다.I, xli-xliv 그는 제가 쓰고 있는 이 책도 문법책이라고 말했을 것입니다. 지금 우리가 쓰는 단어 중에는 '학문scholarship'이 아마 문법과 가장 비슷한 말일 것입니다. 대중적 용례에서 *Grammatica*나 *Grammaria*는 막연한 의미의 학문 일반을 뜻하는 말이 되어 버렸습니다. 학문은 보통 대중들의 존경과 의혹을 모두 받는 대상이기에 문법grammar은 grammary라는 단어로 마법을 의미하게 되었습니다. 발라드 〈에스트미어 왕King Estmere〉에는 이런 구절이 나옵니다. "나의 어머니는 *grammarye*를 익힌 서쪽 여인이지요." 그리고 *grammary*에서 친숙한 음변화를 거쳐 *glamour*(글래머)가 나왔습니다. 지금은 미용 전문가들에 의해 grammar나 magic과의 관련성이 완전히 지워져 버린 단어이지요.

전통적으로는 에반드로스 왕의 어머니 카르멘테 또는 카르멘티스가 문법을 발명했다고 알려져 있었습니다.[38] 문법의 진정한 권위자들은 아일리우스 도나투스Aelius Donatus(4세기)와 프리스키아누스Priscianus(5세기와 6세기)였습니다. 누군가 소장한 손때 묻은 도나투스 문법서 필사본을 그의 *donat* 또는 *donet*이라고 말했는데, 이것은 쉽게 전이되어 어떤 학과든 '입문서' 또는 '기본서'를 뜻하게 되었습니다.《농부 피어스》에 나오는 탐욕Covetyse은 이렇게 말합니다. "나는 포목상들 사이로 들어가 배워야 할 기본기donet를 익혔다ich drow me among drapers my donet to lerne." 그는 교활한 장사의 첫걸음들을 습득한 것이지요.C VII, 215

이행련구에서 변증법은 "말을 가르치는" 것인데, 의미가 모호합니다. 이 말의 진짜 의미는, 문법으로 말하는 법을 배웠으면 변증학으로 이치에 닿게 말하고 논증하고 증명하고 반박하는 법을 배워야 한다는 것입니다. 변증법의 중세적 토대는 처음에는《이사고게*Isagoge*》, 즉 포르피리오스233-305(신플라톤학파 철학자)†가 집필하고 보에티우스가 라틴어로 번역한《아리스토텔레스의 범주론 서론》이었습니다. 이 책의 원래 논리학 서적으로 집필한 것입니다. 그러나 논리를 가르쳐 본 사람이라면, 특히 똑똑한 학생을 상대로 논리를 가르쳐 본 사람이라면 형이상학을 다룰 수밖에 없는 질문들을 피하기가 얼마나 어려운지 알 것입니다. 포르피리오스의 이 책도 그런 질문들을 제기하고 그 제한적 목적에 맞게 그 질문들을 미해결 상태로 놓아둡니다. 이런 방법론적 제한은 의심의 상태로 오인되었고, 의심의 당사자도 포르피리오스가 아니라 보에티우스라고 여겨졌습니다. 그래서 이런 노래가 생겼지요.

그 옆에 앉은 보에티우스, 망설이네.
양측의 박식한 주장을 듣고
이 논쟁에서 어느 편을 들어야 할지 몰라
사건을 종결 짓지 않네.[39]

일부 독자에게는 두 가지 경고가 유용할 것 같습니다. 나머지 독자들은 양해해 주시길 바랍니다.

1. 헤겔 철학에서 나온 근대 마르크스주의적 의미에서의 '변증법'은 여기서 혼란만 초래합니다. 고대나 중세의 변증법을 말할 때는 근대적 의미의 변증법은 완전히 옆으로 치워 놓아야 합니다. 중세의 변증법은 그저 논쟁의 기술을 뜻합니다. 역사의 동력과는 아무 관련이 없습니다.

2. 변증법의 관심은 증명하는 데 있습니다. 중세에는 세 가지 종류의 증명이 있었습니다. 이성을 통한 증명, 권위를 통한 증명, 경험을 통한 증명입니다. 기하학적 진리는 이성으로 확립합니다. 역사적 진리는 권위와 고전 저자들에 기대어 확립합니다. 굴이 우리의 입맛에 맞는지 안 맞는지는 경험으로 알게 됩니다. 그런데 중세 영어가 이 세 가지 증명을 나타내기 위해 쓰는 단어들이 때로는 우리를 속입니다. 그 단어들은 보통은 명료합니다. 바스의 여장부가 하는 말을 들어 보십시오.

결혼 생활에 대한 권위 있는 책들이

세상에서 모조리 다 없어진다 해도 나는 내 경험만으로도 충분히 말할 수 있습니다.D 1

그러나 불행히도 '경험'이라는 단어가 늘 세 번째 유형의 증명의 의미로만 쓰인 것은 아닙니다. 여기에는 두 가지 다른 의미가 더 있습니다. 경험으로 배우는 것은 '느끼는feel' 것과 관련이 있습니다. 또 경험적 지식은 *preve*(즉, 증거)를 의미하기도 합니다. 이 경우는 오해의 소지가 더 크지요. 초서는 〈필리스의 전설Legend of Phillis〉 서두에서 "못된 나무는 못된 열매를 맺는다"는 격언을 권위자의 말로 배울 수 있지만 "증거로도", 즉 실증적인 방식으로도 배울 수 있다고 말합니다. 《명예의 전당》에서 독수리는 방금 자기가 밝힌 소리 이론을 시인이 "느낄" 수 있다고 말합니다.826 〈기사의 이야기〉에서 "누가 가장 실감나게feelingly 사랑 이야기를 했는지"A 2203라는 대목은 아주 현대적으로 들립니다. 그러나 "실감나게 이야기한다"는 말은 아마도 직접적인 경험에서 이야기한다는 뜻일 것입니다. 물론 사건을 직접 경험한 사람들은 현대적 의미인 "가장 감정을 살려서" 말할 거라고 기대할 수 있겠지요. 그러나 사전적으로 볼 때, 중세 영어에서 felingly가 '감정적으로'라는 뜻이 될 수 있는지는 의문이 듭니다.

오늘날 우리가 비평이라 부를 만한 모든 것이 중세에는 문법이나 수사학에 속했습니다. 문법학자는 시인의 음보와 인유를 설명했고, 수사학자는 구조와 문체를 다루었습니다. 그러나 구조나 문체가 구현하는 관점이나 개인적 감수성, 장엄함이나 통쾌함, 페이소스나 유머에 대해서는 둘 중 어느 쪽도 다루지 않았습니다. 따라서 시인들은 거의 언제나 순전히 문체상의 근거로 찬사를 받았습니다. 베르길리우스는 단테에게 아름다운 문체*bello stillo*를 가르쳐 준 시인입니다.〈지옥편〉, 제1곡, 86 초서는 〈옥스퍼드 대학생의 이야기〉에서 페트라르카를 "수사적 달콤함"E 31으로 온 이탈리아를 빛낸 인물이라고 말했습니다. 리드게이트는《테베 이야기*Book of Thebes*》에서 초서를 "탁월한 수사와 달변"을 갖춘 영국 시인들의 "꽃"이라고 묘사했습니다.Prologue, 40 초서를 계승한 모든 중세의 시인들은 초서를 이런 식으로 말했습니다. 그들의 찬사에서 초서가 실제 인물 같은 등장인물을 만들어 냈다거나 유쾌한 이야기를 들려주었다는 내용은 찾을 수 없습니다.

고대의 수사학 교사들이 연설가들에게 가르침을 주었을 당시, 대중연설은 모든 공인—전쟁터의 장군도 예외가 아니었습니다—에게는 물론이고 소송에 말려들 경우에는 사인에게도 필수적인 기술이었습니다. 당시 수사학은 가장 아름다운*soavissima* 기술이 아니라 가장 실용적인 기술이었습니다. 그리고 중세에 이르러 그것은 문학에도 적용되었습니다. 수사학의 가르침은 변호사뿐 아니라 시인에게도 유용했습니다. 수사학과 시 사이에는 어떤 대립도 없었고, 심지어 구분조차 없었습니다. 수사학자들은 라틴어를 쓰게 될 학생을 늘 염두에 두었지만, 저는 그들의 저작이 자국어의 사용에도 영향을 끼쳤다고 생각합니다.

〈수녀원 신부의 이야기〉에서B 4537 초서는 "오, 고명한 거장이신 고프레드여Gaufred, dere mayster souverain"라고 적음으로써 1200년경 "활발히 활동했고" 《새로운 시학*Poetria nova*》[40]을 쓴 제프리 드 반소Geoffrey de Vinsauf에 대한 기억을 보존하게 했습니다. 《새로운 시학》의 가치는 그 극단적 고지식함에 있습니다.

제프리 드 반소는 순서*Ordo*(어떤 이들은 이것을 배열*Dispositio*이라고 부릅니다)를 자연적인 것과 인위적인 것, 두 종류로 나눕니다.[41] 자연적 순서는 처음에서 시작하여 '마음의 왕'의 조언을 따라갑니다. 인위적 순서에는 세 종류가 있습니다. 끝에서 시작하는 것(《오이디푸스 왕》이나 입센의 희곡의 경우), 중간에서 시작하는 것(베르길리우스와 스펜서처럼), 그리고 경구*Sententia*나 실례*Exemplum*로 시작하는 것입니다. 초서는《새들의 의회》,《명예의 전당》, (《선녀 열전》의) 〈프롤로그〉, 〈필리스의 전설〉, 〈수녀원장의 이야기〉를 경구나 격언으로 시작합니다. 초서가 실례로 이야기를 시작하는 경우는 기억나지 않습니다만, 그의 작품들에 실례가 얼마나 많이 등장하는지는 따로 말할 것도 없습니다. 〈시골 유지의 이야기〉에는 1367행부터 1456행에 걸쳐 실례들이 줄줄이 등장하며, 트로일루스는 판다루스에게 이렇게 말할 충분한 이유가 있었습니다.

> 니오베의 여왕 따위가 나하고 무슨 상관이란 말인가?
> 제발 그 케케묵은 실례들일랑 집어치우게. 제1권, 759

여기서 제프리는 진짜 문제를 다루고 있습니다. 그렇게 드러내 놓고 거론할 사람은 별로 없겠지만 다들 겪어 본 적이 있는 문제입니다. 자연적 순서로는 부족할 때가 있다는 것이지요. 그리고 경구나 그 비슷한 것으로 이야기를 시작하는 구성은 망령처럼 여전히 떠돌고 있습니다. 초등학생들이 써놓은 치명적 도입 단락에 경구들이 '배회'하는 것을 보면, 에세이를 그렇게 시작하라고 배우는 모양입니다.

'확장*Amplificatio*'[42]을 다루는 그의 논의는 거의 민망할 정도입니다. 그는 작품을 "확장하는" 다양한 방법들을 솔직한 표현으로 "질질 끌기*morae*"라고 부릅니다. 마치 문학의 기술은 할 말이 별로 없을 때 많이 말하는 법을 배우는 데 있는 것처럼 보일 정도입니다. 저는 그가 정말 그렇게 생각하지 않았나 의심하고 있습니다. 제 말은 그가 추천하는 질질 끌기가 반드시 나쁘다는 뜻이 아니라 그가 그 진짜 기능을 오해하고 있다—저도 완전히 이해하는 것은 아닙니다—는 뜻입니다.

질질 끌기의 한 가지 종류는 '윤색*Expolitio*'입니다. 윤색의 공식은 이렇습니다. "같은 것을 다양한 형태로 위장하라. 달라지면서도 늘 같게 하라."

multiplice forma

Dissimuletur idem; varius sis et tamen idem.

이 말만 들으면 결과가 고약할 것 같습니다. 그러나 시편을 보면 그렇지 않습니다. 다음의 글도 마찬가지입니다.

곧게 다 자랄 수 있었을 가지가 잘렸네.
아폴로의 월계수 가지가 불탔음이여.

이보다 살짝 모자란 경우도 있습니다.

구름만 보여도 눈치 빠른 사람들은 비옷을 걸치고
낙엽이 날리면 닥쳐올 겨울을 대비하지.
해가 지면 밤을 맞을 준비를 하지 않는가?
때 아닌 폭우가 밀려오면 기근이 찾아온다고 봐야지.

—《리처드 3세》, 2막, 3장, 32 이하

또 하나의 질질 끌기는 '돌려 말하기*Circumlocutio*'입니다. "사물을 원래 이름과 다르게 불러서 작품의 분량을 늘려라Longius ut sit opus ne ponas nomina rerum." 단테는 〈연옥편〉제9곡, 1행에서 새벽을 "옛날 사람 티토노스의 신부*la concubina di Titone antico*"(티토노스는 그리스 신화에 나오는 트로이아의 왕자이다. 새벽의 여신 에오스가 그를 사랑한 나머지 납치하여 결혼했다. 불사의 몸을 받았지만 영원한 젊음은 받지 못하여 하염없이 늙어가다가 결국 매미로 변했다)[†]라고 불렀고, 초서는《트로일루스와 크리세이드》제3권 서두에서 "오 비너스여" 대신 이렇게 썼습니다.

오 거룩한 빛이여! 그대의 그 맑은 광선은
아름다운 제3하늘을 수놓고 있구나!
오 태양의 애인이여, 오 주피터의 사랑스런 딸이여!
사랑의 기쁨을 주는 분, 오 고귀한 존재여 ….

—《트로일루스와 크리세이드》

그러나 질질 끌기 중에서 가장 중요한 것은 '여담*Diversio*'입니다. 중세 시를 처음 읽는 독자들은 대부분 시인이 요점에서 자꾸만 벗어난다는 인상을 받았습니다. 시인이 의식의 흐름을 따라 표류한다고 생각했을 수도 있습니다. 하지만 중세의 수사Rhetoric에 대한 연구가 되살아나면서—20세기 중세 연구에서 새로 나타난 반가운 현상이지요—이런 생각은 설 자리가 없어졌습니다. 좋은 방식이든 아니든, 중세 작가들이 자꾸만 본론에서 벗어나는 것은 자연의 산물이 아닌 기술의 산물입니다.《장미 이야기》의 두 번째 부분은《신사 트리스트럼 섄디의 인생과 생각 이야기*Tristram Shandy*》와 같은 방식은 아니라도 비슷한 정도로 여담에 의존합니다. 로망스와 그 뒤를 이은 르네상스 작가들 특유의 설화 기법, 즉 서로 얽힌 이야기들이 끊임없이 서로를 넘나들고 방해하는 기법은 여담의 원리가 적용된 또 하나의 사례이자 수사학의 파생물에 불과할 수 있다는 제안이 있을 정도였습니다.[43]

저 개인적으로는 이 이론을 온전히 받아들이지 않지만 어쨌거나 이 이론에는 제프리가 추천한 여담을 그 적절한 맥락에서 보게 해 준다는 장점이 있습니다. 여담은 중세의 많은 건축과 장식에서 볼 수 있는 동일한 충동이 표현된 것으로 볼 수 있습니다. 우리는 그것을 미로 같은 것에 대한 사랑이라고 부를 수 있을 것 같습니다. 우리의 정신이나 눈이 한번 쓱 보고 이해할 수 없는 것, 전부 다 계획되어 있지만 첫눈에는 계획되지 않은 것으로 보이는 것을 내놓는 경향이지요. 모든 것이 다른 모든 것으로 이어지지만 아주 복잡한 경로를 거쳐야 합니다. 모든 지점에서 "우리가 여기에 어떻게 왔지?"라고 묻게 되지만 답은 언제나 있습니다. 건Gunn 교수는 우리가 문학에서 그런 구조를 즐길 수 있는 안목을 되찾는 데 큰 역할을 했습니다.[44] 그런 안목을 갖추면 작품의 주제가 수많은 여담을 낳고, 그것들이 다시 다른 여담을 낳는 방식으로 가지를 뻗어 나가는 억센 나무의 풍요로운 영광을 즐길 수 있습니다.

또 다른 질질 끌기는 '돈호법*Apostropha*'과 '묘사*Descriptio*'인데, 여기에 대해서는 특별한 언급이 필요하지 않습니다.

문체상의 '장식*Ornatus*'에 대해 제프리는 놀라운 조언을 합니다. "언제나 단어를 그 자연적 위치에 두지 말라*noli semper concedere verba In proprio residere loco*." 이 조언의 배후에는 아풀레이우스 같은 작가들의 관행이 놓여 있습니다. 라틴어 같은 굴절어에서는 관용적 어순의 위치를 바꾸는 데 거의 제한이 없습니다. 그런데 초서는 영어에서도 어순을 상당히 많이 바꿀 수 있음을 보여 주었는데, 때로는 우리가 잘 인식하지 못할 정도로 그 작업을 매우 능숙하게 해냈습니다.

트루일루스가 겪은 이중의 슬픔을 이야기하려 하니
그는 트로이아의 왕 프리아모스의 아들.
그의 사랑의 행적은
고통에서 행복으로, 다시 슬픔으로 변했네.
이것이 내가 하려는 말…

—《트로일루스와 크리세이드》, 제1권, 1행 이하

이 대목은 읽어 가면서 쉽게 이해가 됩니다. 그러나 영어가 사용된 어떤 시기에도 이런 식의 문장이 대화에서 가능한 적은 없었을 것입니다. 그리고 초서가 이런 근사한 어순교란을 시도한 마지막 시인도 아니었습니다.

여기서 우리는 두 가지 교훈을 이끌어낼 수 있습니다. 첫째, 중세 전성기의 시에 나타난 어순은 절대 그 자체로 당시의 구어 어순에 대한 증거가 될 수 없다는 것입니다. 둘째, 우리 눈에는 이 특이한 어순이 음보의 요구에 따른 절박한 양보로 보일 수 있지만, 늘 그런 것은 아닐 수 있다는 것입니다.

글을 어떻게 시작할 것인가 못지않게 어떻게 마칠 것인가도 문제였습니다. 방돔의 매슈Matthew of Vendôme(12세기 프랑스의 작가, 베르나르두스 실베스트리스의 제자)[†]는 그의 《시론*Ars Versificatoria*》[45](12세기 후반)에서 다섯 가지 방법을 제시합니다.[46]

첫째는 *per epilogum*, 즉 작품의 요점 재현*per recapitulationem sententiae*입니다. 작품 전체의 '문장'이나 교훈을 요약하는 것입니다. 초서는 방앗간 주인의 이야기, 장원 청지기의 이야기, 의사의 이야기를 이렇게 마무리했습니다.

둘째는 누군가에게 작품을 수정해 달라고 청하는 것입니다. 초서는 《트로일루스와 크리세이드》 끝부분에서 가워에게 이 일을 청했습니다.제5권, 1856행

셋째는 부족한 부분을 너그럽게 봐달라고 청하는 것*per veniae petitionem*입니다. 가워는 《사랑의 고백》VIII, 3062, 초판에서, 호스Stephen Hawes는 《쾌락의 위안*The Pastime of Pleasure*》5796에서 이 방법을 사용했습니다.

넷째는 호언장담*per ostensionem gloriae*으로 마무리하는 것입니다. 그리스 고전의 선례로는 호라티우스의 "나는 청동보다 오래 갈 금자탑을 쌓았다*exegi monumentum aere perennius*"가 있습니다. 중세에 자국어로 글을 쓴 시인 중에서 호라티우스를 따라갈 만큼 대담한 시인은 거의 없었습니다.

끝으로, 하나님을 찬양하면서 끝맺을 수 있습니다. 초서는 《트로일루스와 크리세이드》제5권, 1864행에서 이 방법과 두 번째 방법을 결합하여 사용했습니다.

〈의사의 이야기〉에서는 수사학의 원칙들이 완전히 작동하는

것을 볼 수 있습니다. 그 이야기를 분석해 보았습니다.

1-4 이야기

5-29 묘사*Descriptio*가 중단되고 자연의 의인화*Prosopopoea*가 나옴

30-71 묘사 재개

72-92 가정교사들을 부르는 돈호법*Apostropha*

93-104 부모들을 부르는 돈호법

105-239 이야기

240-244 입다 딸의 실례*Exemplum*

245-276 이야기

277-286 작품의 요점 재현*per recapitulationem sententiae*으로 마무리

열여섯 행의 이야기마다 열 행 정도의 확장이 진행됩니다. 〈식료품 조달인의 이야기〉도 같은 방식의 수사학적 작품입니다. 〈면죄사의 이야기〉에서는 현대인들이 더 쉽게 즐길 수 있는 방식으로 여담이 사용되었습니다.

네 가지 4과Quadrivial Arts는 여기서 간단하게 다루고 넘어가야겠습니다. 천문학에 대해서는 앞장에서 다룬 바 있고, 중세 음악이라는 방대하고 보람찬 주제에 대해서라면 저보다 더 나은 자격을 갖춘 안내자를 찾으셔야 할 것 같습니다.[47] 기하학은 물론 문학에 별다른 영향을 끼치지 않았습니다. 하지만 산술이 중세 기간에 값진 새 도구를 확보했다는 것은 기억해 둘 만합니다. '아라

비아' 숫자 말입니다. 아라비아 숫자는 인도에서 5세기에 나왔지만 알 콰리즈미Al-Khowarazmi로 알려진 9세기의 수학자 벤 무사Ben Musa, 780-850의 저작을 통해 서양에 이르렀습니다. 이 과정에서 흥미로운 오류들과 전설들의 작은 소용돌이가 생겨났습니다. '알 콰리즈미'(콰레즘 출신의 사람)[†]에서 추상명사 알고리즘algorism이 나왔고, 후대에는 *augrim*이 나왔는데 계산을 뜻합니다.《여성수도자 입문서*Ancrene Wisse*》에 나오는 "계산 수치figures of augrim"도 여기서 유래한 말입니다. 이후 알고리즘이라는 단어를 설명하기 위해 수학의 현자 알구스가 창조되었고, 그래서《장미 이야기》는 다음의 이름을 함께 거론합니다.

> 알구스, 유클리드(에우클리데스), 프톨레마이오스. 16373행

그러나 12994행에서 알구스는 아르구스가 되었고, 초서의《공작부인의 서*Book of the Duchess*》에서는 "고귀한 계산자 아르구스*Argus the noble countour*"로 바뀌었습니다.

viii. 중세 우주 모형의 영향

"눈부시게 아름다운 이 모든 세계를 보았다."

— 밀턴, 《실낙원》, 제3편, 554행

중세 르네상스 시들 중에서도 뛰어난 작품들을 읽어 본 사람이라면 누구나 거기 담긴 충실한 지식—과학·철학·역사—의 양에 주목할 수밖에 없었습니다. 그런데 《신곡》이나 린지David Lyndsay, 1490-1555의 〈꿈Dreme〉이나 스펜서의 (《선녀여왕》 7권에 나오는) 변화Mutability 칸토들에서처럼, 주제가 정해지면 다룰 수 있고 다뤄야 할 내용도 함께 정해지는 경우가 있습니다. 때로 그 내용은 우리 기준으로 볼 때 굳이 없어도 될 것 같은 주제와 유기적으로 이어져 있습니다. 행성들의 특징과 영향이 〈기사의 이야기〉나 《크리세이드의 유언*Testament of Cresseid*》(스코틀랜드 시인 로버트 헨리슨1425-1500의 이야기 시)[†]에 포함되어 있는 것이 바로 그런 경우입니다. 그러나 우리 눈에는 '억지로 끌어들인' 것처럼 보이는 대목들이 중세의 작가에겐 더없이 적절한 것이었을 수 있습니다. 《가윈 경과 녹색기사》의 시인이 트로이아의 멸망으로 이야기를 시작한 것은 그저 분량을 부풀리기 위해서가 아닙니다. 그는 "모든 것에 자리를, 모든 것을 제자리에"라는 원칙을 따르고 있습니다. 가윈 경은 아서 왕을 통해, 아서 왕은 브루투스를 통해, 브루투스는 트로이아를 통해 '역사적' 모형 전체에서 한자리를 차지하는 것입니다. 하지만 지식의 양을 늘리는 가장 흔한 방법은 여담으로 빠지는 것입니다. 《장미 이야기》에 나오는 여담들은 운명,4837-5070 자유 의지,17101-17778 참된 고귀함,18589-18896 자연의 기능과 한계,15891-16974 여러 신과 천사의 파생적인 불멸성19063-19112을 다룹니다. 때로 독자들은 우주론이나 형이상학을 다룬 대목이 어느 정도나 여담에 해당하는지를 놓고 의견을 달리할 수 있습니다. 드굴러빌의 《인생의 순례*Pèlerinage*》 3344행부터 3936행까지는 자연과 그 위의 영역을 나눈 아리스토텔레스의 구분을 길게 (기독교적 형태로) 극화한 대목이 나오는데 (리드게이트의 역본에서) 저자는 이 부분이 적절하다고 여길 수 있습니다. 그리고 어떤 이들은 《트로일루스와 크리세이드》 제5권에서 자유 의지를 다룬 대목이 여담이 아니라고 생각합니다.

중세 작품들의 충실한 지식의 양을 드러내는 가장 단순한 형식은 목록입니다. 베르나르두스의 품계, 별, 산, 짐승, 강, 나무, 채소, 물고기, 새의 목록이 그 예입니다.1 Metr. III 《명예의 전당》에는 음악가들의 목록III, 1201 이하이, 〈시골 유지의 이야기〉에는 덕스러운 여인들,F 1367 이하 《왕의 서》에는 짐승들,st. 155-157 《유리의 신전*Temple of Glas*》에는 유명한 연인들,55 이하 헨리슨의 〈여우의 재판Trial of the Fox〉에는 짐승들,*Fables*, 881 이하 〈지혜의 궁정Court of Sapience〉에는 돌,953 이하 물고기,1198 이하 꽃,1282 이하 나무,1374 이하 날짐승과 들짐승1387 이하의 목록이 등장합니다. 더글러스Gavin Douglas의 《명예의 궁전*Palice of Honour*》에는 현인, 연인, 뮤즈, 산, 강, 그리고 "성서와 이방의 이야기들에 나오는 고귀한 남녀들"이 나옵니다. 페트라르카의 〈

승리Trionfi〉의 전체 구조는 가능한 한 많은 목록을 싣기 위한 목적으로 고안된 듯 보입니다.

목록을 읽다 보면 처음에는 저자들이 잘난 체하는 것처럼 느껴질 수 있지만, 그것이 진정한 설명일 리는 없습니다. 거기에 담긴 지식은 많은 부분 너무 평범한 것이라 저자의 탁월함을 반영해 주지는 못하니까요. 헨리슨은 행성들의 특성들을 매우 생생하게 묘사한 대목으로 감탄을 기대했을 수 있고 그럴 만도 합니다. 하지만 그런 내용을 알고 있었다는 것 자체는 자랑거리가 되지 못합니다. 여러 해 전에 제가 처음 중세 문학을 다룰 때 가졌던 견해에 대해서도 이와 동일한 반론이 가능합니다. 저는 책이 아주 드물고 지적 욕구가 채워지지 않았던 시대에는 어떤 상황에서 선보이는 어떤 지식이라도 환영받았을 것이라고 생각했습니다. 그러나 이것은 대부분의 청중들이 분명히 알고 있었을 지식을 작가들이 기꺼이 제시하는 이유를 설명해 주지는 못합니다. 우리는 중세 사람들이 톨킨 교수의 호빗들처럼 자신이 이미 아는 내용을 말해 주는 책들을 즐겼다는 인상을 받게 됩니다.

중세 작품들에 담긴 지식의 양에 관한 또 다른 설명이 있을 수 있습니다. 수사학을 기반으로 한 설명입니다. 수사학이 질질 끌기 또는 부풀리기*morae*를 부추겼다는 것이지요. 그런데 그 모든 과학과 '이야기'가 단지 "작품을 길게 늘이기 위해*longius ut sit opus*" 첨가되었을까요? 이것은 수사학이 형식적 특성은 설명해 주지만 내용적 특성은 설명해 주지 못한다는 점을 간과한 설명일 수 있습니다. 즉, 수사학이 본론에서 벗어난 이야기를 부추긴다 해도 무엇으로 그 이야기를 채울지는 말해 주지 않는다는 것이지요. 수사학이 공통된 장소들Common Places을 다루라고 제안할지는 몰라도, 공통된 장소의 조건이 무엇인지는 결정해 주지 못합니다. 쿠르티우스Ernst Robert Curtius, 1886-1956(독일의 문예평론가)† 박사는 수많은 시인들이 다루고자 시도한 유쾌한 숲의 풍경, 즉 아름다운 장소locus amoenus에 대해 썼습니다.[1] 그런데 경솔한 독자는 이 작품을 읽고 잘못된 인상을 받을 수 있습니다(당연히 저는 그것이 쿠르티우스 박사의 탓이라고 생각하지 않습니다). 수사학이 아름다운 장소를 다루라고 제안했을 뿐 아니라 어떤 곳을 아름다운 장소로 만든 인기의 비결까지 설명해 준다고 생각하는 것이지요. 그러나 수사학은 그런 닫힌 체계가 아닙니다. 어떤 장소가 아름다운*amoneus* 곳이 되게 만들어 공통적*communis* 장소가 되게 한 것은 자연—달라지는 빛과 그늘, 나무와 흐르는 물과 부드러운 바람 같은 특징, 그것들이 인간의 신경과 감성에 미치는 영향—입니다. 이와 마찬가지로, 중세 작품 속의 목록과 여담이 어떤 종류의 내용으로 채워졌다면, 그것은 작가와 청중들이 그것을 좋아했기 때문임이 분명합니다. 원하는 사람이 없는데 여담을 통해 우주의 크고 영속적인 특성들을 다룰 필요는 없으니까요. 호메로스의 책에 나오는 기나긴 비유들이나 톰슨의 '에피소드들'은 대체로 우주에 대해 다루지 않습니다. '삽화적 사건들*vignettes*'을 다룬 경우가 더 많지요.

또, 수사학적 설명을 확장하여 시각 예술까지 설명할 수는 없습니다. 시각 예술에서도 동일한 현상을 보게 되거든요. 시각 예술도 사람들이 우주에 대해 믿는 바를 끊임없이 재진술합니다. 저는 앞에서 섭리와 운명에 대한 보에티우스의 교리를 감명 깊게 재진술한 키지 예배당 위의 쿠폴라(돔)를 언급한 바 있습니다.[2] 그 건물만 그런 것이 아닙니다. 도제(총독)의 궁전Doge's palace(두칼레 궁전Palazzo Ducale) 원주 상단의 주두에서는 행성들이 아래를 내려다보고 있는데, 각 행성은 그 '자녀들', 즉, 행성의 영향을 보여 주는 인간들로 둘러싸여 있습니다.[3] 이 행성들은 피렌체의 산타 마리아 델 피오레 대성당에서 다시 보게 되는데, 사라센 도상학의 영향을 받아 묘하게 위장되어 있습니다.[4] 또 이 행성들은 산타 마리아 노벨라 성당에도 등장하여 《향연》의 방식에 따라 7자유학예와 짝을 이루고 있습니다.[5] 파도바의 대형 홀(라조네궁 혹은 팔라초 델라 라조네)[6]은 이와 다른 예술품으로, 스펜서의 (《선녀여왕》 7권의) 변화 칸토들과 상당히 유사합니다. 행성들, 그 자녀들, 황도 십이궁, 사도들, 그리고 인간의 노동이 적절한 달months 아래에 모두 배치되어 있습니다.

행성들이 《크리세이드의 유언》에 들어 있을 뿐 아니라 플롯 안에 엮여 들어간 것처럼, 이 건물들에도 우주론적인 내용이 건물의 플롯이라 부를 만한 부분에 엮여 들어가 있습니다. 피렌체의 산 로렌초 성당 구 성구실의 제단 위 쿠폴라에 그려진 별자리들을 우리는 단순한 장식품으로 가볍게 생각할 수 있습니다. 그러나 그것들은 제단이 봉헌된 1422년 7월 9일의 별자리에 해당합니다.[7] 파르네제 궁전에는 건물의 주인이었던 키지의 생일에 맞게 별자리가 배치되어 있습니다.[8] 그리고 파도바의 대형 홀은 해가 뜰 때마다 태양이 지나게 될 황도궁에 햇살이 비치도록 설계되어 있습니다.

지금은 볼 수 없는 사라진 예술인 패전트극Pageant(중세 영국에서 유행하던 야외극. 수레무대에서 각지를 다니며 공연했다)[†]은 유사한 주제들을 되풀이하기를 좋아했습니다. 그리고 한때 순전히 상상의 작품이라고 생각했던 르네상스 시대의 많은 그림들이 과하다 싶을 만큼 철학으로 채워져 있다는 사실이 최근에 드러났습니다.[9]

이 책의 서두에서처럼 우리는 여기서도 중세인들과 야만인들의 행동 사이의 인상적이고도 기만적인 유사성을 봅니다. 자연의 거대한 작용을 모방하여 지상에서 재현하는 이런 노고[10]는 자연의 작용을 모방하여 그 작용을 제어하거나 촉진하려고 한 야만인의 시도와 아주 유사해 보입니다. 야만인들은 막대기와 톰톰(손으로 두드리는 북)[†]으로 뇌우 같은 요란한 소리를 내어 비를 내리려는 시도를 했지요. 그러나 무엇이든 쉽게 믿는 중세와 르네상스 사람들은 정반대 방향으로 향했습니다. 당시 사람들은 자신이 달 너머의 힘들을 제어할 수 있다고 생각하기보다는 그 힘들이 자기들을 제어한다고 생각했습니다. 자연의 힘을 모방하는 마법이 아니라 점성술적 결정론에 빠지는 것이 진정한 위험이었습니다.

저는 가장 단순한 설명이 참된 설명이라고 믿습니다. 시인들 및 기타 예술가들이 행성들과 별자리들을 묘사한 이유는 그들이 이것들을 곱씹기를 좋아했기 때문입니다. 역사상 그 어떤 시대도 중세인들의 우주 모형과 같은 것을 가진 적이 없었습니다. 중세인들이 온전히 받아들인 이 우주 모형은 상상이 가능했고 그들은 이것을 상상하며 큰 만족을 느꼈습니다. 마르쿠스 아우렐리우스는 (《명상록》에서) 사람이 자기 도시를 사랑하듯 우주를 사랑하기를 바랐습니다.[11] 저는 제가 다루고 있는 중세에서는 그와 비슷한 일이 실제로 가능했다고 믿습니다. 적어도 그와 상당히 비슷한 일이 가능했습니다. 제가 볼 때 중세와 르네상스 사람들의 우주 사랑은 스토아학파였던 아우렐리우스 황제가 생각한 것보다 양심과 체념의 요소가 적었고 자발적이고 미적이었습니다. 그것은 워즈워스가 말한 것과는 달랐지만 "자연에 대한 사랑"이었습니다.

그래서 주위의 인간 생활을 단순히 모방하거나 그에 대해 논하는 것은 예술의 유일한 기능으로 여겨지지 않았습니다. 호메로스의 글을 보면 인간의 노고는 그 자체를 위해 아킬레우스의 방패에 등장합니다. 그러나 (《선녀여왕》의) 변화 칸토들이나 (라조네 궁의) 대형 홀에 인간의 노고가 등장하는 이유는 그 자체를 위해서만이 아니라 그것들이 달months과, 황도와, 더 나아가 자연 질서 전체와 관련이 있기 때문입니다. 이것은 호메로스가 초탈

했던 지점에서 스펜서가 교훈을 늘어놓았다는 뜻이 결코 아닙니다. 호메로스가 개별적인 것들을 기뻐한 대목에서 스펜서는 모든 개별적인 것 각각에 자리를 부여한 거대한 상상의 구조 또한 기뻐했다는 뜻입니다. 모든 개별적 사실과 이야기는 전체 안에서 적절하게 자리를 잡아 듣는 이의 마음이 우주 모형 전체로 향하게 만들 때 더 흥미로워졌고 즐거움도 배가되었습니다.

제 생각이 옳다면, 당시의 천재는 그를 계승한 현대의 천재와 상당히 다른 처지에 있었습니다. 현대의 천재는 종종 또는 흔히 그 의미를 알 수 없는 현실, 아무 의미도 없는 현실에 직면합니다. 의미가 있는지 여부를 묻는 질문 자체가 무의미해지는 현실 말입니다. 그는 의미도 형식도 없는 현실에서 자신의 감수성에 의거해 의미를 찾아내거나 자신의 주관에 따라 그 현실에 의미를 부여합니다. 그러나 우리 조상들이 중세 모형으로 바라본 우주는 내장된 의미를 지니고 있었는데, 여기에는 '의미 있는 형식'이 있다(감탄할 만한 디자인이다)는 뜻과 현실을 창조한 지혜와 선이 나타나 있다는 뜻이 있었습니다. 현실을 일깨워 아름답게 보이거나 생기 있게 보이게 만들어야 할 상황이 아니었습니다. 분명히 말하지만, 중세 우주 모형은 혼인 예복도 수의도 아니었습니다. 현실은 이미 완벽한 모습으로 거기 있었습니다. 현실에 적절한 반응을 하는 것이 어려울 뿐이었습니다.

이것을 받아들인다면 중세 문학의 일부 특성을 이해하는 데 큰 역할을 할 것입니다.

예를 들면, 이것은 중세 문학의 전형적인 결점과 장점을 모두 설명할 수 있습니다. 우리 모두 알다시피, 중세 문학의 전형적인 결점은 진부함입니다. 순전하고 당당하고 길게 이어지는 진부함입니다. 저자는 독자의 흥미를 끌려는 시도조차 하지 않는 것 같습니다. 《남부 영국의 성인전》이나 《오르물럼 *Ormulum*》(수사 오름의 미완성 성서 주해)[†]이나 호클리브 Thomas Hoccleve, 1368-1426(영국의 시인)[†]가 좋은 사례입니다. 의미가 내장된 세계에 대한 믿음이 이런 경향을 어떻게 부추기는지 이해할 수 있습니다. 작가들은 모든 것이 그 자체로 너무나 흥미롭다고 느끼기 때문에 굳이 흥미롭게 만들 필요를 느끼지 못합니다. 이야기를 아무리 시원찮게 전한다 해도 여전히 들려줄 만한 가치가 있다고 믿습니다. 그는 자신이 감당해야 할 거의 모든 일을 주제가 대신해 주기를 기대합니다. 이런 마음 자세는 문학 바깥에서도 볼 수 있습니다. 가장 낮은 지적 수준에서 한 주제에 완전히 사로잡힌 사람들은 질이 어떻든 간에 그것을 언급하는 것만으로도 모종의 가치가 있다고 생각하는 경향이 있습니다. 그 수준에 있는 경건한 사람들은 아무 성경 구절이나 찬양 구절을 하나 인용해도, 작은 오르간으로 아무 소리만 내도 유익한 설교나 설득력 있는 변증이 된다고 생각하는 것 같습니다. 같은 수준의 덜 경건한 사람들, 지루한 광대들은 벽에다 외설적인 단어 하나를 쓰는 것만으로 육감적이거나 희극적인 효과를 낼 수 있다고—어느 쪽을 의도한 것인지는 잘 모르겠습니다—생각하는 것 같습니다. 의미가 '주어져 있는' 우주 모형의 존재 역시 이와 마찬가지로 축복이자 저주입니다.

하지만 의미가 내장된 세계에 대한 믿음은 훌륭한 중세 작품의 특징적인 장점과도 연관되어 있습니다. 이것은 채프먼George Chapman, 1559-1634(영국의 시인·극작가. 호메로스의《일리아스》와《오디세이아》를 영역했고 키츠에게 많은 영향을 주었다)†이나 키츠의 이야기 시에서 마리 드 프랑스Marie de France(영국에서 살았던 12세기 프랑스의 여류 시인)†나 가워의 시의 최고 대목으로 넘어가 보면 누구나 느낄 수 있습니다. 당장 독자는 긴장을 찾아볼 수 없다는 느낌을 받을 것입니다. 엘리자베스 시대나 낭만주의 시대의 시에서는 시인이 많은 공을 들였다는 것을 느끼게 됩니다. 그런데 중세의 시에서는 처음에는 시인을 거의 의식하지 못합니다. 글이 너무나 명료하고 쉽게 읽혀 이야기가 스스로 말하는 것처럼 보입니다. 직접 시도해 보기 전까지는, 누구라도 그렇게 쓸 수 있을 것 같습니다. 그러나 실제로는 어떤 이야기도 스스로 말하지 않습니다. 기술이 작동합니다. 그러나 뛰어난 중세 작가들은 시원찮은 중세 작가들 못지않게 자신이 다루는 내용의 본질적 가치를 완전히 확신하고 그 기술을 구사합니다. 이야기를 들려주는 이유는 이야기 자체의 가치 때문입니다. 하지만 채프먼이나 키츠의 작품에서 우리가 느끼는 이야기의 유일한 가치는 그것을 풍성하고 대단히 개인적으로 다룰 기회를 얻었다는 것뿐입니다. 시드니의《아르카디아》에서 맬러리의《아서 왕의 죽음》으로 넘어갈 때, 드레이턴의 작품에 나오는 죽음에서 레이어먼의 전투로 넘어갈 때 우리는 같은 차이를 느낍니다. 지금 저는 어느 쪽이 좋다 나쁘다 말하는 것이 아닙니다. 두 방식의 글쓰기 모두 좋은 작품을 만들 수 있으니까요. 저는 다만 차이점을 강조하는 것뿐입니다.

중세 문학의 이런 경향은 특징적인 중세적 상상력으로 연결됩니다.[12] 이것은 워즈워스의 변화시키는 상상력이 아니고 셰익스피어의 꿰뚫어 보는 상상력도 아닙니다. 이것은 구현해 내는 상상력입니다. 맥컬리는 단테 안에서 볼 수 있는 극도로 사실적인 그림 같은 묘사에 주목했습니다. 세부 내용과 비유는 일체의 위엄을 포기하고 자신이 본 것을 독자들도 기필코 보게 하려고 고안한 것입니다. 그런데 단테는 이 부분에서 전형적인 중세의 특징을 보입니다. 중세는 현대에 상당히 근접할 때까지 전면에 내세운 사실들의 '클로즈업'에서 타의 추종을 불허했습니다. 《공작부인의 서》에 나오는 작은 개의 행동을 보십시오. "콘스탄스의 얼굴이 바로 그러했습니다. 그녀는 주위를 둘러보았습니다." "가는 내내 그녀는 쉬지 않고 우는 아이를 달랬습니다." 〈변호사의 이야기〉 알시테와 팔라몬이 싸우기 위해 만났을 때, "그들의 얼굴빛이 달라졌습니다." 〈기사의 이야기〉 시녀들이 그리셀다의 (남루한) 옷을 만지기를 기꺼워하지 않는 모습은 어떻습니까. 〈옥스퍼드 대학생의 이야기〉 그러나 초서의 글에서만 이런 특징이 나타나는 것은 결코 아니었습니다. 레이어먼의 (《브루트》에는) 젊은 아서가 얼굴이 창백해졌다 빨개지는 장면이나 멀린

이 황홀경에 빠져 예언하면서 몸을 뱀처럼 비비 꼬는 장면이 나옵니다. 〈인내Patience〉에서 요나는 "대성당 문으로 들어가는 티끌처럼" 고래의 입속으로 들어갑니다. 맬러리의 《아서 왕의 죽음》에서는 재정과 관련된 실질적 세부 내용이 나오고, 심지어는 쉽게 알아들을 수 있는 귀네비어(아서 왕의 왕비)[†]의 기침소리까지 등장합니다. 《기사 후온*Huon of Bordeaux*》에 나오는 빵 굽는 요정들은 손가락에 묻은 반죽을 비벼서 털어 냅니다. 헨리슨의 실속 없는 쥐는 많은 "동정어린 눈길"을 받으며 강둑을 오르내립니다. 〈친절한 키톡Kynd Kittok〉에는 전능자께서 늙은 맥주집 안주인을 보고 "배가 아프도록 웃는" 모습이 나옵니다. 이제는 모든 소설가가 이런 생생함을 장사 수단으로 갖추고 있습니다. 종종 너무 과하게 사용하여 효과를 반감시킬 정도지요. 그러나 중세에는 이것을 배울 수 있는 본이 될 만한 이들이 별로 없었고, 오랜 시간이 지난 후에야 많은 후계자들이 나타났습니다.[13]

두 가지 부정적 조건 때문이 중세 특유의 구현적 상상력이 가능했습니다. 중세인들은 의疑고전주의 적정률 기준으로부터 자유로웠고, 시대 감각도 없었기 때문입니다. 그러나 실질적 원인은 그들이 스스로 다루는 내용에 경건하게 주목했고 그것에 대한 확신을 갖고 있었다는 것입니다. 그들은 그 내용을 고상하게 만들거나 변화시키려고 시도하지 않았습니다. 그 내용이 그들을 사로잡았거든요. 그들의 눈과 귀는 그 내용에 푹 빠져 있었고, 그래서—어쩌면 자신들이 어느 정도나 지어내는 것인지 거의 의식하지 못한 채—그 사건을 보고 듣는 경지에까지 이르렀습니다.

인정하건대, 그들의 일부 글에는 꾸밈도 많고 허세라 생각할 만한 것도 있는데, 라틴어를 쓸 때는 특히 그렇습니다. 그러나 그것은 피상적으로만 그럴 뿐입니다. 피상적이라는 말이 반드시 경멸의 의미는 아닙니다. 중세 저자의 기본적인 태도는 여전히 긴장이나 가식으로부터 자유롭습니다. 그는 존중받아야 마땅하다고 자타가 공인하는 주제를 존중하기 위해 붉은색으로 쓰고 화려하게 꾸밉니다. 그가 작품을 쓰는 방식은 존 던이 엘리자벳 드루리의 죽음을 거의 우주적 재난으로 표현한 시(좋은 시였습니다)를 쓴—그런 내용을 차가운 산문으로 다루는 것은 말도 안 됩니다—방식과 전혀 다릅니다. 중세의 시인이라면 그런 방식이 어리석다고 생각했을 것입니다. 던바는 예수의 탄생, 또는 적어도 왕실의 결혼을 기념하기 위해 자신의 시구를 화려하게 꾸몄습니다. 그는 자신이 예식에 참석하고 있다고 생각했기 때문에 공식 예복을 입은 것입니다. 그는 "곡예를 한" 것이 아닙니다.

우리가 여러 전통에서 시원찮은 시, 다시 말해 시 자체와 시인을 내세우는 시를 만날 때는 "그 본질을 **꿰뚫어** 볼see *through*" 수 있다고 말할 수 있습니다. 미장 마감을 해도 그 안쪽의 잡석은 탐지할 수 있습니다. 그러나 최고의 중세 작품의 영광은 종종 우리가 그것을 "통해 **볼***see* through" 수 있다는 사실에 있습니다. 순수한 투명성입니다.

주목할 만한 흥미로운 특성이 하나 더 있습니다. 생생한 클로

즈업의 상당수는 전체로 볼 때 독창적이지 않은 작품들에 독창적으로 추가된 요소입니다. 이런 일이 얼마나 자주 일어나는지 보면 놀랍습니다. 중세 작가의 전형적인 활동이 기존에 있는 작품을 수정하는 것이 아닌가 하고 말하고 싶어질 정도입니다. 초서는 보카치오의 작품을 수정했고, 맬러리는 프랑스 산문 로망스를 수정했으며, 프랑스 산문 로망스들은 이전의 운문 로망스들을 보완한 것입니다. 레이어먼은 웨이스의 작품에 손을 댔고, 웨이스는 제프리의 작품을, 제프리는 누군지 모르는 누군가의 작품을 다시 썼습니다.

중세인들은 기존의 작품을 다시 쓸 때마다 어김없이 새로운 생명력을 불어넣는 대단한 독창성과 완전히 새로운 작품을 쓰는 경우는 거의 없다는 점에서 대단한 비독창성을 동시에 보여 주는데, 어떻게 그럴 수 있었을까 의아한 생각이 듭니다. 여기서의 기존 작품은 어떤 이탈리아 소설이 셰익스피어 희곡의 출처일 수도 있다는 의미에서 '출처'보다 훨씬 더 큰 가치가 있습니다. 셰익스피어는 이탈리아 소설의 줄거리에서 몇 가지 뼈대를 가져오고 나머지는 그냥 내버리는 합당한 조치를 취합니다. 그 뼈대를 가지고 셰익스피어가 빚어내는 새 작품은 취지나 분위기, 언어에서 그가 참고한 원전과 전혀 공통점이 없습니다. 그러나 초서의 《트로일루스와 크리세이드》와 보카치오의 《필로스트라토 *Filostrato*》의 관계는 이와 많이 다릅니다.

어느 화가가 다른 화가의 그림을 가지고 캔버스 삼분의 일에 해당하는 부분을 수정했을 경우, 각 화가가 전체 그림에 기여한 부분을 수치로 평가하려는 시도는 어처구니없는 일이 될 것입니다. 새롭게 손댄 부분의 모든 부피감과 색상은 여전히 남아 있는 원래 부분에 의해 속속들이 영향을 받을 것이고, 기존의 부분도 손댄 부분에 의해 부피감과 색상에서 비슷한 영향을 받을 것입니다. 우리는 그 총체적 효과를 산술적이 아니라 화학적으로 생각해야 합니다. 초서가 보카치오의 이야기를 다시 쓴 것이 이와 같았습니다. 초서가 내용을 덧붙이고 나자 보카치오의 이탈리아어 작품과 정확히 똑같다고 말할 만한 대목은 그 책에서 고스란히 옮겨온 구절들을 포함해도 단 한 줄도 없었습니다. 그러나 덧붙인 대목에 들어 있는 모든 시구가 내는 효과는 기존 작품을 그대로 옮겨온 그 전후 대목들에 의존합니다. 지금 우리가 가진 시(《트로일루스와 크리세이드》)[†]는 어느 한 저자의 작품이라 할 수가 없습니다. 우리가 맬러리의 작품이라 부르는 작품(《아서 왕의 죽음》)[†]은 더 말할 나위도 없습니다.

이렇게 되면 중세 문학을 다룰 때는 근대 비평의 기본이 되는 '책-저자'의 세트를 다시 생각해야 한다는 결론이 따라옵니다. 어떤 책들은—제가 다른 곳에서 쓴 비유를 여기서도 써도 된다면—여러 다른 시기의 작업이 뒤섞여 총체적 효과를 만들어 낸 대성당을 대하듯 보아야 합니다. 참으로 감탄스럽지만, 대대로 건축에 참여한 건축자들 중 누구도 예견하거나 의도하지 않았던 대성당처럼 말이지요. 많은 세대가 나름의 정신과 나름의 문체로 아서 왕 이야기에 기여했습니다. 맬러리를 현대적 의미에서의 저자로 규정하고 그 이전의 모든 작품들을 '출처'의 범주에 집어넣는 것은 오해의 소지가 있는 일입니다. 맬러리는 마지막 건축가로서 여기 몇 가지를 허물고 저기에 몇 가지 특성을 덧붙인 것이지요. 그 정도로는 《허영의 시장*Vanity Fair*》이 새커리William Thackeray, 1811-1863의 작품이듯 아서 왕 이야기가 맬러리의 작품이라고 할 수가 없습니다.

중세인들이 우리처럼 저작권 개념을 갖고 있었다면 그런 식으로 일하는 것이 불가능했을 것입니다. 그러나 그들의 문학 개념이 독창성을 둘러싼 더 깊은 의미에서 우리의 문학 개념과 다르지 않았다 해도 그런 작업은 불가능했을 것입니다. 그들은 현대의 표절자와 달리 독창성을 가장하기보다는 오히려 숨기는 경향이 있었으니까요. 때로 그들은 원본으로 삼은 고전 저자로부터 이탈하는 바로 그 순간에 그들로부터 어떤 내용을 끌어낸다고 주장합니다. 그 말이 농담일 리는 없습니다. 우스운 구석이 없으니까요. 만약 농담이라면 학자 외에 누가 그것을 알아들을 수 있을까요? 그들은 어떤 일이 어떻게 벌어졌다는 확신을 품고 관련 문서의 내용을 잘못 전달하는 역사가와 비슷하게 행동했습니다. 그들은 자신이 하는 일이 단순히 '이야기를 지어내는 것'이 아니라고 다른 이들과 어쩌면 어느 정도는 본인까지 설득하고 싶어 하는 것 같습니다. 그들의 목표는 자기표현 내지 '창조'가 아니기 때문입니다. 그들의 목표는 '역사적' 내용을 그 가치에 걸맞게 전달하는 것입니다. 자신의 천재성이나 시적 기술에 걸맞은 것이 아니라 내용 자체에 걸맞게 전달하는 것 말입니다.

그들이 우리 식의 독창성 요구를 이해했을 것 같지 않고, 그들 시대의 독창적인 작품을 독창적이라는 이유로 더 높게 평가했을 것 같지도 않습니다. 레이어먼이나 초서에게 "왜 당신만의 완전히 새로운 이야기를 지어내지 않습니까?"라고 묻는다면 그들은 아마 이렇게(이런 취지로) 대답할 것 같습니다. "우리가 아직 그 지경에 이르지는 않았잖아요?" 그들의 세상에는 수많은 고귀한 행동, 온전한 본보기, 가슴 아픈 비극, 이상한 모험, 그리고 유쾌한 농담이 그 가치에 걸맞게 제대로, 충분히 제시되지 못한 채 널려 있었습니다. 그런데 자기 머리로 이야기를 지어낸다고요? 우리가 부요함의 징후로 여기는 독창성이 그들에게는 빈곤함의 고백으로 보였을 것입니다. 손만 뻗으면 가질 수 있는 보물이 주위에 잔뜩 있는데 왜 외톨이 로빈슨 크루소처럼 이것저것 만들어낸단 말입니까? 그러나 현대의 예술가는 보물이 널려 있다고 생각하지 않습니다. 그는 비금속卑金屬을 금으로 바꿔야 하는 연금술사입니다. 둘은 전혀 다릅니다.

역설적이게도, 중세인들이 이렇게 독창성을 버렸을 때 그들이 실제로 보유한 독창성이 나왔습니다. 초서가 보카치오의 《필로스트라토》를, 맬러리가 '프랑스 책'을 경건한 마음으로 몰두해서 바라볼수록, 거기 나오는 장면들과 인물들은 그들에게 더욱 현실적이 됩니다. 그 현실감에 힘입어 그들은 책이 실제로 말해 주는 것보다 처음에는 조금 더 많은 것을, 나중에는 훨씬 많은 것을 보고 듣고, 결국에는 쓸 수밖에 없게 됩니다. 이렇게 해서 그들은 고전 저자의 작품에 내용을 추가할 때 거기에서 가장 많은 덕을 보게 됩니다. 그들이 자신이 읽는 고전에 덜 매료되었다면 원저자의 글을 더 충실하게 재현했을 것입니다. 우리는 다른 사람의 작품을 반쯤 번역하고 반쯤 다시 쓰는 것을 '뻔뻔한 일', 용서받을 수 없는 제멋대로의 처사라고 생각합니다. 그러나 초서와 맬러리는 고전 저자의 권리를 생각하지 않았습니다. 그들의 머릿속에는 트로일루스나 란슬롯 생각뿐이었습니다. 그들이 그렇게 생각하게 만들었으니 고전 저자는 성공한 것이었지요.

앞에서 살펴봤다시피,[14] 중세인들은 고전 저자가 허구의 작품을 썼고 자신들이 고전 저자의 작품에 덧붙인 부분은 그보다 더한 허구의 작품이라는 인식이 희미하고 막연한 수준에 머물렀을 것입니다. 헤로도토스부터 밀턴에 이르는 역사가들은 진실 규명의 책임을 사료에 넘겼습니다. 그러나 트로이아 전쟁을 다룬 중세의 저자들은 자신이 여러 권위를 따져 보는 역사가인 것처럼 말합니다. 초서조차도 호메로스의 '가장'에 찬사를 보내는 것이 아니라, 철저히 그리스 편을 드는 사람답게 그가 거짓말을 한다고 비난하고《명예의 전당》, III, 1477-1479 그를 요세푸스와 같은 급에 둡니다.1430-1481 초서와 레이어먼이 자신들의 자료에 대해 정확히 같은 태도를 취했을 거라고 생각하지는 않습니다. 그러나 둘 다 현대의 소설가처럼 자신이 '창조하고 있다'거나 선행 작품이 창조적 이야기라고 생각했을 것 같지는 않습니다. 그리고 지금처럼 그때도 청중의 다수[15]는 창작 활동을 이해하지 못했던 것 같습니다. 중세 사람들이 거리에서 단테를 보면《신곡》을 쓴 사람이 아니라 지옥에 다녀온 사람이라고 말했다고 합니다. 오늘날에도 모든 소설과 심지어 서정시까지 자서전적이라고 믿는 사람들이 있습니다(그 중 일부는 비평가입니다). 창작 능력이 없는 사람은 다른 사람들의 창작 능력을 쉽게 인정하지 않습니다. 아마 중세 사람들은 창작 능력이 있다 해도 자신에게 그 능력이 있다고 생각하기가 쉽지 않았을 것입니다.

《명예의 전당》의 가장 놀라운 점은 시인들이 (역사가 한 명과 더불어) 거기 등장하는 이유가 그들이 유명해서가 아니라 그들이 다룬 주제의 명성을 뒷받침하기 위해서라는 것입니다. 그 전당에서 요세푸스는 유대인들의 명성을 "어깨에 짊어지고",III, 1435-1436 호메로스는 다레스(트로이 전쟁을 직접 목격하고 그에 관한 책《트로이아 멸망기》를 썼다는 '전설적인' 트로이아 사람)[†]와 기도Guido delle Colonne(13세기 시칠리아의 시인. 라틴어로《트로이아사史》를 썼다)[†] 같은 많은 동료들과 함께 트로이아의 명성을 드러내며,1455-1480 베르길리우스는 아이네아스의 명성을 드러냅니다.1485 참으로 중세인들은 (단테는 특히) 시인들이 명성을 주기도 하고 받기도 한다는 것을 온전히 의식하고 있었습니다.[16] 그러나 결국 정말 중요한 것은 그들이 주는 명성—베르길리우스의 명성이 아니라 아이네아스의 명성—입니다. 중세인들은 이제 에드워드 킹이 순전히 〈리시다스〉가 나올 계기를 제공한 인물로 기억된다는 사실(〈리시다스〉는 밀턴이 불의의 해난 사고로 죽은 친구 에드워드 킹을 추도하며 쓴 시다)[†]을 이상한 도치로 여길 것입니다. 밀턴이 중세인들의 기준에 맞는 성공한 시인이었다면, 그는 에드워드 킹의 명성을 '보존한' 사람으로 기억될 것입니다.

포프는 (초서의) 《명예의 전당》을 《명예의 신전》으로 다시 쓰면서, 이 대목을 슬며시 바꾸었습니다. 시인들이 포프의 신전에 오른 이유는 명성을 얻었기 때문입니다. 초서의 시대와 포프의 시대 사이에서 예술은 현대 예술의 진정한 지위로 여겨지는 것을 의식하게 되었습니다. 그리고 그런 생각은 이후 더욱 더 심화되었습니다. 예술이 그 외의 다른 것을 거의 인식하지 못할 날을 내다볼 수 있을 것 같습니다.

따라서 우리는 중세 예술의 전반적 특징이 모종의 겸손이라고 조심스럽게 말할 수 있을 것 같습니다. 그것은 예술가의 겸손이 아니라 예술의 겸손을 말하는 것입니다. 어느 시기의 어떤 직업 안에서도 자부심이 생겨날 수 있습니다. 요리사, 의사, 학자는 자신의 기술에 대해 자긍심을 갖거나 심지어 오만해질 수 있습니다. 그러나 그들의 기술은 명백히 그 자체를 넘어서는 목적을 위한 수단이고, 그 기술의 지위는 그 목적의 위엄과 필요성에 전적으로 의존합니다. 저는 중세의 모든 기술이 그와 같았다고 생각합니다. 문학은 무엇이 유용한지 가르치고, 명예를 받아야 할 대상에 명예를 돌리고, 즐거운 것을 감상하도록 가르치기 위해 존재했습니다. 유용한 것, 명예로운 것, 즐거운 것들이 문학보다 우월했습니다. 문학이 그것들을 위해 존재했습니다. 문학의 쓸모, 명예, 유쾌함은 그것들로부터 파생된 것이었습니다. 그런 의미에서 중세 예술은 겸손했습니다. 이 사실은 예술가들이 오만한 경우라 해도 달라지지 않았습니다. 예술가들은 예술에서의 능숙함을 자랑스럽게 여긴 것이었으니까요. 르네상스나 낭만주의 전성기 시절에 나온 예술에 대한 주장은 예술 그 자체를 위한 것이 아니었습니다. 어쩌면 그들은 시가 "모든 학문 중에서 가장 낮은 학문*infima inter onmes doctrinas*"[17]이라는 진술에 온전히 동의하지 않았을 수도 있습니다. 그러나 오늘날 같으면 폭풍 같은 저항을 불러왔을 그런 말에 별다른 저항은 없었습니다.

중세에서 현대로 이어지는 이 큰 변화 가운데 우리가 얻은 것도 있고 잃은 것도 있습니다. 저는 이것이 게니우스genius를 '시중드는 다이몬'에서 정신의 특성(천재성)으로 바꿔 놓은 내면화[18]라는 거대한 과정의 핵심이라 생각합니다. 한 세기 또 한 세기가 지날 때마다 객체 쪽에 있던 항목이 하나씩 둘씩 주체 쪽으로 넘어갔습니다. 그리고 이제, 일부 극단적인 행동주의 안에서는 주체 자체가 그저 주관적인 것으로 치부되고 있습니다. "우리가 생각한다"는 것은 우리의 생각일 뿐이라는 겁니다. 다른 모든 것을 먹어치운 주체는 이제 자기 자신까지 먹어치우고 있습니다. "거기에서" 우리는 어디로 "가게 될까요?" 이것은 암울한 질문입니다.

후기

최고의 연극도 그저 그림자일 뿐이다.

— 셰익스피어

저는 옛 중세 모형이 우리 선조들에게 기쁨을 주었다고 믿으며, 그 모형이 제게도 기쁨을 준다는 사실을 애써 숨기려고 하지 않았습니다. 제가 볼 때 그 정도의 화려함과 진지함, 일관성을 겸비한 상상력의 건축물은 거의 없습니다. 일부 독자들은 이 모형에 심각한 결함이 있다는 것을 제게 알리고 싶어 오래 전부터 몸이 근질근질했을 수 있겠습니다. 이 모형이 사실이 아니라는 것이지요.

동의합니다. 중세 우주 모형은 사실이 아닙니다. 그러나 이 책을 끝맺으면서 저는 그 비난이 19세기라면 몰라도 지금의 우리에게는 더 이상 묵직하게 다가올 수 없다고 말하고 싶습니다. 지금도 그렇지만 19세기에도 사람들은 중세인들보다 실제의 우주에 대해 훨씬 더 많이 안다고 주장했습니다. 그리고 지금처럼 그때도 사람들은 시간이 가면 실제 우주에 대해 더 많은 진실을 발견하게 되기를 바랐습니다. 그러나 이 맥락에서 '안다'와 '진실'이라는 단어의 의미는 모종의 변화를 겪기 시작했습니다.

19세기에는 우리의 감각 경험(도구를 써서 향상된)을 가지고 유추하여 궁극적인 물리적 실재를 어느 정도 '알' 수 있다는 믿음을 여전히 갖고 있었습니다. 지도, 사진, 여행서적을 참고하여 우리가 아직 방문하지 않은 나라를 '알' 수 있는 것처럼 말이지요. 그러나 두 경우 모두 '진실'은 사물 자체에 대한 모종의 심적 복제품일 터였습니다. 철학자들은 이런 생각에 대해 거북한 말을 몇 마디씩 하곤 했습니다만, 과학자들과 일반인들은 그들의 말에 크게 주목하지 않았습니다.

이미 수학은 많은 과학자들이 구사하는 언어로 확실히 자리 잡고 있었습니다. 그러나 수학이 유효성을 갖는 '대상'이 되는 구체적인 실재가 존재한다는 사실이 의심받지는 않았다고 생각합니다. 사과 한 더미와 그것들을 헤아리는 과정이 구분되는 것처럼, 구체적 실재와 수학이 구분된다고 본 것이지요. 우리는 실재가 어떤 면에서 제대로 상상 가능한 것이 아님을 참으로 알고 있었습니다. 양이나 거리가 너무 작거나 너무 큰 경우에는 시각화할 수 없습니다. 그러나 그것과는 별도로, 우리는 보통의 상상력과 관념으로 실재를 포착할 수 있기를 바랐습니다. 그렇게 되면 수학을 통해 수학적인 것에 그치지 않을 지식을 갖게 될 테니 말입니다. 우리는 외국을 방문하지 않고도 그곳에 대해 알게 되는 사람과 비슷해질 것이었습니다. 그는 지도에 그려진 등고선을 주의 깊게 살펴서 그곳의 산들에 대해 배웁니다. 그러나 그가 얻는 지식은 등고선에 대한 것이 아닙니다. 등고선을 통해 "그쪽은 오르기 쉽겠는걸", "여기는 위험한 낭떠러지야", "B에서는 A가 보이지 않을 거야", "이런 나무들과 물이 있으니 여기는 상쾌한 골짜기겠군" 이렇게 말할 수 있어야 진정한 지식을 얻은 거라고 할 수 있습니다. 등고선에서 벗어나 이런 결론들에 이를 때 그는 (만약 그가 지도를 읽을 줄 안다면) 실재에 더 가까이 다가가고 있는 것입니다.

그런데 누군가가 그에게 다음과 같이 말한다면 (그리고 그가 그 말을 믿는다면) 상황이 많이 달라질 것입니다. "하지만 당신이 도달할 수 있는 가장 온전한 실재는 등고선 그 자체예요. 등고선에서 벗어나 다른 진술들로 넘어가게 되면 실재에서 오히려 더 멀어지게 됩니다. '진짜' 바위와 경사로와 경치에 대한 온갖 관념들은 은유 또는 비유일 뿐이에요. 등고선을 이해하지 못하는 이들의 한계를 인정하여 허용되는 부득이한 수단*pis aller*인데 그것을 문자적으로 받아들이면 오해의 소지가 생겨납니다."

그리고 제가 상황을 제대로 이해했다면, 이것이 바로 자연과학에서 벌어진 일입니다. 수학은 이제 우리가 도달할 수 있는 실재에 가장 가까운 것입니다. 상상할 수 있는 모든 것, 일상적(즉, 비수학적) 관념으로 다룰 수 있는 모든 개념은 우리의 한계를 인정하여 허용한 비유일 뿐입니다. 비유 없이는 현대 물리학을 일반 대중이 알아듣게 설명할 수가 없습니다. 과학자들은 자신의 연구 결과를 말로 표현하려 할 때, 그것을 가리켜 '모형'을 만든다고 말합니다. 저는 그들에게서 '모형'이라는 단어를 빌려 왔습니다. 그러나 이 모형들은 모형 배와 달리 실재의 소규모 복제품이 아닙니다. 때로 이 모형들은 비유로 실재의 이런저런 측면을 보여 주기도 합니다. 때로는 보여 주는 것이 아니라 신비가들의 말처럼 암시만 내놓기도 합니다. "공간의 곡률curvature of space" 같은 표현은 "중심이 어디에나 있고 원주는 어디에도 없는 원"이라던 하나님에 대한 옛 정의와 비슷합니다. 둘 다 암시는 성공합니다만, 일상적 생각의 수준에서 보면 허튼소리나 다름없습니다. '공간의 곡률'을 받아들인다고 해서 우리가 한때 가능하다고 생각했던 방식으로 '진실'을 '알'거나 향유하게 되는 것은 아닙니다.

그래서 "중세인들은 우주가 그와 같다고 생각했지만 우리는 우주가 이와 같음을 안다"고 말하는 것은 미묘한 오해의 소지를 만들게 됩니다. 지금 우리가 아는 내용의 일부만 말해 봅시다. 우리는 '우주가 어떤 곳인지' 옛 의미로는 '알 수' 없고 우리가 만들 수 있는 어떤 모형도 우주와 그런 옛 의미에서는 '같지' 않을 것입니다.

게다가, 그런 진술은 옛 모형이 새로 발견된 현상들의 압력에 못 이겨 무너져 내렸음을 암시하게 될 것입니다. 첫 번째 용의자가 완벽한 알리바이를 갖추고 있다는 사실이 밝혀지면서 범죄에 대한 수사관의 첫 가설이 무너지는 것처럼 말입니다. 이 일이 옛 우주 모형의 많은 구체적이고 지엽적인 내용에서는 실제로 일어났습니다. 현대의 실험실에서는 특정한 가설에 대해 매일 이런 일이 벌어지고 있지요. 열대는 너무 뜨거워 생명체가 살 수 없다는 믿음이 탐험을 통해 반박되었습니다. 달 너머의 영역에는 변화가 없다는 믿음을 최초의 신성新星이 반박했습니다. 그러나 우주 모형 전체의 변화는 그렇게 간단한 문제가 아니었습니다.

중세의 우주 모형과 우리의 우주 모형에서 가장 극적으로 다른 부분은 천문학과 생물학입니다. 새로운 모형은 두 분야에서 풍부한 경험적 증거로 뒷받침되고 있습니다. 그러나 새로운 사실들이 급증한 것이 이런 변화의 유일한 원인이라고 말한다면 역사적 과정을 잘못 전달하는 일이 될 것입니다.

옛 천문학은 어떤 엄밀한 의미에서도 망원경에 의해 '반박되지' 않았습니다. 달의 울퉁불퉁한 표면과 목성의 행성들은 마음만 먹으면 얼마든지 지구중심설에 맞춰 설명해 낼 수 있습니다. 별들 간의 어마어마한 거리와 어마어마하게 다른 거리조차도 그것들의 '천구'인 항성천을 엄청나게 두껍게 설정하기만 하면 설명할 수 있습니다. 지구중심설은 '그 위에 이심원과 중심원을 덧붙이는 식으로' 손질을 하여 근대의 관측 내용을 따라잡았습니다. 끝없는 손질을 계속했다면 그 모형이 지금까지 얼마나 관측 내용을 따라잡을 수 있었을지 저는 모릅니다. 그러나 인간 정신이 더 단순한 개념으로 '현상을 구제'할 수 있다는 사실을 파악한 이상, 그렇게 계속해서 더 복잡해지는 과정을 그리 오래 감수하지는 않는 법입니다. 신학적 선입견도 기득권도 지독한 비경제성이 드러난 우주 모형을 영원히 존속시켜 주지는 못합니다. 새로운 천문학이 승리한 것은 옛 천문학을 지지하는 논거가 빈약해져서가 아니라 새로운 천문학이 더 나은 도구였기 때문입니다. 이 사실이 드러난 후에는, '자연 자체가 절약한다'는 우리의 뿌리 깊은 확신이 나머지 몫을 감당했습니다. 우리의 우주 모형이 버려질 차례가 되면, 이 확신이 분명히 다시 작용할 것입니다. 인간 심리에서 모종의 큰 변화가 나타나 이 확신이 사라질 경우 우리가 어떤 모형을 건설할지, 혹은 모형을 건설하기는 할지 여부는 흥미로운 질문입니다.

우주 모형의 변화는 천문학뿐 아니라 생물학에서도 일어났습니다. 퇴화설에서 진화설로의 변화입니다. "모든 완전한 것들은 모든 불완전한 것들보다 선행한다"[1]는 것이 공리였던 우주론에서 "출발점*Entwicklungsgrund*이 발달된 것보다 언제나 더 열등하다"는 것이 공리인 우주론으로 변화한 것입니다(이 변화의 크기가 어느 정도인지는 '원시적'이라는 말이 대부분의 문맥에서 경멸어로 쓰인다는 사실로 미루어 짐작할 수 있습니다).

새로운 사실들의 발견이 이런 혁명을 가져온 것이 아님은 분명합니다. 저는 어릴 때 "다윈이 진화를 발견했다"고 믿었고 최근까지 모든 대중 사상을 지배했던 훨씬 더 일반적이고 근본적이고 심지어 우주적인 발전주의가 진화라는 생물학적 정리 위에 세워진 상부구조라고 믿었습니다. 그러나 이 견해는 잘못된 것으로 충분히 입증되었습니다.[2] 바로 앞 단락에서 인용한 '출발점'에 대한 진술의 주인공은 1812년의 셸링Friedrich Wilhelm Schelling, 1775-1854(독일의 철학자)[†]입니다. 셸링의 철학, 키츠의 시, 바그너의 4부극, 괴테와 헤르더의 글을 보면 새로운 관점으로의 변화가 이미 이루어진 것을 확인할 수 있습니다. 새로운 관점의 출현은 그들보다 더 앞선 라이프니츠, 아켄사이드Mark Akenside, 1721-1770(영국의 시인·의사)[†], 칸트, 모페르튀이Pierre-Louis Moreau de Maupertuis, 1698-1759(프랑스의 수학자)[†], 디드로의 저작에서 찾아볼 수 있습니다. 1786년에 이미 로비네Robinet는 무생물을 극복하는 '활동 원리'를 믿었고 "발전은 아직 끝나지 않았다*la progression n'est pas finie*"고 말했습니다. 베르그송Henri-Louis Bergson, 1859-1941(프랑스의 철학자)[†]이나 드 샤르댕de Chardin의 경우처럼, 그에게도 "미래의 문은 활짝 열렸"습니다. 발전하는 세계에 대한 요구—혁명적 기질 및 낭만적 기질과 조화를 이룬 요구—가 먼저 생겨납니다. 그 요구가 완전히 무르익으면 과학자들이 일하기 시작하고 그런 종류의 우주에 대한 믿음이 편히 기댈 수 있는 근거를 찾아냅니다. 새로운 현상들이 밀려들면서 옛 우주 모형이 산산조각나는 일은 없습니다. 오히려 실상은 그와 정반대로 보일 것입니다. 인간의 정신에 여러 변화가 일어나면서 옛 모형에 대한 혐오와 새로운 모형에 대한 충분한 갈망이 생겨나면, 새로운 모형을 뒷받침하는 현상들이 순순히 나타나는 것처럼 보일 것입니다. 이 새로운 현상들이 환각이라는 의미는 절대 아닙니다. 자연은 온갖 종류의 현상을 다 비축하고 있고 인간의 다양한 취향을 모두 맞춰 줄 수 있습니다.

현대 우주 모형에서 흥미로운 천문학상의 변화가 현재 진행 중입니다. 오십 년 전에 천문학자에게 '다른 세계의 생명체'에 대해 물었다면, 그는 전적으로 불가지론적 태도를 취했을 테고 그럴 것 같지 않다는 점을 강조했을 것입니다. 그러나 지금 우리는 우주가 이렇게 광대하니 행성을 거느린 항성들과 거주민이 있는 행성들이 헤아릴 수 없이 많을 것이라는 말을 듣습니다. 아직까지 확실한 증거는 나오지 않았습니다. 그러나 옛 견해가 새로운 견해로 넘어가는 과도기에 '공상과학소설'이 널리 확산되었고 현실에서는 우주 여행이 시작되었다는 것이 이런 견해의 교체와 무관할까요?

제가 중세 모형으로 돌아가자고 말하는 것이라고 생각하는 분이 없기를 바랍니다. 저는 그저 모든 모형을 올바른 방식으로 바라보게 하고 각 모형을 존중하며 어느 것도 우상화하지 않게 해줄 고려사항들을 제시하고 있을 뿐입니다. 모든 시대마다 인간 정신은 기존에 받아들인 우주 모형에 깊이 영향을 받는다는 생각에 우리 모두 친숙하고 이것은 아주 적절한 일입니다. 그러나 여기에는 양방향 통행이 있습니다. 당대의 우주 모형도 인간 정신의 우세한 경향에 영향을 받습니다. 우리는 '우주에 대한 취향'이 용납될 뿐 아니라 불가피하다는 것을 인식해야 합니다. 더 이상 우주 모형의 교체를 오류에서 진리로 가는 단순한 진보로 치부할 수 없습니다. 어떤 우주 모형도 궁극적 실재들의 목록이 아닐 뿐더러 공상의 산물만도 아닙니다. 각각의 우주 모형은 당대에 알려진 모든 현상을 설명해 내려는 진지한 시도이며, 각 모형은 상당히 많은 현상을 성공적으로 설명해 냅니다. 그러나 각 우주 모형이 당대의 지식 상태를 반영하는 것 못지않게 당대의 지배적인 심리를 반영한다는 것 역시 분명한 사실입니다. 새로운 사실이 아무리 많이 알려진다 해도 그리스인이 우주에 '무한'처럼 그가 불쾌하게 여기는 속성이 있다는 생각을 받아들이지는 않았을 것입니다. 새로운 사실이 아무리 많이 알려진다 해도 현대인이 우주가 위계적이라는 생각을 받아들이지는 않겠지요.

우리의 우주 모형이 뜻밖에 밀려드는 새로운 사실들에 가차없이 두들겨 맞고 비명횡사하는 것이 불가능한 일은 아닙니다. 1572년의 신성新星이 바로 그런 뜻밖의 사실이었습니다. 그러나 제 생각에는 우리의 우주 모형이 교체된다면 그것은 우리 후손들의 심적 경향에서 나타난 광범위한 변화가 우주 모형의 교체를 요구하기 때문일 가능성이 높습니다. 새로운 모형이 증거 없이 세워지지는 않겠지만 그 모형에 대한 내적 필요가 충분히 커지면 증거가 나타날 것입니다. 그리고 그것은 진짜 증거일 것입니다. 그러나 자연은 대부분의 증거(증언)를 우리가 묻는 질문에 대한 답으로 내놓습니다. 여기서는 법정에서처럼 증언의 성격이 신문의 형태에 달려 있고, 훌륭한 반대 신문자는 놀라운 일을 해낼 수 있습니다. 그는 정직한 증인에게서 거짓을 끌어내지는 않을 것입니다. 그러나 증인의 마음에 있는 총체적 진실과 관련해서 볼 때 신문의 구조는 스텐실과 같습니다. 그것은 총체적 진실이 얼마나 많이 드러나며 어떤 패턴을 보여 줄지 결정합니다.

역자 후기 | 좋아하고 따라가다 이른 곳에서

마누라가 예쁘면 처갓집 말뚝에도 절을 한다 했던가. 그뿐이 아니다. 취향까지 바뀐다. 원래 떡볶이를 무슨 맛으로 먹나 했고 빵은 팥이나 소보루 맛으로 먹던 나는, 떡과 빵을 좋아하는 아내와 살면서 비로소 떡볶이의 맛, 빵 자체의 질감과 부드러운 맛을 알게 되었다. 아내가 도서관에서 빌려오는 책을 읽으면서 다른 세상도 보게 되었고, 아내가 검색하는 정보, 알려 주는 이야기를 접하면서 관심 없던 영역과 분야도 알게 되었다. 혼자 살았다면 나는 얼마나 더 단편적이고 외곬이 되었을까.

C. S. 루이스를 좋아하고 그의 글에 귀를 기울이다 보니 어느새 그의 글을 번역하고 싶은 욕구를 갖게 되었다. 기존 번역서에서 아쉬운 부분에 주목하니 내가 하면 더 잘할 것 같은 마음이 들

었다(거의 이십 년 전의 일이라는 점을 감안해 주시길). 그런 마음으로 번역에 뜻을 두었는데, 여의치 않아 몇 년 다른 일을 하기는 했지만 결국 다시 루이스를 매개로 해서 번역의 길에 접어들었다. 그의 글을 번역하면서 내 번역 실력은 그 전보다 한 단계 올라섰고 그 과정에서 지금의 번역 프로세스도 확립하게 되었다. 번역가로서 내게 루이스는 여러모로 특별한 작가이다.

그뿐이 아니다. 그를 몰랐다면 전혀 관심을 갖지 않았을 주제에도 다가가게 되었다. 영국, 옥스퍼드 대학, 셰익스피어, 영문학, 시, 밀턴, 《실낙원》, 중세, 르네상스 시대. 다들 그런 경험이 있을 것이다. 누군가를 좋아하고 따라가다 보니 어느새 뜻밖의 장소, 혼자라면 결코 오지 않았을 곳에 들어와 버린 자신을 발견하는 경험 말이다.

이 책과의 인연

십여 년 전에 홍성사의 후원으로 고등신학연구원에서 진행했던 루이스 연례 세미나에서 마이클 워드라는 분을 만났다. 《나니아 연대기》 7권이 중세의 우주관을 반영하여 해·달·수성·화성·금성·목성·토성에 각각 대응된다는 것을 밝혀 박사학위를 받은 루이스 전문가라는 소개를 접하고도 나는 시큰둥했다. 솔직히 말해, 별것 다 한다 싶었다. 점성술을 떠올리고 거부감도 느꼈던 것 같다. 그러다 보니 그의 연구 내용에 대해 더 자세히 물어보거나 깊이 있는 이야기를 전개할 수가 없었다.

그로부터 몇 년 후, 알리스터 맥그라스의 루이스 전기(복있는사람 역간)를 번역하면서 그 책에 나오는 마이클 워드의 연구 내용에 대한 설명을 접하고 비로소 마이클 워드의 연구가 루이스와 나니아 연구에서 중요한 돌파구를 연 것임을 알 수 있었다.《나니아 연대기》의 전체 일곱 권이 어떤 구조로 통일성을 이루고 있는가 하는 것은 중세 르네상스의 세계관에 대한 깊은 이해가 있어야 파악할 수 있는 것이었다. 좋은 배움의 기회를 날려 버렸음을 뒤늦게 아쉬워했다. 거기에 더해, 루이스가 중세의 우주관을 다룬《폐기된 이미지 *The Discarded Image*》를 보게 되자 다른 시대의 우주관, 세계관이 가지는 의의, 아름다움 등을 조금이나마 실감할 수 있었다. 그리고 이 책을 내자고 출판사에게 작업을 걸기 시작했다. 루이스가 가장 많이 읽고 생각하고 연구하고 가르친 주제를 다룬 중요하고 의미 있는 고전이라며.

정작 기대했던 출판사에서는 도통 반응이 없었다. 안 되려나 보다 마음을 비우고 생업에 전념하던 어느 날, 가볍게 그 책에 대한 정보를 흘렸던 출판사에서 뜻밖에도 연락을 해왔다. 출판 계약을 했는데 번역에 뜻이 있느냐고. 기다렸다는 듯 냉큼 수락을 하고 번역 계약서에 서명했지만 미리미리 읽고 준비하게 되지는 않았다. 당장 번역해야 할 다른 책들이 내 발목을 잡았다. 가끔 이 책을 거들떠보면 펼쳐지는 숱한 낯선 이름들과 작품들, 중세 영어와 라틴어도 나를 거만하게 쳐다보며 묻는 듯했다. '너,

나 감당할 수 있겠니?' 그러다 보면 내가 무슨 바람이 불어서 저걸 번역하겠다고 출판사를 들쑤셨을까, 그리고 번역 제안을 덥석 받아들였을까 하는 생각이 절로 들었다.

그런데 그렇게 말하자면 일전에 번역한 루이스의《실낙원 서문》도 마찬가지였다. 내가 그럴 깜냥이 되느냐 하는 자기분석이나 꼼꼼한 독서 없이, 번역 제안을 받고 그냥 덥석 하겠다고 맡은 책이었다. (그러고 보니 가볍게 읽은 정도였던 루이스의《순례자의 귀향》도 다를 바 없었다!) 그냥 공부한다는 심정으로, 배운다는 각오로 한 줄 한 줄 번역해 나갔다. 늘 그랬던 것처럼.

그냥 읽는 책, 번역하며 읽는 책

루이스는《오독*An Experiment in Criticism*》에서 논문을 쓰기 위해 책을 읽어대야 하는 '외국대학' 교수들에 대해 안됐다는 말을 하면서, 책을 그 자체로 즐기는 경험이 선행되어야 한다고 말한다. 2016년 루이스 컨퍼런스에서 강사로 나선 정정호 교수도 그 말에 적극 공감했다. 교수가 논문 제조 기능공처럼 되어서, 논문을 쓸 '소스'를 찾기 위해 책을 보는 괴로움을 토로했다. 그걸 벗어나기가 쉽지 않다고 했다.

역시 강사로 참석했던 강영안 교수도 반대의 측면에서 비슷한 얘기를 했다. 그는 루이스 책을 읽는 것이 너무 즐겁다고 했다. 그걸로 강의를 하는 것도 논문을 쓰는 것도 아니라, 그저 즐겁게 읽을 수 있는 것이 좋았다고 했다. 강 교수는 더 나아가 본인은 철학자들을 읽을 때도 논문을 쓰기 위해 읽는 철학자가 있고, 그냥 즐겁게 읽는 철학자가 있다고 했다.

그러고 보니 나도 번역을 위해 읽는 책이 있고 재미로 읽는 책이 있다. 그런데 루이스 책은 원래 즐거움을 위해 읽는(이게 아주 술술 읽힌다, 꼭 그런 의미는 아니다) 책이었다가 번역가가 된 후로 '번역을 위해' 읽는 책이 된 경우였다. 그리고 번역을 위해 읽으면 아무래도 그냥 재미로 읽을 때보다 피곤하다. 힘들다. 힘에 부친다. 내가 알고 싶은 내용에만 집중해서 읽고 관심 없는 부분은 건너뛰는 자유, 내 마음대로 느끼고 마는 자의적 해석의 기쁨 같은 것들은 물 건너가고, 모르는 것은 어떻게든 알아내야 하고, 거기다 그것을 남들도 이해할 수 있는 말로 풀어내는 고된 길을 가야 한다.

강영안 교수는 재미로 책을 읽을 때의 단점을 지나가듯 언급했다. 아무래도 그냥 설렁설렁 읽다 보니 기억에 남는 것은 없을 수 있다는 것이었다. 그 말에 곧 내가 루이스 책 번역을 제안 받으면 꾸역꾸역 맡고, 관심 없던 출판사를 찔러 번역을 제안해서 맡기까지 하는 이유가 담겨 있지 싶다. 번역을 위해 읽고 자료를 찾고, 이해하기 위해 고심하고 번역을 위해 다시 머리를 굴리고, 번역을 하려고 보다가 그 의미를 알게 되고 번역된 원고를 보고 아내가 고쳐 준 원고를 보고, 이런 과정을 거치면서 얻게 되는 정도의 이해의 폭과 깊이는, 내가 다른 어떤 취미나 즐거움을 얻기 위한 독서로도 경험할 수 없는 차원의 것이다. 루이스의 여러 저서를 그렇게 번역하는 과정을 거치면서 (시간이 지나면 물론 상당수 잊어버리기는 하지만) 체화되고 (강영안 교수의 표현을 빌자면 박하를 손에 비비면 박하향이 퍼져 내 몸에 스며들듯) 내면화되는 그 유익을 달리 얻을 방법이 없기 때문이다. 그러고 보니 나는 생활비 지원을 받아가며 '번역'이라는 일인대학을 다니고 있는지도 모르겠다.

《폐기된 이미지》를 왜 다시 봐야하는지 묻는 사람에게

책 제목 '폐기된 이미지'는 중세와 르네상스의 세계상, 세계관을 말한다(루이스는 여기에 대해 '우주 모형'이라는 용어를 쓴다). 이미 현대인들은 거부해 버린, 그래서 폐기된 세계상. 하지만 루이스가 대단히 매력적으로 여기고 평생 연구하고 글에서도 적극 활용했던 세계상이다. C. S. 루이스가 옥스퍼드 대학에서 영문학 강의를 할 때 중세와 르네상스 문학의 개론 강좌로 진행했던 16회 분의 강좌 두 편을 엮어 낸 저서다.

《실낙원 서문》이 그리스-로마의 고전에 정통한 고전학자로서 루이스의 면모와 밀턴 전문가로서 그의 면모를 여지없이 보여주었다면, 《폐기된 이미지》는 중세 르네상스 시대 거의 전체를 아우르는 폭넓은 자료를 자유자재로 구사하는 넓이와 각 자료의 아주 세부적인 내용까지 적재적소에 제시하는 디테일을 동시에 갖춘 일급 영문학자로서 루이스의 역량을 확실히 보여 준다. 그의 안내를 따라가다 보면 당시 사람들의 머릿속을 들여다보는 듯 생생한 느낌을 받게 된다.

루이스 책의 독자가 그럴 것 같지는 않지만, 혹시 옛날 책이라면 거부감부터 느낄 분들을 위해 그 문제에 대한 루이스의 답변을 소개해 본다. 루이스는 〈옛날 책의 독서에 대하여〉라는 에세이에서 평범한 독자가 새 책이나 옛날 책 중 하나를 읽어야 한다면 옛날 책을 읽으라고 권한다. 그렇지 않다면 "새 책을 한 권 읽은 후에는 반드시 옛날 책을 한 권 읽고 그 후에 다시 새 책을 읽는 것이 좋은 규칙입니다. 그것이 너무 부담스러우시다면, 새 책을 세 권 읽은 뒤에는 옛날 책 한 권은 꼭 읽으십시오."

왜 그런 조언을 할까? "모든 시대에는 나름의 시각이 있"기 때문이다. "각 시대가 특별히 잘 파악한 진리들이 있고 특히 잘 저지르는 실수들"이 있다. 그러므로 우리 모두에게는 "우리 시기의 전형적인 실수를 바로잡아 줄 책들"이 필요하다. 그것이 바로 옛날 책이다.

> 현대 서적들의 내용이 옳은 부분들은 우리가 이미 알고 있는 진리들을 알려 줄 것입니다. 그리고 내용이 틀린 부분들은 우리가 이미 위험할 정도로 앓고 있는 오류를 더욱 악화시킬 것입니다. 이런 증상을 완화하는 유일한 비결은 지난 수 세기의 깨끗한 바닷바람이 우리의 정신에 계속 불어오게 하는 것이고, 이 일은 옛날 책들을 읽는 것으

로만 가능합니다. 물론 과거에 무슨 마법이 있어서는 아닙니다. 그때 사람들이 지금보다 더 영리한 것도 아니었습니다. 그들은 우리만큼 많은 실수를 범했습니다. 그러나 같은 실수를 저지르지는 않았습니다. 그들은 우리가 저지르고 있는 오류에 대해 반성할 계기를 제공하고, 그들의 오류는 이제 명백하게 드러났기 때문에 우리에게 위험거리가 되지 않습니다. 두 머리가 하나보다 나은 이유는 어느 쪽에 오류가 없어서가 아니라 둘 다 같은 방향으로 잘못될 가능성이 낮기 때문입니다.

옛날 책은 우리로 하여금 새로운 것, 최신의 것은 무조건 옳다, 더 낫다는 '연대기적 속물주의', '현재의 숭배'에서 벗어나게 해준다. 한 시대만 알면 그 시대가 전부인 줄 알고 절대화하고, 과거의 사람들을 바보처럼 취급하여 그로부터 배울 기회를 놓치고 만다. 모든 시대는 나름의 한계 안에서, 특히 주어진 증거와 자료 안에서 최상의 설명을 찾아갔음을 망각하게 된다.

이 책은 옛날 책들을 읽을 수 있게 도와주는 안내서이자 그 자체로 그쪽 분야에서는 고전으로 꼽힌다. 개인적으로 이 책에서 가장 인상 깊고 많은 생각을 하게 만든 부분은 에필로그였다. 거기 담긴 루이스의 통찰을 통해 과학적 연구도 증거와 과학이론의 문제인 동시에 인간의 활동임을, 그리고 인간이 어떤 존재인가를 말해 주는 활동임을 다시금 떠올리게 되었다. 인문학적 성찰이 무엇인가 하는 것의 정수를 보여 주는 듯했다.

설령 루이스가 읽은 책을 다 읽는다고 해도 대부분의 사람들이 그처럼 뛰어난 학자나 작가, 기독교 변증가가 되지는 않을 것이다. 하지만 그의 궤적을 따라가다 보면 지금보다는 더 폭이 넓고 열려 있고 자신을 반성적으로 바라볼 줄 알고 창의적이고 논리적인 사람이 될 수 있을 것이다. 그 정도면 족하다. 그런 마음이 든다.

홍종락

주

i. 중세의 상황

1. *Before Philosophy*, J. A. Wilson, etc. (1949)를 보라.
2. Ed. F. Madden, 3 vols. (1847).
3. Lydgate 번역(E.E.T.S. ed. F. J. Furnivall, 1899), 3415 이하.
4. 《동물의 생성에 대하여*De Generatione Animalium*》, 778a; 《정치학*Politika*》, 1255b.
5. 천문학자 히파르코스Hipparchus(절정기 기원전 150)가 하나를 찾아냈다는 전승이 있다(Pliny, 《박물지*Naturalis Historia*》, II, xxiv를 보라). 1572년 11월 발견된 카시오페이아 자리의 거대한 신성은 사상사에서 아주 중요한 사건이었다(F. R. Johnson, *Astronomical Thought in Renaissance England*, Baltimore, 1937, p. 154를 보라).
6. 《형이상학*Metaphysics*》, 1072b. Dante, 《신곡》 〈천국편〉, 제28곡, 42행 참고.
7. 《우주론*De Mundo*》, 392a. 이 에세이의 저자가 아리스토텔레스인지, 아니면 아리스토텔레스학파의 다른 누구인지는 내 논의의 목적상 중요하지 않다.

ii. 짚고 넘어갈 것들

1. 라틴어로 번역된 아리스토텔레스 저작(흔히 아랍어 번역본을 번역한 것이었다)은 12세기에 알려지기 시작한다.
2. Ia XXXII, Art. I, *ad secundum*.
3. A. O. Barfield, *Saving the Appearances* (1957), p. 51.
4. (콜리지Samuel Coleridge의 《명상을 위한 조언*Aids to Reflection*》에 인용된) 다음 격언 "종류가 다른 것들은 비교할 수 없다*heterogenea non comparari possunt*"를 참조하라.

iii. 선별 자료: 고전 시대

1. *Mathematikes Suntaxeos*, Greek text and French trans. M. Halma (Paris, 1913).
2. Cicero, *De Republica*, *De Legibus*, text and trans. by C. W. Keyes (Loeb Library, 1928).
3. 라틴어 스타티오(*statio*), 즉 '근무지'라는 의미에서.
4. *De Mundi Universitate*, II, *Pros*. v, p. 44, ed. Barach and Wrobel (Innsbruck, 1876).
5. *Eternal Life*, I, iii.
6. 즉 교리, 이론.
7. 《신곡》, 〈지옥편〉, 제4곡, 88.
8. E. R. Curtius, *European Literature and the Latin Middle Ages*, trans. W. R. Trask (London, 1953)를 보라. 불행히도 이 책의 영역본에 실린 라틴어 인용문의 번역은 신뢰할 수 없다.
9. 《향연*Convivio*》, IV, xxviii, 13 이하.
10. 《우울증의 해부*The Anatomy of Melancholy*》 Pt. I, 2, M. 3, subs. 2.
11. 《우울증의 해부》 Pt. II, M. 2, 6, subs. 3.
12. 《우울증의 해부》 Pt. III, M. I, subs. 2.
13. *Pharsalia*, VI, 507 이하.
14. *Qua niger astriferis cotmectitur axibus aer*.
15. *Quiodque patet terras inter lunaeque meatus*
16. *Se lumine vero Implevit*.
17. *Quanta sub nocte iaceret Nostra dies*. 이 문장은 "에테르와 비교할 때 우리 지상의 낮은 얼마나 어두운가"라는 뜻일 수도 있고, 또는 "야간 현상(별들, 11, 12, 13을 보라)의 거대한 심연 아래로 우리 지상의 낮이 펼쳐진다"는 뜻일 수도 있다. 전자일 가능성이 훨씬 높다. 본서의 165-166쪽을 보라.
18. *The Allegory of Love*, pp. 49 이하.;'Dante's Statius', *Medium Aevum*, xxv, 3.
19. Lydgate 역본에서 3344 이하.

20. 키케로, 칼키디우스 및 다른 많은 사람들의 글에서 찾을 수 있는 많은 대목들은 '나투라'에 대한 일시적인 (알레고리적인 것이 아니라 은유적인) 의인화만 보여 줄 뿐이다. 그것은 중요한 추상명사들을 가지고 흔히 만들어 낼 수 있는 의인화다.
21. *quo numquam terra vocato / Non concussa tremit, qui Gorgona cernit apertam.*
22. 《파이드로스*Phaedrus*》, 242b-c를 참조하라.
23. 《실낙원》, 제3편, 461행
24. 《티마이오스》, 38e.
25. *genius*가 가진 또 하나의, 아주 다른 의미에 대해서는 나의 책 *Allegory of Love*, Appendix 1을 보라.
26. 《고백록》, 제7권, 9장.
27. 여기에 대해서는 A. O. Lovejoy, *The Great Chain of Being* (Harvard, 1957)을 보라.

iii. 선별 자료: 중세 태동기

1. S. Dill, *Roman Society in the Last Century of the Western Empire* (1898), cap. 1.
2. *Confessions*, VII, ix. (《고백록》)
3. *Apology*, II, xiii.
4. *Platonis Timaeus interprete Chalcidio*, ed. Z. Wrobel (Lipsiae, 1876).
5. 같은 책, LV, p. 122.
6. CXXVI, p. 191.
7. CLXXVI, p. 225.
8. CXXXII, p. 195; CCC, p. 329.
9. CXXXII, p. 195.
10. *De Civitate*, VIII, 14-x, 32.
11. Chalcidius CCLXXVI, p. 306.
12. CLXXVI, p. 226.
13. CCLXXXVIII-CCXCVIII, pp. 319-327.

14. LXXVI, p. 144.
15. CCCIV, p. 333.
16. CCCII, p. 330.
17. CXCVIII, p. 240.
18. CXXVII, p. 191.
19. CCLIII, p. 285.
20. *Macbeth*, II, I, 7. (《맥베스》)
21. CCLVI, p. 289.
22. LIX, p. 127.
23. LXXIII, p. 141.
24. LXXV, p. 143.
25. LXXVI, p. 144.
26. CC, p. 241.
27. CCLXIV, p. 296.
28. CCLXV, p. 296.
29. CCLXVII, p. 298.
30. CXXXVI, p. 198.
31. CXXXII, p. 195.
32. CXXX, p. 193.
33. CXXXVII, p. 199.
34. CXXXI, p. 194.
35. CCLV, p. 288.
36. CXXXII, p. 269.
37. 같은 책.
38. *De Planctu Naturae, Prosa*, III, 108 이하. Wright, *Anglo-Latin Satirical Poets*에서.
39. *Chalcidius*, LXV, p. 132.
40. CCL, p. 284.
41. CCLXXXVI, pp. 316 이하. 아리스토텔레스, 《물리학》, 192a 참고.
42. Chalcidius, p. 317.
43. II, ix, p. 52.

44. Chalcidius, CXXIX, p. 193.
45. Wright, 앞의 책. VII, ii, 4, p. 384.
46. CCIII, p. 243.
47. *Timaeus*, 43a
48. Trans. W. H. Stahl, *Macrobius: On the Dream of Scipio* (Columbia, 1952).
49. I, ix.
50. II, xii. 이것은 몸(σῶμα, 소마)과 무덤(σῆμα, 세마)을 이용한 그리스어의 오래된 말놀이쯤 된다.
51. II, xii.
52. I. xvi.
53. 사도행전 17:34.
54. 위작 논란이 있음.
55. *Sancti Dionysii…opera omnia…studio Petri Lanselii…Lutetiae Parisiorum* (MDCXV).
56. 단테,《신곡》,〈천국편〉, 제28곡, 133-135를 보라.
57. 《캔터베리 이야기》, 서곡, 624.
58. *Essay on Man*, I, 278.
59. ("A Discourse concerning the Original and Progress of Satire," *Essays of John Dryden*, ed. W. P. Ker, vol. II, pp. 34 이하.
60. 《복낙원》, 제1편, 447.
61. *Urn Burial*, v.
62. *Summa Theol*. IIIa, QU. xxx, Art. 2.
63. I *Met*. I, 5; p. 128. Stewart and Rand's text with I. P.'s translation (Loeb Library, 1908)에서.
64. I *Pros*. IV, p. 152.
65. II *Prs*. V, p. 202.
66. I *Pros*. III, p. 138.
67. II *Pros*. I, p. 172.
68. I *Pros*. IV, p. 154.
69. 앞의 책.

70. II *Pros* iv, p. 192.

71. 앞의 책.

72. I *Met*. I, 15, p. 128.

73. *Eth. Nic*. 1094b, cap. 3 참고.《니코마코스 윤리학》

74. III *Pros*. XII, p. 292.

75. IV *Pros*. IV, p. 328.

76. II *Pros*. IV, p. 194.

77. V *Pros*. III, p. 380.

78. III *Pros*. XII, p. 290.

79. II *Pros*. V, p. 200.

80. III *Met*. VI, p. 249.

81. III *Pros*. XII, p. 288.

82. III *Met*. IX, p. 264.

83. I *Pros*. I, p. 130.

84. I *Pros*. III, p. 140.

85. I *Pros*. IV, p. 150.

86. *Vox Clamantis*, V, 17 참조.

87. Boethius, I *Met*. V, pp. 154 이하.

88. 눅 14:4, 요 9:3

89. II *Pros*. IV, p. 188.

90. II *Pros*.IV, p. 192.

91. II *Pros*. V, pp. 198-200.

92. II *Met*. V.

93. II *Pros*. VII, p. 212.

94. 앞의 책, p. 214.

95. II *Met*. VII, p. 218.

96. II *Pros*. VIII, p. 220.

97. III *Pros*. II, p. 230.

98. III *Pros*. VI, p. 248.

99. III *Pros*. X, p. 268.

100. Lucretius, V를 보라.《사물의 본성에 관하여》 5권(아카넷)

101. 본서의 117-118쪽을 보라.
102. III *Pros*. XII, p. 292.
103. III *Met*. XII, p. 296.
104. IV *Pros*. IV, pp. 322, 324.
105. IV *Pros*.와 *Met*. V, pp. 334-338.
106. IV *Pros*. VI, p. 380.
107. IV *Pros*. VII, p. 360.
108. J. Seznec, *The Survival of the Pagan Gods*, trans. B. F. Sessions (1953), p. 80.
109. V *Met*. II, p. 372.
110. V *Pros*. V, p. 394.
111. 앞의 책.
112. V *Pros*. VI, p. 400.
113. 앞의 책, pp. 402-410.
114. Ed. W. M. Lindsay, 2 vols. (1910).

II. 하늘

1. 단테, 《신곡》, 〈천국편〉, 제1곡, 109 이하.
2. Everyman판., p. 156.
3. Gregory, 《욥기 주석*Moralia*》, VI, 16; Gower, *Confessio*, Prol. 945 이하.
4. 초서의 《트루일루스와 크리세이드》, 제4권, 302에 등장하는 유사한 대목은 여기 담긴 생각이 가장 먼저 등장한다는 의미에서 이 구절의 출전이 아니다. 초서는 기존에 알려져 있던 이 생각을 비틀어 관능적 자부심으로 만들었지만 제임스 왕은 초서의 시를 도로 비틀어 더없이 진지한 작품으로 돌려 놓았다. 두 시인 모두 자신이 한 일의 의미를 잘 알고 있었다.
5. 본서의 245쪽을 보라.
6. 《천체론*De Caelo*》, 279.
7. *De Mundi Universitate*, II *Pros*. VII, p. 48.
8. J. B. S. Haldane, *Possible Worlds* (1930), p. 7.
9. Lovejoy, 앞의 책. p. 100.

10. Ed. C. d'Evelyn, A. J. Mill (E.E.T.S., 1956), vol. II, p. 418.
11. E. H. Gombrich, *Art and Illusion* (1960) 참조.《예술과 환영》
12. 본서의 168-172쪽을 보라.
13. A. Pannecock, *History of Astronomy* (1961).
14. *Summa*, Ia, CXV, Art. 4.
15. Dante, *Purg*. XVII, 13-17 참조.〈연옥편〉
16. J. Seznec, *The Survival of the Pagan Gods*, trans. B. F. Sessions (New York, 1953), p. 191를 보라.
17. 《선녀여왕》, 2권, 제7칸토에 붙인 단시.
18. Augustine, *De Civitate*, VII, xiv.《하나님의 도성》
19. *De Nuptiis Philologiae et Mercurii*, ed. F. Eyssenhardt (Lipsiae, 1866).
20. 본서의 67쪽을 보라. 또한 Pliny, *Nat. Hist.* II, vii도 참조하라.
21. 본서의 146쪽을 보라.
22. *Metaphysics*, 1072b. (《형이상학》)
23. 요한일서 4:10.
24. 〈황홀경 The Extasie〉 51.
25. *Summa de Creaturis* Ia, Tract. III, Quest. XVI, Art. 2.
26. Ia, IXX, Art. 3.
27. Parisiis, 1543.
28. *Cantici Primi*, tom. III, cap. 8.
29. 앞서 언급한 책, II, *Pros*. VII, pp. 49-50.
30. *Hous of Fame* II, 929.
31. Ia, LXIV, I, 여러 곳에.
32. Seznec, 앞의 책, p. 139.
33. St Augustine, *De Civitate*, XX, xviii, xxiv. Aquinas, IIIa, Supplement, Q. LXXIV art. 4.

vi. 오래 사는 존재들

1. *De Nuptiis Mercurii et Philologiae*, ed. F. Eyssenhardt (Lipsiae,

1866), II, 167, p. 45.

2. 앞의 책, II *Pros*. VII, p. 50.

3. M. W. Latham, *The Elizabethan Fairies* (Columbia, 1940), p. 16. 나는 이 책에 줄곧 큰 신세를 지고 있다.

4. *Iter Extaticum II qui et Mundi Subterratzei Prodromos dicitur* (Romae, Typis Mascardi, MDCLVII 1657), II, i.

5. 요괴bogies(사람에게 겁을 주지만 해치지는 않는 요정)†

6. 《마법의 발견*Discouerie of Witchcraft*》(1584), VII, XV.

7. Pt. 1, 2, M. I, subs. 2.

8. 본서의 152-153쪽을 참조하라.

9. 숨겨진.

10. 보인다.

11. *South English Legendary*, ed. cit. vol. II, p. 410.

12. L. Abercrombie, *Romanticism* (1926), p. 53을 보라.

13. *Descriptive Catalogue*, IV.

14. *Orlando Innamorato*, II, XXVI, 15. (《사랑에 빠진 오를란도》)

15. Ficino, *Theologia Platonica de Immortalitate*, IV, i.

16. *De Nymphis*, etc., 1, 2, 3, 6.

17. S. Runciman, *History of the Crusades* (1954), vol. II, p. 424.

18. Vol. II, pp. 408-410.

19. II, xiii; IV, viii.

20. 《사랑의 고백》, IV, 1245 이하.

21. Latham, 앞의 책. p. 46.

22. Pt. I, s. 2; M. I, subs. 2.

vii. 지구와 그 안의 거주자들

1. 〈지옥편〉, 제7곡, 73-96.

2. *Religio*, I, xvii.

3. *Rise of Rationalism in Europe* (1887), vol. I, pp. 268 이하.

4. 《자연의 거울*Speculum Naturale*》, VII, vii.

5. 본서의 60-61쪽을 보라.
6. G. Cary, *The Medieval Alexander* (1956)를 보라.
7. *Briefe Description of Afrike* in Hakluyt.
8. G. Ashe, *Land to the West* (1962).
9. G. P. Krapp, *Exeter Book* (1936), p. XXXV.
10. *Mundi Subterranei Prodromos*, III, i.
11. 그가 다룬 동물들은 사자, 독수리, 뱀, 개미, 여우, 사슴, 거미, 고래, 세이렌, 코끼리, 멧비둘기, 검은 표범이다.
12. 《학문의 진보*The Advancement of Learning*》, I, Everyman, p. 70.
13. *Moralia*, VI, 16.
14. *Migne*, CCX, 222d
15. *R. de la Rose*, 19043 이하.
16. Prol. 945.
17. 이 문제 전체에 대해 Aquinas Ia, XC, art. 2, 3을 보라.
18. 《티마이오스》, 41c 이하.
19. Donne, *Litanie*, 10-11.
20. Acquinas, 앞의 책, art 4를 보라.
21. Ia, XC, art. 4.
22. 앞의 책, II, *Pros*. iii, p. 37.
23. Pt. I, i, M 2, subs. 7.
24. Bright (J. Winny, *The Frame of Order*, 1957, p. 57를 보라).
25. 본서의 100-101쪽을 보라.
26. 〈황홀경Extasie〉, 61.
27. 《실낙원》, 제5편, 483 이하 참조.
28. Winny, op. cit. pp. 57-58.
29. 1815년 8월 8일자에 Southey에게 보낸 편지.
30. A 351.
31. Brit. Mus. Add. 17987.
32. 수수께끼 같은 대목이 분명하다. 그러나 우울질의 분위기를 뒷받침하는 내용이다.
33. F. Heer, *The Medieval World*, trans. J. Sandheimer (1961).

34. *The Dark Ages* (1923), p. 41.

35. Prose Works (Bohn), vol. v, p. 168.

36. *Smectymnuus*, Prose works (Bohn), vol. Ill, p. 127

37. 중세 교육의 실제 관행과 역사는 다른 문제이다. D. Knowles의 *Evolution of Medieval Thought* (1962)에 실린 관련 장들은 이 문제를 다룬 좋은 개론서다.

38. Isidore, I, iv; Gower, IV, 2637.

39. Assidet Boethius stupens de hac lite,/ Audiens quid hie et hie asserat perite,/ Et quid cui faveat non discernit rite;/ Non praesumit solvere litem definite.

40. Ed. Faral, *Les Arts Poétiques du XIIe et du XIIIe Siècles*.

41. II, 100 이하.

42. III, A 220 이하.

43. Vinaver, *Works of Malory*, vol. 1, pp. xlviii 이하를 보라.

44. *The Mirror of Love* (Lubbock, Texas, 1952).

45. Faral, 앞의 책을 보라.

46. IV, xlix.

47. 다음을 참고하라. *New Oxford History of Music*, vols. II and III; G. Reese, *Music in the Middle Ages* (New York, 1940) and *Music in the Renaissance* (New York, 1954); C. Parrish, *The Notation of Medieval Music* (1957); F. L. Harrison, *Music in Medieval Britain* (1958).

viii. 중세 우주 모형의 영향

1. 《유럽 문학과 라틴적 중세*European Literature and the Latin Middle Ages*》, pp. 195 이하.

2. 본서의 134-135쪽을 보라.

3. Seznec, 앞의 책, 그림 21.

4. 앞의 책, 그림 63.

5. 앞의 책, 그림 22.

6. 앞의 책. p. 73.

7. Seznec, 앞의 책, p. 77.
8. 앞의 책, p. 79.
9. E. Wind, *Pagan Mysteries in the Renaissance* (1958)를 보라.
10. "최초의 시계들 대부분은 정밀한 시계라기보다는 우주의 패턴을 표현하는 전시물이었다."(L. White, Jr., *Medieval Technology and Social Change*, Oxford, 1962, p. 122).
11. IV, 23.
12. E. Auerbach, *Mimesis* (Berne, 1946), trans. W. Trask, Princeton, 1957도 보라.《미메시스》
13. 처음에 독자는 내가 설명하는 특성이 모든 좋은 문학 작품의 특징이 아니냐고 불평할 수 있다. 그러나 나는 그렇게 생각하지 않는다. 라신(Jean Baptiste Racine, 1639-1699, 프랑스의 극시인·고전 비극의 대표적 작가)[†]의 작품에는 우리의 오감을 사로잡을 만한 사실들이 전면에 부각되지 않는다. 베르길리우스는 분위기, 소리, 연상에 주로 의존한다.《실낙원》의 기술은 (그 책이 다루는 주제가 요구하는 대로) 구체적인 것들을 상상하게 만들어 주는 쪽이 아니라 우리가 상상할 수 없는 것을 상상했다고 믿게 만드는 쪽으로 나아간다. 중세인들이 호메로스를 알았다면 도움을 받을 수 있었을 것이다. 그의 책에 나오는 두 가지 세부묘사—[헥토르의] 투구에 달린 말총장식을 겁내는 아기의 모습과 눈물을 글썽이며 미소 짓는 안드로마케(《일리아스》, 제6권, 466-484행)—는 중세인들의 방식과 상당히 비슷하다. 그러나 대체로 호메로스의 기술은 중세인들의 기술과 그리 닮지 않았다. 배를 진수시키고 식사를 준비하는 일들에 대한 형식화되고 반복적인 세부 묘사는 전혀 다른 효과를 만들어 낸다. 독자는 저자가 포착해 낸 어떤 순간이 아니라 변함없는 삶의 패턴을 느끼게 된다. 호메로스가 그의 등장인물들을 독자 앞에 소환하는 방식은 거의 대사를 주는 것이다. 그렇지만 그들의 언어는 실제 쓰는 말과는 동떨어진 서사시의 정형화된 문구이다. 말이 아니라 노래다. [오디세우스의 유모] 에우리클레이아는 옛 주인을 알아보는 순간, 그가 집을 떠나 있던 동안 집안 사람들이 어떻게 행동했는지 비밀 보고를 하겠다고 약속한다(《오디세이아》, 제19권, 495-498행). 여기서 늙은 유모의 진면목이 정확하게 드러난다. 우리는 그녀의 마음을 알게 되지만 그녀가 실제 대화에서 했을

말을 듣지는 못한다. 란슬롯이 머뭇거리며 반복하는 말 "그리하여 마마, 저는 그 임무를 수행하는 데 늦었나이다"(Malory, XVIII, 2), 또는 초서가 독수리에게 내놓는 단음절 답변들(*Hous of Fame*, III, 864, 888, 913)과는 다르다. 지금까지 언급한 위대한 네 시인(라신 · 베르길리우스 · 밀턴 · 호메로스)의 특징적인 장점들이 중세의 생생함과 양립할 수 있는지는 의심의 여지가 있다. 한 종류의 어떤 작품도 모든 탁월함을 다 가질 수는 없다.

14. 본서의 256-262쪽을 보라.
15. 주목할 만한 예외는 '거짓말하는 사가들이 가장 재미있다(*lygisogur skemtilagastar*)'고 생각했던 왕이다(*Sturlunga Saga*, ed. o. Brown, 1952, p. 19를 보라).
16. *De Vulg. Eloquentia*, I, xvii; Purgatorio, XXI, 85.
17. Aquinas Ia, 1, Art. 9.
18. 본서의 66쪽을 보라.

후기

1. 본서의 132쪽을 보라.
2. Lovejoy, 앞의 책, cap. ix를 보라.

찾아보기

폐기된 이미지

C. S. 루이스 지음 | 홍종락 옮김

2019년 1월 17일 초판 1쇄 발행

펴낸이 김도완
펴낸곳 비아토르
등록 제406-2017-000014호
주소 경기도 파주시 문발로 197 102호
전화 031-955-3183
팩스 031-955-3187
이메일 viator@homoviator.co.kr

편집 박명준
디자인 이파얼
제작 제이오
인쇄 (주)민언프린텍
제본 (주)정문바인텍

ISBN 979-11-88255-25-2 03800

이 도서의 국립중앙도서관 출판예정도서목록(CIP)은 서지정보유통지원시스템 홈페이지(http://seoji.nl.go.kr)와 공동목록시스템(http://www.nl.go.kr/kolisnet)에서 이용하실 수 있습니다.(CIP제어번호: CIP2019000481)